台灣の讀者の皆さんへのコメント

海を越えて旅したことのない私の書いた小説が、
海を越えて多くの讀者の皆様のもとに届いていることを、
心から嬉しく思っています。
この作品も、どうぞお樂しみいただけますように！

致親愛的台灣讀者

從未出國旅行的我，
這次很高興自己寫的小說能跨海與許多讀者見面，
希望這部作品能帶給您無上的閱讀樂趣。

宮部みゆき

蒲生邸事件

がもうていじけん

宮部美幸

宮部美幸

作品集／02
MIYABE MIYUKI

蒲生邸事件

Contents

宮部美幸的推理文學世界「增補版」

總導讀 傅博

日本當代國民作家宮部美幸

近年來在日本的雜誌上，偶爾會看到尊稱宮部美幸為國民作家。怎樣才能榮獲這個名譽呢？好像沒有確切的答案，然而綜觀過去被尊稱為國民作家的作家生涯便不難看出國民作家的共同特徵。

明治維新（一八六八年）一百多年以來，被尊稱為國民作家的為數不多，夏目漱石和吉川英治是最早期的國民作家。夏目漱石是純文學大師，其作品具大眾性，一九一六年逝世至今，已歷九十年，其作品在書店仍然可見，代表作有《我是貓》、《少爺》等等。吉川英治是大眾文學大師，其作品有濃厚的思想性，對二次大戰戰敗的日本國民發揮了鼓舞的作用，其著作等身，代表作有《宮本武藏》、《新．平家物語》等等。

屬於戰後世代的國民作家有松本清張和司馬遼太郎。松本清張是社會派推理文學大師，其寫作範圍十分廣泛，除了推理小說之外，對日本古代史研究、挖掘昭和史等，留下不可磨滅的貢獻。司馬遼太郎是歷史文學大師，早期創作時代小說，之後撰寫歷史小說和文化論。這兩位作家的共同特徵是，著作豐富、作品領域廣泛、質與量兼俱。他們的思想對一九六〇年代後的日本文化發揮了影響力。

上述四位之外，日本推理小說之父江戶川亂步、時代小說大師山本周五郎，以及文學史上創作量最多、男女老少人人喜愛的赤川次郎也榮獲國民作家的尊稱。

綜觀以上的國民作家，其必備條件似乎是著作豐富、多傑作；作品具藝術性、思想性、社會性、娛樂性、普遍性；讀者不分男女，長期受到廣泛的老、中、青、少、勞動者以及知識分子的閱讀。

宮部美幸出道至今未滿二十年，共出版了四十三部作品，包括四十萬字以上的巨篇八部、長篇二十四部、中篇集四部、短篇集十三部，非小說類有繪本兩冊、隨筆一冊、對談集一冊。以平均每年出版兩冊的數量來說，在日本並非多產作家，但是令人佩服的是，其寫作題材廣泛、多樣，品質又高，幾乎沒有失敗之作。所獲得的文學獎與同世代作家相較，名列第一，該得的獎都拿光了。質的成功與量成比例，是宮部美幸文學的最大武器，也是獲得國民作家之稱的最大因素。

宮部美幸，本名矢部美幸，一九六〇年十二月二十三日生於東京都江東區深川。東京都立墨田川高中畢業之後，到速記學校學習速記，並在法律事務所上班，負責速記，吸收了很多法律知識。一九八四年四月起在講談社主辦的娛樂小說教室學習創作。

一九八七年，〈吾家鄰人的犯罪〉獲第二十六屆《ＡＬＬ讀物》推理小說新人獎，〈鎌鼬〉獲第十二屆歷史文學獎佳作。一位新人，同年以不同領域的作品獲得兩種徵文比賽獎項實爲罕見。

前者是透過一名少年的觀點，以幽默輕鬆的筆調記述和舅舅、妹妹三人綁架小狗的計畫所引發的意外事件，是一篇以意外收場取勝的青春推理佳作，文風具有赤川次郎的味道。後者是以德川幕府時代的江戶（今東京）爲時空背景的時代推理小說。故事記述一名少女追查試刀殺人的凶手之經過，全篇洋溢懸疑、冒險的氣氛。

要認識一位作家的本質，最好的方法就是閱讀其全部的作品。當其著作豐厚，無暇全部閱讀時，則是先閱讀其處女作，因爲作家的原點就在處女作。以宮部美幸爲例，其作品裡的偵探，不管是系列偵探或個案偵探，很少是職業偵探，大多是基於好奇心，欲知發生在自己周遭的事件眞相，而做起偵探的業餘偵探，這些主角在推理小說是少年，在時代小說則是少女。其文體幽默輕鬆，故事收場不陰冷而十分溫馨，這些特徵在其雙線處女作之中已明顯呈現。

繼處女作之後的作品路線，即須視該作家的思惟了；有的一生堅持一條主線，不改作風，只追求同一主題，日本的推理小說家大多屬於這種單線作家——解謎、冷硬、懸疑、冒險、犯罪等各有專職作家。

另一種作家就不單純了，嘗試各種領域的小說，屬於這種複線型的推理作家不多，宮部美幸即是罕見的複線型全方位推理作家。她發表不同領域的處女作——推理小說和時代小說——同時獲得肯定，登龍推理文壇之後，此雙線成爲宮部美幸的創作主軸。

一九八九年，宮部美幸以《魔術的耳語》獲得第二屆日本推理懸疑小說大獎，拓寬了創作路線，由此確立推理作家的地位，並成爲暢銷作家。

宮部美幸作品的三大系統

這次宮部美幸授權獨步文化出版社，發行臺灣版《宮部美幸作品集》二十七部（二十三部中有四部分爲上下兩冊），筆者以這二十三部爲主，按其類型分別簡介如下。

要完整歸類全方位作家宮部美幸的作品實非易事，然其作品主題是推理則毋庸置疑。筆者綜合故事的時空背景以及現實與非現實的題材，將它分爲三大系統。第一類爲推理小說，第二類時代小說，第三類奇幻小說，而每系統可再依其內容細分爲幾種系列。

一、推理小說系統的作品

宮部美幸的出道與新本格派崛起（一九八七年）是同一時期，早期作品除可能受此影響之外，文體、人物設定、作品架構等，可就是受到赤川次郎的影響了。所以她早期的推理小說大多屬於青春解謎的推理小說；許多短篇沒有陰險的殺人事件登場，大多是以日常生活中的家庭糾紛爲主題，屬於日常之謎系列的推理小說不少。屬於本系列的有：

1.《吾家鄰人的犯罪》（短篇集，一九九〇年一月出版）收錄處女作以及之後發表的青春推理短篇四篇。早期推理短篇的代表作。

2.《完美的藍——阿正事件簿之一》（長篇，一九八九年二月出版／獨步文化版，宮部美幸作品集01——以下只記集號）「元警犬系列」第一集。透過一隻退休警犬「阿正」的觀點，描述牠與現在的主人——蓮見偵探事務所調查員加代子——的辦案過程。故事是阿正和加代子找到離家出走的少年，在將少年帶回家的途中，目睹高中棒球明星球員（少年的哥哥）被潑汽油燒死的過程。在搜查過程中浮現的製藥公司的陰謀是什麼？「完美的藍」是藥品名。具社會派氣氛。

3.《阿正當家——阿正事件簿之二》（連作短篇集，一九九七年十一月出版／16）「元警犬系列」第二集。收錄〈動人心弦〉等五個短篇，在第五篇〈阿正的辯白〉裡，宮部美幸以事件委託人登場。

4.《這一夜，誰能安睡？》（長篇，一九九二年二月出版／06）「島崎俊彥系列」第一集。透過中學一年級生緒方雅男的觀點，記述與同學島崎俊彥一同調查一名股市投機商贈與雅男的母親五億圓後，接獲恐嚇電話、父親離家出走等事件的眞相，事件意外展開、溫馨收場。

5.《少年島崎不思議事件簿》（長篇，一九九五年五月出版／13）「島崎俊彥系列」第二集。在秋天的某個晚上，雅男和俊男兩人參加白河公園的蟲鳴會，主要是因爲雅男想看所喜歡的工藤小姐一眼，但是到了公園門口，卻碰到殺人事件，被害人是工藤的表姊，於是兩人開始調查眞相，發現事件背後的賣春組織。具社會派氣氛。

6.《無止境的殺人》（長篇，一九九二年九月出版／08）將錢包擬人化，由十個錢包輪流講自己所見的主人行爲而構成一部解謎的推理小說。人的最大欲望是金錢，作者功力非凡，藉由放錢的錢包揭開十個不同的人格，而構成解謎之作，是一部由連作構成的異色作品。

7.《繼父》（連作短篇集，一九九三年三月出版／09）「繼父系列」第一集。一個行竊失風的小偷，摔落至一對十三歲雙胞胎兄弟家裡，這對兄弟的父母失和，留下孩子各自離家出走，於是兄弟倆要求小偷當他們的爸爸，否則就報警，將他送進監獄，小偷不得已，承諾兄弟倆當繼父。不久，在這奇妙的家庭裡，發生七件奇妙的事件，他們全力以赴解決這七件案件。典型的幽默推理小說集。

8.《寂寞獵人》（連作短篇集，一九九三年十月出版／11）「田邊書店系列」第一集。以第三人稱多觀點記述在田邊舊書店周遭所發生的與書有關的謎團六篇。各篇主題迥異，有命案、有日常之謎、有異常心理、有懸疑。解謎者是田邊舊書店店主岩永幸吉和孫子稔。文體幽默輕鬆，但是收場不一定明朗，有的很嚴肅。

9.《誰？》（長篇，二〇〇三年十一月出版／30）「杉村三郎系列」第一集。今多企業集團會長今多嘉親之司機梶田信夫被自行車撞死，信夫有兩個未出嫁的女兒，聰美與梨子。梨子向今多會長提議，要出版父親的傳記，以找出嫌犯。於是，今多要求在集團廣報室上班的女婿杉村三郎協助姊妹倆出書事務。聰美卻反對出書，杉村認為兩姊妹不睦，藏有玄機，他深入調查，果然……

10.《無名毒》（長篇，二〇〇六年八月出版／31）「杉村三郎系列」第二集。今多企業集團廣報室臨時僱用的女職員原田泉與總編吵架，寄出一封黑函後，即告失蹤。原田的性格原來就稍有異常，今多會長要求杉村三郎調查眞相。杉村到處尋找原田的過程中，認識曾經調查過原田的私家偵探北見一郎，之後杉村在北見家裡遇到「隨機連環毒殺案」第四名犧牲者的孫女古屋美知香，於是捲入毒殺事件的漩渦中。杉村探案的特徵是，在今多會長叫他處理公務上的糾紛過程中，因其正義感使他去解決另外的事件。

以上十部可歸類為解謎推理小說，而從文體和重要登場人物等來歸類則是屬於幽默推理、青春推理爲多。屬於這個系列的另有以下兩部。

11.《地下街之雨》（短篇集，一九九四年四月出版）。

12.《人質卡濃》（短篇集，一九九六年一月出版）。

以下九部的題材、內容比較嚴肅，犯罪規模大，呈現作者的社會意識。有懸疑推理、有社會派推理、有報導文體的犯罪小說。

13.《魔術的耳語》（長篇，一九八九年十二月出版／02）獲第二屆日本推理懸疑小說大獎的社會派推理傑作。三起看似互不相干的年輕女性的死亡案件，和正在進行的第四起案件如何演變成連續殺人案。十六歲的少年日下守，爲了證實被逮捕的叔叔無罪，挑戰事件背後的魔術師的陰謀。宮部美幸早期代表作。

14.《Level 7》（長篇，一九九〇年九月出版／03）一對年輕男女在醒來之後失去記憶，手臂上被印上「Level 7」；一名高中女生在日記留下「到了 Level 7 會不會回不來」之後離奇失蹤。尋找自我的男女，和尋找失蹤女高中生的眞行寺悅子醫師相遇，一起追查 Level 7 的陰謀。兩個事件錯綜複雜，發展爲殺人事件。宮部後期的奇幻推理小說的先驅之作、早期代表作。

15.《獵捕史奈克》（長篇，一九九二年六月出版／07）持散彈槍闖入大飯店婚宴的年輕女子關沼惠子、欲利用惠子所持的槍犯案的中年男子織口邦雄、欲阻止邦雄陰謀的青年佐倉修治、欲去探望臥病妻子的優柔寡斷的神谷尙之、承辦本案的黑澤洋次刑警，這群各有不同目的的人相互交錯，故事向金澤之地收束。是一部上乘的懸疑推理小說。

16.《火車》（長篇，一九九二年七月出版）榮獲第六屆山本周五郎獎。停職中的刑警本間俊介受親戚栗坂和也之託，尋找失蹤的未婚妻關根彰子，在尋人的過程中，發現信用卡破產猶如地獄般的現實社會，是一部揭發社會黑暗的社會派推理傑作，宮部第二期的代表作。

17.《理由》（長篇，一九九八年六月出版）二〇〇一年榮獲第一百二十屆直木獎和第十七屆日本冒險小說協會大獎。東京荒川區的超高大樓的四十樓發生全家四人被殺害的事件。然而這被殺的四人並非此宅的住戶，而這四人也不是同一家族，沒有任何血緣關係。他們爲何僞裝成家人一起生活？他們到底是什麼人？又想做什麼？重重的謎團讓事件複雜化，事件的眞相是什麼？一部報導文學形式的社會派推理傑作。宮部第二期的代表作。

18.《模仿犯》（百萬字長篇，二〇〇一年四月出版）同時榮獲第五十五屆每日出版文化獎特別獎，二〇〇二年同時榮獲第五屆司馬遼太郎獎和二〇〇一年度藝術選獎文部科學大臣獎文學部門獎。在公園的垃圾堆裡，同時發現女性的右手腕與一名失蹤女性的皮包，不久凶手打電話到電視公司和失主家中，果然在凶手所指示的地點發現已經化爲白骨的女性屍體，是利用電視新聞的劇場型犯罪。不久，表面上連續殺人案一起終結，之後卻意外展開新局面。是一部揭發現代社會問題的犯罪小說，宮部文學截至目前爲止的最高傑作，推理文學史上的不朽名著。

19.《R．P．G》（長篇，二〇〇一年八月出版／22）在食品公司上班的所田良介於杉並區的建築工地被刺死，在他的屍體上找到三天前在澀谷區被絞殺的大學女生今井直子身上所發現的同樣纖維，於是兩個轄區的警察組成共同搜查總部，而曾經在《模仿犯》登場的武上悅郎則與在《十字火焰》登場的石津知佳子連袂登場。是一部現今在網路上流行的虛擬家族遊戲爲主題的社會派推理小說。

宮部美幸的社會派推理作品尚有：

20.《東京下町殺人暮色》（原題《東京殺人暮色》，長篇，一九九〇年四月出版）。

21.《不需要回答》（短篇集，一九九一年十月出版／37）。

二、時代小說系統的作品

時代小說是與現代小說和推理小說鼎足而立的三大大眾文學。凡是以明治維新之前為時代背景的小說，總稱為時代小說或歷史．時代小說。

時代小說視其題材、登場人物、主題等再細分為市井、人情、股旅（以浪子的流浪為主題）、劍豪、歷史（以歷史上的實際人物為主題）、忍法（以特殊工夫的武鬥為主題）、捕物等小說。

捕物小說又稱捕物帳、捕物帖、捕者帳等，近年推理小說的範疇不斷擴大，將捕物小說稱為時代推理小說，歸為推理小說的子領域之一。捕物小說的創作形式是日本獨有，其起源比日本推理小說早六年。一九一七年，岡本綺堂（劇作家、劇評家、小說家）發表《半七捕物帳》的首篇作〈阿文的魂魄〉，是公認的捕物小說原點。

據作者回憶，執筆《半七捕物帳》的動機是要塑造日本的福爾摩斯——半七，同時欲將故事背景的江戶的人情和風物以小說形式留給後世。之後，很多作家模仿《半七捕物帳》的形式，創作了很多捕物小說。

由此可知，捕物小說與推理小說的不同之處是以江戶的人情、風物為經，謎團、推理為緯而構成的小說。因此，捕物小說分為以人情、風物為主，與謎團、推理取勝的兩個系統。前者的代表作是野村胡堂的《錢形平次捕物帳》，後者即以《半七捕物帳》為代表。

宮部美幸的時代小說有十一部，大多屬於以人情、風物取勝的捕物小說。

22.《本所深川詭怪傳說》（連作短篇集，一九九一年四月出版／05）「茂七系列」第一集。榮獲第十三屆吉川英治文學新人獎。江戶的平民住宅區本所深川，有七件不可思議的事象，作者以此七事象爲題材，結合犯罪，構成七篇捕物小說。破案的是回向院捕吏茂七，但是他不是主角，每篇另有主角，大多是未滿二十歲的少女。以人情、風物取勝的時代推理佳作。

23.《幻色江戶曆》（連作短篇集，一九九四年八月出版／12）以江戶十二個月的風物詩爲題，結合犯罪、怪異構成十二篇故事。以人情、風物取勝的時代推理小說。

24.《最初物語》（連作短篇集，一九九五年七月出版，二〇〇一年六月出版珍藏版，增補一篇作品／21）「茂七系列」第二集。以茂七爲主角，記述七篇茂七與部下系吉和權三辦案的經過，作者在每篇另有記述與故事沒有直接關係的季節食物掌故，介紹江戶風物詩。人情、風物、謎團、推理並重的時代推理小說。

25.《顫動岩——通靈阿初捕物帳1》（長篇，一九九三年九月出版／10）「阿初系列」第一集。破案的主角是一名具有通靈能力的十六歲少女阿初，她看得見普通人看不見的東西，而且一般人聽不到的聲音也聽得到。某日，深川發生死人附身事件，幾乎與此同時，武士住宅裡的岩石開始顫動。這兩件靈異事件是否有關聯？背後有什麼陰謀？一部以怪異取勝的時代推理小說。

26.《天狗風——通靈阿初捕物帳2》（長篇，一九九七年十一月出版／15）「阿初系列」第二集。天亮颳起大風時，少女一個一個地消失，十七歲的阿初在追查少女連續失蹤案的過程中遇到邪惡的天狗。天狗的眞相是什麼？其陰謀是什麼？也是以怪異取勝的時代推理小說。

27.《糊塗蟲》（長篇，二〇〇〇年四月出版／19．20）「糊塗蟲系列」第一集。深川北町的鐵瓶大雜院發生殺人事件後，住民相繼失蹤，是連續殺人案？抑或另有陰謀？負責辦案的是怕麻煩的小官井筒平四郎，協助他破案的是聰明的美少年弓之助。本故事架構很特別，作者先在冒頭分別記述五則故事，然後以一篇長篇與之結合，構成完整的長篇小說。以人情、推理並重的時代推理傑作。

28.《終日》（長篇，二〇〇五年一月出版／26．27）「糊塗蟲系列」第二集。故事架構與第一集一樣，在冒頭先記述四則故事，然後與長篇結合。負責辦案的是糊塗蟲井筒平四郎，協助破案的除了弓之助之外，回向院茂七的部下政五郎也登場，作者企圖把本系列複雜化，或許將來作者會將幾個系列納爲一大系列。也是人情、推理並重的時代推理小說。

以上三系列都是屬於時代推理小說。案發地點都在深川，但是每系列各具特色，有以風情詩取勝，也有以人際關係取勝，也有怪異現象取勝，作者實爲用心良苦。宮部美幸另有四部不同風格的時代小說。

29.《扮鬼臉》（長篇，二〇〇二年三月出版／23）深川的料理店「舟屋」主人的獨生女阿鈴發燒病倒，某日一個小女孩來到其病榻旁，對她扮鬼臉，之後在阿鈴的病榻旁連續發生可怕又可笑的不可思議的事，於是阿鈴與他人看不見的靈異交流。一部令人感動的時代奇幻小說佳作。

30.《怪》（奇幻短篇集，二〇〇〇年七月出版）。

31.《鎌鼬》（人情短篇集，一九九二年一月出版）。

32.《忍耐箱》（人情短篇集，一九九六年十一月出版／41）。

33.《孤宿之人》（長篇，二〇〇五年出版／28．29）。

三、奇幻小說系統的作品

史蒂芬‧金的恐怖小說和奇幻小說《哈利波特》成爲世界暢銷書後，原處於日本大眾文學邊緣的奇幻小說獲得成長發展的機會，漸漸確立其獨立地位，而宮部美幸的奇幻小說就在這欣欣向榮的機運中誕生。她的奇幻作品特徵是超越領域與推理小說結合。

34.《龍眠》（長篇，一九九一年二月出版／04）榮獲第四十五屆日本推理作家協會獎的長篇獎。週刊記者高坂昭吾在颱風夜駕車回東京的途中遇到十五歲的少年稻村愼司，少年告訴記者：「我具有超能力。」他能夠透視他人心理，愼司爲了證明自己的超能力，談起幾個鐘頭前發生的事件眞相，從此兩人被捲入陰謀。是一部以超能力爲題材的奇幻推理傑作，宮部早期代表作。

35.《十字火焰》（長篇，一九九八年十一月出版／17‧18）青木淳子具有「念力放火」的超能力。有一天她撞見了四名年輕人欲殺害人，淳子手腕交叉從掌中噴出火焰殺害了其中的三個人，另一個逃走了。勘查現場的石津知佳子刑警，發現焚燒屍體的情況與去年的燒殺案十分類似。也是一部以超能力爲題材的奇幻推理大作。

36.《蒲生邸事件》（長篇，一九九六年十月出版／14）榮獲第十八屆日本ＳＦ大獎。尾崎孝史爲了應考升學補習班上京，其投宿的飯店發生火災，因而被一名具有「時間旅行」的超能力者平田次郎搭救到一九三六年二月二十六日的二二六事件（近衛軍叛亂事件）現場，兩名來自未來的訪客能否阻止起義而改變歷史？也是一部以超能力爲題材的奇幻推理大作。

37.《勇者物語—Brave Story》（八十萬字長篇，二〇〇三年三月出版／24‧25）念小學五年級的三谷亘的父母不和，正在鬧離婚，有一天他幻聽到少女的聲音，決心改變不幸的雙親命運，打開幽靈大廈的門，進入「幻界」到「命運之塔」。全書是記述三谷亘的冒險歷程。一部異界冒險小說大作。

除了以上四部大作之外，屬於奇幻小說的作品尚有以下四部：

38.《鴿笛草》（中篇集，一九九五年九月出版）。

39.《僞夢1》（中篇集，二〇〇一年十一月出版）。

40.《僞夢2》（中篇集，二〇〇三年三月出版）。

41.《ＩＣＯ——霧之城》（長篇，二〇〇四年六月出版）。

以上三十九部是小說。另有四部非小說類從略。

如此將宮部美幸自一九八六年出道以來，一直到二〇〇五年底所出版的作品，歸類爲三系統後，再按時序排列，便很容易看出作者二十年來的創作軌跡，也可預見今後的創作方向。請讀者欣賞現代，期待未來。

二〇〇七・十二・十二

本文作者簡介

傅博

文藝評論家。另有筆名島崎博、黃淮。一九三三年出生，臺南市人。於早稻田大學研究所專攻金融經濟。在日二十五年以島崎博之名撰寫作家書誌、文化時評等。曾任推理雜誌《幻影城》總編輯。一九七九年底回臺定居。主編「日本十大推理名著全集」、「日本推理名著大展」、「日本名探推理系列」以及「日本文學選集」（合計四十冊，希代出版）。二〇〇九年出版《謎詭·偵探·推理——日本推理作家與作品》（獨步文化），是臺灣最具權威的日本推理小說評論文集。

前進　前進！
軍隊　前進！

——摘自昭和七年十二月出版
普通科用小學國語讀本

第一章

那一夜

1

辦理住房手續時站櫃的服務生，恰巧與兩星期前幫忙結帳辦理退房的是同一個人。顧客馬上就認出來，對方卻似乎沒發現，不過，可能是基於職業習慣，即使發現也不形於色。

「請簽名。」

服務生隔著櫃檯將旅客登記簿推過來，尾崎孝史把行李袋放在腳邊，拿起原子筆。那隻筆又粗又難看，筆軸上還印著「風見印刷」這家公司的名字。客房裡也擺著這種筆，換句話說，凡是住在這裡的客人，即使只住一晚，都會曉得這家飯店用的傳票、便條紙等等是由哪家公司承辦印刷。不管是對風見印刷也好，對飯店也好，對客人也好，此舉究竟有沒有意義，實在令人懷疑。

孝史放下筆，付了飯店要求的訂金，服務生便說：「我帶您到客房。」

「不用了，我曉得怎麼走。」孝史搖搖頭，「請給我鑰匙。」

此時，櫃檯服務生的表情出現微妙的變化，於是孝史恍悟：啊，原來這傢伙記得我。對方只是裝作不知道，其實根本認得。不過，這也是理所當然，畢竟孝史上次並非僅僅住一、兩晚而已。

這傢伙背地裡是怎麼想的？孝史暗暗猜測。哦，這個考生又來東京，大概也是要參加考試吧。

不過，今天是二十四日，接近月底。國立的不用提，大部分私立大學的入學考應該已差不多結束。這麼一來，是國立大學的複試？還是，抱著破釜沉舟的決心，非考上一家不可，即使是那種念完四年也沒有什麼價值，在履歷表上填個名字就算數的學校也沒關係？或者，是專門學校嗎？再不然……

房間鑰匙擺在眼前，孝史倏地回到現實。他接過鑰匙，提起行李袋，走向唯一的電梯。櫃檯服務生沒再開口。

等電梯時，孝史突然感到一陣羞恥，連脖子都發燙。

不能一直想著這種事。不管見到誰，都覺得對方瞧不起自己，根本是如假包換的被害妄想症。不僅如此，每當陷入這種妄想，腦細胞都會反射性地全體總動員，思考萬一對方說出什麼尖酸刻薄的話來損人，該怎麼還以顏色，眞是有病。

兀自一味地想像，一味地生悶氣。再這樣下去，最後的下場八成是拿菜刀捅路過的行人，而且當警察抓著他的胳臂往警車拉扯時，還會一路不停大吼大叫：

「誰教他瞧不起我！他們全在笑我！」

好可怕，得趕快找回自我才行。

老飯店的老電梯遲遲不肯下來，一直停在五樓。可能是客用兼業務用，清潔人員推著裝床單和衛生紙等物品的推車進電梯，順便就地清掃。

看了看手表，剛過下午五點。一樓大廳空無一人，也沒半點聲響。雖然不算高級，倒是十足安靜。幸好夠安靜。這樣的地方，再加上櫃檯後方員工辦公室傳出的有線電視聲音，不管是裝潢或設備，簡直如同故鄉郊外的汽車旅館，差點莫名勾起他思鄉的情緒。

孝史無聊地發呆，無意間瞥見電梯右側牆上掛著相框，藏在不起眼的觀葉植物後面，不禁感到奇怪。

上次住宿沒注意到有這種裝飾，大概是腦袋塞滿考試的事的緣故吧。

牆上掛著兩張照片，上下並排，相框款式一模一樣。照片似乎很舊，褪色泛黃，大小差不多是5×7尺寸。

他走到相框旁，撥開觀葉植物的葉子，抬頭仔細觀看。

下面那張照片拍的是一幢舊式的洋房。建築中央是座有個小小三角屋頂的鐘塔，左右幾乎完全對稱。建築本身是雙層樓，兩端都設有類似閣樓的小房間，只有那個部分構成梯形，開著圓形的窗戶。相片的右側可看到煙囪，應當裝有壁爐。因爲是黑白照片，不易辨認，不過屋頂部分和窗框應該是白的，其他部分好像是紅磚，處處看得到磚塊脫落或發黑髒污的地方，約莫是幢老房子。細密的窗格子後方隱約泛白，想必掛著窗簾。正面玄關是半圓形的拱型，前面有數階臺階。爬上臺階之後，是對開的門。前庭一片草坪，花木扶疏，雖然聚焦有些模糊，還是能辨認出小花壇中，花朵零零星星綻放。

相框內空白部分留下筆跡拙劣的小字。

「舊蒲生邸　昭和二十三年（一九四八）四月二十日
小野松吉　攝」

蒲生邸。那麼，這個地方原本是私人住宅。難怪雖然有博物館般的外觀，看來卻不是很大。

不過，這種洋房的照片怎麼會掛在此處？在看見上方另一幅相框裡的照片時，孝史得到解答。

那是一張人物的照片。一名初老的男性，身穿掛著肩章的軍裝，胸前別著勳章，面對鏡頭。他的視線微微上揚，可能因為這樣，表情顯得有點恍惚。照片中的主角坐在椅子上，只有上半身入鏡，即使如此，他那輪廓分明的威嚴相貌，再加上結實挺拔的肩膀，依然充分表達出雄糾糾、氣昂昂的軍人風采。

「陸軍大將　蒲生憲之」

人物下方寫著這行字。照片旁還有一大段文字，同樣是以拙劣的筆跡寫出來的。

「本飯店所在地，戰前原為陸軍軍官蒲生憲之大將府第。

蒲生大將生於明治九年（一八七六）千葉縣佐倉市，為農家長男。自幼學業與武藝兼優，當地中學畢業後投考陸軍士官學校，畢業後就讀陸軍大學，期間適逢日俄戰爭爆發，擔任中隊長，於前線表現傑出。

日俄戰爭結束返回陸軍大學，獲天皇頒賜軍刀，畢業後服務於軍務局軍事課，爾後順利晉升，歷任步一旅團長、參謀次長等職，昭和八年（一九三三）四月榮升陸軍大將。翌年患病退任後備軍官，後因病情復原狀況不佳退役。退役後投身著作與軍務研究，於後勤補給相關軍略尤有心得，然兩年後之昭和十一年（一九三六）二月二十六日二二六事件爆發當日，蒲生大將留下長篇遺囑自決。該遺囑中對當時陸軍內部派系鬥爭，及青年將校起事原因之所在，即軍部的政治介入與專擅深表憂慮。發現當時因遺族的顧慮，未予公開，但戰後蒲生邸出售，自大將書齋中起出，目前眞跡仍保存於惠比壽的防衛廳戰史資料室。

大將的遺書不僅對戰前我國政府、軍部狀況與問題有著犀利深入的分析，甚至連最不利的狀況，即對美開戰與敗北均在其預料中，並向軍部之專擅提出諫言，先見之明令人驚異，至今仍受到史學家極高評價。

又，本飯店創始人小野松吉於昭和二十三年購得蒲生邸之際，得知大將遺書一事，對已故蒲生大將人品及慧眼深懷敬意，自創業伊始即於館內公開展示大將肖像與經歷，以茲讚揚。」

由於字跡難以辨認，孝史自然而然貼近相框，凝神細看，聽到身後電梯門的關閉聲，才猛地回神轉過身。好不容易降下的電梯沒有乘客，一直停在一樓。孝史匆匆提起行李，按鈕進入電梯。

（這裡以前是軍人的房子啊……）

不管是不是，跟孝史都扯不上關係。儘管不知道以前情況如何，至少對現在這家飯店來說，那位蒲生大將並沒有多大的意義，否則相框也不會掛在不起眼的角落。

狹小的電梯裡有股淡淡的廁所芳香劑味道。孝史不由得苦笑，頓時又洩了氣。

這次住的是二〇二號房。上次來住的是頂樓西北角的五〇五號房，房間本身簡陋得不能再簡陋，唯有窗外景色美不勝收。對於一個在短短十天的逗留期間內必須到五所學校六個學院應試的考生而言，這樣的美景實在令人欣喜。考完試回到房間的黃昏時分，從西側窗戶往外眺望，只見圍繞皇居的森林枯木褐黃與深綠交錯，一輪大大的夕陽緩緩落下，一整天的疲倦也跟著自體內融解、抽離。

那時候，彷彿東京這個城市已在自己的掌握中，連未來都是一片光明。

和現在截然不同。

從二〇二號房的窗戶望出去，只能看到緊鄰飯店的破敗四層商業大樓外牆和排氣管口，室內幾乎沒有陽光。視野可說是這家飯店唯一的可取之處，然而，這次與上次的差距如此之大，或許只是巧合，但孝史總覺得是一種暗示，益發覺得鬱悶。他把行李往床上一扔，跟著整個人撲上去，然後翻過身來平躺，瞪著天花板。

找到這家平河町第一飯店的，是孝史的父親尾崎太平。其實，與其說是找，不如說碰巧知道有這家飯店，但照他本人的說法則是：「爸幫你找到一家很好的飯店，可以讓你靜下心來用功。」

這家平河町第一飯店是某合資企業的資產，總公司位於東京赤坂，組織複雜，資本雄厚。對這家企業而言，平河町第一飯店就像盲腸一樣，只要沒有什麼害處，也不必特地處理掉，僅僅如此。

太平說，這家飯店算是一種幽靈公司，飯店搞出來的赤字發揮絕大功效，讓那家合資企業確保整體收益云云。實際上，這是個笑話，經營所需的費用，再加上微不足道的收益，還不到企業一整年用途不詳支出的百分之五。

總之，這裡只是企業的一塊地。能在這片鄰近皇居的地段，擁有一塊飯店大小的土地，雖然不大，但絕不是一件壞事。孝史心想，要是泡沫經濟多撐個一年，這裡八成早拆掉，四周類似性質的大樓也一併被收購，改建成新型辦公大樓之類的建築。說穿了，平河町第一飯店是飯店的墓碑，工作人員只不過是守墓人，負責看守飯店的遺骨，直到飯店改葬，此處夷爲平地的那一天來臨。要投宿到這種地方，也眞是不容易。

基於生意往來，太平和那家合資企業旗下某公司某部門的某位課長稍有接觸，便堅持說：「對方出自好意，願意幫你安排他們關係企業經營的飯店，還給我們優惠。」我兒子就要考試了，東京某大企業裡的朋友特別幫我們介紹好飯店——太平一心這麼想。

不，他應該想都不願想吧。

上次來東京的時候，孝史以爲太平會開口表示要陪同。他還有些苦惱，萬一父親眞的跟來，實在很煩。不料，太平擔心打擾他用功，答應讓他單獨成行。

父親大概是害怕吧，當下孝史浮現這個念頭。

待在故鄉家裡，他可以得意洋洋地宣稱認識大人物，特地爲考大學的兒子在東京的黃金地段準備一間飯店客房，並向周遭炫耀——我們家孝史不必像別人家的兒子那樣，去利用東京的商務旅館搞的考生住宿方案。

可是，如果太平眞的一起來東京，親眼看到這個房間後，會怎麼樣呢?他就必須面對內心害怕的事，也就是事實的眞相——他在大企業的「朋友」是最基層的小職員，而自己不過是連找個飯店都要靠這種小職員幫忙、讓人家在背後竊笑的小角色，只是鄉下小公司的土老闆。

正因害怕面對這樣的現實，太平沒到東京來。父親沒有足夠的自信與寬廣的胸襟叫兒子不去依靠東京大企業的「朋友」，鼓勵孝史：你就去參加考生住宿方案吧！選你喜歡的飯店住，不要怕多花錢。

儘管有這些原因，但父親最想做的，恐怕是利用那個「朋友」吧。在母親和妹妹、員工面前撥打東京大企業的總機，指名找那位課長，嘴裡說著：「小犬要考大學，想在東京找家飯店住十天左右……啊，是嗎？可以麻煩你嗎？哎呀，那就先謝謝你了。」想讓他們看看他和東京朋友的交談有多熱絡，讓他們聽聽他豪爽的男子漢口吻，向他們表示自己不是區區鄉下土老闆。

孝史很清楚父親這種膽小得無以復加、虛榮得無可救藥的個性，仍無法打心底厭惡。

他知道父親為什麼會變成這樣。

說來實在沒道理，在至今五十年的人生中，大平早該跨越那道障礙卻辦不到，所以他把問題留給唯一的兒子孝史解決。

可是，孝史沒能符合他的期望，至少今年沒有。因為孝史報考的每一所學校、每一個學院都落榜了。

（學歷啊……）

望著灰灰髒髒的天花板，孝史喃喃自語。

由於缺乏這項東西，人生絕大部分都在失意中度過——至少父親本人是這麼認為的，自以為大半輩子備嘗辛酸屈辱的父親。而孝史，身為唯一的聰明兒子，為了父親、為了明年捲土重來，明後天將接受補習班的測驗。

旅館房間小歸小，但沒有家具，就天花板的高度看來還算寬敞。在靠近正中央的位置，有個灑水器突兀地凸出，感覺從未啓動過。再仔細一看，到處垂掛著絲狀的灰塵，隨空調形成的微弱氣流搖晃。要是睡著的時候掉在臉上，吸進鼻子裡，一定會做可怕的惡夢。像是大學落榜，連補習班的測驗也沒通過之類的夢。

眞不吉利。孝史奮力從床上躍起，雙腳著地。出去走走吧！反正晚餐時間到了，喉嚨也渴了。提到吃飯，平河町一番飯店沒有咖啡廳提供餐點。謝天謝地，幸好沒有。

飯店附近看不到咖啡廳或餐廳之類的店家，這件事孝史早就知道。離開飯店第一個映入眼簾的，是莊嚴如要塞的最高法院，及國會圖書館那貌似平易近人的繽紛外牆，再來就是行道樹。景觀非常美麗，卻毫無日常生活的氣息。

孝史往皇居護城河的方向走去，爬上三宅坡，在半藏門左轉，從麴町走到四谷，繞了一大圈，享受一次漫長的散步。氣溫雖低，但天氣晴朗又無風，穿上厚外套就不會冷得難受。

經過上智大學附近時，孝史本來準備走進一家像大學生常去的咖啡店，卻擔心會產生自虐性情緒而放棄。最後，他在速食店解決晚餐，喝了咖啡，在路上看見的一家便利商店買零食，拎著塑膠袋回到飯店。時間正好差不多快七點。

穿過噪音刺耳的自動門，踏進大廳。這家飯店的優點就是拎著塑膠袋也不怕吵到別人，倒是還不錯——

正當孝史這麼想時，突然發現櫃檯迎來新客人。之前那名櫃檯服務生，照樣面無表情地盯著客人塡寫住宿登記表。

在飯店裡遇到別的客人，這是第三次。上次還是連住十天才遇到，孝史的視線自然而然受新客人的背影吸引。他大吃一驚，忍不住倒退一步。

站在櫃檯前的新客人——個頭矮小的中年男子，實在太過「灰暗」。是的，就是「灰暗」兩個字。他的所在之處，像是光線照不到的角落，一片暗濛濛。大廳算不上燈火通明，至少照明是亮著的。可是，唯獨櫃檯那個角落宛如染上一層淡墨。

——是我的眼睛有問題嗎？

孝史眨了好幾次眼睛，揉揉眼皮。但是，那位客人四周依舊昏暗。這到底是怎麼回事？可能是感覺到孝史的視線，中年男子轉過頭，兩人目光交會。然後，他又緩緩轉向櫃檯，右手握著那支粗粗的原子筆。面無表情的櫃檯服務生在這齣稍縱即逝的活劇上演期間，始終木然呆立，既沒有望向中年男子，也沒有朝孝史看。

孝史戰戰兢兢提起腳步，穿越大廳。他沒來由地覺得，如果不通過櫃檯前方，並搭電梯上樓，那名中年男子一定會待在原處不走。當電梯下來時，孝史盡量不發出聲響，匆匆進電梯。等到電梯門關上，身邊沒有別人時，孝史忍不住鬆了口氣。

——眞奇怪。

是光影造成的錯覺嗎？這種經驗還是第一次。

和剛才完全相反的例子，他倒是經歷過。例如，某人一現身，整個房間頓時亮起來。脫俗的美女、團體中的萬人迷、當紅的藝人——所謂會發出「光芒」的人物，便擁有這樣的力量。

這麼說，那名中年男子就是具有「負的光芒」嘍？他不是綻放光芒，而是吸收光亮？還是，散播黑暗？

對了，剛才視線跟他對上的瞬間，他的表情和眼神也非常灰暗。不過，這是指情緒上的「灰暗」。那種表情像是要去參加喪禮，實在形容不太出來……

這時，孝史腦海浮現高中同班那個升學組文科第一名的女同學。她的詞彙豐富，一定會比我形容的生動貼切，大學想必也是一次就考上第一志願吧……

連這種時候自卑都要露臉，孝史不禁苦笑。

回到二〇二號房，坐在床上，打開剛買的低卡可樂。他咕嘟咕嘟地灌下半罐，大大喘一口氣。忽然，遠遠傳來電梯運作的嗡嗡聲，約莫是剛才那名男子要進房間了。

電梯沒停下，直接通過這一層樓。孝史有一種複雜矛盾的感覺，似乎鬆了一口氣，卻又想再看看他的長相。那種好灰暗、好灰暗的表情，彷彿會傳染給自己。

如果是我——對了，假使每年都談場十年才能遇到一次的大戀愛，然後每次都被狠狠甩掉，連續被甩十年，搞不好我會變成相同的表情。只要遭遇沒那麼淒慘，這輩子應該跟那種表情無緣吧。

想到這裡，孝史背脊一涼。

你啊，憑你現在的身分，有資格講這種風涼話嗎？每個考試都搞砸，未來沒半點指望，獨自跑來住這種飯店的人還大言不慚。

孝史突然感到坐立難安，正想站起來，床頭桌上的電話響了。原來是櫃檯服務生，說是外線電話。是父親太平打來的。

「喂？」話筒裡傳來的招呼聲，帶著晚餐小酌時的酒精味道。

「啊，是我。」孝史回答，「我平安到飯店了。」

「是嗎？很好、很好。這次的房間怎麼樣？」父親以天生的大嗓門問。

「房間大不大？景色美不美？」

「房間舒服又安靜，能住這裡眞不賴。從窗戶看出去，就是最高法院和國會圖書館。」

安靜是眞的，不過那是沒客人的關係，而且這次的視野差勁透頂。明明說實話也無妨，孝史卻光撿父親愛聽的話，變成一架自動撒謊機。

不止是孝史，連母親、小他一歲的妹妹，還有父親的部下都一樣，經年累月養成討好太平的習慣，儘管心裡覺得老大不耐煩。

太平說，實在很想問你明天的考試有沒有把握，可是不想造成你的壓力，所以不多問。孝史默默笑著，這樣不就等於問了嗎？

後來換成母親聽電話，她十分關心孝史有沒有好好吃晚飯。其實，直到最後一刻，母親仍在顧及父親情緒的狀況下，主張孝史應該參加考生住宿方案。

母親認爲「那種方案一定會注意考生的飲食」，所以第一個想到的也是民生問題。

「飯店附近有家很可口的小餐館，上次不是提過？我就是在那裡吃飯，還喝了味噌湯。」

孝史把上次住宿說的謊重複一遍。只要母親不會心血來潮，想造訪平河町一番飯店，就不必擔心會遭拆穿，所以說說謊也無妨。

明天的測驗從上午九點開始，八點可報到。母親表示早上六點半會打電話叫他起床，跟上次來考大學時一模一樣。孝史說請飯店櫃檯叫就行，母親卻小聲解釋：「可是，你爸就是囉嗦啊。」

東拉西扯十分鐘左右，孝史掛上聽筒，頓時一陣疲累。
爲什麼非得這麼顧慮父母的感受不可？
他起身走進狹小的浴室，照一下外框生鏽的小鏡子。
鏡子裡出現的，是一個下巴瘦削、有點神經質的年輕人。尾崎家的男性鬍子都不怎麼濃，這是遺傳。不過，倒是經常有人說，他跟母親的眉眼猶如一個模子刻出來的。一雙大大的眼睛加上深深的雙眼皮，小時候他覺得很丟臉，恨不得換掉。諷刺的是，妹妹卻遺傳到父親的單眼皮，自從長到父親所謂的「愛漂亮的年紀」，就一直對這點忿忿不平，直嚷著「哥哥好奸詐、不公平」。那種說法，簡直像在指責先出生的孝史，在母親肚裡把好看的部分都挑走，把難看的全留給她。
孝史心想，我生來具有怎樣的光芒？是不是宛如頭上那盞廉價旅館的日光燈，散發出的黯淡光芒？
那天晚上，孝史沒睡好。他實在沒辦法不去在意電梯的聲響。

2

儘管睡眠不足，第二天孝史卻考得相當不錯。
可能是第一科就解決最怕的英文的緣故。考大學的時候太心急，腦袋反倒不管用，試題只答一半時間就到了。由於平安考完這一科，接下來的科目輕鬆許多。
考試在下午二點多結束。明知不能得意忘形，心情卻還是悠哉起來，於是孝史直接到銀座看電影《侏羅紀公園》。現在來觀賞去年秋天超級轟動的名片，感覺不免有點怪，可是在家裡他有所顧慮，始終不敢上電影院。

電影播映完畢，燈跟著亮起，孝史才發現坐滿三成位置的觀眾多半是與他年紀相當的年輕人。大部分是情侶或朋友結伴同行，其中摻雜著幾個穿西裝的身影和遊民模樣的男子，這些人不約而同地獨自跑來看電影。

讓七嘴八舌聊天邊爬樓梯的年輕人先通過，正想往出口移動時，孝史發現昨天看到的那名男子坐在觀眾席最後一排的一角。

這次總算沒嚇到後退，但他仍不由得停下腳步。

當下，孝史還以爲他是尾隨自己而來，不過自然是不可能。在平河町一帶想看電影，銀座是最方便的地點，而且這部電影實在不錯，一定是巧合。

可能是電影院裡燈光本來就暗吧，男子周圍灰暗的程度，感覺上不像昨晚在飯店那麼嚴重。只是，他營造出的氣氛已足夠灰暗。單是看著他，心情便陰鬱起來。這就是負的光芒——孝史又開始思考。

這時候，男子也注意到孝史。他露出驚訝的表情，朝孝史輕輕點頭，不自然地稍微笑了笑。

孝史機械式地點頭，繼續爬上階梯，滿腦子想著：原來他記得我，要是他來跟我說話，該怎麼辦？

不過，孝史顯然是杞人憂天。男子面向著什麼都沒有的銀幕，像要接受面試的學生坐得直挺挺，動也不動。他穿著昨天那身不成套的西裝和長褲，端端正正併攏的膝上擺著速食店的袋子。看樣子是在等下一場播映，要再觀賞一次電影特效重生的恐龍。他想必非常喜歡那些恐龍吧。

孝史低著頭走完臺階，耳邊傳來一群人的對話。

「喂，那個坐在最後面的中年人，你們不覺得他很噁心嗎？」有個女孩出聲。

「他的臉色眞是灰暗得要命。」一個男孩回答。另一個女孩插嘴問「該不會是色狼吧」，最先開口的女孩馬上接著說：

「不止是灰暗，看到他的臉，感覺簡直跟聽到刮玻璃的聲響沒兩樣。」

沒錯……妳的形容雖然殘酷，卻一針見血。孝史心想。

回頭望去，話題男主角孤伶伶地面對灰色銀幕坐著，顯得一臉安心。至少，銀幕不會討厭他而罷演——在孝史眼裡呈現的是這樣的景象。

離開電影院，爲了找地方吃晚飯，孝史在陌生的銀座四處晃蕩，總算在和光百貨公司附近找到一家拉麵店。

考上補習班就要離家一個人生活，這麼一來，很快就會熟悉東京吧。要住哪裡，他心裡已有譜。其實，這也是父母的決定。

今天考的那家補習班，還有明天準備要考的那一家，都位在御茶水。父母的意思是，既然要在這裡補習，最好住在徒步可到的範圍內，具體地點就是神保町。大約五年前，表哥準備重考期間，也住神保町的公寓，上御茶水的補習班。據說這樣非常方便，父母打算讓孝史照著表哥的路子重新走一遍。

表哥雖然重考一年，後來卻考上慶應大學法學院。大概是想沾的他福氣，再加上母親說，既然不可能自己開伙，不如住在外食方便的地方，她也比較放心。

這樣的地方，房租恐怕貴得嚇人。太平要孝史不用擔心錢的問題，可是孝史心底卻有種壓迫感——他欠父母的錢愈滾愈多了。

朋友中有人說：「眞羨慕你，有這麼慷慨的爸媽。」「你就用爸媽的錢來玩嘛！」或許就現代的考生而言，這樣的想法才正常，可是每次聽到類似的風涼話，孝史總覺得不是滋味。那種不服貼的感受——舉個例子，或許跟獲選爲奧運國手的運動員聽到一般人說「眞羨慕你，到國外遠征還有國家幫你出錢」很接近。

即使如此，離家一個人生活——這件事具有令人難以抗拒的魅力，所以，孝史格外希望能通過補習班的考試。今天的考試順利讓他輕鬆不少，也是這個緣故。

逛逛書店，到百貨公司的家電賣場瞧瞧單身生活用的電器，耗掉孝史不少時間。等天差不多黑了，他才準備回飯店。

本來打算從銀座站搭丸之內線電車到赤坂見附站，再換乘半藏門線，可是孝史想事情想得稍微出了神，錯過人擠人的赤坂見附站。與其搭反向車回頭，不如乾脆從四谷走回去，於是孝史出了站來到外面。今晚正好循昨天散步的路徑折返。白天天氣晴朗，晚上天空也沒半朵雲，星星閃閃發光。東京的夜空其實沒那麼糟。

一路走到半藏門的十字路口，抵達護城河畔，孝史發現國立劇場另一側停著電視臺的轉播車。以爲是在轉播國立劇場上演的戲碼，靠近後卻看見經常出現在電視上的女記者拿著麥克風，沿三宅坡慢慢步向櫻田門，一面指著國立劇場，不知在說些什麼。原來是新聞節目。

不過，報導沒有急迫感，看來不是突發案件。有些行人故意挑轉播車停靠的那邊走，孝史卻走在護城河這邊。

在他前面兩、三步的距離，兩個有些年紀的男子並肩慢慢走著。兩人身穿正式的大衣，約莫是在附近公司的上班族。

「不曉得發生什麼事？」其中一人說了跟孝史類似的話，顯然覺得轉播車的燈光很刺眼。

「可是會有什麼事？」另一人回答，「這裡是國立劇場啊。」

「這年頭，誰又料得到哪裡會出什麼事……」

眞是世風日下，人心不古——他的同伴附和著，突然提高音量。

「噢，原來如此，我知道了。」

「怎麼？」

連帶引起準備超前的孝史好奇心。這位伯伯，你到底知道什麼？

「今天是二十五日吧？就那個嘛！」

「哪個……？」

「是今晚吧。應該算今晚，還是明天早上？就是二二六事件啊。」

於是另一人也大聲回答，一副恍然大悟的樣子：「哦，對啦。」

二人的腳步放得更慢，遠遠望著邊說話邊移動的女記者。

「那時候她都還沒出生，竟然負責報導。」

「終戰五十週年快到了，電視台開始零零星星播放各種相關節目。」

「可是，這附近有什麼跟二二六相關的景物嗎？」

其中一人的手朝國立劇場比了比。

「那一帶以前是陸軍省和參謀總部吧，我記得是這樣沒錯。」

「原來如此，警視廳也在附近。」

在後面豎起耳朵偷聽的孝史，差點忍不住「哦」一聲。

原來是二二六事件啊！掛在飯店裡的蒲生大將生平事蹟，似乎也提及，大將就是當天去世的。

這麼說，不就是明天嗎？明天就是戰前那個地方的主人的忌日啊。雖然是巧合，但孝史心裡多少有點毛毛的。

話說回來，「二二六事件」究竟是怎樣的事件？既然新聞節目會專題報導，可見相當有名。歷史課教過嗎？

（可是啊……）

走在前面的二人，年紀應該比父親太平更大吧，連那一代的人都要花點時間才想得起來，更不用提孝史這一輩的年輕人，連半點關係都扯不上。

「今晚沒下雪，沒什麼氣氛。」

「萬一下雪，會冷得教人受不了啊。」

二人一路交談，沿著護城河走去，孝史在三宅坡的路口和他們分別。轉播車的燈光依然將附近照得猶如白晝。

跟昨天一樣，晚上八點一過，太平就打電話來。聽到孝史考得很好，高興極了。

「你考大學那時候，一定是太緊張。放鬆心情一定考得上，你有那個能力。」

太平的心，早飛到明年春天。

孝史昨天還想著臨時抱佛腳也抱不出什麼名堂，一點用功的心情也沒有，大概是今天的成果讓他重拾一些自信，貪心了起來，希望能夠以更輕鬆、更好的狀態通過明天那一關。他不像昨天連衣服都沒換就躺上床，而是拿出塞在書包裡的參考書，在桌上攤開，埋頭用功。一直到覺得差不多，抬頭看鐘，他才發現已是半夜十二點多，吃了一驚。只要有心，我還滿有定力的嘛！

這時，孝史突然想喝熱咖啡，罐裝的也沒關係，於是決定穿上外套，到外面去買。

平河町第一飯店裡沒設置自動販賣機，顯然是故作姿態，表示此處不是商務旅館。可是，他們沒自動販賣機，也沒客房服務。所幸，半藏門線的車站旁有熱飲的販賣機，孝史一點都不介意。

戶外果然寒氣逼人。可能是入夜後起風的關係，北風迎面颳過來，吹得耳垂好痛。孝史跑步出去，又跑步回飯店。今晚的櫃檯服務生不是面無表情的那一位，換成小個子、圓臉的老先生。不過，對於從外面買東西返回的客人漠不關心的態度，兩人倒是如出一轍。孝史小跑步通過櫃檯前方。

他搭電梯上二樓，來到穿堂。要回二〇二號房，必須在前面那條走道左轉。若是右轉，沿著走道依序是二〇三、二〇四、二〇五號房，盡頭是緊急出口，金屬製的安全門平常都是關上的。

準備走向二〇二號房的孝史會往右望，是感覺到冷風灌進來，安全門似乎打開了……

映入孝史視野的，是朝裡打開的安全門。門外逃生梯的平臺上，有一道朝欄杆外探的背影。那道身形瘦小、穿著整齊的背影似曾相識，那個後腦杓也很熟悉，他白天才在電影院裡見過。是那名中年男子。一身和白天相同的衣服，連外套也沒披，冒著大半夜的寒風，在逃生梯的平臺上到底在做些什麼？

歌手中森明菜曾有一首暢銷歌曲，歌詞裡有一句「在二十五樓的緊急出口，迎著風剪指甲」。父親有個在大型建設公司從事高樓建築的朋友，經常拿這句歌詞來消遣。

「不曉得她是在飯店還是什麼大樓，不過誰有閒情逸致在二十五樓的緊急出口剪指甲？既然有風，一定是在外面的樓梯嘛，沒繫安全索，一步也走不了。別說要走，我告訴你，連門都打不開。」

那時候他們只是笑說「這傢伙眞沒情調」，但此刻孝史看著中年男子的背影，腦袋裡浮現的卻是這件事。大叔，你在剪指甲嗎？

儘管覺得這個人眞是奇怪，孝史仍觀望一陣子。今晚，不知大叔四周是不是依然灰暗？還是，因爲站在那裡，看不太出來？孝史心想。只見對方杵在原地，動也不動。

——我眞蠢。

孝史突然覺得自己很幼稚，轉身便往二〇二號房走去。到了門前，從口袋裡掏出鑰匙——這時候，爲什麼會再度回望緊急出口，連孝史自己都不明白。表面上，或許只是「大叔會不會是在剪指甲？」的單純疑問，但在內心深處可能對「有人半夜站在逃生梯上」這種再怎麼想都不太對勁的情景，拉起小小的警報。再加上男子那張灰暗的臉，孝史突然想到，那不就是想自殺的人的表情嗎？

不久後，孝史將會深深感到，命運就取決於他進房間前的那一刻，是否曾再看逃生門一眼。這個小小的動作，便是生死的交界。

只是，現在孝史當然不會想到這些，他是在小小的衝動趨使下，轉頭朝那邊看。僅僅是這麼一個動作。那個大叔，眞是怪人……

孝史不禁瞪大眼。

轉頭望去，那名中年男子還站在平臺上，可是下一秒鐘，他卻朝欄杆大大踏出一步。在孝史眼中，他已邁出腳步。至少，看起來是朝那個方向移動。不是上樓梯，也不是下樓梯；不是往左，也不是往右；不是退回走廊這邊，而是走倒欄杆另一邊。

那邊，只有一個小小的縫隙，再過去就是旁邊的大樓，下方則是飯店垃圾場光禿禿的水泥地。水泥地……

那一刻，在距離目瞪口呆的孝史眼前不到十公尺處，那名中年男子的身影從逃生梯的平臺上消失。

大叔跳樓了！

想到這一點，孝史拔腿就跑。他在鋪滿寒酸地毯的走廊上狂奔，一路衝到樓梯平臺上，衝到欄杆前。勢頭之猛，萬一沒控制好，可能會順勢滾到欄杆外，眞是有驚無險。

他靠在欄杆上，勉力探出上半身，直盯著水泥地。

蒼白的人工燈光透進建築縫隙，照得水泥地一片慘白。孝史面前是一排擺得整整齊齊的垃圾箱。由於他伸長身子拚命向外探，放在鋼架上那些大大的藍色垃圾箱簡直就在鼻尖，近得幾乎聞得到靠在角落那把髒兮兮的拖把發出的濕濕臭臭味道。

沒有半個人，根本沒人掉下去。

孝史屏住呼吸，仰望樓梯上方，看到做了防滑處理的金屬製樓梯裡側。在一級級通往三樓平臺的最上面一層臺階，黏著一塊口香糖，不曉得是誰在很久以前黏上去的。

接著，他往下看。逃生梯在這個平臺上旋轉一八〇度，繼續往下通到垃圾場。萬一發生火災，每個客人得設法從垃圾箱之間的縫隙擠出去才能逃生。因爲通往飯店小型專用停車場的一道上漆的門，就在垃圾場另一頭。

沒有半個人，連腳步聲都聽不到。

即使如此，孝史還是拾級而下，冬夜裡垃圾場的臭味一樣刺鼻。他通過垃圾場，檢查每一個大垃圾箱之間的空隙。如果那名中年男子眞的躲在其中，才會教人嚇到心臟停止，可是，孝史寧願他眞的在這裡。就算找到他的狀況再怎麼詭異，總比找不到好。

從垃圾場這邊打開門，看了看停車場內部。只有一輛白色COROLLA像遭棄置般停在那裡，卻不見任何人影。孝史往回走，沿著逃生梯從一樓爬到五樓，依然沒有半個人。

那麼，剛才是怎麼回事？是錯覺嗎？那個大叔跳樓，難道是我看錯？

孝史用力甩甩頭，雙手敲敲太陽穴。這個習慣是被太平傳染的，工作一遇到瓶頸，父親就會三不五時這樣斥責自己，嘴裡還念念有辭：以前遇到電視影像有問題，只要這樣打一打就好了，腦袋不靈光，打一打也會比較管用。

但是，孝史的眼睛和大腦都主張剛才的景象不是錯覺。

去櫃檯通報吧。可是，要怎麼說呢？有個客人似乎從逃生梯跳樓。咦，那他掉在哪裡？就是找不到啊，他像煙一樣憑空消失了——

孝史再度搖頭。可笑，太可笑了。這種可笑的事誰做得出來啊。

孝史決定回房間。先喝咖啡再說吧。雖然涼了，不過沒關係，他口渴得要命。

從五樓搭電梯，孝史按下二樓的按鍵。抵達二樓，電梯門打開。

在他眼前，站著一個雙手插進西裝外套口袋的人，就是那名男子。

3

孝史嚇一跳，對方也一臉驚訝。兩人面面相覷時，電梯發出刺耳的噪音，門開始關閉。孝史反射性地按下電梯裡的「開」鍵。

門打開了。但是，男子像是顧慮著孝史不敢搭，杵在原地，要進來也不是、不進來也不是。

他避開孝史的臉，目光低垂。這時孝史才發現，原來自己一直露骨地盯著對方。

心臟依然狂跳不止，過了一會，孝史總算出聲問：「下樓嗎？」

男子有禮地回答：「是的。我可以進電梯嗎？」

孝史反射性地往牆邊靠，男子走進電梯。孝史錯失出電梯的機會，電梯門關上，往下移動。

孝史偷瞄男子一眼，觀察他的神情。

那是一張撲克臉，與其說是沒表情，不如說沒表情已成爲他的表情。昨晚第一次相遇時感受到的負面光芒，現在靠得這麼近，便益發明顯。而且，這次孝史百分之百確定，電梯裡的亮度比他一個人搭時暗了許多。

碰上釋放黑暗的大叔，在小小的密閉空間裡，孝史覺得呼吸愈來愈困難。

站在不遠處的那名男子，身上還是穿著白天看到的那件西裝和襯衫，雖然沒繫領帶，但長褲的折痕熨得筆挺，鞋子擦得乾乾淨淨。他的服裝一點都不邋遢，並不會讓人感到不舒服，頭髮也是整整齊齊。

在他身上完全看不出剛才曾經墜樓、跳樓，或從逃生梯的平臺上飛天盤旋的跡象，毫無可疑之處。

然而，孝史眞的親眼目睹，千眞萬確。僅僅十分鐘前，這名男子在逃生梯上消失蹤影。

四周驀地一頓，原來是電梯停下。

男子移動腳步，走出電梯。經過孝史身邊時，他輕輕點頭，像在道歉般目光低垂。

這一點頭，孝史再也按捺不住，追著男子背影似地出聲叫住他。

「請問……剛才你是不是在二樓的逃生梯？」

由於從來不曾這麼客氣，孝史講起話來怪怪的。男子停下腳步，好像被抓住上衣後領，背對孝史僵立。

孝史再度開口：「你剛才站在平臺上吧？然後你就……就……」

你就不見了，我還以爲你跳樓——正當孝史猶豫著該不該說這句話時，男子緩緩轉過身。

他的視線停留在孝史臉上，隨即轉開，彷彿直視孝史是件罪大惡極的事，或是這麼做會造成孝史的麻煩。

「哦，那應該不是我。」男子聲音低低的，語尾有些發抖。

「這樣啊……是我看錯了嗎？」

孝史注意到自己的聲音在顫抖。眞可笑，何必這麼緊張？

「可是，我嚇一大跳，那個人像煙一樣消失了。眞的不是你嗎？」

男子像隻膽小老鼠，窺探孝史的眼神，搖搖頭。「不是我啊，我剛從房間出來。」

騙人。孝史很想反駁，腦筋卻愈來愈混亂，心臟也愈跳愈快，跟許久以前第一次約會時一樣，耳垂發燙。

正當他急著想找話接口，卻聽到男子說：「一直讓電梯停著不太好吧？」

原來孝史一直按著「開」那個鍵，擋在電梯門口。

孝史急忙步出走廊。電梯門關上，就不再有動靜。

「你本來就是要下一樓嗎？」不等孝史回答，男子邁開腳步，轉身走向大門。

「你、你要到哪裡去？」

「我？」男子張大雙眼，第一次直視孝史。

「是啊，都這麼晚了。」

男子的嘴角稍微歪了一下。他笑了。看到他的表情，孝史覺得自己眞是個實實在在、無可救藥的大白痴。攔住一個陌生人，跟對方說的是什麼話啊。

「我要去買菸。」

「菸？櫃檯沒有嗎？」

中年男子微微一笑：「沒有我要的牌子，我只抽hi-lite。」

「哦……這樣啊。」

孝史想起罐裝咖啡還在外套口袋裡，隔著口袋敲了敲。

「這是在車站前的自動販賣機買的。那邊應該也有賣菸的自動販賣機，不過我不確定有沒有hi-lite。」

男子輕輕點頭。「好，我走過去瞧瞧，說不定能找到。」

於是，男子再次向孝史頷首道別。男子穿越冷冷清清的大廳，通過無人看守的櫃檯，走向大門。孝史目送男子的背影，見男子要步出自動門，終究忍不住，脫口大聲問：

「你剛才眞的不在逃生梯嗎？我嚇一跳，以爲你跳樓，到處找了一遍！」

男子沒回頭，一路走遠，很快就看不見。

孝史再也無法按捺，跑到自動門邊。門反應遲緩地打開後，脫線的嘎嘎聲在耳邊響起，灌進來的寒氣直撲臉上，孝史突然洩了氣。

到底是怎樣？我這是在幹嘛？

抬起手拍一下頭，發出悶響。甩甩頭，孝史轉身準備進去。

這時，剛才空蕩蕩的櫃檯冒出一個人，是之前那名小個頭的櫃檯服務生。他出現的時機實在太巧，孝史不禁大叫，聲音大得連自己都詫異。

櫃檯服務生反倒受到驚嚇，圓臉上的圓眼睜得老大，兩手撐在櫃檯上，上身後仰。

「啊，呃，對不起。」孝史慌張道歉。

櫃檯服務生餘悸猶存地問：「您還好嗎？」

聲音仍不脫櫃檯服務生慣有的機械與平板，驚愕得僵住的表情依然緊繃。

「嗯，不要緊。」孝史額頭髮際冒出冷汗，「沒事，只是有點嚇到。」

「嚇到了啊，」櫃檯服務生背誦似地重複他的話，「被什麼東西嚇到？」

「什麼東西……」

孝史望著對方，發現櫃檯服務生的表情不是懷疑也不是驚訝，而是像在刺探什麼、期待什麼。

孝史覺得不太對勁。

見他沉默不語，櫃檯服務生張望四周，小聲地問：「莫非您親眼目睹什麼？」

「什麼？」

「是啊，您目睹什麼？」

「目睹——」

原來櫃檯服務生是在問他看到了什麼。孝史走近櫃檯。

「你說我嗎？」

「是啊，客人你一臉像看到可怕的東西。」櫃檯服務生接著道。可能是面對孝史這樣的年輕小伙子，他的口氣變得比較隨便。

孝史的腦袋總算開始運轉，心跳加速。他的意思難道是——

「這麼說，你也看到了？」孝史跟著壓低聲音。

櫃檯服務生熱切地點頭。

「當然。」

孝史鬆一口氣，不由得笑出來。

「就在剛才，對不對？在二樓逃生梯那裡。」

這個櫃檯服務生八成也目睹剛才那個大叔消失，一定是的。

「突然消失，過一陣子又出現，是不是這樣？」

櫃檯服務生搖頭，不過表情還是一樣起勁，靠過來說：

「不是的，剛才我沒看到。而且，我也沒看過他消失，只看過他走動的樣子。」

「走動的樣子……？」

「是啊、是啊，目前爲止看過兩次吧。兩次都嚇得我一動也不敢動，只能傻傻盯著，任他走掉。」

孝史不禁困惑雙方怎麼像在雞同鴨講？

櫃檯服務生不管他的反應，一個勁說個不停，相當興奮。

「不過，距離上次看到有一段時間，我以爲他不會再現身，居然又跑出來。」

「請問……你是指什麼跑出來？」

聽孝史這麼問，櫃檯服務生再度睜大眼睛。

「這還需要解釋嗎？當然是鬼魂啊。」

「鬼魂？」這次換孝史瞪大雙眸。「你剛才是在說鬼魂嗎？」

「不是嗎？」櫃檯服務生眨著眼，「不然，你看到什麼？」

「呃，我……」孝史覺得頭痛了起來，「不曉得你看到的鬼魂是什麼樣子？」

櫃檯服務生像半夜要去偷吃食物的老鼠，一雙小眼睛四處張望。那模樣彷彿他口中的「鬼魂」就在附近，生怕「鬼魂」豎起耳朵偷聽他們的談話。

他吐露祕密般壓低音量：「就是蒲生大將的鬼魂啊！」

孝史不禁張大嘴，櫃檯服務生配合著他開口。

「你看到的不是他嗎？」

孝史欲言又止，此刻解釋有人從逃生梯憑空消失也沒用。

「你提到的蒲生大將，就是以前在這裡蓋房子住的軍人？」

「是啊，後來自殺了。」

「他的鬼魂會跑出來？」

櫃檯服務生用力點頭。「不止我，還有別人看見。他穿軍服，拄著枴杖在飯店走廊上徘徊，有時還會從玄關出去。」

「電梯旁邊掛的是他的照片嗎？」

「是啊，他就穿著那身軍服。不過，照片是黑白的，不曉得顏色是不是一樣。」櫃檯服務生聳聳渾圓的肩膀，「不過，他不會害人，只是到處走動而已。何況，我也說過，這一年來都沒人看到他，一直沒出現。」

「喔……」孝史不置可否，擠出一個不自然的笑容。

他想起電梯旁的蒲生憲之大將的照片。那個斂著下巴、顯得意志堅定的軍人，威武的身形穿著軍裝，從照片裡走出，來到飯店走廊上。這樣的想像莫名鮮明。不會害人，只是到處走動而已──每走一步，胸前的勳章就晃一下；每次枴杖觸地，就發出結實的聲響……

孝史像被粗糙的刷子拂過，背脊一陣戰慄。低頭一看，手臂起了一片雞皮疙瘩。

眞想趕快回房間，不想再遇到任何人。孝史急忙開口：「我看到的可能就是那個鬼魂，我也不確定。」

「眞的嗎？」

小個子的櫃檯服務生還不死心，孝史慢慢離開櫃檯。

「眞的。而且，我也沒怎麼受到驚嚇。嗯，大概就是這樣。」

孝史匆匆右轉往電梯移動。他一邊跑，明明不想又忍不住偷瞄那幀人物照。照片位於微弱照明無法顧及的陰暗處，隱身於觀葉植物後方。即使如此，孝史還是一陣雞皮疙瘩。

走進電梯後，孝史回頭一望，櫃檯服務生並未追過來，那名中年男子也沒返回的跡象。

更別提鬼魂，連個影子都沒有。電梯門一關，孝史大大吁一口氣。

回到房間，孝史喝掉半罐快變涼的咖啡，朝牆上映出自己蒼白臉龐的鏡面，大聲問：「你秀逗啊？」

消失的大叔，再加上死掉超過半世紀的軍人鬼魂，他竟然被這些嚇得半死──

但是，鬼魂也就罷了，大叔的事卻是他親眼目睹。那個大叔在二樓逃生梯的平臺上像煙一樣消失蹤影，短短五分鐘後又出現在二樓走廊的電梯前。這件事實實在在發生過，千眞萬確。絕對眞實，毫無虛假。

當初，那個大叔就給孝史一種奇妙的感覺，一種不尋常的印象，連拘謹的態度也很奇怪。而且，爲什麼——

（爲什麼他會散發那樣討人厭的黑暗氣息？）

一起搭電梯時，孝史像戴上度數不合的眼鏡，視野一片扭曲……

想到這裡，孝史恍然大悟。那個人不是灰暗，而是扭曲。連他四周的光線都扭曲，才會給人灰暗的感覺。

孝史第一次遇到這種人。

把空罐對準垃圾筒一扔，孝史癱在床上。骯髒的天花板上沒有答案，但躺著聽自己規律的心跳，情緒漸漸平復。

明天考完試就儘快回家吧！孝史心想。

雖然自覺無所謂，其實神經還是繃得很緊，所以會去在意那些小事。父母建議他考完試休息一晚再回家，不過照現在這種狀況，一個人悶在昏暗的房間裡，八成也不會有什麼好事。

（而且還會鬧鬼。）

在心裡嘀咕著，又一陣毛骨悚然，孝史卻笑了出來。突然之間，一切都非常可笑。連今天要在這裡住一晚，他都覺得麻煩。

孝史翻身起床，收拾攤在桌上的參考書和筆記本，準備好明天要用的東西，然後很快沖個澡。清清爽爽地從浴室出來，他的心情好多了。

打開電視，設定三十分鐘後自動關閉，換好衣服鑽進被窩。孝史很不容易入睡，這是他的老習慣。不過，要是專心看起電視反倒會更清醒，音量得轉小，並且避免切到電影或連續劇。

時間已過半夜一點，電視上播的是深夜節目。孝史隨手轉到的頻道正好在播談話性節目。這類節目最適合拿來催眠。

孝史閉上眼，抱著枕頭朝右側躺。電視裡的交談聲，不斷流洩而出。

耳裡突然傳來一段話。

「所以，昭和十一年的本月本夜，發生二二六事件……」

孝史睜開眼，電視螢幕好亮。

男女數人圍著脫口秀的布景坐在麥克風前。主持人是經常出現在其他節目的某男主播，記得叫齋藤什麼的，說話的就是他。

「好的，今晚的『極樂之夜』要聊的題目是年輕人眼中的太平洋戰爭，節目將以特別來賓的談話，及開放現場年輕朋友討論為主。不過，我可以預見大家的反應會是——什麼太平洋戰爭嘛，都半個世紀前的歷史了！」

齋藤主播笑著繼續道。

「我們把內容整理成幾個最基本的重點逐一探討，這些都是學校課堂上沒有教的。首先，現在到凌晨一點五十分的第一部分，就從我國之所以——怎麼說呢，可以說是傾向戰爭嗎？我國之所以傾向戰爭的分歧點，即二二六事件的軍事政變開始，一直到珍珠港事變，現在也稱為Remember Pearl Harber，取這一連串的歷史事件為一個段落來討論。」

談話的內容很嚴肅，口氣卻是綜藝節目的格調。主持人堆滿笑容的臉上微微冒著汗。

「接下來的十五分鐘，介紹本週的娛樂資訊，之後到凌晨四點的第二部分，大家一起學習從珍珠港事變到日本接受波茨坦宣言、結束第二次世界大戰的歷史。這就是今晚的節目流程。」

齋藤主播身邊是一名穿鮮黃色套裝的女播報員，然後是頗受年輕人喜愛的女明星飯島盈。她穿著低胸洋裝，胸前波濤洶湧，手肘靠在桌子上。

「今天的企畫眞是陽剛啊。」女播報員開心地說。

「可不是嗎？而且時機正好，二二六事件就是發生在本月本夜的事。這邊的本月本夜可不是指《金色夜叉》（註）喔，小盈。」

飯島盈露出酒窩，天眞無邪地反問：「金色夜叉是什麼？」

「跟今天的主題沒關係。」齋藤主播笑著回答，一邊轉向坐在她身旁的三十幾歲男子。

「蘭草先生怎麼看？我想您應該很少有機會爲了今晚這樣的主題上節目。」

被稱爲「蘭草先生」的男子前方，放有寫著「趨勢評論家蘭草和彥」的名牌。他以低沉的嗓音回覆：

「是啊。只是，我認爲歷史最後也不過是趨勢不斷累積的結果。」

註：日本寫實派作家尾崎紅葉於明治三十年（一八九七）以熱海爲場景創作的小說，講述貧窮的男學生因戀人的變心，化身金錢魔鬼，成爲放高利貸者的故事。其中男主角在熱海海岸狠狠踢開拜金主義的女主角一幕最爲人津津樂道。「本月本夜（日文：今月今夜）」則頻繁出現於男主角臺詞中。

「哦哦，原來如此，歷史是趨勢累積的結果啊！」

「本來不就是這樣嗎？所以，我認爲從這種角度重新審視我們的國家是一件很有意義的事。今天的節目眞令人期待。」

攝影機的鏡頭隨著他的話切換，轉而拍起來到攝影棚的年輕人。每個都與孝史年紀相當，只見服裝與髮型大同小異的一張張面孔，其中有男有女，但男生較多，比例大約是七比三。

「不過，大家一臉想睡的樣子。」

攝影棚因齋藤主播這句話響起笑聲。

「做這種比較硬的企畫，大概很多人都覺得沒意思，轉臺的轉臺，睡覺的睡覺，不過，我在這裡拜託大家，千萬別睡啊！小盈也要打起精神喔！」

「好——」她扭扭捏捏地笑著，「可是，齋藤先生，我眞的一頭霧水，你剛才說的二二六事件是什麼？」

攝影棚又傳出笑聲，趨勢評論家也笑了。

「傷腦筋，別一開始就讓我接不下去嘛。」

「那是我國歷史上極爲罕見的大規模軍事政變。」蘭草解釋。

「哦，軍事政變，聽起來好酷喔。」

聽到小盈的話，看起來不拘小節的蘭草，那張黝黑的臉露出笑容，傾身向前應道：「是啊。其實我對今晚的節目非常期待，這也是我把昭和四、五十年代出生的年輕人稱爲『超戰無派世代』的原因。」

「超戰無派？」

「對。他們已超越我們這些三次大戰後出生的戰無派（註）世代。在超戰無派看來，軍事政變只是很酷的事件，二二六事件的青年將校也只是悲劇英雄。但是，今後日本靠的就是這個世代。他們完全擺脫複雜的歷史包袱，因而能夠建立自由的社會，是代表希望的世代。好比今晚的主題，他們或許能夠以與過去完全不同的角度解讀。」

拜託，又是二二六事件啊。從昨天到今天，莫名其妙總跟這個事件扯上關係，可是我受夠了……害我差點又想起鬼魂的事……

孝史已有睡意，眼睛卻離不開電視。這時畫面切換，出現幾個黑色的大字標題：

「二二六事件」

同時旁白開始敘述：

「昭和十一年二月二十六日破曉時分，陸軍第一師團麾下的步兵第一連隊、步兵第三連隊、近衛師團麾下的近衛步兵第三連隊，以這三處的青年將校為中心構成的起事部隊，襲擊、暗殺內閣總理大臣、內大臣、侍衛長、大藏大臣等重要官員，這就是二二六事件的開端。起事部隊發動襲擊後維持兵力，占領麴町、永田町一帶的政治軍事中心。他們的要求及目的是頒布戒嚴令，由軍部主導國政，並在其指揮下驅逐被視為政治腐敗元凶的重要大臣，組織新內閣，稱為『昭和維新』。

註：相對於日本戰前派、戰後派衍伸出的語詞。意指第二次世界大戰後出生，對戰爭一無所知的世代。

這次軍事政變的發生，源於陸軍內部兩大派系『皇道派』與『統制派』嚴重的勢力鬥爭。起事的青年將校隸屬皇道派，當時陸軍中樞以敵對的統制派將校較多，但對青年將校寄予同情的親皇道派勢力亦不在少數，這微妙的勢力關係致使事態朝難以想像的方向發展。

然而，針對此事件，昭和天皇的意見始終是『暗殺重臣之青年將校罪大惡極，應嚴加討伐』。陸軍中樞視起事部隊爲反叛軍，派出軍隊，並以不惜發動攻擊的態度與之對決，同時召喚下士官及士兵歸隊。到了二十九日，青年將校投降，爲期四天的二二六事件落幕。

遭拘捕的青年將校立刻受到軍法會議的審判，在沒有辯護人也沒有上訴權的狀況下被宣告死刑，因此稱爲『黑暗審判』，一舉剷除陸軍內部的皇道派勢力。然而，這次事件使得握有強大武力的軍部對國政的發言權大增，導致後來軍部專擅，帶領日本走向戰爭的時代……」

配合著旁白，出現當時的報紙版面、武裝軍隊、在積雪的道路上行進的部隊等靜止畫面。在拒馬前行走的軍人。讀著車站前張貼的（應該是號外吧）報紙的人。豎起刺槍，站在「戒嚴司令部」招牌前的軍人。在看似大旅館的建築物前聚集的軍人。在遠處圍觀的群眾。清一色是單色的、黑與白的世界，畫面一角秀出「照片由每日新聞社提供」的字樣。

這時，畫面切換回攝影棚，拍的是飯島盈的特寫。她朝著鏡頭微笑，眼裡浮現睡意。

「看完以上的影片……」齋藤主播發話，「小盈，怎麼樣？現在瞭解了嗎？」

她聳聳肩，乳溝顯得更深，嬌滴滴地「嗯」一聲。

攝影棚裡發出笑聲。孝史揉著睏倦的眼睛心想，自己沒資格笑她。光靠剛才那段短短的影片，根本完全摸不著頭緒。如果是具有相關基礎知識的人或許還能夠理解，但劈頭來個「皇道派」、

「統制派」，聽在完全沒接觸過這件事的人耳裡，簡直跟暗號沒兩樣。

攝影棚裡的人都笑得很開心，在來賓席一旁架高的地方，與其他來賓稍微隔一段距離的位置坐著一位老先生，他拉近麥克風，開口：

「剛才的影片與解說整理得相當好，但那樣的說明不夠。」

看他的名牌，似乎是某大學的教授。一身正式的西裝，白多於黑的頭髮梳理得十分體面。

「況且，如果要符合今晚企畫的宗旨，不該是從二二六事件切入，至少要追溯到更早之前，就是昭和六年（一九三一）的滿州事變（註一），否則依時序和因果來看是不正確的。陸軍內部的派系鬥爭一舉浮出檯面，也是滿州事變種下的因……」

齋藤主播帶著親切的笑容，急忙插話：

「多部教授，關於您提及的這些事，在稍後的單元要再向您請教。那麼，我們接著看日中戰爭（註二）……」

多部教授忙不迭點頭，一副「我知道、我知道」的表情。

「沒錯，二二六事件的第二年就發生日中戰爭，但在這段期間，你剛才提過好幾次，就是軍部的獨裁專權啊，導致好幾件事成爲後來引發日中戰爭的關鍵。可是，要讓年輕人理解來龍去脈，若是不對更早之前的事情詳加說明……」

註一：即「九一八事變」，日本發動對中國戰爭的第一役。

註二：即我國所稱的「對日抗戰」。

齋藤主播一副心不在焉的樣子，視線在畫面下方游移。可能是有人在對他打暗號吧。

「啊，好的。那麼，教授請稍後再繼續，我們先進一段廣告。」

珠寶店的廣告迫不及待跳出來，電視音量突然變大。正當孝史皺起眉頭時，自動關機的睡眠裝置啓動，關掉了電視。

孝史閉上眼，打一個呵欠，眼角滲出淚。他對節目的後續並非毫無興趣——那個教授和主播各說各話的樣子挺好笑，但要起來開電視很麻煩。

攝影棚裡的那些年輕人，不管是社會人士還是學生，一定都找好出路了。否則，誰有閒情逸致在平日的半夜去參加節目錄影？那是一群立場與孝史完全不同的年輕人。

——我應付眼前的事都來不及，才沒空閒回顧歷史。

孝史這樣想著，翻身背向電視，不到幾秒便沉沉入睡。

4

下意識的警告。

這究竟是從哪裡來的呢？眞的如字面所說，從意識之下來的嗎？遍布皮膚表面的那些敏感感應元接收到的訊息，透過複雜的神經預備線路，穿過平時緊閉的大門傳遞到心臟——最後抵達大腦。

於是，紅色警示燈開始閃爍，危險、危險、危險！

但是，這些警告並非言語，也不是聲音。把孝史從熟睡中喚醒的，並不是噪音。在床上突然睜眼醒來時，房裡靜悄悄的，沒半點聲響。

向右側躺，微微弓身，維持一、兩秒醒來的狀態後，孝史詫異得睜大眼。明明不是在作夢，怎麼會突然驚醒？

孝史一向睡得很沉。一旦睡著，除非發生特殊狀況，否則不會中途醒來。準備考試期間，這樣的體質著實令人煩惱。不管收音機的音量放得再大，一打起瞌睡，不到天亮醒不來。有一次隔壁房間的妹妹被吵醒，生氣又無奈地到他房裡關掉收音機，順便朝他背後搥一拳，要不是隔天吃早飯時妹妹告訴他，他還渾然不知。

（我看哥哥啊，就算有人要他的命也不會醒來。）

現在卻不是這麼一回事。躺在床上的孝史，身體愈來愈僵，心情愈來愈緊張。

房裡有人嗎？

腦海首先冒出這個念頭。他是察覺有人才醒來嗎？

想動卻動不了。眼睛連眨都不敢眨，屏住氣息專心辨認周圍的聲音。可是，耳裡只聽到自己的心跳聲，簡直像心臟從胸口躍到耳朵深處。

好，翻個身試試。盡量裝作若無其事，態度要自然。然後，再聽聽有沒有動靜。若是房裡有人，一定會有所反應。

孝史閉上眼。爲了轉動身體，必須鼓起勇氣。內心裡不祥的預感愈來愈強烈，絕對有問題，現在這個狀態太不尋常了。

當孝史數著一、二、三準備翻身時，頭頂上從遠方傳來玻璃破裂聲，緊接著是女人急促又尖銳的慘叫聲。

孝史從床上彈起，習慣黑暗的眼睛依稀能夠辨視房內的家具、牆壁、窗戶的位置。胸口的悸動愈來愈劇烈，背後卻流起冷汗。

在他起身的同時，反射性地朝床右側伸出手，摸索檯燈的開關。手碰到床頭桌的電話，卡嗒卡嗒幾聲後，聽筒掉在地上。

摸到開關，按下。瞬間，啪一聲，藍白色火花四濺，檯燈的燈泡破裂。孝史趕緊抽回手，刺痛的觸感告訴他玻璃刺傷了手背。

檯燈四周發出一股異味，像是鐵銹味又像燒焦味。剛才閃電般的藍白色光線變成視覺殘留，烙在眼皮上。檯燈短路了。

到底是怎麼回事？孝史想大叫卻動彈不得，上方又傳來聲響。這次是重重的、彷彿震到骨子裡的低沉聲響，天花板上有東西紛紛掉落。

孝史管不了那麼多，也失去判斷力。他從床上跳下來，赤腳著地時，不巧踩在燈泡碎片上。玻璃碎片猛然戳進右腳腳底，孝史失去平衡，直往另一邊倒，撞到門上。

打開鎖鏈、握住門把的那一刻，腦海閃過一絲疑惑，門把竟然溫溫的？但孝史沒時間深思，跌跌撞撞來到走廊。

整個走廊都是煙，沒有一盞燈是亮的。

白濛濛的煙霧後隱約可見左側「緊急出口」的青白指示燈，而走廊右側的盡頭，僅僅二公尺外的那扇窗戶一片火紅。

一種認知從膝蓋猛衝上來。所有神經彷彿變成一束綳緊的鐵絲，另一端被抓住，狠狠甩了一下。對當下情況的認知，傳遍體內每一個角落，孝史恐懼得不停發抖。

失火了！怎麼辦？飯店燒起來了！

爲什麼警鈴沒響？自動灑水器怎麼沒啓動？飯店員工都在幹什麼？

孝史僵在原地，腦袋裡淨轉著無謂的念頭，感覺力氣不斷從膝蓋溜走。突然之間，他開始哽咽。這家飯店根本就沒有什麼消防設備，打從一開始就不存在那種東西。這裡是飯店的墳場啊！

短短的片刻裡，煙霧愈來愈濃，孝史漸漸呼吸困難，也清楚感受到熱氣襲身。因爲腳步不穩，他伸手扶著牆，卻發現燙得嚇人。

孝史像被彈開似地離開牆壁，調整好姿勢，朝著青白色的「緊急出口」指示燈走去。剛才踩到玻璃的右腳一陣刺痛，他向前跌倒，雙手著地，忽然察覺靠近地板呼吸比較容易。以前不也在電視上看過，遇到飯店火災逃生姿勢要放低嗎！

孝史在走廊上匍匐前進。二樓似乎沒有其他客人，走廊只有孝史一個人。不過，他還是扯開嗓門大喊「失火了！失火了！」，卻沒有任何回應，也沒有任何動靜。

前往緊急出口這一段短短的距離，汗水不斷從孝史的額頭流過下巴滴落。煙霧燻得眼睛愈來愈痛。再七公尺、五公尺，孝史不時抬頭確認青白色的「緊急出口」，緩緩前進，內心非常想哭。用鼻子呼吸覺得空氣很燙，可是每次用嘴巴呼吸又會咳嗽。

再一公尺，來到「緊急出口」的指示燈旁了。孝史一鼓作氣站起，像是忘記右腳的疼痛，用力握住門把——

孝史大叫一聲，往後倒下。

門把簡直和熨斗一樣燙，手掌立刻一片血紅，接著，柔軟的部分泛白冒出水泡。

這樣沒辦法開門。門不會自動打開，憑人力也打不開，根本逃不出去。

此時，「緊急出口」蒼白的指示燈彷彿在同情孝史，閃爍兩、三次後熄滅。只剩另一側窗戶映出的鮮紅火焰照亮走廊。

「該死！」

孝史膝蓋不停顫抖，望向右側。這下完蛋了，門把那麼燙，外頭鐵定是一片火海。想必是垃圾場燒得不亦樂乎，火舌才會舔上門把。

明明只要穿過那扇門、那道牆，就能逃到安全的戶外，逃到二月底寒冷的夜色中，逃到能自由深呼吸的空氣中。

走廊瀰漫著灰色濃霧，刺痛孝史的雙眸，不一直眨眼會受不了。他爬離緊急出口，好不容易回到電梯附近。

這種情況下，搭電梯反倒危險，而且電梯也無法動彈。火紅的窗戶不必考慮，外面肯定是烈焰地獄。

怎麼會發生火災？起火點在哪裡？整幢飯店簡直猶如烤爐。

孝史拚命要自己保持冷靜。眼前剩兩條路可走，一是經由電梯旁的員工專用梯下樓，不然就是返回房間，打破窗戶，從二樓跳下去。幸虧客房沒裝自動鎖，還能回到二〇二號房。

回房間吧！孝史當下決定。員工專用梯恐怕已變成煙囪，就算勉強下去，也不清楚一樓的狀況。

孝史毅然站起。此刻連趴在地上都難以呼吸，他打算通過電梯前方，一口氣衝進房間。透過濃煙，隱約可見二〇二號房的門毫無變化，彷彿在向他保證，那是唯一安全的出口。

孝史走了兩步，恰恰來到電梯正前方。忽然間，一陣熱風橫掃過來，逼得他閉上眼。

他反射性地望去，只見電梯左右對開的門中央，出現一條火紅的線。電梯的門本來就關不緊，這幢飯店眞的是沒一個地方蓋得像樣。

可是，那條縫有那麼大嗎？這陣熱風又是怎麼回事？

危險！

孝史不巧踏出受傷的右腳。要是右腳完好如初，能夠承受全身的重量，他會毫不猶豫地通過電梯前方。但是，受到熱氣折騰，加上右腳腳底傳來陣陣刺痛，他不禁一頓，重心移到左腳，卻不愼踩空，整個人向後退，離電梯反而更遠，最後跌坐在地上。

下一瞬間，電梯門突然飛了起來。

其中一邊的門扭曲成逆く字形，差點撞到天花板。那一瞬間發生的一切，完完整整映入孝史眼簾。破壞電梯門的爆風挾著火焰侵襲走廊，發出震耳欲聾的爆音，衝上天花板。

孝史眼睜睜看著電梯門撞上二〇二號房，封住房門入口。連接在電梯上的幾條電線，在瞬間爆風的帶動下飄然起舞，彷彿在跟孝史說再見。

全身虛脫的孝史只能坐在地上，凝望愈燒愈烈的火焰。沒受到那陣爆風的直接攻擊，還好端端活著，實在不可思議。

沒救了。

我就要死了——孝史心想。這不是放棄求生，而是像斬斷一切的開關，所有機能停止，連恐懼都感覺不到。

孝史一吸氣，便灼傷喉嚨，感覺連鼻毛都燒焦。頭髮蜷縮，腦袋昏昏沉沉。奇怪的是，他一陣睏倦。要昏倒了嗎？如果眞的像妹妹說的，在夢中死去也好。

永別了，再也見不到家人和朋友。做夢也沒想到會這樣死去，孝史一直以爲，不管自身多麼乏善可陳，多麼不像樣，還是擁有未來。

可是，我就要葬身此地。命運眞是殘酷啊。要是死在這裡，豈不是連爲何發生火災都無法得知？

報紙會怎麼報導？父親太平會怎麼想？會自責嗎？還是，會痛恨介紹這家老舊飯店的朋友？

地板好熱，屁股也好熱，全身沒有一個地方不熱。眼皮撐不住了。天花板是火的通道，再沒有任何退路，孝史閉上眼。

突然間，有人從背後抓住他的肩膀。

孝史以爲是錯覺，沒睜開眼。原來被火紋身，會讓人產生這樣的錯覺。然而，那雙手不單單抓住孝史的肩膀，還用力搖晃。

「喂，振作一點！」

有人在他耳邊喊叫，音量大得像在怒吼。孝史擠出僅存的一絲力氣，勉強睜開眼。

那名中年男子就在他面前。

對方的嘴巴捂著濕毛巾，額頭和臉頰紅通通。身上穿的不是睡衣，而是整齊的襯衫和西裝。外套肩膀的部分、頭髮燒焦，雙眼充滿血絲，也是一片通紅。

——在這種情況下，我還看到那個大叔的幻影啊。

模糊的意識外，滑過男子的聲音：「振作一點，我馬上救你。明白嗎？有沒有聽見？」聽是聽到了，但身體無法動彈。何況，他要怎麼救人？

「把手給我！」男子用力握住孝史的右肘。「抓住我的衣服，隨便抓哪裡都行。抓緊！打起精神！」

男子將孝史的胳臂拉近他的西裝下襬。模糊的視野中，紅腫的手指總算動了。

孝史抓住男子的西裝外套。快麻痺的指尖，依然辨別得出羊毛的觸感。

忽然，孝史的胳臂被用力一拉，身體往前移動。輕飄飄的，彷彿被抬起。要去哪裡？逃到哪邊？分明無處可逃了啊。

下一瞬間，一切消失，四周一片漆黑。

驟然剩下黑暗。

不是黑暗包圍住孝史，感覺是他一頭往黑暗裡栽。

周圍的熱氣消逝，而且是轉眼不見。但殘留在孝史肌膚上的熱氣，仍持續灼燒。頭皮發燙，臉頰刺痛。睡褲可能裂開，露出了小腿。好痛，是灼傷。對了，剛才右手抓住緊急出口門把，掌心也好痛。

原來死亡就是飛進這樣的黑暗中啊。不過，灼熱和疼痛卻一點都沒消失，甚至感覺得到破掉的睡衣袖子飄動，拍打著手腕……

爲什麼袖子會飄動？

我在動，正在移動。風撫弄著灼傷刺痛的臉頰。

不，不是風。那不是空氣在流動。不是的，那只是身體輕飄飄地浮在空中，宛如受到微風吹拂。

我究竟在哪裡？

孝史想睜開眼，可是眼皮卻動也不動，簡直像黏住，不管怎麼努力都是徒然。

包圍身體的熱度逐漸減退。相對地，遍布各處的疼痛與灼熱愈來愈清晰，全是受傷的部位。不過，比想像中少。右掌和右肩，兩頰、額頭、小腿肚、指尖，還有腳底。右腳踩到玻璃的傷口發痛，仍在流血。感覺得到不適，感覺得到疼痛，這是活著的證明。我得救了嗎？

身體在半空中漂浮，右手似乎抓著什麼。有人交代絕不能放手，所以還抓著。是什麼呢？交代我不能放開什麼？對方又是誰？

腦袋一片混亂，意識愈來愈迷濛。好睏，快睡著了。

意識倏然中斷……

孝史昏過去，時間觀念隨之消失。他跌進內心深處的黑暗。

接著，繼續墜落，身體不停下沉。孝史赫然驚醒，聽到破空而過的風聲，指尖似乎觸摸到戶外冰冷的空氣。

往下、往下、往下，身體不斷往下掉。破裂的睡衣隨風拍打，眞的是劈啪作響。強風打在臉上，讓人張不開眼。

往下。

突然間，伴隨噗通一聲悶響，孝史摔落地面。

右肩著地。實在太過疼痛，呼吸甚至暫時停止。

他本能地蜷起身，沒撞到頭。在痛苦消退前，維持相同的姿勢，不動也不睜眼，縮成一團。空白的意識中，漆黑浪潮緩緩沖上來，包圍孝史。

這次很快退潮。從頭到腳尖，孝史彷彿能清楚聽到徐緩的退潮聲。

心中的現實感又回來了。

孝史沒睜眼，繼續躺著。眞想一直躺下去。保持這種狀態，就會有人來救我吧。

他換成俯臥的姿勢，半副身軀平貼地面。十分寒冷，像貼在冰上。灼傷的臉頰和額頭好舒服。

張開手，右掌貼在地上，疼痛瞬間遠離。

雖然正值二月，柏油路竟然這麼冰冷，觸感還這麼柔軟。

好冷。寒氣包圍全身，有冰涼的東西紛紛掉落。

孝史試著眨眼，卻睜不太開。睫毛燒焦黏住了。

想移動身體，卻忍不住發出呻吟。眼睛深處彷彿天旋地轉，湧起一股反胃的感覺。於是孝史放棄，再度趴倒。

半晌後，孝史又試一次。他小心翼翼地抬起身體，以較不疼痛的左手撐住地面，提起膝蓋。完成一連串動作後，總算能側坐，他舉起右手搓搓臉。

終於能睜開眼。

首先映入視野的，是雪白到發光的地面。他就癱坐在地。

每一次眨眼，模糊的視野就愈來愈清晰。但地面還是一樣白，包裹身體的寒氣害他幾乎凍僵。落在頭頂、額前、臉頰上，一點一點冰涼的感觸未曾消失。

這不是錯覺，他沒發瘋。

孝史抬頭仰望，只見無數發亮的白色碎片，從灰色占據的夜空飄落。

是雪，下雪了。

5

實在令人難以置信，孝史目瞪口呆地仰望上空。大片大片的雪不停飄落，是他從沒見過的景象。地上積著雪，有些像山一樣圓鼓鼓，應該是樹叢吧。

孝史察覺背後有人，驚詫回頭。還沒看清任何東西前，一雙手伸來，抓住他睡衣一角，將他拖到一個大雪堆後方。

孝史正要大叫，背後又伸出一隻捂住他的嘴。一道壓低的聲音在他耳畔說：「不要出聲。」

孝史不禁屏住呼吸。

此時，頭頂上方一亮，傳來卡嗒卡嗒聲，似乎有人開窗。

「剛才那是什麼?」一道男聲問。

驚嚇之餘，孝史差點又尖叫。背後那雙手像是料到他的反應，用力壓住他。

先前有人要我別出聲，是怕這個男的發現嗎？可是，爲什麼？明明應該求救啊。好不容易逃出發生火災的飯店，幹嘛躲躲藏藏？

「大概是貓從屋頂跳下去吧。」這次換成女聲回答。嬌滴滴的語氣，音調偏高。

「看樣子，又是一場大雪。」

男人語畢，傳來關窗聲。燈依然亮著。這段期間，一股力量架住孝史。

不久後——可能有五分鐘吧，燈光熄滅。約莫經過十秒，架住孝史的手總算鬆開。

孝史察覺背後的人在移動。那名中年男子——對，就是他，注視著孝史。

「你不要緊吧？」對方悄聲問。

他的臉燻黑，衣服處處是燒焦的痕跡，不過，傷勢似乎不怎麼嚴重，就是鼻頭有點發紅，眉毛燒焦而已。

「全身骨頭好像快散了。」

男子刻意壓低話聲，孝史自然跟著降低音量。看到男子嚴肅的表情和態度，他覺得最好這麼做。

「我們是跳窗逃出來的吧？」

除此之外，不可能有其他方法。

「你拉著我，打破某扇窗，帶我跳下來，對不對？雖然不曉得你是怎麼辦到的……是到離電梯比較遠的房間，像是二〇四號房那邊的窗戶跳下來的嗎？」

男子凝視著孝史，沒有回答。雪花紛紛黏在他眉毛燒焦的地方，慢慢染成一片白。若在平常，看到這模樣可能會爆笑，此刻孝史卻笑不出來。

這種氣氛太詭異了。而且，爲什麼完全聽不到消防車的警笛聲，也沒看見救護車？甚至沒有湊熱鬧圍觀的人。

別的不說，起火的平河町第一飯店在哪裡？

「請問……」

孝史思索著該怎麼問下去。男子不發一語，朝剛才窗戶開關、傳出人聲的方向，揚起肥短的下巴。

孝史隨著他的指示望去。在灰雲密布的夜空下，片片雪花織成的簾幕後方，浮現一座黑色建築的身影。

那是一幢雙層建築，半圓的拱型玄關亮著一盞黃色小燈。幾扇格得很密的細長窗戶，只有二樓最遠的一端還亮著燈。

孝史移動視線，掃過建築外觀。混亂的腦袋仍處於驚嚇中，卻保有對這幢建築的記憶。雖然印象模糊，但確實似曾相識。

那是一幢洋館，這年頭在東京十分少見，感覺像是博物館或銀行的總行。占地不算大，不過中央有一座三角屋頂的鐘塔。而且，這種紅磚外牆……

任憑雪不停掉落、堆積在髮上，男子平靜開口：「飯店的電梯旁，掛著這房子的照片。你沒注意到嗎？」

孝史差點發出驚呼。

對啊，他看過那張照片。一張小小的黑白照片，愼重其事地加裝相框，旁邊寫著一大串說明。

「上面應該寫著『蒲生邸』。」男子緩緩接著道。

蒲生邸。沒錯，那張照片和陸軍大將蒲生憲之的獨照掛在一起。孝史記得那名軍人的長相。眼前這幢洋館，確實是他的家、他的房子。

孝史看著男子。兩人渾身是雪，臉色蒼白，嘴唇也是慘白。

「但……那是……」

「那張照片是昭和二十三年（一九四八）拍攝的。」

「對啊，所以你說錯了。那張照片上，寫的是『舊蒲生邸』。」

抬頭看了看建築物，孝史總算露出一絲笑容。

「我知道了。這是你說的蒲生邸的新版，後來重建的吧？這是在平河町第一飯店的哪一邊？我完全沒注意到。」

男子垂下目光。孝史發現，他的嘴角隱約浮現笑意。如果這個笑容有味道，一定非常非常苦澀。

「我講了什麼奇怪的話嗎？」

男子緩緩搖頭，臉上笑意並未消失，但看來不是在取笑孝史。

「不是你講的話奇怪，而是對你來說，事實變得很奇怪罷了。」

「什麼意思？」

男子望向房子的窗戶，彷彿在觀察什麼動靜，接著道：「說來話長。這裡太冷，又是前庭，可能會被攔住問話。穿過建築物，一旁就是後院。那邊有間柴房，我們去休息一下吧。」

男子檢視孝史的全身般，仔細看了看他。

「你需要一些禦寒衣物，傷口也必須處理。先過去再說。」

男子準備站起，孝史拉住他的衣袖：「請等等，我實在不明白，爲什麼要躲在柴房？我們趕快離開這裡，向外求救吧。火災那麼嚴重，應該來了不少救護車和消防車，我想去醫院。」

「可是，你覺得有救護車或消防車前來的跡象嗎？」

男子冷冷丟出一句，孝史頓時語塞。

「一定是搞錯了……」

「還有，這些雪呢？」男子舉起手，承接大片雪花。「短短幾個小時，雪就下成這樣？」

「那是睡著沒注意到而已，下雪又沒有聲音。」

男子嘆一口氣，露出苦笑：「那麼，平河町第一飯店在哪裡？你看得到嗎？你說的對，那樣嚴重的火災，一定會冒出大量濃煙，天空也會映出火光。找一找，應該很快就能發現飯店在哪個方位。是在哪邊呢？」

用不著男子挖苦，孝史早就感到不對勁。

他彷彿落入一場大騙局。像在一堆象棋裡混進一枚西洋棋，唯獨他不懂規則，搞不清狀況。

「到處……都看不到飯店。」

孝史不情願地承認，感覺十分恐怖。

「我們在哪裡？請告訴我。你把我從那家飯店帶到什麼地方？」

準備站起的男子再度坐下。可能是認爲不解釋清楚，孝史就不肯移動吧。

「我再說一次。那張照片，是在昭和二十三年，蒲生邸拆除前拍攝的。」

「嗯，我聽見了。昭和二十三年，那是很久很久以前，我還沒出生。」孝史嚥下一大口口水。「昭和二十三年的建築，爲什麼會在這裡？」

男子盯著孝史的雙眼回答：「因爲我們在昭和二十三年前。」

像是爲了封住孝史的嘴，不讓他反駁「怎麼可能」，男子緊接著道：「除此之外，沒辦法從那場大火逃生。我知道你很難相信，不過，這是事實。」

「什麼事實？」

男子依舊看著孝史，輕輕吸一口氣，吐出白色氣息，說：「我們穿越時光了。」

穿越時光？

面對說不出話的孝史，男子神情有些內疚。

「我，是時光的旅人。」

6

時光的旅人。

一時之間，孝史的腦袋並未理解這個字眼的意義，只接收到一連串聲音。這個字眼實在突兀，太突兀了。

好不容易，孝史擠出一句：「時光的……」

「旅人。」男子接過話。

「Time Traveler的意思？」

「如果你比較喜歡英文，這麼說也無妨。我不怎麼喜歡就是了。」

「世上怎麼可能有這種人。」孝史不是在回應男子，更像是自言自語。他想笑，卻牽動灼傷的臉頰，好痛。「又不是在寫小說。到底怎樣才能穿越時光？我們沒聞到薰衣草的味道啊。」

「薰衣草？」

「就是《穿越時空的少女》。你不知道嗎？這是一部描寫時光旅人的小說，非常有趣。」

男子撥開落在頭髮上的雪，搖搖頭。「凡是與穿越時光沾上邊，不管是小說，或兒童科普讀物，我一概不碰。」

「少騙人了。」孝史不顧臉頰刺痛，故意擺出嘲弄的表情。「明明看了一堆類似的東西來滿足自己的妄想。」

男子默默注視孝史半晌。他的表情是如此灰暗，孝史不禁反省不該說出這種話。

「總之，換個地方吧。」男子低語。「難不成你不相信我，要去別的地方求助？那也行。只是，我先警告你，到時我沒辦法保證你的安全。」

男子口吻嚴厲，表情僵硬，彷彿在害怕什麼。

「你穿著那身睡衣——而且是一九九四年的睡衣，告訴別人你逃出失火的飯店、請幫忙叫警察、請讓我聯絡家人，天曉得會有什麼後果。」

「會有什麼後果？」

「不由分說被警察拖走，否則就是關進精神病院……」男子像在吟唱一種黑暗旋律，「再不然就是槍殺吧。」

孝史噗哧一笑，這個人真的有毛病。「槍殺？別鬧了。我又不是什麼罪犯，警察幹嘛看到我就開槍啊！」

「我可沒說是警察。」

這時，男子瞄向左腕上那只復古風格的手表。

「而且，距離可能發生那種最糟的狀況，還有一點時間。雖然只有一小時左右。」

「我根本聽不懂你在說什麼。」

男子不理會孝史，小心翼翼觀察四周，站起來。「反正，我要去柴房。快凍死了。」

蒲生邸的前院鋪著一層白皚皚的雪，靜悄悄的，只聽得到雪沙沙落下的聲音。剛才二樓邊緣那扇亮著燈的窗戶，現在一片漆黑。可能是在他們交談期間熄燈。

發現這件事，孝史突然一陣劇烈顫抖。

當孝史和那名男子進行非現實的對話時，府邸裡確實有人，開燈又關燈。或許有人在那裡做夜工，工作結束，上床就寢。

這裡，是一個活生生的世界。眼前豪華的洋館絕不是舞臺裝置，也不是布景，生活在裡面的人不是演員，沒發現孝史和那名男子。萬一發現……

（會造成怎樣的騷動？）

至少，不會出現「你是從那場飯店大火裡逃出來的？快進來，我馬上幫你叫救護車」這種事吧。而且，如果平河町第一飯店就在附近，住在裡面的人不可能睡得這麼安穩，應該會匆匆起床跑到外頭，看看會不會延燒或爆炸，幾近驚恐地觀察火勢。

然而，現實是如何？事實又是如何？如此平靜，如此安祥。

這裡不在飯店附近，孝史和那名男子不是從飯店窗戶跳下來。這裡不是孝史熟悉的地方，正發生一件極端異常的事。

不，或者，孝史和那名男子才異常？

抬眼一看，男子彎著腰，準備繞過樹叢，從洋館旁前往後院。孝史急忙跟在他身後。

可是，一站起身，孝史腳步踉蹌，旋即臉部著地，倒在雪上。兩個膝蓋彷彿變成海綿，一點力氣都使不出來。

孝史掙扎著，試圖從雪中爬起，男子走回來幫忙。

「我一定是病了，」孝史發著抖，「搞不好是一氧化碳中毒。」

「不，那是穿越時光的後遺症。」男子鎮定回答。

在男子半扶半揹下，孝史總算站起，全身骨頭好像變成軟綿綿的麵包。

「穿越時空會對身體造成極大的負擔，要一段時間才能恢復。其實，現在最好找地方躺下。」

「你沒事嗎？」

「我也很不舒服。不過，我早就習慣，好歹也做了些準備。」

「準備？」

「待會再說吧。」

兩人一路跌跌撞撞，從蒲生邸和矮樹圍牆（現在也覆蓋成一片雪白）之間通過，繞到後院。如同男子所說，雪光中有一座木板搭建的簡陋小屋。

後院比前庭小，柴房的鐵皮屋簷，延伸蓋到矮樹牆上方。這時，孝史第一次注意周遭的景色。灰色夜空與紛紛大雪。高聳的樹林圍在宅邸後方。極爲有限的視野中，沒有任何醒目的建築，只有一條泥土路穿過樹林，繞過蒲生邸通往右後方。

孝史眨眨眼，甩掉落在眼皮上的雪，發現穿過披著雪的樹林，遠方有一、兩點亮光在閃爍。

「那是什麼？」

孝史問。男子正小心翼翼，盡量不發出聲響地打開柴房的門。他抬起頭，順著孝史的視線望去，立刻回答：

「陸軍省（註）的窗戶。」

他扶著孝史，又瞄一眼手表。「這個時間，也只有那幾盞燈會亮著吧。」

孝史像是愣住，默默看著男子的側臉。剛剛那句話，在孝史耳內深處回響。陸軍省、陸軍省、陸軍省……

昨晚似乎聽過這個字眼。是在哪裡、是誰說的？陸軍？在現代日本，那是個「死語」，不存在的名詞。陸軍省？難道跟厚生省搞錯了嗎？

註：日本二次大戰以前的中央行政單位之一，爲軍政統治機關，行政首長是陸軍大臣。

柴房前有個小雪堆，導致門無法順利打開。即使如此，當門打開到可容納一個人勉強側身而過時，男子先把孝史塞進去，掃視四周一圈後，跟著進門。

所幸柴房不是直接蓋在泥土地上，鋪有地板。四張榻榻米大的空間，中央堆著柴。孝史倚著柴堆，癱坐在地。頭暈得厲害，一時之間，連東西南北都分不清。

鼻腔裡充斥著潮濕的木頭味。靠在背後的那些凹凸不平，的確是柴堆。爲了避免濕氣滲透及方便拿取，木柴每十根捆成一綑，互相交錯堆疊。

即使腦袋混亂不已，孝史也充分體會到眼前的事實——一切現象代表的意義。這年頭，連澡堂都以電力來燒水。況且，在東京中央，哪戶人家需要這麼多柴火？

直到這一刻，他才想起男子之前的話。我們在昭和二十三年前。現在是昭和二十三年前。

我真的穿越時光了？

這柴房似乎兼作倉庫，男子不知從哪裡找出一條舊毛毯，拿來蓋在孝史身上。毛毯破破爛爛，發出重重的霉味，但有毛毯就該偷笑了。

「再過一會，府邸裡的傭人就會起床。到時再去跟他們打聲招呼。」男子往地板坐下。「在那之前，我得編一個帶你過來的理由。還有，你身上怎麼會有這麼嚴重的灼傷，也需要解釋。就說你在鐵工廠工作，受不了師傅責打逃走？」

在毛毯包裹下，驚嚇和疲倦同時環住孝史。儘管開口很困難，他還是擠出聲：「請告訴我一件事。」

「什麼事？」

「這裡是東京嗎？」

「是啊。」

「不是你背上長翅膀，爲了逃出飯店火災，帶我飛到輕井澤的避暑勝地吧？」

男子看了看柴堆，微微一笑。

「避暑勝地嗎？原來如此，你在想那一類的地方可能現下也會燒柴。不過，不是那樣的。這裡是東京。說得精確一點，我們還在平河町第一飯店裡。以位置而言，並沒有移動多少。而且，我們的移動，還是剛才一跛一拐走到這裡造成的。穿越時光不會造成空間上的距離移動。」

男子微微聳肩。「關於這一點，小說或電影是怎麼寫的，我就不清楚了。」

「《回到未來》是怎麼說的啊……」明明不是什麼可笑的事，孝史卻輕輕咧開嘴。「對對，果然是在同一個地方。」

「原來也有正確的啊。」男子露出笑容。

柴房牆壁的上方開著採光窗，不時有雪花飄進來。多虧那扇窗，柴房裡透進些微亮光，看得見彼此。男子困頓地坐著，看起來非常疲倦。有一段時間，孝史和他只是毫無意義地互望。

「你的腦袋眞的沒問題嗎？」

男子搖搖頭。「很遺憾，我相當正常。」

「那麼，無論如何，你都堅持自己是時光的旅人，而我們穿越時光了？」

「那是事實。正確地說，我是能夠在時間軸上自由移動的人。」男子小聲補上一句：「也不知是幸，還是不幸。」

孝史閉上眼，感覺十分疲倦，暈眩無力。好想哭。

「知道了，我相信你。所以，我們回現代吧。」

他張開眼，注視男子。男子盤坐著，像小孩子似地雙手撐住臉頰。

「既然你能帶我來這裡，也可以帶我回去吧？我們回去吧。」

「這一點我辦不到。」

「為什麼？」孝史哀叫著起身。「空間上的移動，用走的就能解決吧？如果我們還在起火的飯店裡，只要離開柴房，再穿越時光不就好了？哪怕是國會圖書館或最高法院的玄關，回到哪裡都行。那一帶沒有住家，不會有人找我們麻煩。假如能回到現代，哪裡都好。」

「沒辦法。」男子固執地搖頭，「第一，你忘記那些看熱鬧的和報新聞的傢伙。平河町第一飯店四周，此刻一定鬧得不可開交。不管我們穿越時光到哪裡，返回現代就可能遭到目擊。要是有人看見，會引起多大的騷動？我可不想去淌那種渾水。」

「那麼，離遠一些不就得了！不管哪裡我都能走過去，只要遠離這裡就行，不是嗎？」

男子無視孝史的焦燥，繼續道：「第二，你不明白自己有多虛弱吧？我不是提過，穿越時光會造成身體很大的負擔嗎？這麼短的時間內，在受傷狀態下你試試看，只要一次，保證你的心臟一定會停止跳動。」

的確，如同男子所說，孝史身體非常虛弱。隨著心情慢慢平靜，他愈來愈清楚這一點。身體非常沉重，頭暈不止，反胃想吐，腳依舊像海綿一樣鬆軟無力。

「既然這樣，我們在這裡躲一晚，明天再回去總可以了吧？休息後，我的身體就會恢復，而且經過一夜，飯店四周的騷動應該早就平息。」

孝史不放棄地糾纏，男子無情地搖頭。

「不行，辦不到。」

「爲什麼？」

面對窮追不捨的孝史，男子臉頰不再靠在手上，坐直反問：「來到這裡後，我只提過一次是在昭和二十三年前，此外什麼都沒說，你卻完全沒問我們來到哪個時代。」

「哪個時代都無所謂。」孝史口氣變得很衝，「剛才你說到陸軍省，一定是二次大戰前的日本吧。既然如此，什麼時代都一樣。」

「不一樣。」男子平靜回應，「要看地點。」

聽他的語氣似乎有言外之意，孝史注視著他。

吐出「陸軍省」一詞，突然勾起孝史的記憶。昨晚聽到這個字眼，是在——對，走在護城河外時，電視臺派出轉播車，兩個上了年紀的上班族……

（不曉得發生什麼事？）

（今天是二十五日吧？就是今晚啊。應該算是今晚，還是明天早上？）

（今晚沒下雪，沒當時的氣氛。）

（那一帶以前是陸軍省和參謀總部。）

（原來如此，警視廳也在附近。）

這些全是昨晚在平河町第一飯店附近聽到的對話。眼前的雪……對了，還有深夜的電視節目……就是本月本夜發生的事啊！

記憶片段倏然在孝史心中聚成一個焦點。不可能碰到這種情況吧……

男子似乎看穿孝史的想法，緩緩用力點頭。

「對……我們就在昭和十一年二月二十六日凌晨的東京永田町。很快——不到三十分鐘，二二六事件就要開始。這一帶會遭到封鎖，一般人不得自由出入，更不用說像你這樣一無所知，到處亂晃實在太危險。為期四天的那起事件，即將展開。」

7

雪花飄進窗戶，落在孝史臉上。剛才還覺得冷，現在卻覺得很舒服，可能是發燒了。

「為什麼帶我帶到這種地方？」

男子沒回答，沉默片刻，目光從孝史臉上移開。他看著雪花落地，化成雪水，低聲說：「那跟搭車不一樣。」

聽起來，像在找藉口。

「咦？」

「你問我，為什麼帶你來這個時代，這就是答案。我的確是時光旅人，但不是隨時隨地都能輕易到任何時間點。以你為例，你一定很想抱怨，怎麼不帶你到火災發生前的十分鐘就好？然而，對我來說，那是非常困難的。比起十分鐘前的世界，我更熟悉通往昭和十一年的這條路。對，因為

『路』已開好。加上遇到那場火災，我也亂了方寸，於是不管三七二十一，先想辦法脫身。冷靜下來後，我已在這裡。」

接著，男子平靜地問：「你寧願我不伸出援手嗎？」

「這個問題非常惡劣。」孝史應道。

「我很感謝你救了我。」

連說這句話的本人，都聽得出多麼言不由衷。男子苦笑。

「沒關係，不必勉強。其實，去救你理由，我自己也不明白。」

三言兩語無法解釋整件事——男子這麼說。

「不要緊。既然哪裡都不能去，時間多得很。」

「那麼，就從我爲什麼擁有這樣的能力談起吧。」

男子一抖，立起上衣的領子，娓娓道來：

「這是我的家族——正確地說，是我母親那一族代代相傳的能力，是隱藏在血液中的特殊能力。不過，與其說是能力，我倒認爲像是一種病。」

「病……」

「沒錯，到青春期就會顯現出來。」

男子望向遠方。

「十四歲時，第一次知道自己擁有這種能力。我比較晚熟，那一天，恰巧是我寫下有生以來第一封情書，給第一次喜歡上的女孩，卻狠狠被退回的日子。

那時，我住在——往後你還要回現代，所以不能告訴你眞正的地名，暫且稱爲坂井吧。那是甩了我的女孩的姓氏。

我的雙親在坂井經營一家南北雜貨行。家中有五個小孩，依序是男、男、男、女、女，我排行第二。在那個年代算是多的，所以經濟頗爲拮据。不過，我的父母都是非常和善的人。

只是，在我的記憶中，從小就不大得父母的疼愛。不止是雙親，連親戚、兄弟姊妹之間都是如此。妹妹們經常纏著另外兩個哥哥，完全不跟我親近。在其他弟妹眼中，兄長如同父親一樣值得信賴，卻幾乎不曾關心我。

某一天，我突然發現，我連朋友都沒有。沒有半個好友。沒人邀我去打棒球，也沒人會到家裡玩。不，應該有一、兩次吧，但大家很快露出無聊的表情，再也不上門。

小時候，我不明白原因，感到非常寂寞。拚命想了又想，也煩惱過是不是自己哪裡不好。

另一方面，說來有些冷漠，但我發現，之所以跟大家處不來、遭到大家排擠，是因爲自己和別人有關鍵性的不同。

我必須先講清楚，這種發現沒有帶來任何優越感，也毫無驕傲可言。當時我年紀小，仍察覺我發現的『不同』，具有極爲特異的性質。」

「怎樣的特異？」

「小時候，我不曉得如何解釋，現在我會這麼形容。」

男子思考片刻，繼續道：「不管在什麼時候，我都沒有自己『就在這裡』的現實感。即使和家人吃晚飯，也不是眞的在餐桌旁和大家一起拿著筷子，而是在旁邊看著自己的空殼和家人——就是這種感覺。長大後我調查過，實際上，眞的有引發這種症狀的心理疾病，叫作『離人症』。

總之，那種奇異的『脫離現實的感覺』一直緊跟著我。所以，我無法打心底和家人、朋友一同歡笑、哭泣，永遠只是一個保持距離的觀眾。

於是，童年時期，我經常幻想。起初，我以爲是孤獨引起的。可是，後來我感到有些奇怪，連在幻想中，我也是獨自一人。有時走在陌生的街頭，有時置身於不知何處的車站，有時抬頭仰望全新落成的大樓，但不管怎樣，我都是獨自一人。就一個孤獨的孩子的幻想而言，未免太貼近現實了吧？

於是，我開始思考，這些讓我不時身陷其中的『幻想』，或許不是我憑空想像出來，而是實際存在。

只不過，是不存在於此刻，或此刻已不存在。

十三歲的冬天，第一次想到這一點。那是隆冬裡颳著乾冷的風，一個寒冷的日子。放學回家的路上，我突然發起呆。不久就發現，我又陷入『幻想』，因爲我已習慣那種感覺。

當時，現實中的我，走到上學途中一條很大的國道十字路口。在我們那一帶，是最早修建完成的大馬路，四線道上隨時有砂石車呼嘯而過。雖然是三十二年前，不過正值日本高度經濟成長的初期，整條路都鋪上柏油，漫天風沙，毫無風景可言。

然而，『幻想』中的我，卻是走在鄉間小路上，一旁油菜花開得正盛。

我清楚聞到春天的花朵和土壤的芳香，拎著書包，有一步沒一步地走著，然後，看到右側一口崩塌的老井。我提心吊膽地往下看，井底泛著水光。井邊有一株長得特別高的油菜花，我摘下放在右手，繼續前行，不時回頭看——

注意到時，我已離開『幻想』回到現實。不知不覺間，我穿越國道，走在回家的小路上，兩旁是一般住家，毫無綠意。腳下是柏油路，只有隨風飄來的枯葉掉落在地，發出沙沙聲，可是，我卻還拿著一朵鮮豔的油菜花。

那朵花，回到家前我丟在路上。我第一次感到害怕。

沒多久，發生一起卡車撞上國道隔音牆的意外。為了修補事故路段，他們將周圍拆掉，挖出古井的遺跡。於是我才明白，自己的『幻想』並不是一般的幻覺，而是看到過去的光景——我走在其中，並且摘花回來。」

第二年春天，同年級女孩拒絕我，心碎不已時，我得知進入「幻想」是一種特殊能力，經過訓練後可自由操縱。

「告訴我這件事的，是我母親的妹妹，也就是我阿姨。那時，她大概三十歲左右，是個非常灰暗的人。」

孝史聽得入神，男子順口說出的「灰暗」一詞，像突然摑他幾個耳光，打醒了他。

男子似乎也看出來了，點點頭。「沒錯，阿姨是極為灰暗的人。那不是指表情或臉色，而是……」

「像她身邊的光都扭曲了？」孝史問，「看著她，感覺像聽到刮玻璃的聲響？」

男子一笑。那個微笑也十分黯淡。在雪白的世界裡，唯有男子周身染上一層薄墨。

「雖然殘酷，但你形容得相當貼切。」

「抱歉……」

「沒關係，這是事實。」男子接著說，「阿姨眞的就是那樣的人。當時她單身，後來應該也沒結婚。她沒有朋友，始終一個人生活。所有兄弟姊妹中，她和我母親算是最親的，但也是好幾年才來露個臉。而且，每次她造訪或小住，都不曾受到熱烈款待。阿姨就是被敬而遠之的怪人，跟我一模一樣。」

孝史默默垂下目光。

「我剛剛提過，那年春天我十四歲，正爲沒有結果的初戀傷心。我寫的情書，對方拆都沒拆就退回來。『抱歉，你又灰暗又噁心，我討厭你。你根本不像人。』心儀的女孩是這麼說的。當時年紀小，那些話很直接、很殘酷。」

回想起來，男子內心依然有部分會隱隱作痛吧。他暫時中斷敘述。

「阿姨來訪小住時，我正痛不欲生。阿姨要我幫她做點事——應該是買菸之類的跑腿吧，我去買菸回來，拿到後院。她給我一點零錢當獎勵，然後叫住我：『看樣子，差不多該告訴你了。』接著，她告訴我，母親一族會遺傳穿越時光的能力。」

「你阿姨也有那種能力？」

孝史一問，男子點頭：「她能力相當強，可能是訓練得法吧。」

雖然難以置信，阿姨的話卻很簡單明瞭。

「母親一族，每一代都會出現一個能夠在時間軸上自由移動的孩子。那個孩子會散發『灰暗』的氣質，帶來令人不快的氣氛，注定終生沒人愛他。而且，每個都早死，當然也不會留下子嗣。下一代擁有這種能力的，會誕生在其他兄弟姊妹的孩子中。換句話說，那個人的外甥或外甥女中，會有一個擁有這種能力。

阿姨是從她的舅舅口中得知這個祕密，所以，她一直在觀察外甥或外甥女中，是否有這樣的孩子。

一眼看到還是嬰兒的我，阿姨馬上知道是我。我們這種人，從小就明顯看得出來。她還問我，你沒照過幾張相，對不對？沒錯，我天生具有扭曲的特質，家人不太敢幫我拍照。」

「爲何會這樣……」孝史盯著男子灰暗的臉低喃：「那種能力和扭曲、灰暗有什麼關係嗎？」

「不清楚，」男子搖頭，「不過，我對這一點有個看法。」

時間就是「光」，男子吟誦般說著：「光就是時間。所以，離開時間軸時沒有光亮。剛才不也是一片漆黑嗎？」

逃離燃燒的飯店，在虛空中飛翔時——

「像我這樣能夠逃離光，也就是時間的束縛，自由移動的人，對光而言是特異分子，就像侵入人體的流感病毒一樣，是異物，所以無法接受光的恩惠。在我們時光旅人四周，光原有的力量會削減。或許是這樣，才會顯得灰暗、扭曲吧。」

第一次看見這名男子時，孝史以爲飯店的大廳產生小小的黑洞。據說連光都會被吸進黑洞，那麼，黑洞裡有時間嗎？

「另一個原因，可能是一項『安全措施』。」

「安全措施？」

男子自嘲般皺起臉。

「難道不是嗎？能夠在時間軸上自由移動的人，要是擁有一般人的魅力或人性，會怎麼樣？每到一個時代，都會跟許多人產生關聯，留下的影響和足跡愈來愈多，打亂歷史的可能性不也提高了嗎？」

孝史瞪大雙眼。「你是指時空矛盾（Time Paradox）嗎？要是改變過去，影響到歷史，就會擾亂未來……」

面對孝史激動的詢問，男子的反應十分特別。他臉上歪曲的笑容驟然消失，垂下目光。有那麼一瞬間，似乎忘記孝史在身旁。他的模樣是那麼孤獨、那麼荒涼。

「時空矛盾……」他喃喃自語，「你連這種詞都知道啊。」

男子的口吻似乎帶有深意，孝史不禁感到困惑。

「不是時空矛盾嗎？」

「我也不知道。不過，你要這麼想也行。」

「不對嗎？」

愈來愈寒冷，孝史很難集中精神聽男子說話。孝史拍拍頭，試圖振作精神。

「你還眞奇怪。」男子露出頗感興趣的表情，「不會痛嗎？」

「會啊。痛才好，呆呆的腦筋才會轉動。」

「就像收音機或電視機故障，用力敲一下看會不會好？」

「對，這是我父親的習慣。他講過相同的話，說以前常這樣修有毛病的機器。」

「他說的『以前』已變成『現在』，你不要忘記這一點。」
男子正經強調，孝史連連眨眼。
「可是，我還是沒辦法相信……」
孝史吞吞吐吐。突然間，男子撲上前捂住孝史的嘴，架住他的脖子，讓他動彈不得。
「噓，安靜！」
男子輕聲交代。他的臉部肌肉緊繃，仔細觀察著四周的動靜。
大片雪花不停飄落。除了安靜的下雪聲，聽不見任何聲響……
這時，遠處傳來極微小的、類似車子的引擎聲。
車聲逐漸靠近。
孝史不能動彈，轉動眼珠偷覷男子的表情。男子望向聲源處，稍稍瞇起眼。
引擎聲愈來愈近。路上滿是積雪，輪胎發出悶響，車子的行進速度慢得令人焦躁。孝史被壓著，思緒飄忽起來。那輛車子，輪胎沒裝防滑鐵鏈。啊，這個時代鐵鏈還沒普及嗎？
慢吞吞靠近的引擎聲，停在蒲生邸前方。接著，傳來車門的開關聲。
男子鬆開手，孝史的嘴巴重獲自由，於是低聲問：「有人來了嗎？」
男子點點頭。
「怎麼辦？」
「沒關係，應該不會來這邊。」
兩人屏住呼吸，不敢動彈。下車的人——不知是一人還是好幾人，目的地顯然是蒲生邸。不久，玄關傳來敲門及呼喚聲。

「有人在家嗎？有人在家嗎？」

那是一道急切的男聲。連在後面的柴房都聽得一清二楚，想必喊得很大聲。

接著，蒲生邸裡有人開門，來訪者打招呼：「早安。」

伴隨尖銳的聲響，玄關的門關上，訪客走進屋內。

「會是誰呢？」孝史嘀咕。

「很快就知道了。」男子回答。「其實，大概猜得到。」

「是誰？」

男子沒回應，放開孝史，看了看手表。

「這麼快就來通知啊。」男子彷彿在自言自語。

「我根本什麼都不知道。」

面對孝史的牢騷，男子「噓」一聲制止，豎起耳朵。訪客的話聲再度傳來：「那麼，告辭了。」語氣像在下達號令，簡潔、俐落，精神抖擻。

不久，車子的引擎發動，在雪地裡掙扎著遠去。

直到車聲消失，男子才坐回原處。

「不能再耗下去。好，來編故事。」

「故事？」

「要假造你的身分啊，總不能一直待在柴房，會凍死的。」

那麼，終於要進蒲生邸了。

「從現在起，你是我的外甥，明白嗎？」

「外甥？」

「對，就說是我妹妹的兒子吧。你叫什麼名字？」

「孝史，尾崎孝史。」

「名字用不著改。幾歲？」

「十八。」

「好，那你就是一九一八年出生。大正七年，記住沒？」

孝史腦袋一陣混亂，我是大正年代出生的？

「等、等一下……」

男子不理會孝史，滔滔不絕地繼續道。「現在是昭和十一年，也就是一九三六年。但是，這個時代的一般平民，更不用說像你這種沒受過多少教育的勞工，是不會用西曆的。那麼，你是大正七年生的……對了，你是哪裡人？」

「我家嗎？在群馬縣高崎市。」

「高崎啊，」男子咬著嘴唇，「這就麻煩了，我對那個地方完全沒概念。你熟悉家鄉的歷史嗎？昭和十一年的高崎市，可能還不是『市』，你曉得是什麼情況嗎？」

「我怎麼會知道……」

孝史不禁想哭。

「連那些都知道，我也不會考不上大學。」

「沒辦法，要是有人問起，就說你是在東京深川區的扇橋長大的。記住了嗎？深川區，扇橋。」

「你也是那裡的人嗎？」

「不是。不過，我曾對外說在那裡住一陣子。」男子十分不耐煩，匆匆交代。「聽著，在這裡的我，並不是在平河町第一飯店時的我。有別的名字，不同的出身經歷，身分、戶籍也不一樣，等於是另一個人。在這裡的我，出生於四國丸龜，家中務農，離鄉背井到東京。我耗費一番工夫，才在這個時代取得正式的身分，你可不要搞砸，懂嗎？」

孝史嚥下唾沫，點點頭。

「是深川區的扇橋喔。然後，你在鐵工廠上班，發生一些事情不得不逃走，昨天深夜來投靠我。」男子彷彿在逐一確認，指著孝史的臉叮囑。「從今天起，我會住進蒲生邸當傭工，擔心有人要抓你，所以先帶你過來。我打算讓你躲兩、三天，再幫助你逃往別處。由於事態緊急，我連隨身物品都沒準備就出門。明白嗎？」

孝史在腦中複誦一遍，勉強點頭。

「明白。」

「對方沒問，你就不要出聲，裝成腦筋不太靈光的模樣最安全。」

男子簡要交待完畢，便不再開口，目光落在手表上。走到外面和蒲生邸的人接觸的時刻即將來臨。那副表情顯示他已下定決心，準備妥當。

然而，看著男子堅決的表情，孝史反倒害怕起來。所有冷靜、理性、堅強的開關一齊關閉，孝史的心像失控的遙控飛機，搖搖欲墜。

不能設法逃走嗎——隨便想個辦法都好。在這樣的念頭驅使下，孝史吐出軟弱的言語。「欸，不能只有你去嗎？」

「什麼？」

「從今天起，你不是要在這裡當傭工？你自己去吧，我躲在這裡就好。」

男子直勾勾地盯著孝史：「你會死掉喔。」

「不會的。」孝史硬撐起虛弱的身體，挺著胸膛保證。「我不會那麼簡單翹辮子。躲個兩、三天沒問題，等你有空再穿越時光。」

男子面色難看地搖頭，像是絕不同意孝史的想法。

「你沒看到自己的臉色，才會這麼說。你需要治療，可能沒辦法找醫生出診，但傷口必須消毒，也得補充水分，至少靜養一天。你不能待在這麼冷的地方，別鬧脾氣，乖乖照我說的……」

「不要！」

孝史大叫。一切的一切，在他眼中都變得好恐怖，連自己都覺得沒出息。不可能辦到，我怎麼可能辦得到……

「我不去，太麻煩了。我沒把握偽裝成功，那些假的身分背景我記不起來。」

「還沒做就放棄，未免太不像話。」

「拜託你，饒了我吧。」

啊啊，要哭出來了。孝史暗暗想著，眼淚已滑落臉頰。

孝史抱著頭，縮起身體。眞想變小躲起來，當場消失。

「不要，我不想走。要出去不如待在柴房，不然我寧願回現代。丟在失火的飯店裡也沒關係，讓我回去，請你讓我回去。」

這時，站在孝史面前的男子，突然轉向柴房門口，彷彿被不斷吹進來的北風和雪凍得僵直。

孝史畏怯地抬起眼。

柴屋的門打開約三十公分。透過小小的縫隙，看得見大雪畫出無數雪白的線。

以雪白地面爲背景，一個年輕女孩微微彎身覷著柴房。

她一襲和服，肩頭披著小毛巾似的布料。頭髮應該很長，不過她以復古的髮型盤在腦後，可清楚看到耳垂凍得通紅。

女孩提著一個大籠子，裸足穿著木屐。看著彷彿自己的腳尖也快凍僵，孝史暗想。

女孩五官清秀，肌膚白皙。一雙大大的眼睛，眼角有些下垂，睫毛的陰影落在鼓鼓的腮幫子上。沒有絲毫修飾，或化妝的痕跡。

即使如此，她依然非常美麗。

背對孝史佇立門口的男子，慌忙將雙手藏到背後，拆下左腕上的表。

接著，男子把表輕輕扔向孝史膝上。孝史趕緊接住，塞進睡衣口袋。

這時，女孩開口：「平田叔，你在柴房做什麼？」

女孩稱爲「平田」的，便是孝史眼前的男子——帶孝史來這裡的萬惡根源。他乾咳一聲，虛弱地應道：

「抱歉，嚇著妳了。」

女孩打開門，走進柴房。她的目光在平田和孝史之間游移，孝史急忙低下頭，用舊毛毯緊緊裹住身體。

「怎麼回事？」女孩帶有些許口音。「這位是……？」

「我外甥。」平田立刻回答。「出了一點麻煩，所以他跟我一起來，我讓他躲在柴房……」

平田的語氣十分謙卑。還是孝史眼中不知名的時光旅人時，他不曾這麼說話。

「這件事，對老爺和夫人……」

「最好不要提起嗎？」女孩問。

「千萬拜託。」男子低著頭，彎下腰。

女孩一時沒應聲，再度轉向孝史。孝史感覺到她瞳眸的轉動。

「他受傷了嗎？」女孩似乎指著孝史。

「有點灼傷。想讓他到分配給我住的房間躺著，不曉得可不可以？」

女孩沒答話，把籠子放在腳邊，關上柴房的門，往孝史靠近。孝史的身體縮得更小。白皙小手伸過來，孝史後退。手又追上，在孝史臉旁猶豫片刻，下定決心般繼續移動，觸摸他的額頭。

「你發燒了。」女孩的語氣十分溫柔。明明嗓音甜美，卻帶著沙啞，孝史懷疑自己耳朵有問題。

白皙的手柔軟冰涼，好舒服。孝史閉上眼，感覺身體緩緩往旁邊倒下。

8

——遠方有人在說話。

醒來時，首先映入孝史眼簾的，是塗上灰色三合土的低矮天花板。接近中央的地方，懸著沒有燈罩的燈泡，顯得十分冷清。

燈沒亮。即使如此，室內仍有些微光線，約四張榻榻米大的天花板，每一個角落都清晰可見。額頭溫溫濕濕的，他伸手一摸，原來是毛巾。

孝史緩緩撐起上身，環視陌生的狹窄房間。

他躺在離出入口較遠的牆邊。三張老舊的榻榻米並排在木地板中間，被窩就鋪在上面。靠近被窩腳邊的牆上有一道拉門，寬度和一般的門一樣。同一面牆上的最右端，另有一道拉門，上半部嵌著毛玻璃。右側拉門約莫是出入口，腳邊的拉門應該屬於置物櫃。

那麼，光從哪裡來？孝史轉頭尋找，發現背後有三扇採光窗，透進明亮的光線。窗戶並非左右拉動式，而是在窗框下方裝設把手，可向外推開。

榻榻米旁擺著附有花紋的火盆，盆口約雙臂環抱的大小，孤伶伶地插著一把火鉗。看來，那是房內唯一的取暖工具。

空氣冷到極點，孝史呼出白色氣息。寒氣竄上榻榻米，這就是所謂冷得侵肌透骨嗎？

遠方又傳來交談聲，聽不出在說些什麼。接著，響起啪躂啪躂的腳步聲、開關門聲，突然之間，再度恢復安靜。

只剩孝史一個人。

我到底在哪裡？究竟發生什麼事？腦袋像塞滿棉花，無法思考，血液不流通。而且，這種棉花還是粗糙的石棉，刺激著大腦內部。雖然不到難以忍受，但從他清醒便隱隱作痛。

不止是腦袋，孝史全身關節痠痛。不管是臉頰或指甲，稍微一動，右大腿就觸電般一陣疼痛。對了，是燙傷。孝史頓時想起之前發生的事。

——這是在蒲生邸內吧？

我似乎是在柴房昏倒，大概是時光旅人把我搬到這裡。

（你必須休息一下。）

孝史試著回想兩人在柴房裡的對話。

（想讓他到分配給我的房間躺著，不曉得可不可以？）

這應該是男子往後要住的地方。他提過要在此工作，不管具體內容是什麼，反正是傭人。那麼，這就是傭人的房間嘍？

孝史拿著濕毛巾。枕邊放有盛水的金屬盆，有人在他額上放毛巾，好降溫退燒。

孝史試著站起，卻搖搖晃晃站不穩。他撐著牆，卻冰得嚇一跳。牆上也塗著三合土，濕氣頗重。

孝史適應著關節的疼痛，走近位在被窩底邊的櫃門。打開一看，只收著一個布製的大旅行袋，和一雙左右底部對放的皮鞋。要是孝史沒記錯，那名男子在飯店及帶他來這裡時，都是穿這雙鞋。

拉上櫃門，走到窗戶旁。以孝史的身高，不必墊腳就搆得到窗戶的把手。他轉動把手，想推開窗戶，窗戶卻不爲所動，僅僅露出不到一公分的小縫。孝史嘗試好幾次，依然打不開，倒是有小雪塊滾進來。

稍微想想就不難明白，這個房間有一半是在地下。現在地面積雪，所以窗戶打不開。白色亮光會透進來，也是雪的緣故。

雖然只在黑夜裡看了蒲生邸幾眼，孝史也曉得是相當豪華的洋館，沒想到傭人的房間如此簡陋。

孝史關上窗，搓著凍僵的手指，來到火盆旁。雪白的灰燼裡，埋著燒得通紅的炭。手伸向火盆上方，立刻熱了起來。

上次是在哪裡看到炭？記得在哪裡看過。

對了……是烤肉店。原來以前一般住家是這麼取暖的啊。

以前——昭和十一年。

現在是幾年？是平成六年（一九九四）吧？換算成昭和的年份，昭和六十四年是平成元年，所以是昭和六十九年。我居然來到五十八年前的時代。

不，孝史重新一想，又覺得不對，「現在」是昭和十一年。前往東京參加補習班的考試，住在平河町第一飯店，那家爛飯店發生火災後，他逃出來——昭和六十九年的這些事，是遠在五十八年後的未來才會發生。

人類眞的能穿越時光嗎？世上眞的有人能夠在時間軸上自由移動嗎？

搞不好，這是一個精心設計的大騙局，他完全被蒙在鼓裡。

孝史還穿著飯店的睡衣。他低頭看看自己，摸摸睡衣的袖口和上半身。有些潮濕。湊近一聞，傳來汗臭味，可能是發燒的關係。

（你發燒了。）

在柴房見到的女孩，似乎這麼說過。

她好漂亮，是蒲生邸的女傭嗎？或者是——

（這場騙局的共犯？）

孝史頓時全身發顫。

要如何確認？該根據什麼來判斷現況？

孝史緩緩踱步。塗著灰色三合土的牆上有幾個釘痕，榻榻米有一處香菸燒焦的痕跡，大概是之前的傭人留下的。

孝史手伸向火盆。腳趾也很冷，他輪流舉起腳取暖。突然間，他覺得自己好蠢。

這個房間怪怪的……孝史環顧四周，終於找到原因：對了，沒有電視。

他沿著牆壁繞一圈，仔細查看。沒有插座，也沒有電視的天線插孔。這就是昭和十一年。

日本的商業電視是何時開始播放？一般家庭，甚至傭人房，都理所當然地普遍裝有電視機，是何時的事？

反覆梭巡幾次後，孝史明白，這不過是在自欺欺人。既然懷疑身陷騙局，幹嘛不到外面瞧瞧？出去不就知道了嗎？又不是傷得走不動。

孝史佇立原地，下腹部有些不妙，咕嚕咕嚕叫起來，陣陣絞痛。

一定是在雪地著涼。孝史搓著肚皮，嘆一口氣。遜斃了，電影《回到未來》裡的米高福克斯，回到五〇年代依然生龍活虎哩。

眞想上廁所，愈來愈丟臉了。孝史無可奈何，只得按著肚子。此時，遠處又傳來開關門的聲響，腳步聲逐漸接近。

孝史急忙鑽進被窩，把棉被拉到眼睛下方，觀察四周的動靜。腳步聲在拉門前停下。伴隨「卡嗒」一聲，拉門打開。

那女孩悄悄探進頭，孝史趕緊閉上眼。她以爲孝史還在睡，便走進房內。門一關上，孝史偷偷睜開眼。

的確是那女孩。她仍是之前那身和服，繫著圍裙，穿著襪套。左臂上掛著一些摺好的衣物，右手拿著小瓶子。

女孩身材纖細，皮膚白皙，眞的很美，尤其是側臉的線條。孝史不禁望向她，兩人突然視線交會。

「哎呀，你醒啦。」

女孩嘴角漾出微笑，眼角拉出小小的皺紋。孝史暗想，她確實年輕，不過或許比我大。

女孩靠近孝史。原來穿著襪套在榻榻米上走動會發出衣物摩擦聲，孝史以前都不知道。

她在孝史枕邊屈膝坐下，注視著孝史問：「感覺怎麼樣？」

孝史有點爲難。全身痠痛，又像要拉肚子……這種話，他實在說不出口。

女孩挽起和服的袖子，伸出胳臂，以手掌觸摸孝史的臉頰。孝史連忙閉上眼，但那雪白的胳臂，仍清楚烙在他眼底。

「燒還沒退。」女孩低語。「你冷不冷？」

孝史總算擠出聲音：「還好……」

「這是給你換的衣服。」

女孩將掛在臂上的衣服放在枕邊。孝史伸長脖子看了看，似乎是件簡便和服。

「還有，這是馬油。」女孩拿出小瓶子，繼續解釋：「千惠姨說，這個治燙傷最有效。」

可能是驟然聽到陌生的名字，孝史多少露出疑惑的表情，女孩嘻嘻一笑：

「千惠姨是蒲生邸的女傭，跟我一樣。千惠姨什麼都知道，聽她的準沒錯。」

然後，女孩壓低話聲：「平田叔拜託過，所以我們沒告訴別人你在這裡。只有我和千惠姨知情，放心吧。」

聽到這番親切的話語，孝史感到通體舒泰。他默默點頭。

「你叫孝史吧，」女孩接著道，「你也眞是吃了不少苦頭。平田叔說，要把你藏在這裡三、四天，再幫你逃到大阪。」

平田——對了，是那個男的在這裡用的名字。孝史稍稍整理思緒：我是平田的外甥。

「我舅舅在哪裡？」

孝史總算開口，音量小得丟人。

「平田叔在外頭剷雪。」女孩回答，「這是平田叔的房間。這一層樓，只有我們傭人才會過來。你很害怕吧，不過，安安靜靜待著，誰都不會發現。」

面對失魂落魄的孝史，女孩似乎理解爲「在逃之身」，語帶安撫，非常溫柔。

「你有辦法換衣服嗎？要不要我幫忙？」

在女孩的注視下，孝史急忙回答：「不用了，我自己來就行。」

「油也能自己塗嗎？」

「可、可以。」

女孩一笑，「平田叔提過，你十分怕羞。」

「不好意思……」

女孩微笑著起身。「那麼，等你換好衣服，就把睡衣放在那邊，我會拿去洗。」

女孩俐落的態度，讓孝史不知如何應對，偏偏肚子又咕嚕咕嚕大叫，一陣疼痛。

「哎呀，」女孩坐下，關切道：「肚子不舒服嗎？」

孝史羞得臉快著火，「好像有點著涼……」

「很有可能。你才穿一件睡衣，就在大雪天裡走動。等我一下。」

來不及阻止，女孩快步離開房間，不久後再度出現。只見她端著的托盤上，放有一個紅蓋的黃瓶和小茶杯。

「吃下去就沒事了。」

小瓶子的形狀和顏色都頗爲眼熟，原來是正露丸。

不過，標籤和孝史熟悉的正露丸不同，標準字也不一樣。眼前的標籤上寫著「征露丸」，字的上下都有圖，下面畫的是小小的戰車，上面則是雙翼機。

當著女孩的面，孝史呑下正露丸。茶杯裡是溫水。

「空著胃吃藥對身體不好，我去拿粥。想必你餓了吧？」

女孩接過孝史手裡的茶杯放上托盤，站起身。

「走出房間，右邊就是廁所。」

女孩剛要離去，爲了再看一次她的笑容，孝史衝動地喊住她。

「請問……妳叫什麼名字？」

女孩一愣，露出跟剛才一樣令人安心的笑容。

「我叫阿蕗，向田蕗。」

第二章

蒲生家的人們

1

換下睡衣，在傷口上塗了馬油，用金屬盆的水沾濕毛巾放在額頭後，孝史鑽進被窩。不料，腹痛再度來襲。再不去廁所，鐵定忍不住。孝史按著肚子，來到門邊。

伸手扣住拉門，輕輕使力。拉門沒有動靜，孝史試著用力一些。力道太大，會牽連到肚子。他彎腰喘著氣，唰一聲，門突然打開。

發出巨大的聲響，恐怕已傳遍整層樓。孝史嚇得縮起肩，渾身僵硬。該不會有人過來查看吧？然而，沒人出現。連腳步聲都聽不到，四周靜悄悄。孝史鬆一口氣，趕緊找廁所。如同阿蕗的描述，房間右側另有一道拉門，上半部嵌著毛玻璃。用不著打開，孝史就知道是目的地。那裡發出一股惡臭。

打開門，臭味益發強烈。舊式的蹲式馬桶內，是一團深不見底的漆黑。那是茅坑式廁所，滿了後便需要有挑糞的人來清理。自從小學一年級露營時，在山間小屋裡看過一次，便不曾遇見。

廁所裡當然沒有衛生紙，只有一些粗得扎手的灰色紙張，放在角落的方形籃子內。

從頭到尾，情況都與想像的完全不同。上完廁所，孝史渾身不自在，總覺得沒按鈕或壓把手，不該直接出去。身體熟悉的一九九四年的生活習慣，緊緊跟著孝史。

回到房間，孝史剛躺下，阿蕗就用托盤端著小陶鍋過來。為了方便行動，她的和服袖子以帶子紮在身後，鼻尖微微冒汗，大概是很忙吧。

阿蕗在蒲生邸內到底負責什麼工作？孝史暗暗想著。他那年代的人不曉得什麼是「女傭」。現代——應該說孝史之前生活的時代，有鐘點管家和幫忙的阿姨，卻沒有「女傭」。更別提像阿蕗這樣的年輕女孩，為了做家事住在別人家，簡直超乎他的想像。

他愣愣想著，不自主地凝望忙碌攪動炭火、盛粥的阿蕗側臉。愈看愈覺得她臉頰的線條優美，眼神溫柔。

這就是一見鍾情嗎？孝史忽然發現，不知為何，阿蕗的側臉有著非常令人懷念的影子，彷彿曾在哪裡相遇。

是這樣嗎？阿蕗與孝史認識的某人相似？那會是誰？現代的孝史身邊，有年紀大他一、兩歲的這種女孩嗎？

不，不可能。否則他不會毫無印象。倒不如說，這就是一見鍾情的作用，讓人產生似曾相識的感覺。

或許是察覺孝史的視線，阿蕗顯得有點害羞。

「有人在旁邊盯著，吃起來也不舒服吧。」

於是，阿蕗起身離開。雖然不捨，但在吃飯這件事上，她說的沒錯。

孝史掀開鍋蓋。粥又熱又美味，他吃得胃口大開，一口接一口。身體逐漸暖和，精神也一振。

四周依然鴉雀無聲。阿菈提過「這一層樓只有傭人」，他們白天幾乎不會下樓回自己的房間吧，隨時要聽候主人的差遣，忙著工作。

吃完粥，採光窗傳來沙沙聲。孝史好奇一看，原來是窗外的雪漸漸清除。有人在剷雪。會不會是平田？孝史抬頭望去，最右邊的窗戶外側，雪已剷光，出現某人的手。叩叩，那道人影敲著窗玻璃。孝史起身，推開窗戶。

不出所料，平田在外邊探頭探腦。他穿著膝蓋部分磨光變形的長褲，圓領毛衣外搭一件類似日式鋪棉背心的衣服，脖子上纏著手巾，腳上是一雙醜陋的長筒靴。

「身體狀況怎麼樣？」

他蹲著貼近窗戶，話聲悶悶的。

「感覺好一點了，謝謝。」

「不過，臉色還是很差，」平田說。

「你看起來倒是挺健康。馬上就開始工作了嗎？」

平田稍微直起身子，看了看四周，壓低音量叮囑：「別太大聲。」

「對不起，我盡量躲起來了。」

「等我剷完雪，會回房間。有些事想讓你先知道。」

平田回去工作，孝史關上窗戶後，沒直接鑽入被窩，而是看著平田工作狀況一陣子。他的手腳挺俐落，可見已剷慣雪。

基本上，孝史已知道平田的身世，但就算相信平田所有的說詞，仍有許多不明白、想深入瞭解的事。例如，平田半輩子以來的親友關係與工作；之前是否曾利用他所謂的「在時間軸上自由移動的能力」，前往其他時代等等。

而且，最不可思議的是，平田偏偏選擇這個時代，穿越時光而來。

即使是欠缺歷史常識的孝史，也不認爲昭和十一年是人人安居樂業的時代。以現在來說，距離此處僅僅數公里，不，或許是數百公尺，那樁二二六事件正在爆發、進行中。

在國中和高中的日本史課堂上，現代史幾乎是不教的，因爲考試不會考。而且，依課本編排的順序，從繩文時代的土器開始講解歷史，一路到教完明治維新，在記住明治開國元老的名字時，最後一學期的期末考就到了。這還是教課進度很快的老師才有的情形。孝史國中社會科的老師甚至直接告訴學生，廢藩置縣後的部分課堂上不會教，自行閱讀即可。

不過，沒上過現代史的孝史，也知道二二六事件是由軍部發起的軍事叛變——其實，這些是他剛剛知道的。在平河町第一飯店裡睡著前，電視節目是這麼說的。

軍人會起事叛變，代表他們擁有足以發動叛變的權力。正因如此，日本才會在軍部的領導下，邁向太平洋戰爭。至少，關於戰爭方面，孝史受到的教育是如此告訴他。火災前，在飯店看到的電視節目（依孝史本身對時間的感覺，那是短短數小時前的事）不也是這樣分析？那場戰爭，從頭到尾都應該由失控的軍部負全責。國民飽受物資缺乏與饑饉之苦，沒參與戰爭的人也大批大批死在空襲中，這些都是軍部的責任。

所謂二二六事件，算是日本陷入黑暗時代的轉捩點吧。之後，盡是瀰漫死亡的恐怖、飢荒、匱乏等不幸。
活在像一九九四年這麼豐饒富足又安全的年代，就算具有可在時間軸上自由移動、旅行的能力，爲什麼會想來到這種黑暗的時代？若是抱著觀光的心態還能理解，可是，那個男的卻特地弄到「平田」的姓氏和戶籍，要在此生活、工作。
除了發瘋，孝史找不到別的解釋。
搞不好，這些都是他捏造的？
把沾濕的小毛巾放在額頭上，孝史仔細思考。我會不會是被騙了？人根本不可能穿越時空。什麼超能力，只會出現在幻想世界。
這時，響起咚咚敲門聲。毛玻璃後面映出模糊的顏色，是阿蕗的和服。孝史小聲應一句「請進」。
阿蕗的袖子依舊紮起來，大概白天都得保持這種狀態。她端來的托盤上，放著茶壺和茶杯。走近發現孝史把粥吃得一乾二淨，她高興得露出笑容。
「非常美味，謝謝。」
聽到這句道謝，阿蕗顯得有些困惑。爲什麼？
「衣服呢？」
「換好了，脫下的睡衣在……」
揉成一團放在枕邊。但是，孝史伸手去拿時，赫然發現一件事。
阿蕗拿給他的睡衣是簡便的和服，此刻他穿在身上。在阿蕗看來，睡衣就是這一類的衣服吧。

對於這套西式睡衣，她會怎麼想？

從第一次碰面至今，阿蕗都沒說過「你穿的衣服眞奇怪」。然而，那是一回事。一旦她拿在手裡，還說要拿去洗，等仔細看過這件衣服，會有什麼感覺？

這件睡衣是什麼材質？百分之百純棉嗎？如果是倒還好，萬一是和聚酯或嫘縈混紡，事情就麻煩了。這個時代，應該還沒有這種人造纖維。

「我拿去洗，給我吧。」

看到孝史拿著睡衣不動，阿蕗出聲招呼。

「有什麼不對勁嗎？」

薄薄的睡衣在孝史手裡皺得愈來愈厲害，手心也在冒汗。

怎麼辦？

要直接把睡衣交給阿蕗，再觀察她的反應嗎？

眞的穿越時空來到過去，和身陷一場空前大騙局，阿蕗的反應會截然不同吧。若是後者，她可能會故意擺出驚訝的表情，或佯裝完全沒注意到。

那麼，換成是前者呢？一個人突然看到前所未見的事物，會有何反應？

孝史緊張不已，愈來愈不明白自己到底在想些什麼。面對如此讓他心動的女子，卻心存猜忌。

我怎麼會這樣啊！

「你不想洗嗎？」阿蕗柔聲問。「是不是有些不好意思？」

孝史仍緊緊抓著睡衣，用力閉一下眼，面向阿蕗。「不，沒這回事，只是覺得過意不去。」

阿蕗搖搖頭，「不必客氣。那是件很好的睡衣，還是洗乾淨帶走比較妥當，不然太糟蹋了。」

孝史顫抖著手，把睡衣塞給阿蕗。一拿到睡衣，阿蕗馬上開始撫平皺褶。

「弄得這麼皺……」她微笑著說，「這衣服質地眞好。」

「那是別人送的。」

「聽說你之前在鐵工廠上班，那麼，是工廠裡的人送你的？」

「師傅送的。」

謊言順口從嘴裡溜出來，一旦起了頭，只能繼續下去。

「我也看過這種睡衣。」阿蕗攤開上衣，「貴之少爺去歐洲旅行時，買回來當紀念。不過，那是純絲的。」

貴之。既然加上「少爺」的稱呼，應該是主人家的一份子。這樣看來，對於在富裕人家幫傭的女孩，這種睡衣沒稀奇到嚇人的地步。

「不過，這件的條紋比貴之少爺的鮮豔許多，染布的技術一定很高明。」

阿蕗仔細觀察睡衣，孝史感覺到冷汗從腋下滑落。

「妳不覺得奇怪嗎？」

還沒意識到是什麼意思，孝史已脫口而出。這就叫試探。

「哪裡奇怪？」阿蕗的一雙大眼看著孝史。

「像我這種窮人，卻穿這麼高級的睡衣，很奇怪吧？」

阿蕗直盯著孝史。實際上，可能只是一、兩次呼吸的時間，孝史卻覺得如一小時般漫長。鯁在喉嚨深處的那句話，一直掙扎著想冒出來。

（我啊，來自距離你們這個時代五十八年後的未來。在我的時代，這種睡衣在大型超市只賣二千九百圓。）

她會相信嗎？還是會假裝相信？或者，裝作不敢相信？

然而，阿蕗張開沒有血色的嘴唇，像在質問般冒出一句：「是偷來的嗎？」

孝史一陣暈眩。到底是放下心中大石，還是內心太過混亂，連他自己都不清楚。

「你是從師傅那裡偷來的嗎？」阿蕗繼續道，「後來被發現，遭師傅毒打？」

來吧、來吧，這裡有臺階可下。謊言在招手，孝史閉上眼。

「是的……」

阿蕗拿著睡衣的雙手，垂放在膝上，凝視孝史。

「我手腳不乾淨，」孝史接著說，「所以師傅很討厭我。」

沒想到，阿蕗竟然笑了。孝史非常驚訝。

「我有一個小兩歲的弟弟，在川崎的造船廠工作。」

孝史默默望著阿蕗。

「有時他會寫信給我，說工作很苦。多虧這樣，學會『苦』這個字怎麼寫。」

「妳弟弟……」

「是啊，你也一樣。我弟弟明年就要接受兵役檢查。我猜，你年紀可能跟他差不多。」

兵役檢查。第一次聽到這個詞，孝史滿心疑惑，冷汗又冒出來。

「我是昭和——不對，是大正七年（一九一八）出生。」

阿蕗的神情一亮，「哎呀，那你和我弟弟同年。」

假如活在這個時代，明年我要接受兵役檢查……這些話語重重在孝史腦海迴盪。

2

向田蕗將孝史的睡衣折得小小的，藏在袖子底下後，離開房間。她還是表示要洗乾淨再還給孝史。

阿蕗一走，孝史無事可做。不過，他沒繼續躺著，而是挺起上半身坐在被窩裡。全身痠軟無力，灼傷的地方依然刺痛，但和早上相比，情況好得多。

他孤伶伶地待在房裡。

（到外頭去瞧瞧吧。）來到這裡，孝史第一次閃過這個念頭。大概是身體恢復元氣了吧，人眞是現實。

這個念頭在腦海裡愈滾愈大，心跳也愈來愈快，他的手掌微微出汗。

萬一是騙局，只要踏出蒲生邸，一切就會揭曉。不管這是哪裡，內部場景布置得再天衣無縫，占地也不可能太大。而且，要跨出圍繞府邸的矮樹籬很容易，一鼓作氣衝向大馬路就行，通往何處都無所謂。如果能摸清方向就好了，今天早上天色還一片漆黑時，遠遠望見的那盞燈，平田說是「陸軍省的窗戶」的那盞燈，或許以那裡爲目標，不失爲一個好主意。

當時，孝史非常虛弱，失去冷靜判斷的能力，所以聽到那是陸軍省的窗戶，並未嗤之以鼻。此刻，在白天的日光下一看，或許就能看出那是皇居護城河畔的某商業大樓窗戶。這麼一來，他便能大大嘲笑一番。

相反的，要是一切並非騙局，如平田所說，一切都是眞的呢？去到外頭，孝史就能確認這一點。而且，對莫名心生好感的阿蕗的懷疑，可以徹底消除。

同時，這也會造成平田極大的壓力。

孝史離開房間亂晃，要是被府邸的人發現，當成可疑人物，最傷腦筋的是平田。爲了在這個時代平安活下去，他特意弄到身分和工作。一旦孝史引起騷動，宣揚他是時光旅人、擁有超能力，以後他恐怕很難生存。

在二次大戰前的這個時代，談論這種事搞不好會遭到逮捕。儘管孝史認爲有些誇張，仍將這一點列入考慮。畢竟，連孝史也知道，在戰前這個時期，日本的「神」只有一位。然而，平田卻自稱能做到那位「神」都做不到的事——在歷史中自由來去。

就這麼辦！孝史下定決心。他得盡量謹愼行動，先離開房間，去瞧瞧蒲生邸內部。最好釐清主人和他的家人是什麼身分，萬一是研究時光旅行的科學家住所，而平田從旁協助……

想著想著，孝史忍不住笑出來。

笑容還沒消失，門口便傳來聲響。接著，門猛然打開，平田探進頭。

孝史急忙斂起笑容，眼尖的平田立刻發現。他逕自走到被窩旁，一屁股坐下，途中視線都沒離開孝史。

「你挺開心的嘛。」平田劈頭就是這句。

「我覺得好多了。」孝史回答，「而且，有許多難得的體驗。」

平田身上穿著跟剷雪時同一件毛衣、長褲，右手拿著捲成長筒狀，看來像報紙的東西。他盤腿坐著，把那捲東西遞給孝史。

「你看看吧。」

打開一看，果眞是報紙。兩份《東京日日新聞》，是昭和十一年二月二十四日的早報，和二十五日的晚報。

「倉庫裡有個地方專門放舊報紙，我摸來的。」平田解釋。

看到報紙時，說實話，孝史連確認發行日期都耗費一番工夫。報紙上橫寫的字，是從右到左排列。印在欄外最上面的「東京日日新聞」這個名稱，第一眼也看成「聞新日日京東」。

二十五日的晚報，一個版面分成四大段，每一段都大大標著黑底鏤空的鉛字。

最上面一段是直書。《高橋是清自傳》——以前的「自傳」，和現今的「自傳」意思應該一樣吧，還附一篇名爲〈活生生的明治史〉的推薦文章。但是，這本嚴肅的書旁，刊的廣告卻是《男女生活設計》這本標題令人忍俊不住的書。看樣子，應該是同一家出版社的關係，都是千倉書房出版的作品。

第二段從左到右，塡滿「座講學古考教佛」的橫排字樣。下面以直書寫著「佛教爲東洋思想之精華，亦爲我國文化一大要素」。

孝史抬眼望向平田，「昭和十一年可以刊登這種廣告了嗎？」

「咦？」平田顯得頗意外。

「日本在加入太平洋戰爭前，國內清一色是神道信仰，其他宗教沒有生存的空間，不是嗎？出現這種廣告眞奇怪。」

平田的臉上浮現笑容，好似向陽的雪逐漸融化。「所以，你鼻頭才會冒汗？」

孝史摸摸鼻子，確實濕濕的。「我幹嘛非流汗不可？」

「八成是自以爲抓到騙局的證據。」平田似乎十分愉快，「你還是不相信我的話吧？你推測這是一場大手筆的戲，這些報紙你也認爲是假造的，所以看到佛教講座的廣告，認定我露出破綻。沒錯吧？」

孝史無言以對。

「準備考大學的人，啊，就是要準備考大學，才不會去讀現代史吧。」平田繼續道：「如同你所說，在太平洋戰爭前，日本的確像『國家神道』這四個字，神道是名符其實的國教。但是，這並不是在昭和年代明文訂定。早在慶應四年（一八六八）政府頒布『神佛判然令』（神佛分離令）時，便開始實施。」

平田拿走孝史手上的報紙。「但是，這份報紙和廣告都是眞的。不管你相不相信，現在就是昭和十一年的東京。不提別的，我幹嘛爲了騙你，特地僞造這種玩意？」

孝史非常不高興，緊抿著嘴。遭平田看穿想法的懊惱，加上聽到合情合理的分析更令人生氣。受平田詭辯蒙騙的感覺揮之不去，孝史煩躁不已。

平田的視線落在報紙上，笑得益發開心。

「你瞧。」平田指著第三段欄位右側。

「這是三省堂的廣告，廣告的還是簡明英日辭典，多麼教人懷念。學生時代眞的是人手一本，原來從這一時期就如此暢銷。」

簡明英和新辭典的廣告寫著：「無時無刻、隨身必備的好辭典！」孝史不禁噗哧一笑，眞是簡單明瞭，拿來當隨身聽的廣告，搞不好會大受好評。無時無刻、隨身必備的隨身聽。

「你不覺得十分諷刺嗎？」平田目光移到最上面一段的廣告。

「哪裡諷刺？」

「最上面那一段《高橋是清自傳》的廣告。」

即使點明，孝史仍一頭霧水，於是平田笑了。

「你還眞的什麼都不知道啊。昭和十一年的現在，這個叫高橋是清的人，是日本的大藏大臣（註）。此刻，他已遭青年將校以軍刀、手槍暗殺。暗殺行動是今天早上五點左右展開。」

孝史直瞪著平田，以爲他全身散發的負面氣息，及令人厭惡的灰暗氛圍會更加強烈。當下，孝史就是如此想徹底討厭這傢伙。

「瞪我也沒用，」平田接著道，「歷史上的事實，與你對此一無所知的事實，再怎麼瞪都不會改變。」

「反正我就是笨。」

註：政府機關大藏省的首長。大藏省相當於臺灣的財政部。

「沒人這麼講。」平田在長褲的後口袋摸索，拿出一個小盒子。「你愛吃甜的嗎？這是千惠姨給的，說要給我外甥吃。」

那是森永牛奶糖的盒子。上面的天使商標一模一樣，只是橫寫的「森永」變成「永森」而已。

「還有一半。」平田搖搖盒子，發出卡沙卡沙聲。「這是大盒的，一盒要十錢。千惠姨唯一的樂趣就是品嘗甜食，想想她的薪水，就明白不能糟蹋這份好意。如果你討厭吃甜的，不如還給她。」

「千惠姨是阿蕗的……？」

「同樣都是女傭，是一起工作的老前輩，快六十歲了吧。」

「她和阿蕗感情很好嗎？」

「像母女一樣。你問這些做什麼？」

我覺得阿蕗非常可愛，對她有意思——孝史哪敢坦言。他拿一顆牛奶糖，剝開包裝紙，喃喃說起別的事。「可是，氣氛這麼平靜，現在眞的是二二六事件發生期間嗎？實在安靜得過分，沒人吵鬧半句。眞的在進行軍事叛變嗎？」

「只是你不知道而已。」平田冷冷回答，「而且，這樣比較好。在軍事叛變結束前，你得悄悄躲在這裡。加上今天，頂多忍耐四天。」

「媒體沒爲事變騷動嗎？」

「陸軍擋下了，《東京日日新聞》明天早報才會刊出第一次報導。最早的相關報導應該是由今天傍晚的收音機播送吧。」

平田的目光犀利，彷彿要看穿孝史的眼底深處。

「別想去打聽，也別想去看外面的狀況，明白嗎？」

孝史點頭，牛奶糖鯁在喉嚨裡。

「告訴你一件事。你對事態發展完全不瞭解，可是，這幾乎等於此時一般民眾的感受。我使用的名字原本的主人，如同我在柴房說的，曾在這個時期住在深川區的扇橋。然而，他根本沒注意到發生過二二六事件，頂多知道政府機關林立的這一區出過亂子。的確，距離事件現場很近的丸之內、永田町、麴町部分地區，或海軍陸戰隊大舉登陸的品川一帶，可能謠言滿天飛，說什麼『內戰爆發』、『全日本哀鴻遍野』之類，但那僅僅是一小部分。」

孝史聳聳肩，「不過，蒲生邸就在遭到攻擊的地點附近吧？比方陸軍省。」

「陸軍省在附近，但沒遭到攻襲。遇襲的是櫻田門那邊的警視廳、陸相官邸，現下已被占領。從這裡也走得到，只是，你沒興趣吧。」

平田的口吻再次惹火孝史。這傢伙，又把我當笨蛋！

「那些就算了，附近發生這種大事，蒲生邸內還如此平靜，不是很奇怪嗎？」

平田似乎在思考，沒馬上回答。一度準備開口，卻欲言又止，沉吟半晌，終於出聲。

「這座府邸的主人，是陸軍的退役軍人。你知道『退役』是什麼意思嗎？」

「當然知道，就是從現役軍隊退下來的軍人吧。」

「雖說是退下來，但後備役和退役的意思有所不同。暫且不管這些細節。」平田說得很快，「主人名叫蒲生憲之，憲法的憲。人品和名字一樣，簡直是捧著《明治憲法》出生。他生於明治九年，今年六十歲，之前在陸軍是親皇道派，和青年將校走得頗近。所以，即使事件在近處爆發，也不會突然遭到攻擊。不過，你應該聽不懂我的解釋吧。」

孝史瞪著平田。

「要是覺得損我有趣，那就隨便你。」

「我沒這麼想。」平田站起。「躲在這裡應該不會太痛苦。千惠和阿蕗都待你很好吧？忍耐四天就行。不必瞭解現代史的你，只管整天休養身體、儲備體力，回到現代後才能應付種種過度競爭的嚴格考驗。」

平田走出房間。他反手關上拉門的那一刻，孝史覺得自己被排除在一件非常重要的事之外。到外面去吧！這種心情，不再是源於膽怯的自我保護本能。孝史也有自尊，平田激得他一肚子火。

離開被窩，孝史重新繫妥睡衣的帶子，第一次眞正爲了觀察四周的狀況，豎起耳朵傾聽。然後，他慢慢地、慢慢地準備打開拉門。附近沒有動靜，也聽不到腳步聲或人聲，手心卻直冒汗，連自己都覺得好笑。

（幹嘛啊，又不是面臨生死關頭。）

孝史自我鼓勵，告訴自己不必想得太嚴重。門不是很好拉開，剛才去上廁所時已知道這一點，他小心翼翼地稍微抬高，悄悄拉開，以免發出聲響。

果然，這次順利拉開門。可能是滾輪生銹了。孝史滿愛修理東西，只要想修就能修得好。跟阿蕗說一聲，修一修吧。冒出這個念頭，他不禁苦笑。眞蠢，現下是管這些閒事的時候嗎？

孝史打著赤腳，走起路像貓一樣悄無聲息。之前確認過，踏出房間後，右邊除了廁所沒有別的，應該往左走，於是孝史左轉。

右邊是牆，左邊是間隔相同距離的三道拉門，每一道都和剛剛關上的一模一樣。這些大概都是傭人的房間吧。孝史這才發現，所有拉門都只有外側塗上白漆，而且塗得很隨意，有些地方濃，有些地方淡，還有些地方根本沒塗到。孝史一絲不苟的個性發作，暗暗想著，要是我來漆，成果一定會更好。

這或許是個好徵兆，顯示孝史慢慢恢復原有的步調。他緩緩向前，來到走廊盡頭。走廊通過三道拉門後右轉，接著是臺階。

那會通到府邸內嗎？想到這裡，孝史不禁有些緊張。

如同孝史猜想，這一層樓一半在地下。數了數臺階，共有六階。普通一層樓應該有十幾階吧。爬到盡頭，連接最上一階的不是拉門，而是普通的門，門上裝有復古風的玻璃門把。門的上半部鑲著毛玻璃。

此時，毛玻璃前閃過一個人影，孝史連忙彎腰躲起來。那個白色人影感覺十分嬌小。回到走廊轉彎處，孝史探頭觀察情況，剛才通過的人影折返，而且在說話。

「白木屋可能有……」

孝史只聽到這裡。那是一個年長女人的話聲，或許是給他牛奶糖的千惠。

（怎麼辦……）

衝上臺階，闖進那道門去嚇千惠，質問「現在是昭和幾年？」是一種辦法。或者，直接穿過府邸，衝到玄關衝外？這也是一種辦法。

然而，孝史並不想用這些辦法。繼千惠的話聲後，響起阿蕗的話聲。

「可是，那想必十分昂貴。」

「實在很想買來送她啊。」千惠回答。

「綾子妹妹收到一定會非常高興，」阿蕗笑著說：「眞羨慕。」

門的另一邊屬於府邸內部，卻還是傭人活動的空間吧。阿蕗和千惠似乎是一邊工作，一邊聊天。

孝史背靠著牆，觀察她們的動靜。要是縮回腦袋，就聽不到她們對話的內容，只能偶爾聽到兩人走動的腳步聲和交談的片斷。

孝史暫時不想移動。

有什麼關係？孝史想著。不，是孝史刻意這麼想。我很可能被騙了吧？那就快爬上臺階，直搗核心。剛才你不也在懷疑，阿蕗搞不好是詐欺犯的同伴？

但是，腳硬是不動。

連孝史都覺得自己是在裝模作樣。他不想看到阿蕗露出難堪的表情，不希望阿蕗留下不好的印象。至於原因，是阿蕗待他如此親切，如此溫柔，而且她——是多麼漂亮、多麼可愛啊。男人眞是一種無可救藥的生物。

孝史悄悄原路折返。不過，他在平田房間的前一個拉門旁停下腳步。

如果沒上鎖，就從這裡開始調查吧。

沒上鎖，拉門順利打開十公分左右。慎重起見，孝史半抬半拉地開門。

只見格局和大小都和平田的房間一模一樣，但擺設截然不同。右側的牆邊，擺著一座堅固的小型日式衣櫃。嚴重磨損的榻榻米上，鋪著草蓆和一塊扁掉的坐墊。一旁是孝史熟悉的火盆。出入口一側，一張桌腳折起的小圓桌靠在牆邊。

這種桌子叫什麼？以前在電視劇裡看過，像是NHK的晨間連續劇之類的節目……

對了，桌袱臺！矮矮的小圓桌，桌腳能夠折起來。

對面的牆上釘著木板，附有掛鉤，目前掛著一件和服。依和服的顏色來看，這應該是千惠的房間。

她到底在蒲生邸工作多少年？以一個長年住在這裡的人而言，房間實在太簡樸，沒放幾樣東西。即使是傭人的房間，未免太空洞、太冷清。這也是穿越時空、來到過去的人獨有的感覺？或許昭和時代的人，生活中並不需要那麼多物質上的東西？

孝史悄悄離開千惠的房間，往隔壁房間移動。拉門一下就打開，然後，如同他有點內疚又有點期待的猜測，這是阿蕗的房間。他一樣是從掛在牆上的和服看出來的。

老舊的榻榻米和火盆，與千惠的房間相同。這些可能是每個傭人都分配得到的。不過，阿蕗的房裡沒有桌袱臺，也沒有衣櫃。倒是在採光窗正下方，擺著小書桌。一旁是放小東西的櫃子，上面有座玩具般的鏡臺。鏡子上罩著小毛巾，由形狀可知是鏡臺。

孝史慢慢橫越房間，摸了摸鏡臺，掀開小毛巾，圓圓的鏡子上沒半點髒污，擦得乾乾淨淨。鏡臺有一個小抽屜，裝有金屬把手，可以拉開。

孝史回頭看了看，趕走心底的罪惡感後，拉開抽屜。

裡面收著髮夾、木梳、黑色的髮圈——約莫是拿來紮頭髮的吧，沒看到化妝品。比起妹妹房間鏡子前林立的瓶瓶罐罐，簡樸的程度令人錯愕。

抽屜底部有一張剪報，孝史拿出來。

上面大大寫著「蝴蝶」。字體和剛才在《東京日日新聞》上看到的廣告相比，顯得時髦一些，算是相當摩登的字體。倒也難怪，仔細一看，就知道那是化妝品的廣告。

「白粉十二色」、「定價六十錢」、「世界頂級白粉」。

原來阿蕗想要這些啊，約莫是希望有一天能買才剪下來吧。

孝史把剪報放回原位，有點猶豫，仍伸手去開下面櫃子的抽屜。最上面一層，似乎是充當針線盒，放滿針線和碎布之類的東西。第二層是鉛筆、小刀，及幾張千代和紙，其中還有摺了一半的。然後，再下面是幾張捆成一束的明信片。

（弟弟有時會寫信給我。）

孝史心跳加遽，回頭望了望拉門。不知是幸或不幸，沒有任何人。

孝史慢慢拿出那捆明信片，抽出最上面那張。

字很醜，正面的收信人住址以「東京市麴町」起頭，「蒲生憲之陸軍大將府內向田蕗」幾個字歪歪扭扭。寄件人只寫著「向田勝男」，省略住址。

翻到背面，字是直寫的，還是很醜，幾行字扭來扭去，不時歪出去又歪回來。

「姊姊，妳好嗎？

一段時間沒寫信給妳。我很好，天氣滿冷，姊姊沒感冒吧？工作十分忙碌。上一封信也提過，組長非常嚴格，我一直挨罵。雖然我的工作是爲國家建造偉大的軍艦，有時候還是會想家。姊姊學會做麵包了嗎？

如果有休假，我們一定要到銀座逛逛，去看電影。我會再寫信。再見。

勝男」

孝史反覆看了兩次後，準備拿下一張明信片，手卻一頓。他突然覺得好羞恥。

阿蕗的弟弟勝男，和孝史同年。爲了國家，在恐怖的組長——大概是類似工廠作業長的上司吧——的叱責下建造軍艦。他負責的，可能是上螺絲、拋光零件、搬運材料之類單純的工作。照來信內容看，他應該沒受過高等教育。想必每天都要爲一些與雜務相差無幾的工作操勞，過著被使喚、壓榨的日子。

（我們一定要到銀座玩，去看電影。）

這是當弟弟的一個字一個字用心寫下，寄給住在主人家幫傭的姊姊的信。怎能任不相干的人隨便偷看……

孝史小心地把明信片放回原位，關上抽屜，站起身。

（有時候還是會想家。）

阿蕗的故鄉在哪裡？還有，提到那件睡衣時，阿蕗曾問孝史：「是偷來的嗎？」此時，他才明白阿蕗開口詢問的心情。這個時代，還是那麼困苦的時代啊。至少，對阿蕗和勝男這樣的人是如此。

孝史轉身步出阿蕗的房間。回到走廊上，前進到第三道拉門口。這道拉門一樣沒上鎖，打開一看，比之前任何房間都冷清，絲毫感覺不到有人居住的氣息。榻榻米缺一塊，大概是辭職傭人的房間吧。

於是，孝史再度站在那段臺階下方。

毛玻璃後方不見人影，也聽不見人聲。不管千惠和阿蕗之前在做什麼，顯然已結束，繼續進行別的工作。孝史注意到，玻璃另一邊似乎比剛才暗了一些。

上去瞧瞧吧。孝史踏上臺階。

一步又一步，心臟果然怦怦跳個不停。但這次胸口的悸動有些不同，懷疑身陷騙局的想法大大消退，純粹是擔心別人發現。在更瞭解周遭環境、獲得更多資訊前，孝史不希望任何人逮到他。

一級、二級，孝史爬上去。爬到第六級臺階，他面對門口，握住玻璃製的門把，冰冰涼涼的。掌心感覺得到有稜有角的形狀。

孝史試著轉動門把，伴隨「嘰」一聲，門微微向後打開。

從十公分左右的縫隙流洩出來的，是陽光——自然的亮光，附近應該有窗戶。接著，空氣中飄來一股甜味。很香，像是鬆餅或餅乾的味道。

孝史探進門。

之前，他以為這是傭人的工作室，只猜中一半。實際上，這並不是房間，而是稍寬的走廊。地板是木頭鋪成，牆壁漆上冷清的白色，左右兩側沒有門也沒有牆。前面的牆邊靠著一張深約五十公分的細長桌子。仔細一瞧，似乎是燙衣架。一台看來沉重無比的熨斗穩穩坐鎮在桌子一端，粗粗的電線纏著橫紋的布。

電線已從牆上的插座拔下。孝史感慨地凝望插座，那分外熟悉的形狀許久未見。以指尖碰了碰熨斗，還熱熱的。熨斗旁邊，一個約莫是利用燒紅的炭來發熱，底部像水泥抹刀的工具，斜靠著牆，也還是熱的。剛才千惠和阿蕗是在熨衣服啊，孝史不禁微笑。

突然間，右側走廊前方，傳出女子的尖叫聲。

3

孝史僵在當場。由於過度驚愕，甚至忘記呼吸。

然而，那只是短暫的瞬間，很快又響起一聲尖叫。聽出是阿蕗的聲音，孝史便跑了起來。還來不及思考，身體已展開行動。

連續的尖叫聲是從孝史左側傳來。一口氣穿過放著燙衣架、形同通道的小房間，向左直走，出現三級的小臺階。上去後，右側有一道沉重厚實的木門。孝史不顧一切地打開那扇門。之後，又是一條短廊，沿途有兩道門，分別在左側與盡頭。阿蕗的聲音似乎是從盡頭的門後傳來。

孝史佇立在盡頭的門前，汗水從額頭沿著臉頰流下。

這時，門後響起啪躂啪躂的腳步聲。接下來，居然傳出笑聲。雖然是年輕女孩的聲音，卻不是阿蕗。

那道木門的門把，也是切割成稜角的精緻玻璃製品，門中央還鑲嵌著切割成幾何圖形的玻璃裝飾。透過玻璃，隱約可見模糊的人影。

孝史握住門把，輕輕轉動，打開約十公分的門縫。女孩的笑聲聽來益發尖銳。

「來呀、來呀，鬼，我在這裡！」

活潑開朗的聲音像在唱歌，孝史從門縫窺探室內。

只見一個年輕女孩，一身花色豔麗的朱紅和服，和阿蕗一樣梳著髮髻，不過，上頭簪著閃閃發光的髮飾。

大約二十歲左右吧，不過女人穿著和服，年齡難以猜得準確。她拍著手，高聲笑鬧，看來非常開心。

「噯，阿蕗，不是那邊。我在這邊啦。」

孝史按住狂跳的心臟，尋找阿蕗的身影。眼前一把椅背很高的椅子，不巧擋住他的視線。

「小姐……」右方稍遠處傳來阿蕗的話聲：「請饒了我吧。」

相當冷靜、有禮，聽得出微微帶著笑意。

此時，傳來一陣開門聲，腳步聲響起，似乎有人進來。

「啊，哥哥。」穿朱紅和服的女孩說著，從孝史的視野中消失。

這是個好機會。孝史伏低身子，匆匆竄進室內。他的腦中一片空白，對於進去後該怎麼做完全沒計畫。忽然間，他注意到離門不遠的牆邊，豎著一架金色屏風，恰恰擋住牆角，連忙溜到屏風後方。

幸好，沒任何人發現。孝史謹慎地探出屏風，仔細觀察室內。他顫抖著呼出一口氣。

共有三個人在場。一個是穿朱紅和服的女孩，另一個就是被稱爲「哥哥」的人吧。那是二十五歲左右的青年，一身白襯衫搭灰長褲，腳上趿著室內拖鞋。青年的臉頰瘦長，理得短短的髮型不太適合他。

第三個就是阿蕗。看到她的模樣，孝史簡直嚇壞了。一塊像包袱巾的布蒙住她的頭臉，手上還拿著抹布，到底發生什麼事？

「珠子，妳在幹什麼？」青年語帶責備。

「我在玩啊。」穿朱紅和服的女孩回答，「我和阿蕗正蒙著眼玩捉鬼。對不對，阿蕗？」

「對，小姐說的沒錯。」

拿著抹布，頭罩包袱巾的阿蕗頷首。青年走到阿蕗身旁，幫她取下包袱巾。由於後頭的地方打了結，耗費一些時間才解開。

從包袱巾底下露出臉的阿蕗，表情雖然有點不自然，眼角、嘴角卻都帶著笑。

「妳不覺得這樣惡作劇很不應該嗎？」

青年斥責名叫珠子的朱紅和服女孩。阿蕗開口打圓場：

「貴之少爺，請不要生氣，小姐只是在玩。」

「就是嘛！」珠子抓著和服袖子，晃來晃去。「一直下雪，我好無聊。爸爸又不准我出門。」

「即使如此，妳也不能這麼孩子氣，很危險。阿蕗可是在工作啊！」

珠子故意賭氣：「哥哥每次都偏袒阿蕗。」

然後，像是展現三流演技，珠子故意別開臉，轉身向右，啪躂啪躂地跑出左側的門。關門時，朱紅和服的袖子微微翻飛。

孝史目瞪口呆。那女的是怎麼回事？

然而，留在房裡的兩個人，卻一副習以爲常的樣子。阿蕗上前行一禮：「非常抱歉。」

名叫貴之的青年似乎很生氣，將包袱巾用力一甩，掛在胳臂上。

「妳沒必要道歉。以後珠子再做那種事，不用客氣，儘管罵她。眞是拿她沒辦法。」

青年像是眞的動氣。那對大耳朵明顯泛紅。看來，怒氣裡包含若干「羞恥」的成分。

「趁妳在打掃，她突然蒙住妳的頭嗎？」貴之問。

「是的。」阿蕗露出笑容，「不過，小姐立刻出聲說『猜猜我是誰』，所以我馬上知道是小姐。」

「剛才聽到尖叫聲，嚇我一跳。」

「對不起，我太沒規矩了，眞是丟臉。」

阿蕗又低頭行禮。貴之的手放在阿蕗肩上，「妳不必道歉。沒規矩的是惡作劇的人，明白嗎？」

接著，貴之便拿著包袱巾，從珠子離開的門走出去。

房間裡只剩阿蕗。她輕輕嘆一口氣，綻開微笑。

「阿蕗。」孝史小聲呼喚。

阿蕗嚇得彈起。諷刺的是，她差點發出比剛才更嚇人的叫聲，連忙扔下抹布摀住嘴。孝史也一陣慌亂，要是貴之折返就糟了。

「是我，在這裡、這裡。」

孝史從屏風後方探出頭，向阿蕗揮手。阿蕗瞪大雙眼，愣在原地，突然回望貴之他們離開的門。確定沒人會過來，她匆匆經過椅子跑到孝史身邊。

「你在做什麼？」

一句話就刺傷孝史的心。

「聽到尖叫聲，我也嚇一跳，趕緊衝過來。」

「哦，這樣啊。」

阿蕗撫著臉頰，噗哧一笑。

「謝謝你，眞不好意思。」

「剛剛那是誰？一個女孩，竟然那麼幼稚地惡作劇。」

阿蕗再次確認四周的狀況，在孝史旁邊蹲下。

「是蒲生邸的小姐，珠子小姐。」

「那個男的呢？是她哥哥嗎？」

「對，是貴之少爺。你不可以叫他『那個男的』。」

阿蕗認眞糾正，孝史興致大減。不管是剛才的互動，或阿蕗在談到睡衣時提及貴之，不知爲何，他就是覺得阿蕗對貴之有好感。

「你最好趕快回房間，這個地方府邸的人都會來。」

「多麼漂亮的房間啊。」

孝史再度環顧室內。

這是個挑高的西式房間，高度約是一般住家的二層樓高，天花板的四邊有粗壯的橫梁，內側也以粗壯的橫梁格成六角形。沒有橫梁的部分，全掛著布幔，而且布面滿是精巧的刺繡。布幔和所有刺繡都是高雅的暗紅色，或者應該說，整個色調是統一而沉穩的紅色系。

壁紙也一樣。該怎麼說呢？摸起來，感受得到上面的凹凸，不是印上去的，約莫是手工刺繡。天花板的部分看不清楚，不過，牆上布幔刺繡的圖案像是大朵的牡丹、葉子，還有小鳥在枝葉間飛舞。

地板上鋪著深紅地毯。雖然是單色，不過細看就知道織工相當講究。上面有凸起的線條，厚得連腳趾都會陷在裡頭。如果赤腳行走，幾乎不會發出任何聲響。所以，剛才那名叫珠子的女孩，才能夠偷偷接近在掃除的阿蕗身後。

「這是起居室嗎？」

孝史一問，阿蕗點頭說：「客人也會進來坐。」

從孝史的角度望去，正前方是一座直徑超過兩公尺的大壁爐，火燒得正旺。壁爐的周圍——這部分叫壁爐架吧，是以淺白色石頭砌成，約莫是大理石。上面放著好幾個相框。

壁爐前方，有一張很大的獸足桌，桌面鑲著玻璃，四周擺放椅背很高的椅子，跟剛才擋住孝史視線的同款。壁爐右側還有一把附腳凳的長椅，三枚花紋鮮豔的靠墊放在上面，猶如裝飾品。

孝史隱身的屏風，位在房間西側角落的牆邊。仔細一瞧，牆邊壁紙有部分破損，可能是為了遮掩才把屏風擺在此處。屏風右側是一扇大窗，上下開關的窗框分成三段，一直延伸到天花板附近。

戶外因雪光顯得非常明亮。沉重的布幔捲到窗框上方，不像窗簾，倒像舞臺劇的布幕，也是雅緻的深紅色。布幔邊緣垂著一條繫繩，應該是用來捲動布幔。

在牆邊，一座鐘擺式大鐘緩緩刻畫著時光。

「請你回房吧。」阿蕗懇求道。「要是被發現就糟了，會給平田叔添麻煩的。」

孝史直起身，房間的全貌益發清晰。

共有兩道門。一道是孝史進來的門，另一道是珠子他們出去的門。以壁爐為基準，東邊角落有座大型三角裝飾櫃。裝有玻璃門的櫃子裡，放滿壺、花瓶之類的物品。孝史走近櫃子。

「好漂亮。」

「那是老爺的。」阿蕗說得很急，「我知道你想到處看看，可是請回房間……」

阿蕗拉扯孝史的袖子，連聲催促。這時，珠子他們離開的方向，傳來一陣腳步聲。

「啊，」阿蕗輕喊，「有人來了。喏，快點……」

孝史當機立斷，拉著阿蕗的袖子迅速橫越房間，跑到剛才的屏風後方。

「真是的，為什麼……」

「噓，安靜！」

制止阿蕗後，孝史悄無聲息地等候來者出現。

不久後，門開了。

只見一個矮小卻結實的老人，一身和服，右手拄著枴杖，艱難地行走。每走一步就停頓一下，緩緩進入室內。

老人的下巴又方又寬，看起來十分頑固。一頭茂密的銀髮，脖子短短的，連帶肩膀益發高聳。眉毛有一半以上變白，形成高高隆起的弓型，在細長的眼睛上像硬梆梆的屋簷般凸出。

「他是誰？」孝史悄聲問，「是老爺？」

阿蕗驚訝地望著老人，回答：「嗯，是的。」

那麼，他就是蒲生憲之。平田提過，他曾是陸軍大將，是昭和時期的軍人。

可是，那副外表比六十歲蒼老，約莫是走路姿勢的緣故。

「老爺有病在身，」阿蕗壓低音量，「平常幾乎不會離開自己的房間，今天是怎麼了呢？」

蒲生憲之走一步停一下，緩緩靠近壁爐。一直來到火光映上臉頰的地方才止步，接著，以慢得令人焦躁的動作，把枴杖靠在壁爐架上。

然後，他伸手入懷，拿出一疊白色紙張。看來是文件。

蒲生憲之捧著那些紙張，定睛注視半晌，像在反覆閱讀。

不久，他把紙一張張揉成一團，扔進壁爐的火焰中。孝史數了數，一張、兩張……共有七張。扔進壁爐裡的紙，在火焰的威力下，立刻燒成灰。

蒲生憲之全程緊盯。不僅如此，他還拿起附近的撥火棒，攪弄燃燒的柴火，直到紙張完全看不出形狀爲止。老人手執撥火棒時，孝史一直提心吊膽，深怕他一個站不穩，跌進壁爐。

好不容易結束這項作業，老人又蹣跚離開。孝史和阿蕗連大氣都不敢喘一口，再也聽不到叩咚、叩咚的枴杖聲後，才放鬆緊繃的神經。

4

確認奢華的起居室裡只剩自己和阿蕗，孝史長長吁一口氣，牽著阿蕗的手走出屏風後方。親眼見到蒲生憲之，阿蕗似乎感到非常不可思議。雖然情況緊急，她卻沒責備孝史的親密舉動，目光仍停留在蒲生邸主人離開的那道門上。

孝史輕拉阿蕗的手，她才突然清醒般眨眨眼。

「老爺離開自己的房間到外面，有那麼稀奇嗎？」

孝史還沒說完，阿蕗就用力點頭。看來，她眞的非常吃驚。

「而且，居然單獨來起居室……」

阿蕗終於發現孝史一直牽著她的手，輕呼一聲，急忙抽回手。孝史忍不住偷笑。

「這屋裡的人眞奇怪。」

孝史抬頭仰望天花板上精巧的刺繡，伸著懶腰。從狹小的房間出來，感覺果然不賴。阿蕗詫異地注視孝史。

「關在房裡的老爺、行爲幼稚的女兒、猶如早期青春電影男主角的大少爺，其他還有些什麼人？」

孝史想起凌晨天還沒亮時，躲在蒲生邸前院，曾聽到一對男女的對話。他們的聲音不像剛才那對兄妹，感覺年紀應該更大。

阿蕗默默凝望孝史，彷彿突然想到什麼，經過他身旁，蹲下撿起掉落的抹布。

「請回到樓下房間。」她背對著孝史說，「我有很多事要做，不是來玩的。況且，你……」阿蕗猛然回頭，像是氣得咬住嘴唇，接著道：「要是府邸裡的人發現，把你趕出去，你也會有麻煩吧？或許你不在乎，可是平田叔會很困擾。你也要稍微爲舅舅著想。」

孝史心想，她生氣的表情也很可愛。從藏身之處來到外面，他的情緒比意識到的還要高昂。這種亢奮的情緒，與優越感雷同。當孝史發現這一點，連自己都感到意外。剛才還以爲身陷一場大騙局，一旦將那種懷疑拋在腦後，心中的鐘擺盪起來，反倒變得相當愉快。

我眞的來到過去了。所以，我知道這些人不知道的未來。我來自未來，我知道等待著這些人的，是怎樣的未來。

我知道的事，連住在這幢了不起的府邸裡的人都不知道！

阿蕗氣鼓鼓的，爲了不想敗在孝史的目光下，努力瞪著他。那張臉實在可愛得難以形容，更刺激孝史的優越感。我要讓她大吃一驚——孝史剛這麼想，話就脫口而出。

「日本戰爭會打輸。」

阿蕗瞪大眼。對看就此結束，她粉紅色的雙唇張得大大的，握著抹布的手一下舉到胸前。阿蕗向孝史走近一步。

「咦，你說什麼？」

孝史重複一遍，並加上幾句。「日本會打輸，會遭美國占領。軍人再也囂張不起來，日本會成爲和平國家。」

說完，孝史頓時覺得好爽快。尤其是「軍人」那幾句。原來，突然湧現的優越感，就是源於此。原來，他是同情阿蕗在軍人家受到使喚，過著卑微的生活，想告訴她不需要這麼做。如果是戰後的日本，我居住的現代的日本，像妳這麼可愛又勤勞的女孩，不管哪家公司都求之不得。就算遇到像蒲生憲之那種耀武揚威的上司，也只是裝腔作勢，他們一樣是公司僱用的上班族。我生活的時代眞的每個人都很自由，日本將來會變成那樣的國家。

然而，正當孝史準備繼續大肆誇耀時，卻發現阿蕗臉色鐵青。

「日本……打仗會輸？」她喃喃自語，抬起頭直盯著孝史。「你爲什麼要說這種話？太過分了！」

「過分？」孝史嚇一跳。阿蕗握緊拳頭作勢要打孝史。「沒錯，太過分了。軍隊爲國家盡心盡力，你竟然還說日本會輸，眞是失禮。」

這次，換孝史驚訝得無以復加。阿蕗氣得快掉淚，絞著雙手繼續道：「當然……軍隊裡很複雜……貴之少爺說大人物做事都只顧自己，可是，就算這樣，萬一打起仗，日本也不可能會輸。況且，怎麼會打仗？要跟誰打仗？中國？」

「我剛剛提過，美國，就是美利堅合眾國。」

孝史怕簡稱「美國」阿蕗聽不懂，便換一種說法。

阿蕗搖頭，「貴之少爺說，我們不會和美利堅打仗。」

開口閉口就是「貴之少爺」，孝史不禁發火：

「貴之是方才那個哥哥嗎？他知道些什麼？妳幹嘛把他看得那麼偉大？」

阿蕗一副受不了的樣子，無奈地眼珠往上一抬，像極遠在平成年代的二十歲女孩。

「貴之少爺是東京帝國大學畢業，跟你這種小工人不一樣。你說話小心點。」

阿蕗提高音量，孝史急忙張望四周。於是，阿蕗頓時想起自身的立場，按住嘴巴，垂下目光，整理一點也不凌亂的領子，接著低語：「請你回房間，乖乖待在裡面。」她的口氣是命令式的，「下次再這樣，就算對不起平田叔，我也不能讓你躲在這裡。」

阿蕗轉過身，準備從孝史闖入的門出去。

「妳要去哪裡？」

「幫忙千惠姨。我必須去準備午飯。」

孝史想起，剛才穿過放燙衣架的地方時聞到的香味。

「要做什麼菜？」

「我不知道。」

「剛才好香啊，是鬆餅之類的嗎？有沒有我的份？」

阿蕗沒轉身，只回頭丟下一句「不知道」，開門走出去。孝史似乎真的惹她生氣了。

孝史眼睜睜地看著門關上，一個人留在原地，心中有些混亂。阿蕗的反應是怎麼回事？爲國家盡心盡力的軍人？阿蕗，就是這些軍人害得你們以後那麼慘啊。

（這樣看來，果然是眞的。）

孝史再次體認到這一點。我眞的來到昭和十一年。我來到的這個世界，沒人知道悲慘的戰爭在未來等著他們。

突然間，門又打開。孝史頓時寒毛直豎。

阿蕗探進頭，僵硬的嘴角顯得餘怒未消。她很快地說：「快回房裡。如果你很安分，我就拿午飯過去。」

她開著門，等孝史走近。於是，孝史露出微笑：

「知道了，對不起啦。」

孝史輕輕點頭，穿過那道門。阿蕗一直跟著他，直到他沿原路回到樓下的房間。孝史覺得自己像被押回軍隊的逃兵，回到最初的出發點，平田的房間。

但是，儘管對不起阿蕗，孝史並不打算安分地待在房裡。等到一人獨處後，他抬頭觀察平田劃雪時露臉的那扇採光窗。

從這裡出去吧，比通過府邸內部快得多。有沒有能墊腳的東西？只要約三十公分高，踩上就能打開窗戶，抓住窗框，最後再用點力應該爬得過去。

火盆太危險，置物櫃裡的旅行箱呢？孝史急忙打開置物櫃的拉門。

老舊的旅行箱是耐用的布製品，敲打起來感覺框架是木製的。厚度大概有二十五公分，應該沒問題。

孝史試抬一下，沒想到挺重。他突然冒出一個疑問。

這是誰的箱子？

平田和孝史一樣，都是在火災中被迫穿越時空，並未攜帶任何用品。飯店房裡可能有平田預備的行李，但至少孝史確定他沒帶來。當時沒有餘力顧及太多。

孝史盯著旅行箱半晌，輕輕放到榻榻米上想打開。提把旁掛著一個鎖，嘎嗒嘎嗒地拉扯也不為所動，於是孝史使勁踢一腳。

「好痛！」

可惜，只是自己吃痛而已。

孝史望向敞開的置物櫃。平田穿來的鞋，好端端地擺在櫃裡。那應該是平田脫下後放進去的吧，當下，他不覺得這個箱子可疑嗎？不然，這是他的嗎？

（之前，那個大叔也穿越時空來過此處吧？）

為了做事前準備？

火災前，平田站在二樓逃生出口的情景，在孝史腦海復甦。那時，他像鬼魅般突然消失蹤影，又變魔術一樣，站在二樓電梯口。

「啊！」孝史驚呼。

（那時，他也穿越時空了？）

沒錯，那一定是穿越時空。平田在火災中和孝史一起「飛」來前，一定曾穿越時空。

但是，孝史親眼目睹，那時平田確實空著手。如果平田提著這麼大的箱子，孝史不可能沒看見。

這個箱子會是誰的？在飯店二樓的逃生出口，沒錯，就是二樓，平田穿越時空到哪個地方、哪個時代？

那次穿越時空極為短暫。孝史在平河町第一飯店的逃生梯附近尋找平田，最多不超過十分鐘。

十分鐘內，平田前往某處又返回。

我被騙了，孝史心想。來到蒲生邸時，在柴房裡，孝史哭著求平田快點帶他回現代，平田卻說，短期內無法多次穿越時空，身體會不堪負荷，一不小心就會危及性命。除此之外，還振振有辭地說了一堆，如今細想，根本全是藉口。

孝史掌心冒汗，往睡衣一擦，動起腦筋。可惡，那個大叔果然可疑。他到底有什麼企圖？我到底能相信他到什麼地步？

他說，要在這個時代生活，一直在為此做準備。這些話有多少是眞的？就算眞的擁有穿越時空的能力，他利用那種能力來到這裡的目的，和他嘴裡宣稱的，該不會根本是兩回事？

事情愈來愈複雜。不，現下已夠複雜，以後會更麻煩。總之，一定要先逮到平田，逼他招出眞正的企圖。然後，請求他帶自己回現代。不，無論如何，都得叫他讓我回去。

孝史的手擦到腿。傳來平坦的觸感，他想起另一件事。

換衣服前穿的睡衣。在柴房昏倒時，那件睡衣的口袋裡有一個硬物，失去意識前，掌心還感覺得到。那是……那是……

手表。

阿蕗在柴房發現他們時，為了避免阿蕗發現，平田背對孝史拆下手表，扔在孝史膝上，於是孝史藏在口袋。當然，這是因為手表是平成年代的產品，不能讓阿蕗看見。

孝史拍一下額頭。我怎麼忘得一乾二淨？

他拚命回想。換衣服時、將睡衣交給阿蕗時，手表還在口袋裡嗎？孝史重現自己和阿蕗的動作，努力回憶。

沒有，還是沒有。換衣服時，沒感到別的東西的重量。況且，阿蕗摺得那麼整齊，如果睡衣口袋裡有東西，一定會發現。

那麼，是弄掉了嗎？掉在這個房裡？

孝史把箱子的事丟在一邊。一定要找到手表。

只要找到手表，就能向平田施壓。要是被蒲生邸的人看到這玩意，你會有麻煩吧？不想節外生枝，就馬上使出穿越時空的本領，帶我回現代！

於是，孝史在榻榻米上搜索起來。

5

但是——

孝史找遍這個潮濕的小房間，依然沒看到手表的蹤影。

孝史喘著氣站起。手表不在這裡，那麼，不是在孝史被抬進房間的途中滑出口袋，就是在柴房昏倒時掉落。他很確定，阿蕗拿睡衣去洗時，手表不在口袋裡。

（柴房啊……）

必須回去找找。如果不在柴房，只得仔細搜索從柴房通往平田房間的路徑。

孝史抓住被他推到一邊的旅行箱提把，拉起箱子搬到採光窗下面。把箱子靠牆放穩，站到箱子上測試一下。箱子的木框很堅固，即使承受孝史的體重也文風不動。

孝史推開窗戶，冰冷的空氣流進來，他不禁打一個噴嚏。戶外很亮，暫時沒感覺到人的動靜。

孝史想起一件事，便從箱子上下來，到置物櫃取出平田的鞋子，然後丟到窗外。他受夠光腳在雪地上奔波。

接著，要找禦寒的衣物。他回到被窩，掀起棉被。有一件當成墊被的鋪棉衣物，形狀像下襬很長的日式棉襖。躺著時，多虧有這件棉襖，才睡得暖和舒服。他記得這叫「棉襖睡衣」（搔卷）。上小學時，曾到母親的故鄉山形縣小住，外婆就是拿出這種棉襖給他穿。由於有袖子，可披在簡便和服上。孝史把棉襖捲成一團，從窗戶塞出去。

準備完畢，最後只剩自己。孝史雙手抓住窗框，運用吊單槓的訣竅，使勁把身體往上抬。頭撞到窗框，肩膀差點擦破皮，但總算擠出上半身。看來，雪停了一陣子。跟平田剷雪時一樣，黑色地面光禿禿的。泥土弄髒孝史的指尖，塞進指甲縫。

孝史呻吟著，拚力攀爬，好不容易來到外面，渾身冒汗。一站起，汗水馬上結成一層薄冰，像膜一樣包住他。孝史急忙撿起棉襖睡衣，像穿和服般裹起自己。動作要快，冷空氣凍得他耳垂發痛，臉頰僵硬。

孝史鑽出來的地方，是圍繞蒲生邸四周的庭院的另一面——今天早上到達前庭後，他們穿過府邸側面走到後院的柴房，看來，現下他應該是在相反的一側。一樣有完全被雪覆蓋、形成圓圓雪堆的樹籬，但這邊的空間稍大一些。樹籬另一邊可見一座和蒲生邸相似的紅磚建築，背對這邊矗立著，周圍的磚牆色調與建築相同，高約兩公尺。牆與建築物之間的距離，要容納兩棟孝史在高崎的家都沒問題。裡面應該是庭園吧，眞是闊綽。

旁邊這幢建築雖然離得遠，看到二樓並排的三扇窗戶中，其中一扇亮著燈，孝史仍急忙伏低，像瘸腳忍者般爬到樹叢底下，才抬頭仰望蒲生邸的外牆。

頭頂上灰雲密布，天空中飄散著黑煙，應該源自煙囪。蒲生邸這一面的牆上，除了孝史剛才爬出來的窗口，只有二樓及緊接在屋簷下、三十公分見方的小窗戶。

向左走過去就是正面玄關，向右則是後院和柴房。如果向右往後走，守護蒲生邸背面的高大樹林會提供遮蔽，不必擔心被人發現。

原本應該立刻向右走，孝史卻在好奇心的驅使下往左前進，想瞧瞧這幢府邸的全貌。走到建築的轉角，他小心翼翼探頭觀望。

蒲生邸正面雖然樹叢圍繞，卻沒有莊嚴氣派的大門。只有今天早上看到的，同時出現在平河町第一飯店的大廳照片上的──那道別具特色的拱型玄關，及平緩的斜坡。通道上的雪剷得乾乾淨淨，可能要歸功於平田。泥濘的地面清楚留下一組腳印。

蒲生邸正面樹叢的外側，是一條寬闊的大路，約莫是公用道路。張望四周，確定沒人，孝史再度像忍者般跑到樹叢後方，暫時屏住呼吸，回頭觀察府邸的窗戶。沒有任何動靜，唯有黑煙裊裊上升。

孝史伸長脖子，越過樹叢向外看。

道路十分平坦，是汽車專用道。路面鋪滿白雪，有幾道車輪的痕跡，由右往左，也可能是由左往右，一路從蒲生邸前通過。車輪碾過的雪，融化成泥水的顏色。

其中，僅有一組車痕稍稍轉向蒲生邸，延伸到樹叢前方。孝史想起，今天早上躲在柴房時，曾聽到汽車的引擎聲。大概是那時的車痕吧。

一大早有人匆匆來訪。那種簡短有力的說話方式，加上府邸主人原本是陸軍大將，從這兩點推測，訪客應該是軍人，開的也是軍車。車痕清晰的地方陷得相當深，明顯是輪胎的印子。看來輪胎頗厚，是卡車嗎？

（那時似乎有訪客……）

離開時，這輛車是倒車調頭，原路折返。雪地上殘留著好幾次切換方向盤的痕跡。

孝史鼓起勇氣，探出上半身，打直彎曲的膝蓋，擴大視線範圍。

儘管是陰天，孝史首先感覺到的還是天空很高。四周建築稀少，和孝史知道的平河町第一飯店一帶相比，可能不到一半。每幢建築都不高，景色益顯遼闊。

不過，每幢建築的結構似乎都十分堅固，體積龐大。不是紅磚建築，就是灰色的水泥建築，有些是石造建築。四四方方的大樓倒是很少，大部分建築都有特別的屋頂或塔，上面積著雪，形成悠靜美麗的畫面。

到處都有電線桿，孝史原想數一數，隨即放棄，可見數量之多。這裡是東京，東京市中心一角，恰如孝史知道的永田町車站附近，是政府機構密集的地區。白雪掩蓋建築之間的空隙，什麼都看不清，但白雪底下想必是整理得美侖美奐的綠地吧。在這個時代，東京一帶肯定和歐洲的城市一樣如詩如畫。

眼前這條路，孝史在留宿飯店期間走過好幾次。之前行經時，孝史總會抬起頭，往左看看最高法院，往右瞧瞧國會圖書館。那是條緩緩的下坡路，路旁行道樹的枯枝朝空中伸展。現在雖然連行道樹的影子都沒有，仍是緩緩的下坡路。這條路的盡頭，也一樣是皇居的護城河和綠色的森林吧。

只是，此刻朦朧出現在孝史視野中的森林，卻覆蓋皚皚白雪，冰雪凍結枯枝，宛若童話世界裡冰雪女王的國度，毫無綠意。皇居後方，也不見銀座耀眼的燈光。

路上沒半個行人，也沒半輛車。孝史想起，今天早上在柴房裡，平田提過這一帶會遭到封鎖。

那時，平田說孝史看到的燈光來自陸軍省的窗戶，但他還沒找到那扇窗戶所在的建築。他在腦海裡繪出一幅簡圖，依現下的方位，約莫是蒲生邸擋住了。

即使如此，那燈光仍在遙遠的地方。由於是陸軍中樞，應該位於護城河邊吧。在這個時代，遭到攻擊的警視廳也是在櫻田門附近。不管是陸軍省或警視廳，徒步過去都要十到十五分鐘。

那麼，沿這條不見人影的路走下去，找到一個和蒲生邸有段距離，又遠離軍事叛變的地方，穿越時空回到現代絕非不可能。聽平田的說法，他以爲這一帶隨處都有武裝步隊，根本沒這回事。他不禁洩氣，再次體認自己實在沒用，居然對平田的話深信不疑。

（我不會再上當了。）

孝史將這一片寂靜潔白的景色盡收眼底，再度彎起身子。蒲生邸的窗裡沒有任何變化，也沒人走出玄關。孝史踩著來時踏出的腳印，回到府邸旁。

途中，他曾回到平田房間的那扇窗戶探看，也沒有任何變化。沒人發現他不在。

孝史繞到後院。柴房孤伶伶地坐落在雪白後院一隅。由於沒剷雪，柴房和通往府邸另一側的通路之間，留下傭人來來去去的紊亂足跡。平田和阿蕗將孝史抬進府邸裡時的腳印，搞不好混在其中。

孝史毫無顧慮地在平坦的雪地上奔跑。柴房背對蒲生邸後方的樹林，面朝府邸，所以，門也向著府邸。從孝史所在之處望去，柴房位在左邊。靠近一看，他發現柴房的門開了一個小縫。是風吹開的嗎？孝史暗忖著，卻聽到柴房裡傳來交談聲。

「喏，眞的不是你想太多嗎？」

孝史立刻蹲下。幸好沒貿然開門，他嚇出一身冷汗。

那是女人的聲音。如果沒記錯，就是今天早上在前庭聽到的女聲。

「他竟然還有力氣做那種事？實在難以置信。」

帶著笑意的口氣裡，摻雜些許挖苦的意味。這女的到底是誰？

「妳太小看大哥了。」一個男人回應，也是今天早上在前庭聽過的聲音。這對身分不明的男女，總是一起出現在孝史面前。

「當然，自從他中風後，身體的確變得非常虛弱。可是，他什麼話都藏在肚子裡，誰曉得他心底有何盤算。那個人性格本來就很堅毅。」

「不見得吧，依我看來，他根本爛到骨子裡。按理，如果他身上還留著一絲倒下前的氣力，貴之在那件事上出了那麼大的醜時，他怎麼可能不管？不過，那也是半年多前的事了。」

「他早就對貴之心灰意冷吧。」男子笑著說，「打一開始，大哥就曉得貴之是無可救藥的膽小鬼。當初沒膽隨他老爸走職業軍人的路，卻事事跟他老爸作對，好一個愛講大道理的獨生子。」

「一點也沒錯。」女人跟著訕笑。

「話雖如此，」男人又回到正經的口吻，「這次的騷動追究起來，八成會牽扯到相澤事件。

不如說，要是沒發生相澤事件，青年將校也不會以這種方式起事。只不過，要起事也應該看時機……」

女人不耐煩地打斷：「別提那些國家大事行不行？我又聽不懂。」

幹嘛在這種地方偷偷摸摸交談？女人不停抱怨。

「到我房間不就得了。」

「難保不會有人偷聽啊。」男子放低話聲。柴房外的孝史不禁縮起肩。

「尤其是最近，珠子看我們的眼光特別奇怪，不時豎起耳朵偷聽。妳沒發現嗎？」

「那種蠢女孩，用不著理會。眞是的，她到底好在哪裡，竟然找得到婆家，我實在不明白。」

「珠子是擔心出嫁後父親沒人照顧，才對妳更不放心吧。不過，等我們一私奔，珠子的婚事也會泡湯。」

「活該。」

「不必管他們。不過，妳啊，我們是在商量私奔的事，再怎麼小心都不爲過。」

女人一副提不起勁的樣子。「可是，在這場動亂平息前，我們沒辦法離開吧？時機未免太不巧，那些人眞是的，沒事偏偏挑今天搞槍戰。」

女人唾棄般加上一句：「哼，軍人！什麼東西！」

「在這陣騷動平息前，我們要暫時裝得若無其事。沒別的辦法，只能巴望他們起事失敗。這樣一舉數得，我們也用不著私奔。」

女人驚呼：「什麼意思？怎麼說？你話中的失敗，是指那些軍人嗎？他們怎會跟我們扯上關係？」

孝史屏住氣息，貼近柴房。

男人沉聲回答：「要是這場起事失敗，大哥絕不會苟活。」

短暫的停頓後，女人興沖沖地問：「爲什麼？他怎麼會死？」

聽得出她的語氣裡摻雜著壓抑不住的喜悅，孝史愈來愈想知道這個女人是誰。還有，打算和她私奔的男人是什麼身分？他嘴裡的「大哥」又是誰？是指那個叫貴之的少爺嗎？可是，聽起來，男人應該比貴之年長。只是，孝史不認得蒲生邸裡的所有人，無從推測。

「好了，妳聽仔細。」男人繼續說。「大哥和皇道派的青年將校走得很近，在他病倒前，經常請他們來家裡，妳知道吧？」

「嗯，是啊。」

「如果大哥沒因病退役，還以大將的身分待在陸軍中樞，這次起事的那群人肯定會推舉大哥帶頭。爲了『昭和維新』，大哥一定會樂意出頭。」

女人冷哼一聲。

「如今大哥變成這副德性，想帶頭是不可能的。不過，大哥的心情和病倒前，恐怕沒有任何改變，依然站在青年將校那邊。所以，萬一他們起事失敗，大哥會怎麼想？尤其是他變成一個動彈不得的孤單老人，要眼睜睜地看著抱持相同信念、奮勇起事的年輕一輩失敗，看著唯一的夢想破滅，他會怎樣？若這次起事失敗，反皇道派一定會趁機將陸軍中樞的皇道派一舉剷除。大哥也明白這一點，但他絕不會想看到那種慘狀。」

兩人陷入沉默。半晌後，女人才低語：「那麼，他會自決？」
男人哼笑兩聲：「沒錯。」

6

聽到柴房裡的男人幸災樂禍地笑，孝史背脊竄過陣陣寒意，絕不僅是戶外太寒冷的緣故。他們提到的「自決」，就是指自殺吧。巴不得蒲生憲之自殺，兩人懷抱這種期望，躲在柴房偷偷摸摸商量。

蒲生大將會自殺，是歷史上的事實。只是，並不是發生在二二六事件後，而是在事件一開始就發生。

但是，這對男女究竟是什麼人物？

男人的笑聲還沒完全消失，便聽到女人話聲壓得更低，繼續問：「欸，到時我會怎樣？」

「什麼？」

「這屋裡的錢，財產啊！」

男人毫不猶豫地斷定：「全都會變成妳的。」

女人語氣雀躍：「眞的？」

「當然，還用問嗎？妳可是蒲生憲之的妻子啊。」

孝史大吃一驚。講起話如此輕佻的女人，竟是那個老人的妻子？

不管怎麼想，孝史都覺得不匹配。她的聲音聽來不是年輕女孩，但論年齡，肯定比較接近珠子，而不是蒲生憲之。

（是再娶嗎？）

那個男的呢？他剛才提起好幾次「大哥」，指的就是蒲生憲之？

這對兄弟的年齡未免相差太大，不過，並非不可能。

那麼，蒲生夫人就是和小叔有一腿了。

孝史驚訝不已，柴房裡的兩人卻吃吃笑著。

「財產不僅會落到我手裡，還不必私奔。」

「一點都沒錯。」

他們顯然高興得無以復加，孝史感到非常噁心。

「接下來，等著看好戲就行了吧？」女人再度確認，「然後，祈禱這次的起事會以失敗收場，是不是？」

「妳就努力向上天禱告吧。」男人似乎準備起身，傳來叩咚聲響。

「我先回房間。妳在柴房待一下再回府邸。就說妳到院子散步，要阿蕗幫妳泡紅茶之類的。到時，別忘記讓她看清妳凍紅的鼻子，證明妳真的去過外面。」

面對男人的調笑，女人嬉鬧著回答：「討厭，你好壞！」

柴房的門移動。孝史貼在柴房的側面，屏住呼吸。棉襖睡衣長長的下襬拖在雪地上，孝史急忙撈起。

門打開後，傳來走在雪地上的沙沙聲。男人似乎在察看四周情況。孝史縮緊下巴，後腦杓靠在牆上，身體盡量平貼。

接著，又傳來沙沙的腳步聲。

「那我走了。鞠惠，妳千萬要小心。」

男人交代幾句，關上柴房的門。看來，那個女人名叫鞠惠。

當時，若是男子選擇經過後院回府邸，孝史便無處可藏。霎時，孝史的內臟揪成一團。不料，男子卻直接向前，穿過蒲生邸右方，往前庭走去。踩在雪地上的腳步聲逐漸遠離。

孝史估量著時間差不多了，迅速離開柴房牆上，伸長脖子窺望男人行進的方向。

男人恰恰在府邸轉角左拐，消失在通往前院的路上。孝史只來得及瞥見他的背影。他穿黑色外套，顯得有些臃腫，深色長褲搭橡膠長靴，整體印象是個頭矮小。

今天清晨經過此處，孝史並未注意到，原來府邸這一側有一道小門。門邊剷過雪，靠著一把剷子。阿蕗和千惠大概都從這裡出入吧。

（咦，奇怪，應該還有後門……）

圍繞在府邸背後的樹叢，以相同間隔種植，沒有缺口。既然特地開一道小門出入，要是沒有後門，傭人或做生意的小販，所有人都必須經過前院才能來到小門。在這個時代，對於住得起這種房子的軍人家庭，豈不是「平等」得有點奇怪？

此時，柴房傳出聲響。孝史撈起棉襖睡衣，縮回身子，貼緊牆壁。

「唉……」名叫鞠惠的女人嘆一口氣，發牢騷般低聲叨念：「眞是冷得不像話。」

她哼一、兩小段曲調，再度嘆氣，顯然靜不下來。接著，她打了個噴嚏。孝史也一直覺得鼻子很癢，不停流鼻水，實在沒辦法，只好用睡衣的袖子擦。擦過鼻水的地方濕濕的。

鞠惠沒有離開柴房的跡象，孝史得繼續忍耐。

而且，孝史實在很想潛進柴房，瞧瞧那女人的身形樣貌。自從被捲進這次的事件，他的好奇心第一次如此蠢蠢欲動。

再怎麼說，她是這家主人的妻子。明明和丈夫同住一個屋簷下，卻和小叔通姦，還打算私奔。

（通姦？我是從哪裡找出這個詞的啊？）

今天早上，孝史「飛」來時，那兩人也在同一個房間。孝史記得十分清楚，他們打開窗戶，悠哉地說會下大雪之類的。那個房間在哪裡？

不是二樓，孝史很確定是在一樓。那兩人聽到孝史和平田的動靜，點燈、開窗探看究竟是怎麼回事。由於孝史和平田不動也沒出聲，便又關窗熄燈。照這樣看來，應該不是起居室或客廳等府邸裡的「公共」空間，而是個人的房間，他倆獨處一室。

主人的妻子，在天亮前，和丈夫以外的男人單獨待在沒開燈的房間，而且是大大方方，一點膽怯羞恥的模樣都沒有。這究竟是怎樣的家庭？他們的道德觀念出了什麼問題？

待在柴房的鞠惠又打一個噴嚏，抱怨「啊啊，真討厭」，接著發出移動的聲響。孝史又像壁虎般貼在牆上。

柴房的門打開，一個女人走出來，但不遠處傳來另一扇門打開的聲響。孝史緊張得心臟快蹦出喉嚨，是小門打開了嗎？

孝史的判斷是正確的。剛踏出柴房的鞠惠，發出一聲「哎呀」。在室外聽起來，她有一種獨特的高音，而且益發清楚。雖然不願承認，但她的嗓音頗具魅力。

「你是誰？」鞠惠叫住某個人。

孝史趕緊趁機移動。他拉起棉襖睡衣的下襬，繞到柴房後方。有人從小門進來，和柴房前的女人碰個正著，於是女人叫住對方質問。

孝史躲到柴房後的雪堆時，鞠惠叫住的人回答：

「夫人，小的冒犯了。」

是平田的聲音。孝史忍住想大口喘氣的衝動，豎起耳朵專心聽。

「我叫平田次郎，從今天起在府邸裡工作。我是今天早上報到的，夫人似乎還在休息，所以貴之少爺吩咐，等用晚飯時再向夫人請安。」

平田一定是畢恭畢敬地低頭哈腰吧。他講話的語調，像念臺詞般緩慢平板，感覺有點害怕。

「哦，是嗎？」鞠惠問：「你是來接替黑井的吧？」

「是的，夫人。」

黑井？既然說是接替，應該是指以前的傭人吧。

「夫人，您在院子有什麼需要，請讓我效勞。」

當傭人的，連要詢問女主人爲何在這種地方，都得拐彎抹角。孝史不禁感到好笑。

「我……」鞠惠夫人支支吾吾，顯然不太聰明，沒辦法當場扯謊。

「起居室的……起居室的壁爐熄了……對！」鞠惠結結巴巴，「這怎麼行？天氣這麼冷，竟然讓火熄了，我是來拿柴火的。」

這種謊不被拆穿才怪，孝史心想。約莫十五分鐘前，他才看到煙囪猛冒煙。況且，這個叫鞠惠的女人，根本不可能會去給壁爐添柴火。

「夫人，眞對不起，」平田的話聲非常認眞老實，「我馬上加柴火。請進府邸吧，不然會感冒的。」

「這還用得著你提醒！」

爲了掩飾窘況而故意佯裝生氣，這一點還眞是沒有身分之差，無論是夫人或女傭都一樣。鞠惠氣呼呼地丟下一句話，便往府邸走。輕輕的腳步聲愈來愈遠。

走到一半，她突然停下，高聲問：「喂，你叫平田是不是？」

「是的，夫人。」

「你住哪個房間？」

「咦？」

鞠惠似乎氣急敗壞的，孝史突然明白她在急什麼。

（那個旅行箱！）

那不是平田的箱子，而是私奔用的行李，是鞠惠和她的「男人」事先藏在空出的傭人房。

「你住的是黑井的房間吧？」

鞠惠完全失去冷靜，此刻想必冷汗直冒。

「我分配到一個房間，不曉得是不是黑井住過的。」平田表示一無所知，「要我去問千惠姨嗎？」

「管你那麼多！不用了，不必問！」

鞠惠匆匆忙忙離開，八成會趕去那間傭人房吧，不然就是到那男人的房間商量。孝史很想大笑，忍得實在辛苦。好一齣荒腔走板的愛情鬧劇。

孝史伸手捂住嘴，克制笑意時，聽到平田往柴房走來的腳步聲。他可能提著水桶，伴隨一陣金屬碰撞聲。

腳步聲停下，不久後傳來低沉的話聲：「我應該叮囑過，要你別出來。」

孝史當場僵住。

響起「卡鏘」一聲，大概是平田把水桶放在地上。腳步聲繞著柴房愈來愈靠近，孝史死了心，放鬆身體，不再害怕。

由於天氣寒冷，平田的耳垂紅通通，應該不是生氣的關係吧。

「你怎麼知道？」孝史問，「我沒發出聲音啊。」

平田銳利的目光打量著孝史的裝扮，指向柴房四周白雪覆蓋的地面。「有棉襖睡衣拖地的痕跡。」

「噢，原來如此。」

「把棉襖睡衣弄成這副德性，你要怎麼跟阿蕗解釋？」

孝史故意誇張地聳肩，「我不會給她添麻煩的。」

「怎麼說？」

接下來，孝史吐出的話帶著濃厚的挑釁意味，連自己都嚇一跳。

「我要直接回現代。」

一時之間，孝史和平田互瞪著對方。平田仍是剷雪時的打扮，只是腳上蹬著木屐。孝史則像是半夜潛逃的病人，簡便和服外裹著棉襖睡衣。在這種旁人看到鐵定會爆笑的情況下，孝史卻想著，在這場對峙中落敗，一切就完了。

手表不在身上，他也沒空去找。但是，看到站在雪地裡的平田，爲他擅自離開房間如此激動，氣到臉色大變，於是孝史判斷，就算是虛張聲勢也能達到目的。大叔非常害怕我隨便亂跑，搞怪作亂。

「你要怎麼回去？」平田問：「走回去嗎？」

孝史得意地笑：「你會帶我回去啊。」

「我不是說過嗎？辦不到，最少要間隔兩、三天……」

「辦不到也得辦。」孝史堅持，「不然，我就告訴府邸裡的人我們是怎麼來的，你又是誰，全盤托出。我可是有證據的。」

「證據？」

平田的臉頰抽搐，繃緊的神經彷彿要破皮而出。

「手表啊。」孝史揚起下巴，「今天早上，你不是把手表拿給我？要是府邸裡的人看到，會有什麼反應？那是裝電池的石英表，只看過要上發條才會動的大笨鐘的人，會怎麼想？」

平田雙手垂落身側，表情驟變。那副表情，和孝史當初在平河町第一飯店的櫃檯前遇到他時一模一樣，彷彿洩了氣，完全死心。

「那隻手表在我這裡。」

平田掏了掏長褲的口袋，取出手表證明沒騙他。

7

孝史抓緊棉襖睡衣領口的手，頓時失去氣力，像當頭被潑一盆冷水。即使如此，他仍鬆一口氣，解除緊張。搞了半天，原來手表在平田那裡。

「手表本來放在我睡衣口袋裡吧？」

平田以大姆指摩挲玻璃表面，點點頭：「把你抬到房間後，我趁阿蕗不注意拿出來。」

「你一直帶在身上？」

「是啊，總不能隨便找地方藏，太危險。」

平田縮著肩，似乎很冷，看起來也十分疲憊。

「你很想回去吧？」平田小聲地說，「也對，你還是回去比較好。」

孝史沒回答。看來，平田已有決定，孝史不必再爭辯。但是，平田的態度還是令人放心不下。既不是生氣，也不是嘲諷，只是極度消沉，心情低落。

「你要帶我回去嗎？」

孝史提議般丟出一句，平田簡潔地回答：「是啊，就這麼辦。」

「現在?從這裡?」

平田點頭,「不過,你稍等一下,我是來拿柴火的。」

「起居室壁爐的?」

「不,是大將的房間。起居室的柴火多得很。」

孝史一笑。「我也這麼想。剛才那個叫鞠惠的女人在撒謊。她是這裡的夫人吧?」

孝史刻意強調「夫人」兩個字,平田瞄孝史一眼,又望向小門。

「她是繼室。」

「我就知道。剛才鞠惠夫人爲什麼囉嗦地問你住哪個房間?」

孝史轉述鞠惠他們在柴房的對話,平田微微蹙眉。

「他們一定急著去藏旅行箱了。」

「無所謂,反正他們也沒辦法私奔。」

「他們也說不會是現在。」

「什麼意思?」平田張望四周,「先進柴房再說吧。」

平田把手表放回長褲口袋,提起水桶走進柴房。孝史觀察周遭,確定沒別人後,盡量拉高棉襖睡衣下襬,跟著進屋。

「關上門。」

平田墊起腳尖,拿下一綑綑柴。乾透的木柴互相撞擊,發出喀喀聲。平田把木柴放進大水桶,動作自然熟練。孝史在一旁看著,邊告訴平田剛剛聽到的話。

「鞠惠夫人的對象，似乎是大將的弟弟。」

平田背對著他應道：「他叫蒲生嘉隆。」

「他們兄弟年紀差很多吧？」

「大將是長男，嘉隆是第六個兒子，在這個時代並不稀奇。嘉隆才四十歲左右。」

「他也是軍人？」

「聽他們的對話，你認爲他像嗎？」

「不像啊。就算我對這個時代完全不瞭解，也感覺得出來。如果他也是軍人，就不會那樣說當到大將的哥哥。」

「是嗎？」水桶裡裝滿木柴後，平田拍了拍雙手。「他是商人。」

「他做的買賣跟軍隊有關嗎？」

「沒有。我記得他是肥皂中盤商，並不是軍方的供應商。怎麼？」

「聽起來他很鄙視軍人，可是對軍方的事又十分清楚。」

「大概是平常就在蒐集情報吧，」平田平靜地解釋，「而且，在這個時代，軍人的人事異動是日常生活的話題之一。你爸爸也會談論政治家吧？當然，流到外面的情報都經過篩選。」

「像是相澤事件，還有，貴之出了醜什麼的。貴之是這個家的少爺吧，那是怎麼回事？」

平田冷靜地看著孝史。「你知道貴之？」

要是承認，等於招認在府邸裡探查過。可是，孝史已不必在意。

「是啊，」他短短應一聲，「這又有什麼關係？」

「也對，」平田表示同意，「不管他出什麼醜，都不關你的事，反正你馬上就要回去。」
「啊，這倒是。」
平田提起水桶，準備離開。
「可是，平田先生，你怎會對這幢府邸如此清楚？穿越時空前，你就事先調查過？」
「算是吧。」平田回過頭：「這不是壞事吧？」
「是沒錯啦。」孝史答得輕鬆，卻暗暗感到不安。平田爽快答應，到底有多少是認眞的？總覺得一定有蹊蹺。
「我可以在柴房等你回來嗎？」
「當然。」
平田打開柴房的門。
「我的睡衣不用拿回來嗎？」
「沒關係。阿蕗看到時，沒特別訝異吧？那一點東西，不會造成影響。」
「從這裡回現代，我們要降落在什麼地方？」
「我會考慮的。」
平田頭也不回地應一聲，轉身離開。響起踏雪的腳步聲後，傳來小門的開關聲。柴房裡只剩孝史一個人。
（那什麼態度啊！）
要是不高興我拿手表威脅，幹嘛不發作？居然表現出懶得生氣的態度，孝史認爲平田太卑鄙。

那樣一來，簡直像是孝史不好。明明是平田把孝史牽連進來，他應該負全責。

孝史氣呼呼，一味想遷怒平田，卻頓時洩氣，發出嘆息。算了，隨便啦。反正這樣就能回家了，孝史如此告訴自己。

話說回來，現在幾點？

平河町第一飯店變成什麼樣子？凌晨起火，到現在過了多久？

不管怎樣，火該熄滅了吧。此刻，那些穿銀色防火衣的消防隊員，很可能在燒成廢墟的火場搜證。想必會有一群看熱鬧的人和電視臺轉播車，在飯店附近逗留。

如果突然現身，事情會很麻煩。何況，孝史還一身簡便和服，外裹棉襖睡衣。之前你去哪裡？你怎麼逃出火場的？他勢必得面對這些詢問攻勢。

孝史搖搖頭，重新調整差點畏縮的心情。無論何時回到現代，都會有人起疑。當然，按平田最初的提議，過三、四天才回去，引起的騷動會更厲害。到時，可能所有人都認定孝史早就死去。

不，即使是現在，父母恐怕也以爲我死了，不抱任何希望——想到這裡，孝史莫名一陣落寞。

搞不好，他們還在吵架。孝史彷彿聽得到母親在斥責父親：都怪你，硬要他去住那種飯店。當初根本沒必要勉強他去東京上大學！孝史的母親平常對蠻橫獨裁的父親百依百順，順從到看在第三者眼裡都會光火的地步。但是，一旦哪個環節出錯，母親和父親爭辯的氣勢之凶猛，令人望而生畏。這一點，孝史非常清楚。

孝史的父親太平，在高崎市內經營一家小型運輸公司。他出生於關東北部，家境清寒，國中畢業便到當地的罐頭工廠上班，但兩年就辭掉了，之後頻頻更換工作種類和地點。當時年輕貪玩，加上薪水一半要寄回家，所以哪裡的薪水高，他就往哪裡跑。

年近三十之際，太平任職於市內的運輸公司，可能是當司機符合他的個性，總算安定下來。這時，在上司的推薦下相親結婚，對象就是孝史的母親。一年後，孝史出生，過兩年又有了妹妹。後來，在妹妹上小學那一年，太平離開服務的公司，憑一輛輕型卡車獨自創業。這就是「尾崎運輸」的開始。

如今，「尾崎運輸」好歹是個有限公司，擁有一棟附車庫的雙層鋼筋水泥建築、三輛公司名義的卡車、三名員工，及兩名約聘司機。太平身爲老闆，可是開車、卸貨樣樣來，凡事身先士卒。當然，這種小規模的公司，也不得不這麼做。即使如此，太平仍赤手空拳，不到二十年就創立這樣一家公司。在孝史心中，父親的確相當了不起，儘管他從沒說過。

然而，尾崎運輸曾面臨巨大的破產危機。孝史就讀國三時，太平親自僱用、全心信任的一名負責會計的員工，偷拿公司的老本潛逃，從此銷聲匿跡。經過緊急調查，發現除了捲款潛逃，他還擅自拿公司章去借款，仍在付貨款的卡車他也簽下出售合約，整間公司完全任他宰割。

太平沒來得及生氣，只感到一陣錯愕。不但遭到一心信賴的員工出賣，更淒慘的是，對方犯下的盜領和瀆職手法極爲粗陋、幼稚，稍有經營管理或財務概念的人，一眼便能看出破綻。前來調查的警察，和臨時請來看帳的會計師指出這一點時，孝史至今記得清清楚楚，太平的臉色從鐵青變成慘白，啞聲回答：「我沒念過什麼書，他就是看準我的弱點，打定主意吃定我。」

實際上，那名員工能夠博得太平的信任，當上左右手，是因舉凡繁瑣的記帳、報稅、辦理貸款的申請、償還手續等太平一竅不通的事，他都一手包辦，而且以員工的身分來做，不像稅務士或會計師需要支付額外的酬勞。

連週轉金都遭洗劫一空，公司處於倒閉邊緣。可能是打擊過大，太平竟說出「公司倒了也沒關係，我再去別的地方當司機」這種話，動不動就在白天喝酒、睡大覺，完全沒有出面處理善後的意思。

於是，孝史母親的忍耐瀕臨極限。

母親的叫罵聲，孝史是在一起長大的朋友家聽到的。朋友家就在尾崎運輸的旁邊。換句話說，母親的怒吼，連待在隔壁鄰居家裡都聽得一清二楚。

「一切都要怪你！誰教你捨不得花錢請稅務士，全放手讓別人去搞！我不曉得跟你講過多少次，叫你不要太相信那個人。你是怎麼說的？我又不像妳這種傻頭傻腦的二愣子，我可是見過世面的，不要跟我囉嗦！這種大話是誰說的？回頭去當領日薪的臨時司機是你的事，員工怎麼辦？身爲男子漢大丈夫，想在家裡自怨自艾到什麼時候？你要這樣，不如我去打臨時工，自己賺錢養活孩子。我這就走！」

孝史簡直不敢相信自己的耳朵。那是母親的聲音？的確，父親經常把母親當「二愣子」看待。母親性格溫順，極少表達意見，經常拿不定主意，連孝史有時也會覺得「母親眞不中用啊」。

然而，她居然在大吼。

太平似乎也嚇一跳。由於驚訝過度，甚至沒回嘴。

從那之後，太平不再大白天喝酒，認眞面對公司危機。幸好，有客戶願意給予資金上的援助，尾崎運輸總算逃過破產的厄運。

但從各方面來說，這次的騷動在公司和尾崎家留下禍根。之前一直沉睡在太平心底，「我沒念過什麼書」的心結——孝史認爲應該是父親的心結，一口氣浮出檯面。仔細回想，太平對孝史的將來產生不切實際的期待，就是由此開始。

以前太平常把「沒念書會吃苦」掛在嘴邊，自從發生捲款潛逃事件以來，在這句話之後，一定會加上：「知道嗎？你千萬不能讓別人瞧不起，否則你就完了。」

太平這種口頭禪，孝史聽來太過自虐，一度回嘴——爸爸也沒被別人瞧不起啊！就算沒念過多少書，一樣開了公司，經營得好好的不是嗎？但是，太平頑固地扳起臉回答：

「沒錯，爸爸是經營得很好，這是費盡千辛萬苦才換來的。但是，爸爸還是被瞧不起。只因我沒念過多少書，頭腦又不靈光，你千萬不能變成這樣。」

不知是幸或不幸，孝史的成績絕不算差，但也不是特別優秀。所以，太平才會一直督促他要努力。而且，爲了讓他有良好的讀書環境，無論花多少錢、付出多少心力都在所不惜。

這實在不是件令人開心的事。

父親當時的心境，孝史試著想像過。在太平心中，捲款潛逃事件的確是個無法癒合的巨大創傷，於是太平在傷口上貼了一大塊ＯＫ繃：過去我是盡全力打拚過來，現在也很努力，以後會繼續努力下去。但是，因爲我沒念過多少書，這一跤才會摔得這麼慘。我會吃這麼多苦，都是沒念過書的緣故。沒念過書的人再怎麼努力，人生依舊坎坷。

這是一塊品質不佳的ＯＫ繃。孝史感覺得到，在那塊ＯＫ繃底下，太平內心的創傷在化膿。即使沒有金援、沒有靠山、沒念過多少書，我好歹是靠自己的雙手闖出一片天——太平的這種自信，從捲款潛逃事件扯裂的巨大傷口中流失，一滴不剩。以怒吼鞭策他的妻子，向他伸出援手的客戶，明明應該是正面的激勵，但在盤踞於太平心頭那股巨大自卑感之前，實在起不了作用。與生俱來的好勝，一直是太平的支柱，這時卻造成反效果——挨傻頭傻腦的老婆劈頭痛罵，欠客戶人情，飽受憐憫，全是我沒念過書的關係。可惡，我明明這麼努力了。連熱心幫忙處理善後的稅務士，太平都曾在酒醉後大發牢騷：「那個稅務士一定在背後笑我怎麼會這麼傻，隨便就上當。」

這種心理，造就比以前更愛擺架子、更不講理的太平，造就一個愛慕虛榮的太平，凡事都要刻意表現出自己絕對沒被人瞧不起。

要是僅僅如此，還能忍受。實在忍無可忍，乾脆大吵一場離家出走也好。只不過，孝史最困擾的是，太平會像今天這樣，說出「別讓人瞧不起」的話。他這些思想、觀念的出發點都是身為父母的苦心：「不希望你跟爸爸吃相同的苦，不希望你受委屈。」難就是難在這一點。

若太平的想法不變，怎麼勸都是白搭。孝史從未看不起父親，從不認為照父親的方式度過人生是吃虧，更從未以沒受過多少教育的父親為恥。但是，就算費盡唇舌向太平解釋，太平也不會聽吧。恐怕他只會千篇一律地回答：不對，你還不懂啦！你絕不能像爸爸一樣吃這種苦。

目前為止，孝史對未來的期望和太平的信念還算一致。雖然必須重考，但念大學也是孝史希望的。以現階段而言，孝史走的路符合太平的期望——起碼孝史是這麼認為。至於大學畢業後的事，眼下顧不了那麼多，他也不敢保證。

正因如此，孝史更擔心父母的現況。他們應該認定孝史已死。父親感到絕望嗎？母親會不會又驚動左鄰右舍，痛罵要孝史去住平河町第一飯店的父親？還沒出事前，母親就不太贊成孝史投宿那家飯店。

這時，我要回去告訴他們，我活得好好的。大家一定會很高興吧。不管我多想解釋，他們也會歡天喜地，直說「沒關係，只要你活著回來就好」。想到這裡，孝史不禁露出微笑。

那是一場會登上媒體版面的大火，如果孝史突然生還，可能會引起騷動。不過，他有辦法搪塞過去，只要說那天晚上不在飯店裡就行——我和朋友出去玩，可是我是來考補習班的，不曉得怎麼向家人交代，才拖了這麼久。這個善變的社會，很快就會將孝史的事拋在腦後。

然後，我就能繼續當我的普通學生，孝史暗忖。

不必管歷史如何，只要念要考的科目就好。就算能親眼見證二二六事件，對我來說也只是一種浪費。

短短三十分鐘前，他告訴阿蕗「日本打仗會輸」時，她是什麼反應？好心告訴她以後會發生的事，她卻根本不相信。不僅不相信，還含淚責怪孝史。這種時代我實在沒辦法應付，孝史心想。

於是，孝史在柴房裡冷得發抖，活動著凍僵的手指、腳趾，忍不住苦笑。唉，遇上穿越時空，即使是歷史學家，也未必能應付所有狀況吧。

難道不是嗎？根本沒人會相信。無論解釋得再詳細，列舉再多的證據報紙、書籍等等，別人也會說是僞造的，徹底全盤否定。換成現代史學家穿越時空，抱著文獻潛入被包圍的警視廳或首相官邸，告訴那些青年將校：你們會以失敗收場，絕大多數都會被判死刑，而且，這個事件將成爲軍部走向專擅之路的轉機，導致日本陷入太平洋戰爭的大泥沼——不管說得再誠懇、再眞摯，他們也不會聽。那個史學家八成會被當成瘋子，甚至會沒命。

孝史突然抬起頭，用力眨眼。

遇到那種狀況，現代史學家會怎麼做？

回到過去卻遭到殺害的那一刻，在現代的他將永遠消失。從那一刻起，到他未來應當殞命的期間，在現代發表的研究成果會怎樣？他的子孫呢？假如他的子孫本應成爲領導日本的政治家，在他遭到殺害的瞬間，未來不就改變了嗎？

孝史忽然想到一個不得了的問題。穿越時空以來，首次感到寒毛直豎的恐怖，他忍不住叫出聲。

我的下場會如何？

心臟在胸腔裡鼓譟，孝史緊緊抓住睡衣領口。

我——尾崎孝史，如果不認識會穿越時空的大叔，而他當時也沒有救我，本來應該死於平河町第一飯店二樓走廊上。可是，我撿回一條命，暫且來到過去，然後準備回到現代，回到自己生存的時代。

這是對的嗎？他存活下來，歷史的齒輪不會大亂嗎？

（這可不是開玩笑的……）

胸口的悸動益發劇烈，掌心開始冒汗。孝史一次次抓緊身上的衣服，拚命動腦整理思緒。原本應該死掉的人有未來嗎？應該死掉的人沒死，歷史不會亂掉嗎？既然應該死掉的孝史還活著，他認知的「現代」會不會已變成另一個世界？

果眞如此，那裡還有孝史的容身之處嗎？

柴房的門冷不防打開，孝史整個人彈起，嚇得探進頭的平田倒退幾步。

孝史想得太專心，沒聽到平田接近的腳步聲。他縮起身子，直盯著平田。平田尚未開口，他就激動地問：「我還有家可歸嗎？」

面對唐突的提問，平田疑惑地眨眼，孝史益發著急。

「我在問你，回答啊。其實我應該死了，不是嗎？回去以後，我還有容身之處嗎？」

孝史將剛剛思考的事，一股腦告訴平田。一面張望四周的情況，平田輕輕關上柴房的門坐下，趁著孝史換氣的空隙，乾脆地說：「不必擔心這一點。」

孝史喘著氣問：「眞的嗎？」

「眞的，」平田苦笑，「你當然有家可回。」

「可是，我改變了歷史啊。」

平田搖頭，「沒關係，這不要緊。」

「爲何你如此篤定？」

面對窮追不捨的孝史，平田斬釘截鐵地回答：

「因爲對歷史而言，你不是什麼重要人物。」

孝史嘴張得大大的，一時說不出話。我也沒把自己當成世上不可或缺的大人物啊！

「沒錯，我這種人無法對歷史產生多大的影響。可是，我不是這個意思，我活下來，不是改變了事實嗎？事實是歷史的一部分……」

平田伸手制止氣急敗壞的孝史，笑道：「我懂。你想說的我明白，不用著急。」

看著孝史，平田的笑意更濃。

「如果我的話讓你不舒服，我很抱歉。還有，你剛才提到一件重要的事，觸及問題的核心。」

「我說了什麼？」

「你改變了事實，而事實是歷史的一部分。」

孝史點頭，「對啊，再怎麼笨，我也知道。」

「你一點都不笨，不要太看輕自己。這不是個好習慣，無論對你自己，或對你身邊的人都沒好處。誰讓你養成這種壞習慣的？」

孝史的腦海掠過父親太平的臉。反正我沒念過多少書——連父親說的這句話都清晰可聞。

「不過，先不提這些。」平田繼續解釋：「如同你說的，事實是歷史的一部分，歷史是由事實構成。除了天災等自然現象，造成事實的是人類，所以從歷史的觀點來看，事實等於人類，而人類是歷史的一部分，是可以替換的。」

孝史不禁睜大眼：「什麼？」

「我的意思是，在歷史的洪流中，人類只是小小的零件，是可以替換的。個別零件的生死，對歷史來說無關緊要。個別零件的境遇如何，沒有意義。歷史終究會流向自己的目標。」

孝史無言以對，只覺得一陣火大。

「個別的生死沒有意義？這是什麼話？你個性這麼陰沉彆扭，沒人愛你，才會想出這種歪理。因爲沒人對你是有意義的、你心底沒有重要的人，就胡說八道。」

平田靜靜凝視著激動的孝史，回答：「不是的。」

「哪裡不是！」

「我也一樣，有些人在我心中是有意義的。就像現在，你對我來說，是有意義的人。所以，我才會把你救出飯店。」

孝史鬆開想痛毆平田的拳頭。

「我一樣有重要的人，」平田幾不可聞地加上一句：「才會這麼痛苦啊。」

「既然如此……那是什麼意思？你到底想說什麼？」

「你冷靜想想，我剛才並不是說，個別的人類的生死對彼此沒有意義，是個別人類的生死對歷史沒有意義，主詞不一樣。」

「還不是你把歷史擬人化了，歷史不是人類創造的嗎？」

平田再度露出笑容。那是一個疲倦的、寂寞的笑容。

「先有歷史，還是先有人，這是個永遠的命題。要我來說，結論很明顯，先有的是歷史。歷史會走向自己定下的目標，然後，爲了達到目標，讓需要的人物出場，不再需要的人物就讓他們下臺。所以，改變個別人類或事實是沒用的。歷史會自行修正，找出替代人選，吞沒小小的偏差或改變。歷史一直是這樣過來的。」

平田的口吻中，聽不出以高姿態看扁孝史，像是「那我就告訴你吧」之類的語調。只有摻雜疲憊的無奈，如同公司前輩苦勸爲職場的不合理與不公平，義憤填膺的後輩：世界就是這樣，你死心吧。

「爲何你會這麼想？」歷史擁有意志，會朝著想去的方向前進——孝史從沒聽過這種理論。

「你怎會這麼有把握，說得如此肯定？」

平田微微聳肩。仔細一瞧，會發現他身上那件難看的上衣整面起了毛球，右手的袖口還有不同布料的補丁。

「我之前無數次穿越時空，確認過事實。」

令孝史驚訝的是，平田的嘴角一撇，像個泫然欲泣的孩童。

孝史屏住呼吸，觀察自稱平田的男子醜陋的面孔。他凝視前天剛認識的男子，有生以來不曾如此專注、仔細地看著一個人。然而，不管孝史多麼認眞，平田不起眼的面孔依舊毫無變化，看得再多次也不會減少平田周身釋放的負面氣息，及教人忍不住想轉頭的不愉快氛圍。只是看的人逐漸習慣而已。

可是，此刻的平田悲傷的面龐，爲何如此令人動容？

「你看到什麼？」

「大意外、大事件、好事、壞事，太多了。當然，我早就知道會發生那些狀況。當時即將發生的事情，都是人人皆知的事實。有些壞事我親手暫時阻止，到頭來卻是徒勞無功。即使我改變歷史上的事實，歷史依舊不會改變。」

平田的話聲愈來愈低，不靠近就聽不清。

「暫時阻止？這是什麼意思？」

平田望著上方，像是在思索怎麼解釋。「拿你知道的事情來舉例……對了，昭和六十年（一九八五）八月發生的日航巨無霸客機空難，你知道嗎？」

「就是五百多人喪生的那場空難吧。」

「對，讓那架飛機墜機的就是我。」

庭院裡傳來積雪落地的聲響，多半是從樹叢上掉下的。

孝史瞇起眼，「怎麼說？」

「情況有點複雜，」平田繼續道：「平成元年（一九八九），爲了阻止巨無霸空難發生，我穿越時空回到昭和六十年。那是我最後一次爲了防止已發生的重大事故穿越時空。反過來說，就是那次沒成功，我才能夠死心歇手。」

明白嗎？仔細聽清楚，平田再次強調。

「平成元年我想阻止的空難，並不是發生在八月十二日，而是八月十日。」

「那天根本沒出事……」

平田擺擺手，彷彿在責備孝史的插嘴。「所以我要你仔細聽啊。當時，我認知的大空難是發生在八月十日。出事的一樣是日航的巨無霸客機，但目的地和機體編號不一樣，是一架完全不同的飛機。順便告訴你，墜機地點是在南阿爾卑斯山區。不過，一樣都是大慘案，這一點並未改變。」

平田撫著臉頰，一臉心酸。

「假設那是○○一班次的飛機。爲了防止○○一班次墜機，我回到昭和六十年，想了很多方法，最後採取一個非常簡單的手段。我打一通恐嚇電話給日航，表示在○○一班機上裝設定時炸彈，只要給我一億日幣，就告訴他們炸彈在哪裡。當然，造成一場大騷動，警察徹底搜查○○一班次的飛機，於是停駛，也就沒墜機。因爲根本沒升空。」

「那你成功了啊。」

「暫時而已。」平田立刻回答。「剛才不是提過嗎？結果是一樣的。」

「那架原本該飛〇〇一班次的巨無霸，八月十二日在飛往大阪途中墜毀？」

平田搖頭。「不，不是的。八月十二日墜毀的是另一架巨無霸，機體編號不同。所以我才會說，讓飛機在群馬縣山區墜毀的是我。」

平田像要鼓勵困惑的孝史般說道：「你懂嗎？我阻止了〇〇一班機墜毀，可是兩天後，另一架飛機墜毀。我做的事，並未改變歷史，只是把失事的飛機從〇〇一班次換成其他飛機而已。昭和六十年八月十二日後，我還停留在那裡，當時就知道這件事。」

平田雙手抱住頭。

「我頓時失望透頂。不，那不叫失望，從此以後，我感到絕望，明白要改變歷史終究是不可能的。在那之前，我一而再、再而三地重複類似的舉動。成功防止一件過去發生的慘事，彷彿在嘲笑我的努力，最後必定會再度發生類似的事件。當然，場所不同，相關的人物也不同，但事件的性質一模一樣。要完全阻止會發生的事件，是不可能的。」

「儘管如此，你還是拯救一整架巨無霸飛機的乘客。」孝史怯怯應道，「還是改變了歷史啊。」

平田猛地抬頭，像是在咆哮：「我沒拯救任何人，我沒辦法改變任何事。」

面對氣勢洶洶的平田，孝史不由得畏縮。

「顯然你還不懂，同樣的事要我解釋幾次？你把改變歷史上的事實，當成改變歷史了。你說我改變這改變那的，指的是失事的巨無霸客機編號、當時的空服人員和乘客的姓名，及失事地點吧？沒錯，如果你是指這些，我的確造成了改變，因爲我讓另一架飛機墜毀。喜歡科幻小說的人，大概會把我的行爲，解釋成製造出另一個平行世界。在〇〇一班機墜毀的世界中，慰靈碑蓋在南阿爾卑斯山區，而我改變的世界，也就是你熟悉的世界中，慰靈碑的卻是蓋在群馬縣山區。的確有所不同，畢竟我改變了歷史上的事實。」

平田握緊拳頭，用力捶膝一拳。

「但是，有一架巨無霸墜毀，機上五百多人全部罹難，這件事卻沒改變。不管失事地點在哪裡、乘客是誰，空難仍舊發生，這一點並未改變。我說的『歷史無法改變』，就是這個意思。」

平田啞聲詢問孝史懂了沒。

「歷史的洪流是不會改變的。昭和六十年，注定日本國內會發生因超載的人爲疏失造成的空難。這個事件的發生，對日本的社會帶來各種影響，從微不足道的地方乃至大處都有。實際上，自從八月十二日失事，日航以國家當靠山的公務員心態遭到糾舉，社會大眾對巨無霸客機的安全產生質疑，日航社長引咎辭職等一連串的後續效應，你知道吧？不僅僅是日本國內，這麼大的空難一樣在全球航空界造成衝擊。種種都是歷史早決定的，要日本在昭和六十年發生一起這樣的事故。」

孝史膝行到平田身邊，抓住他的胳臂用力搖晃。

「別這樣！這種想法太傻了，歷史怎麼可能自行決定怎麼發展？歷史是人類造就的。」

平田閉上眼深呼吸，然後張開眼，注視著孝史放在自己胳臂上的手半晌，彷彿在觸摸易碎物品，小心翼翼拿開孝史的手。

「的確，我不應該將歷史擬人化，那樣太隨便。這麼說吧，歷史是人類累積而成。層層累積的東西要垮時，再怎麼擋都會垮，要歪斜時，再怎麼扶還是會歪斜。歷史的洪流是必然的，即使是一個通曉過去的人穿越時空，提出種種忠告，想徹底改變歷史的流向是不可能的。」

我做過各種嘗試，是真的。平田低喃：

「按剛才提到的平行世界說法，在沒人發現的情況下，我不曉得已弄出多少個平行世界。爲了防止意外或事件的發生，我不斷回到過去，最後僅僅改變發生的時間和地點而已。」

爲了讓腦袋消化聽到的分析，孝史不自覺按住太陽穴。大腦可能正在排斥這些難以理解的事。

「那麼，依你的見解，就算擁有穿越時空的能力也沒用啊。」

平田點點頭。「沒錯，毫無幫助。但是，對這個世界來說，那才是最好的。只能說擁有這種能力的人倒楣吧。」

平田擦了擦臉，繼續道。「一個擁有穿越時空能力的人，說起來，算是一種僞神。」

「僞神？」

「沒錯。他們可以基於自身的喜好、爲了滿足自身的成就感，在一些歷史不以爲意的拼圖中，移動一些個別的碎片，改變演員的位置，左右他們的命運。」

他們有這麼大的權力？聽到孝史的問題，平田攤開雙手。

「我能拯救一些死於非命的人，也能看一個人不順眼，就對他見死不救。或者，明知某地會發生大災難，卻故意叫討厭的人去那裡，害他受傷、喪命，卻不必背負任何罪刑。沒任何人會發現，更不會遭任何人怨恨，多愜意、多痛快啊。」

然而，平田的臉色和他的話相反，顯得十分蒼白。

「但是，僞神終究是假的。」平田吐出這句話，「光憑個人的好惡或好奇，眞的付諸實行，你就等著瞧吧，最後報應一定會落在自身。歷史的洪流不會受到任何影響，我卻必須承擔自己的作爲造成的後果，畢竟我是個僞神。眞正的神沒有罪惡感，也沒有使命感。我絞盡腦汁拯救八月十日巨無霸上的乘客，殺害十二日的乘客，那又怎樣？對誰有好處？」

平田的雙肩無力垮下。

「幾年前，發生過一起女童連續綁架撕票案，你記得嗎？」他低著頭問孝史。

「記得。犯人專找小女孩下手，共有四人遇害。」

「事件發生之際，我已得到剛才告訴你的結論。假設，我穿越時空回到凶手出生時殺了他，他就不會犯下那一連串的綁架撕票案，不是嗎？遇害的四個小女孩也會得救，對不對？但是，這樣會有什麼結果？其實沒什麼，就是會出現另一個心理不正常的青年甲或乙，綁走其他女孩，殺害她們。到頭來，相同的事件仍會發生。一旦歷史決定在某個時間點，讓這個國家、這個社會出現那種類型的犯罪，無論如何，發展到最後一定會產生同樣的結果。換句話說，我只是把犯人和受害者換成其他人而已。」

孝史沉默不語。

「明知如此，看到電視新聞我還是心軟了。望著那些父母悲痛欲絕的模樣、那些小女孩天眞無邪的照片，我忍不住會想，只要再一次，一次就好，穿越時空回到過去，試著阻止這件事發生吧。可是，每次我都會打消念頭，自問：是啊，你應該做得到，但之後在電視新聞上看到其他小女孩的照片、肝腸寸斷的母親面孔，你受得了嗎？更何況，假使我去抹殺那名凶手，在我製造的平行世界出現的另一個女童連續綁架撕票犯，也許殺了四個人還不能滿足，要殺六個、八個、十個人才會被捕。這麼危險的賭注，你擔當得起嗎？」

歷史是不會改變的，平田念咒般低語。

「假使我乘著時光的大車輪回到過去，爲了修正歷史上的事實採取行動，大東亞戰爭依舊會發生，原子彈依舊會掉下來，日本經濟依舊會高度成長，氣喘和有機水銀中毒之類的公害依舊會產生。可能不是廣島受到攻擊，而是四日市或川崎。水銀中毒可能不會發在水俁，但一定會發生在某處，一定會有人受害。」

寒氣滲透全身，孝史在棉襖裡縮成一團。

「你聽過『東條英機』這個名字嗎？」平田問。

「……」

「你不知道吧。那是日本戰後最忌諱的名字，背負全體國民的怨恨。」

「他是軍人嗎？」

「嗯，是陸軍大臣、首相，也是參謀總長——雖然是短短的一段時間，但他曾是集最高權力於一身的人物。在遠東國際軍事法庭，即所謂的東京審判中，被判處死刑，最後以絞刑處決。他是日本太平洋戰爭的最高負責人，引領國民走向戰爭之路的就是他，是地位最高的戰犯。」

「……我都不知道。」

「但是，東條並不是一開始就位高權重。說起來，他在陸軍裡算是坐冷板凳的，之所以能夠逮到機會，找到進入軍隊中樞的門路，沒別的原因，正是託目前在進行的二二六事件的福。二二六事件後，皇道派遭到剷除，人事發生大變動。」

平田抬頭望向陸軍省。

「即使如此，我卻不敢保證，若是二二六事件成功，東條英機就不會出現，戰爭也不會發生；或者，如果東條英機在掌權前病死，太平洋戰爭的發展也會跟著改變，犧牲就會大幅減少。這種事，我不敢輕易下定論。沒有東條英機，一定會有代替的人物出現，擔任歷史賦予東條英機的角色，完成東條英機的任務。」

平田轉向孝史時，嘴角上揚，勉強擠出笑容。

「你說的對，我可以改變歷史上的事實，也可以製造平行世界。只是，大方向是不會變的。我不認為每一個平行世界的內容會相差太多。小說倒是常有這種寫法，比方沒有希特勒的德國之類的。不過，依我看來，即使暗殺希特勒，製造一個沒有他的平行世界，仍會有代替他的人出場。或許被殺的猶太人會少一點，但那場戰爭發生的原因、經過，和結果，應該不會有太大變化。人類眼中的大變化，對歷史而言，僅是一些細部的微小改變罷了。」

平田苦笑。

「有些穿越時空的超能力者，覺得改變這些細部很有趣，從左右個別人類的命運中，感受到擁有這種能力的意義。」

平田笑容中的「苦」味愈來愈濃，整張臉皺成一團。這是個有些唐突的變化，跟一般人想到痛苦的回憶時很像。

孝史喃喃地說：「要是和你擁有相同的能力，大部分的人都會那麼想吧……」

「是啊，有段時期我也是那樣。」

「果然會那樣嗎？」

「是啊。只是，一直做那種事，漸漸覺得很空虛。要救誰、要棄誰於不顧，我厭倦進行這種判斷。救了一個人，就會有另一個人頂替，我也受夠這種情況。現在的我，面對在歷史前無力的自己，只剩下茫然。」

面對歷史，人是無能爲力的。孝史在心裡反覆咀嚼這句話，覺得實在太悲觀。

平田吐出一口氣，抬頭望向孝史。「長篇大論一堆，不過，我想講的是，你有家可回。的確，你要回去的世界，可能和你在平河町第一飯店被燒死的世界不同，是另一個平行世界，但你不必在意。我『拯救』的昭和六十年〇〇一班機的乘客都是這樣的。」

孝史突然冒出一句：「你爲什麼要救我？」

如果沒遇到平田，孝史必死無疑。「先前你提過，擁有穿越時空能力的人，之所以天生扭曲，是爲了避免與其他人產生關聯。聽完你剛才的話，我已明白其中的意義。萬一遇到知道你有這種能力的人，想利用你，製造出一個他希望的平行世界就糟了。相反地，超能力者想製造出自己期望的平行世界，並進行統治，也會因周遭人的疏遠，間接扼止這種情況的發生。不管是怎樣的統治者或獨裁者，沒人支持是無法成立的。」

平田點點頭，一副事不關己的模樣。「大概吧。」

「最重要的是，你愈是孤獨、愈與別人沒交集，就不會在得知某人未來將面臨慘事時，因著好感想救他，導致內心天人交戰。過著離群索居的生活，對你其實意義重大。」

平田只是微笑，不發一語。

「你眞的扭曲得很嚴重，灰暗得像一個會吸走光的黑洞。」孝史毫不客氣，「第一次看到你，我忍不住後退。你也知道，我覺得你這個人很怪吧？所以，我再問一次，你爲何沒對我置之不理？你不是禁止自己和旁人扯上關係嗎？」

平田的目光轉向孝史，笑意加深。

「你認爲呢？」

「情勢使然？」

「情勢使然啊。意思是，之前可以像救你一樣援助的一大票人，我都對他們見死不救？」

「那麼，你爲何只救我？」

平田輕輕閉上眼。明明應該是前天才發生的事，他的表情卻像在回想遙遠的往事。

「可能是你一臉歉疚的樣子。」

「咦？」

「你不也提過嗎？第一次看到我，你忍不住倒退一步。那是在櫃檯前吧，當時你臉似乎爲流露出厭惡的舉動感到非常抱歉。」

「沒錯，可是……」

孝史正想說「誰都會那樣」，平田打斷他繼續道：

「除了你，我遇見過幾個這樣的人，不過很少。後來，你說看到我從逃生梯上消失，拚命找我。在電梯碰到你時，你的表情都僵了，證明你沒撒謊——你以為我跳樓自殺，而不是基於好奇或看熱鬧的心態去找我，我感覺得出來。所以，發生那場火災之際，我十分擔心你的安危。萍水相逢卻曾為我擔憂的人非常少，我想確認你是不是平安逃生才去二樓。」

「然後，你發現我快死了。」

「對。所以，我就帶你帶到這裡。」

「可是，你不是禁止自己這麼做嗎？我想問你，明知不可以，為何還是救了我？」

平田思索片刻，回答：「可能是想當作對那個時代的紀念吧，我覺得留下最後一筆也好。況且，那種大火的犧牲者，多一個少一個，歷史應該不會事後對帳，發現人數不對找人充數，因為我並未防止火災發生，當時我是這樣想的。只不過，為了找你弄丟行李，我滿心疼。」

「那你身上穿的是……？」

「阿菭和千惠姨借我的。她們對我編的謊話深信不疑，在這個時代，主人虐待傭人並不稀奇。」

平田露出笑容，抓住孝史的右手。「好，話說到這裡。你準備好回現代了嗎？」

孝史突然畏縮。「等一下，再告訴我一件事。」

「你還想知道什麼？」

「在飯店裡，你從逃生梯上消失時，也穿越時空了？」

像被拆穿謊言，平田默不作聲。

「你穿越時空了吧？我剛才想到這件事，才懷疑你說短時間內來回穿越時空很危險是騙我的。」

平田呵呵一笑。「哦，原來是這樣。所以，你想到用手表來威脅我嗎？」

「對。」

蒲生邸那邊，隱約傳來女孩高亢的笑聲，把孝史原本封閉在柴房世界裡的心，瞬間拉回身處的現實。那應該是珠子吧，但願她不是又拿阿蕗尋開心。

「那時，我的確是穿越時空了。」平田回答。

果然和孝史的猜測一樣。

「是來這裡嗎？」

「嗯，算是來觀察情況，看看有沒有遺漏什麼，是不是能平安抵達。萬一軍用卡車在我預定降落的地點故障就糟了。」

所以，平田才會消失片刻，又回到平河町第一飯店。

「你從以前就一直在準備嗎？」

「是啊，來張羅在這個時代生活的一些必備事宜。」

「我想也是……不過，有件事我實在想不通。」孝史老實相告：「現代的物質生活那麼富裕，生活也方便許多，爲什麼你要回以前的時代定居？爲什麼要特地選在即將介入戰爭的時期住進這裡？」

平田微微聳肩。「人各有所好。況且，這就眞的跟你無關了吧？」

「好，我們走吧。」平田重新抓住孝史的胳臂。「我在老爺房裡添柴火時想過，從柴房穿越時空回去應該是最理想的。我們會回到平河町第一飯店垃圾場護牆的另一邊。你可能沒發現，垃圾場護牆的後面有座小小的後院，隔壁大樓在那裡堆了一些生銹的腳踏車和舊冷氣的室外機。即使飯店燒得精光，總不至於連護牆都燒掉。要是飯店那邊有人，我們可以蹲下躲在後頭。」

孝史想了想蒲生邸和飯店的相關位置。如果平田說的沒錯，蒲生邸的這座建築位置，和平河町第一飯店幾乎呈直角交叉。同時，飯店的占地超過蒲生邸，有些部分是位於蒲生邸前面的馬路上。

孝史嚥一口唾沫。「嗯，我準備好了。」

連他自己都聽得出話聲在顫抖。

「沒什麼好怕的，」平田笑著說，「不過，當初我沒騙你。穿越時空真的會造成身體的負擔，即使是我一個人，短時間內頂多只能使用兩次。更何況要帶著你，條件會更差。我會盡最大的努力，或許行不通。先預告一下，不是不可能失敗。」

「失敗會怎樣？」

「我會帶你回到這裡。放心吧，不會飛出時間軸一去不回。」

平田用力抓住孝史的胳臂，孝史另一手急忙抓住平田上衣的下襬。

平田瞪著天空，雙眼的顏色頓時變淡。孝史的視野漸漸模糊。

孝史感到四周似乎有電荷之類的聚集，指尖刺刺的。從飯店過來時，可能是置身於火場的熾熱與煙霧中，所以沒發現。這顯然是某種外來能源進入孝史體內，鑽進骨髓，不斷聚集、再聚集，直到臨界點……

平田的額頭冒汗，孝史注視著他灰白的雙眼。平田額上的汗一滴又一滴流下，他閉上眼，加重抓住孝史的力道。

此時，蒲生邸又傳來一陣動靜和女人的笑聲，聽著比剛才遙遠許多。聲音像透過凝膠牆傳來。那是珠子吧？這麼一想，孝史湧起一股強烈的悔意——他沒向阿蕗道別，連聲謝謝都沒說就走了。

身體愈來愈熱，腳也變暖、變輕，視野愈來愈模糊……

下一瞬間，伴隨一陣衝擊，孝史躍進那片黑暗中。

身體浮在半空，在飛。這是孝史在極短暫的意識中斷後的感覺。前一刻正往上飛，下一刻卻直直下墜，接著又往上，像翅膀受傷的小鳥奮力拍打雙翼，勉強繼續飛行。能夠確實感受到的，是平田抓住他胳臂的掌心溫度，及他抓住平田上衣傳來的粗糙纖維觸感。風在耳邊低吼，時間軸之外也有大氣存在嗎？或者，這是孝史的身體以呻吟抗議，在耳內深處作響？

不久，孝史的身體下墜。可以非常明顯地感到，往下、往下、往下。由於眼睛張不開，他不曉得自己在平田前方或後方，深怕平田鬆手，更緊抓平田上衣不放。

墜落、墜落，不停墜落。

突然間，孝史的屁股重重著地，痛得連叫都叫不出來。像鐵棒貫穿身體，直透腦門。

但是，在衝擊之下猛然睜眼，孝史並未看見平田描述的後院。既沒有蒙上厚厚一層灰的冷氣室外機，也沒有輪輻折斷生銹的破腳踏車。

孝史身處熊熊烈火中。

他目瞪口呆，在心裡吶喊，飯店怎麼還在燒？過了半天，火勢還沒撲滅？

但是，眼前正在燃燒的是柴堆，地板也變得焦黑。火焰從天花板覆蓋下來，採光窗外是一片火紅的夜空。

怎麼會這樣？怎麼還在柴房裡？

平田就在旁邊。他俯身前蹲，縮成一團倒在地上，背上著了火。孝史尖叫著衝過去，在尖叫中撲打他背上的火苗。

「不對！平田，不是這裡。我們回來了。」

孝史嘶吼著抱起平田，把他拖出柴房。柴房的門著火，當孝史他們衝出柴房時，柴房的門也拖著火焰脫離柴房，「啪嗒」一聲倒向庭院。

孝史睜大眼，環顧四周。

明明是夜晚，天空卻是紅的，空氣很熱。蒲生邸形成聳立的黑影，屋頂附近冒出陣陣濃煙。那不是來自暖爐的煙囪，濃煙中火星迸裂，然後——

府邸裡傳出尖叫。

回頭一看，府邸後面的樹林著火，道路另一邊的建築也一樣。不，在遼闊的夜空下，鮮紅的火苗四處竄起，愈燒愈旺。

「危險……」平田呻吟著，把孝史往後拉。「趴下！」

聽到平田這句話的同時，傳來「咻」的破空聲響。孝史扭身，像跳進游泳池般撲向平田待的地方。身體懸空之際，有東西撞擊地面。

蒲生邸的後院，結結實實接住孝史。他的臉擦破皮，背脊朝天，依然知道上一刻的所在地瞬間燃起新的火焰。

「快走、快走！」平田大喊，「是燃燒彈，油一濺到就會燒過來。」

孝史拚命扒著土，不顧一切向前爬。領先他一步的平田，伸手拉住他，一起逃到樹叢下。一回頭，剛落地的燃燒彈火焰，像活生生的怪物攀爬蒲生邸的磚牆，窗框瞬間著火。

府邸裡傳出異常尖銳的叫聲，傭人出入的小門如爆破般向外打開。在令人昏厥的恐懼中，幾乎忘了眨眼的孝史，看到一個人形的火球衝出來。

對方雙手高舉，兩腳猛踏，爲了逃離纏身的火焰，發瘋似地來回跳動、尖叫，在地上不停翻滾。後院沒有孝史出發前看到的雪，乾燥的地面沒有能力撲滅火焰，那個人慘叫著，一直滾到孝史跟前，伸出胳臂。

孝史嚇得不敢動彈，沒伸手拉那個人。但是，他看到了。頭髮燒焦、皮膚起了無數水泡，伸出皮焦肉爛的手，向孝史求救的那名女子——

是阿蕗。

8

孝史的腦袋裡也燃起一團火。眼皮後一片鮮紅，瞬間什麼都看不到。理性短路，黑暗的眼底深處爆出火花。

即使如此，孝史仍看得見阿蕗伸來的手，那景象已烙在視網膜上。他看到阿蕗手上的皮膚燒焦，沒有一處完好。看到她在半空中亂抓的手，指尖沾滿院子的泥土。

這時，附近發出巨大的隆隆聲，有東西啪嗒啪嗒倒下。隆隆聲從四面八方傳來，像整片土地用力跺腳，想把上面所有東西，連同夜空一起震碎。

爆炸聲將孝史拉回現實——變成火球的阿蕗在地上翻滾的現實。孝史拋下所有判斷力和理智，想衝向阿蕗。腳正要使力，一股強大的力量抓住後領，無情地把他拉回來。

「住手，沒用的！」

是平田的聲音。孝史被他拉住，腳踩了空，頓時力氣盡失，頭無力垂落地面。但是，孝史仍朝著燒燃的阿蕗，游泳般伸出雙手。

孝史嘶喊：「放手，放開我！」

「沒救了！」

平田吼回去，用空著的手攔腰抱住孝史，硬將孝史從阿蕗身旁拉走。阿蕗焦黑的手突然無力垂下，一動也不動。看到這幕景象，支撐孝史的動力消失無蹤，任憑平田拖著，一路後退。孝史踩到自己的衣襬，棉襖睡衣從肩膀滑落。在平田的拉動下，棉襖整個脫落，留在地面。

「到前面馬路上。這邊！快一點！」

平田使勁大吼，拉著孝史奔向前院。孝史已分不清前後左右，膝蓋虛脫顫抖著。背後傳來啪喳聲響，回頭一看，柴房燒毀坍塌的同時，封在內部的火焰和熱氣一併釋放。熱風襲向他們，孝史察覺頭髮、眉毛和鼻毛都燒焦了。

阿蕗衝出的小門一直開著。在平田的拉扯下蹣跚經過時，孝史發現熱風從那裡吹來。蒲生邸內部也失火，磚造的府邸熊熊燃燒。孝史困惑又憤怒地吶喊：

「這到底是怎麼回事？」
平田停下腳步，回望蒲生邸。只見他晃來晃去，站都站不穩。在火光的照射下，平田的臉一時火紅，一時又恢復蒼白，唯獨一雙眼睜得大大的。孝史發現他嘴角有唾液流下。
「是、是空襲。」平田痛苦地說。「美軍的空襲。」
「空……」
嘴巴一張開，喉嚨就燙到，孝史猛烈咳嗽。平田拉住孝史，緊緊抓住彼此。兩人在蒲生邸的前院跌倒。
剛才在夜空下猶如剛萌芽的火苗，此刻已長出又大又粗的火焰枝幹，盡情肆虐。包圍這個地區的森林和綠地，沉沒在黑夜中，火焰的觸手四處蠢動。孝史的腦海裡，驀地浮現以前看過的夏威夷照片上，火山爆發、岩漿流出的情景。
突然間，響起一陣破裂聲，玻璃碎片從天而降。孝史用手護住頭臉往上看，蒲生邸一樓轉角房間的窗玻璃碎裂，連帶將其中一扇窗撞開，火焰噴出。旁邊的窗戶，及二樓中央的窗戶，像遭到無形的狙擊手襲擊，逐一碎裂，火舌猛然竄升。火焰朝平田和孝史伸出魔手，彷彿要把他們抓進府邸。
感覺熱風迎面吹來，卻立刻又從後面、右邊襲來，接著是左邊，似乎在愚弄孝史。剛吼著要平田放手，眼下卻牢牢抓住他的手，由他當前導，孝史只顧著跟隨他的腳印。平田跌進樹叢，孝史扶他起來，明知蒲生邸前方的馬路就在近處，礙於濃煙和熱氣，連要睜開眼確認位置都沒辦法。好不容易，連走帶爬來到馬路上，蒲生邸某扇破裂的窗戶中，傳來一個男人的聲音，發狂似地喊「鞠惠、鞠惠」，接著一聲尾音拖得長長的「鞠惠！」成爲絕響。

孝史跪倒在馬路上。平田像受到他的拉扯，跟著虛脫倒下。孝史勉強還能挺著上身，平田卻雙手著地，肩膀不斷起伏，劇烈喘氣。

孝史放眼望去，遙遠的前方，沿著緩坡而下的盡頭，看得見皇居森林漆黑的輪廓。輪廓的周圍和中間，紅色火焰像在嘲笑孝史，不時露出長長的火舌。孝史驚異得發不出聲音，盯著眼前的景象，忽然注意到幾架銀色飛機，越過封閉的夜空，敏捷狡猾得幾近邪惡。

黑夜起火了。孝史幾乎是目瞪口呆，喃喃說出這句話。那些人居然在半夜放火！

但是，「那些人」是誰？「那些人」是指哪裡？美軍？可是，應該還沒開戰啊。

「皇居燒起來了……」

一開口，嘴裡就有灰燼和煤炭的味道。孝史聽到平田呻吟般的回答：

「我們沒回到現代。」

孝史直挺挺跪著，雙手垂落身側，愣愣低頭望著平田的後腦杓。他仍趴在地上，不知爲何，身軀縮得好小。

「短期間內、還是沒辦法、穿越時空、好幾次，而且、不是我、一個人，失敗了，我、跳不過去。」

平田斷斷續續說著，聲音彷彿在地面游移。

「可是，我不曉得爲何會掉在這裡……」

「這是什麼時候？」

「大概是、昭和二十年（一九四五）、五月二十五日。」平田的話聲，聽來像喉嚨被勒住。

「那天有大規模的空襲，連皇宮都燒掉了。」

如同平田所說，火焰在皇居森林內狂舞。

「我從沒聽過這種事，皇居竟然在空襲中燒毀……」

孝史恍惚回一句，一邊思考平田說「我跳不過去」的意思。他本來是要從昭和十一年回到平成六年，卻在昭和二十年失速墜落嗎？

熱風撫弄著孝史的臉，一不注意張開嘴，喉嚨就會痛。蒲生邸所有窗玻璃都破裂。沒噴出濃煙和火焰的窗戶，四四方方地透露出府邸內部的黑暗，空虛地看著孝史。

阿蕗死了。

死於聳立在眼前、火旺得莫名其妙的府邸裡。明明是磚造建築，卻熊熊燃燒。阿蕗死了。

無意識中，孝史抬起手擦臉。他在流淚，約莫是濃煙和熱氣的關係，不然還有什麼原因？不管是那幢府邸裡的人或阿蕗，他根本都不熟，只是曾和他們稍有接觸。

可是、可是……

「我們怎麼辦？」

孝史提問，雙眼繼續盯著蒲生邸。平田痛苦地咳一陣子，勉強發出聲音。「我們、回十一年。」

孝史轉頭望向平田，他搖搖晃晃直起身，抬起頭。

孝史以為自己不可能受到更大的驚嚇，看到平田卻不由得倒抽一口氣。平田的嘴角冒著泡沫，嘴唇邊緣痙攣顫抖。更可怕的是，他的眼中充滿血絲。尤其是左眼，簡直像遭到痛毆，眼白呈現濃濁的深紅色。

「你……」

孝史伸手去摸平田的臉，平田擋開。

「如果是十一年，應該還能跳回去。不，是非跳不可。待在這裡不是辦法。」

平田說得很快，像好不容易擠出聲，肩膀劇烈起伏。

「這樣你會死！」

孝史脫口而出，平田搖搖頭。

「待在這裡一樣會死。就算沒死在空襲裡，這可是昭和二十年，要怎麼活下去？你是不可能的，我也沒做好準備。」

平田伸出手，孝史握住，想扶著他。但平田一抓到孝史的袖子，就低聲吩咐：「抓緊我。」

這次在黑暗中飛行的旅程漫長得可怕，孝史非常痛苦。三次的飛行中，第一次出現這種感受。有時覺得騰空的身體快四分五裂，有時覺得四周的黑暗要將自己壓扁。行進速度緩慢，宛若烏龜走路，每動一下就難以呼吸，向上飄時頭暈目眩，下降時又腹痛如絞。

墜落的瞬間，孝史失去意識，眞是如獲大赦。

——好冷。

孝史試著睜開眼。先是右眼，再來是左眼。

泥水和雪，還有車胎的痕跡。
抬起頭，原來孝史和平田交錯倒在蒲生邸前的馬路，恰恰壓在今早發出引擎聲的那輛車子留下的胎痕上。
——我們回來了嗎？
以冰凍的灰色天空爲背景，蒲生邸聳立著。窗口透出燈光，輕煙從煙囪裊裊升起，四周靜悄悄，沒半點聲響。
平田趴在地上。碰碰他，卻一動也不動。孝史急忙探向他的脈搏。脈搏非常微弱，時有時無。孝史想起兒時養的小雞，小雞臨死前就是這種狀態。
孝史抬起平田，拖著他走。平田的身體像濕毛巾一樣沉重，怎麼碰都沒反應。一定要在蒲生邸的人發現他們、攔住他們前，回到位在半地下的房間。
孝史也非常疲憊，手腳不聽使喚。想扶著平田走，卻滾了一圈，倒在雪地。一陣掙扎後，站起改用抱的，卻朝反方向倒下。孝史的臉埋在雪裡，眞想放手不管。剛這麼想，蒲生邸傳來門的開關聲。
踏雪的腳步聲，伴隨著泥水飛濺聲逐漸靠近。孝史沒睜眼，在原地等著來人開口。
「孝史……」
怯生生的話聲，是阿蕗。孝史努力抬起頭。
她不是單獨一人，名叫貴之的青年跟在她身後，緊皺的雙眉間，及頭髮理短露出的太陽穴都發青。貴之厚實的肩膀一動，推開阿蕗走到前頭。

「到底發生什麼事？」

孝史心中有無數的回答、無數的話語在飛舞。你眞的要問嗎？你眞的想知道我們是什麼人嗎？但是，吐出的是過濾的謊言，不到半天，孝史已牢記他和平田編造的「眞相」。

「我想逃走，舅舅追過來。我們吵了起來，舅舅突然昏倒。」

孝史臂彎裡的平田沒動彈，甚至感覺不到他的呼吸。

「可能會死。」

貴之迅速來到孝史身邊，單膝跪下，伸手碰觸平田的身體，輕輕搖晃。

「喂，振作一點！」

平田沒有任何反應。貴之翻過他的身體，出現一張比雪還白的臉，雙眼緊閉著。

貴之耳朵貼在平田胸前，然後抬起他的頭，伸出手指抵住他的人中。

「還活著。」貴之低語，驚愕地盯著自己的手。孝史也看到了，上面有血。

「是鼻血。」

貴之抬頭望向阿蕗。阿蕗環抱雙手，眨著眼注視一切。

「可能是腦溢血，快把他搬到房裡。」

阿蕗用力點頭，幫忙貴之架起平田。貴之把平田的手搭在自己肩上，轉頭問孝史：「你走得動嗎？」

雖然不曉得走不走得動，孝史仍反射性點頭。

「好，你跟在後面。動作要快，要是父親或鞠惠發現就麻煩了。阿蕗，妳知道是哪個房間嗎？」

看到貴之俐落抱起平田，邁開腳步，阿蕗便回頭幫忙孝史。一碰到阿蕗溫暖的手，孝史的意識立刻解凍般清醒過來。

「你實在太亂來了。」阿蕗輕聲說，語尾發顫。「明明哪裡都去不了，護城河邊出現好多軍人……」

阿蕗有些哽咽。

「對不起，」孝史低喃：「我再也不逃了。」

阿蕗不作聲，扶著孝史邁開步子，走得很急，感覺得到她的焦急。兩人不時抬眼望向蒲生邸，快步通過前院。

孝史感受得到阿蕗的體溫，聽得到她的鼻息。阿蕗是如此溫暖、親切，散發出微微藥水味，大概是來自工作服。她活著，在呼吸。她還活著，就在這裡。

「對不起。」

孝史再度低喃，悶聲哭起來。阿蕗詫異地看著孝史，像母親哄孩子般摩挲孝史，輕聲安慰：「別擔心，平田叔會沒事的。」

孝史低著頭，眼淚潸潸落下。他搖搖頭，倚著阿蕗柔軟的身體走回蒲生邸。一步，又一步。

我是爲妳流淚，孝史在心中說。然後，他暗自決定：我不回現代了，就算此刻可以回去，我也不回去。

平田提過，憑一己好惡決定要救人或見死不救，只不過僞神的作爲。但是，什麼眞僞虛實，我哪管得了那些道理。阿蕗，我要待在這裡，我不會一個人回去。

除非，我能將妳從那種死法中拯救出來……

9

平田睡著了。睡得很沉，連呼吸聲都聽不到，幾近昏厥。

孝史坐在他枕畔。此刻，只剩他們兩個人，待在分配給平田的半地下房間。孝史換上阿蕗找來的長褲和襯衫，看樣子是貴之淘汰的舊衣服。

從蒲生邸前的馬路上帶回平田和孝史後，蒲生貴之立刻幹練地發出一連串指示，要阿蕗和孝史幫忙把平田安置在被窩裡。雖然止不住雙手嚴重的顫抖，孝史仍竭力幫忙。

即使如此，一踏進房間，他還是注意到離開時拿來墊腳的旅行箱，已從榻榻米上消失。鞠惠果然來拿回去了吧。

孝史照料平田時，貴之沒有任何責備，儘管平田是傭人，而孝史根本不應該在這裡。孝史反倒很不自在，結結巴巴想向貴之解釋，他卻乾脆地打斷：「我大致聽阿蕗說過，照顧病人要緊。」

然後，貴之表示要打電話找醫生，便上樓去。

「眞的能請醫生嗎？」

不知不覺間，孝史彷彿成爲眞正的傭人。聽到孝史提問，阿蕗點點頭：「既然貴之少爺這麼說，就不必擔心。不過，這眞的非常難得。換成在其他人家，尤其是在這種情況下，不會這麼照顧我們下人。」

「可是，醫生來得了嗎？」

眼下二二六事件正在發生。這個地區應該已遭封鎖，外頭的醫生進得來嗎？

阿蕗也很擔心，「這就不知道了……」

「找得到願意來的醫生嗎？」

「有位醫生常來幫老爺和夫人看病，以前住在附近……去年搬到別的地方，不過，還是持續幫府邸的人看診。要是沒記錯，醫生住在小日向那邊。」

趁阿蕗幫平田脫下濕衣服，換上乾淨的簡便和服，孝史偷偷翻找平田長褲後面的口袋，想取出手表。但是，手表不在口袋裡。孝史猜想，大概是中途墜落時，掉在昭和二十年五月二十五日的夜晚。這一次，手表眞的不見了。

平田躺好後，流一陣子鼻血。量雖然不多，卻一直止不住，孝史拿濕毛巾拚命擦拭。每次拿濕毛巾按住，他都會想，要停了嗎？應該停了吧？可是一放手，血又汩汩流出，簡直像在宣告平田的生命力正不停流逝。

「平田叔倒下時，是不是撞到了？」望著平田的睡臉，阿蕗悄悄問。

平田本來是要追趕想逃走的孝史，卻在積雪的路上昏倒。既然說了謊，就必須堅持到底。孝史緩緩搖頭，看著阿蕗回答：「我也不知道。不曉得他是身體不舒服倒下，還是滑倒後撞到頭。」

阿蕗沒說話，摸了摸平田的臉頰。「好冰。」

「我覺得待在這裡很過意不去，才逃走的。」

沉默十分難熬，所以阿蕗明明沒問，孝史卻解釋起來。阿蕗視線沒離開平田，輕聲應道：「那件事就不用再提了。只是，平田叔的情況眞教人擔心。」

「府邸裡的人……」

阿蕗立刻接過話：「只有貴之少爺知道。發現你們倒在雪地的也是貴之少爺，幸好不是別人。」

「那麼，我藏在這裡的事仍是祕密？」

「是啊。我會向老爺和夫人稟告，說今天上工的平田，在剷雪時滑倒摔傷。」

阿蕗淡淡微笑，像是要孝史放心般點點頭。

「不用擔心，府邸裡的工作本來就不算太多。以前我和千惠姨就能勉強應付。」

孝史想起在柴房前，鞠惠叫住平田的事。

「可是，以前有一個像平……像舅舅一樣，有一個男的在這裡工作吧？算是男工嗎？好像叫黑井。」

聽到這個名字，阿蕗彷彿從溫暖的室內走到呼氣都會凍結的室外，神情一僵。

「你知道黑井？」

孝史繼續撒謊。「聽舅舅提過，說是之前的傭人。」

「原來如此。」

看阿蕗鬆一口氣，孝史反倒更好奇。

「這個叫黑井的人，爲什麼辭職？」

阿蕗的表情依然僵硬，回答：「年紀大了。」

「那個人是住這個房間嗎？應該還有一間空房吧。」

孝史不是好奇才發問，只是不說些什麼就會覺得不安，但阿蕗的反應之大，讓他非常意外。

「你爲何想知道這些？」

「沒……沒什麼……」

「既然曉得還有一間空房，表示你到處看過？」

孝史垂下肩，不敢開口。

這時，走廊傳來腳步聲，貴之出現。

「葛城醫生會過來。」這句話不是對孝史說，而是對阿蕗說。

「太好了。」阿蕗雙手合十，「可是，醫生有辦法過來嗎？」

「醫生不是有車嗎？他會開車過來。如果禁止車輛通行，他用走的也會過來。」

阿蕗仍一臉擔憂。「可是，聽說軍人把路都封住了。」

貴之一笑。「我本來也很擔心，不過醫生說，會開槍攻擊出急診的醫生，這種軍人國家才不需要，他會毫不客氣地修理他們。」

接著，貴之轉向孝史。「聽到了吧，不必擔心。他是爲我們家看病的醫生，年紀雖然大了些，醫術是一流的。」

「謝謝……」孝史低頭道謝，急忙補上敬稱：「您。」

「醫生一有空會立刻出門，不過可能得等到晚上。」

晚上？孝史低頭望著平田沒有表情的睡臉。撐得到那時候嗎？

「不能先送到哪家醫院嗎？」

貴之的粗眉動了動，似乎有點困擾。「恐怕很難。我們沒有車，而且天氣這麼差。如果用推車，對病人反倒不好。」

如果平田眞的是腦溢血，盡早就醫比較妥當吧？

可能是察覺孝史的焦躁，貴之繼續道：「依葛城醫生的說法，要是撞到頭部，最好不要亂動，讓病人躺著。」

孝史再次體認到時代的不同。身處昭和十一年，跟平成六年是不一樣的。這個時代的醫療技術沒那麼進步，沒有分秒必爭搶救腦部病患或傷患的能力。醫生治療是早是晚，才差幾小時，救不活的人就是會死，救得活的人就能活下來。這個時代只能聽天由命。

既然這樣，讓平田安靜躺著，的確比手忙腳亂地移動來得好。

疲倦像濕毛巾般沉重地裹住孝史。自從逃離平河町第一飯店，命運便一直和孝史作對。

貴之出聲安慰：「我會和葛城醫生保持聯絡。醫生一出門，我會算好時間到半路接他。」

「讓我去！」

聽到孝史自告奮勇，貴之和阿蕗相視而笑。

「隨你，到時再商量。聽阿蕗說，你也受傷了。」

「我不要緊。」

貴之沒有回應，準備離開房間時，他向阿蕗交代：「阿蕗，今天要請葛城醫生住下。還有，看那場騷動的情況，可能會住上好幾天，麻煩妳準備一下。」

阿蕗低頭答應。貴之出去後，阿蕗仍望著他剛剛待的地方。

「他眞是好人。」

儘管受到貴之的幫助，應當心懷感謝，孝史還是忍不住咕噥。他跟貴之似乎合不來。

聽到這句話，阿蕗從孝史手中取走濕毛巾，回道：「貴之少爺對我們下人很好。」

接下來，阿蕗彷彿鬆一口氣：「鼻血似乎止住了。」

如同阿蕗所說，鼻血似乎已止住。但是，平田的臉顯得更蒼白，眼皮完全沒有動靜，呼吸很緩慢，簡直和死人沒兩樣。

「孝史，別再逃走，要小心照顧你舅舅。」

不用提醒，孝史當然不會逃走。「嗯，我會的。」

「我上樓了。如果眞的有事，你知道吧？前往起居室的走廊途中，不是有一個小房間嗎？」

「是不是放燙衣架那裡？」

「對，你就去瞧瞧我在不在。我也會留意，不時來看看情況。不可以到處亂跑，只有貴之少爺才會對我們那麼好，要是其他人發現，很可能會被趕出去。」

「我明白。」

阿蕗站起，離開房間。她身上像工作服的白衣有點灰灰的。房間變暗了——下午也過一大半了吧。

於是，孝史孤伶伶地留下，守候著平田。此刻也沒別的事可做。

平田會痊癒嗎？孝史愣愣想著。

萬一他死掉，孝史就得在這個時代活下去。在即將邁入戰爭的時代，被後世評為亡國危機的時代。

然而，想到這些，孝史沒有恐懼的感覺，擔心也沒用。

他腦中揮之不去的，是阿蕗全身焦黑燒死的模樣，及空襲夜晚的情景——蒲生邸所有窗玻璃碎裂，夜空一片火紅。

（怎麼做才能救阿蕗？）

要盡快在昭和二十年五月二十五日來臨前，把她從府邸帶走。只要不在這裡，就不會被炸彈燒死。如果平田的說法是眞的，救了在某個世界應該死亡的阿蕗，也不會對歷史發展造成影響。孝史不必有所顧慮，只需專心思索怎麼救她。

代替平田在蒲生邸工作如何？把之前的情由，當然是他們編造的那些，一五一十向主人解釋，說要代替舅舅，或許行得通。

時間漠然流逝。孝史凝視著平田的睡臉，每當心思快飄向空襲的場面，就硬趕跑種種念頭。強烈的疲倦和無力感襲來，孝史打起瞌睡，夢見在接受補習班的考試。每一道題他都順利解開，明年一定能考上第一志願……

孝史突然驚醒，平田還是老樣子。爲何會做那種夢？明明來到這裡後，根本沒想過現代的事。

（倒也難怪，根本沒那種心情。）

乖乖待在房裡，孝史有些膩了，於是起身扭開頭頂上那顆燈泡的開關。四周靜下來後，遠方似乎有人在說話，他凝神細聽。

有人平板地說著話，不是在交談，也不像眞人的聲音。

孝史窺探平田，確定他的情況沒有變化後，躡手躡腳走出房間。來到走廊，聲音變得稍微清晰。爬上臺階，將通往放燙衣架的房門打開一個小縫，聲音益發清晰。

原來是收音機，正在播報新聞。

那是種金屬質地的聲音，雜音又多，很難聽清楚。不過，確實是收音機播報員的聲音。孝史握著門把，專心聆聽新聞。

「第一，本日下午三點，第一師團轄區下達戰時警備令。第二，依戰時警備令，重要物件應由軍方保護，維持社會治安……」

播報聲是從起居室的方向傳來，是誰在聽？

「第三，目前治安良好，一般市民應各自從事分內工作。」

這應該是貴之稱爲「那場騷動」的二二六事件相關報導吧，但乍聽之下，實在不曉得在講什麼，只能勉強明白第三點是呼籲一般市民安心生活。

雙腿有點發抖，孝史心想：啊啊，眞的發生了。

孝史關上門，悄悄後退。還是乖乖聽阿蕗的話，別引起無謂的騷動。至少要等到醫生來。

轉身之際，孝史的頭頂上、蒲生邸的某處，突然傳來轟然巨響，是槍聲！

第三章 事件

1

正確地說，其實還不到「巨響」的程度，差不多就像今年夏天孝史被迫關在家裡念書時，附近公園頻頻傳來的煙火爆炸聲。

但不知爲何，孝史就是知道那是槍聲。心臟慢一拍才開始怦怦亂跳，這次究竟發生什麼事？爲槍聲感到驚愕的下一瞬間，孝史突然想起，掛在平河町第一飯店牆上的蒲生憲之的經歷介紹。

（昭和十一年二月二十六日，二二六事件爆發當天，蒲生大將留下長篇遺書自決。）

原來如此，孝史恍然大悟。剛才的槍聲，是蒲生大將自殺了。

「那是什麼？」

起居室傳來問話聲，是貴之的聲音。孝史再次打開準備關上的門，走到放燙衣架的房間中央。

不久，貴之從孝史的左側出現。看到孝史，他顯得十分驚訝，但還來不及責備就先問：

「你聽到剛才的聲音了嗎？」

「聽到了，應該是從樓上傳來的。」

貴之搶在孝史前面，匆匆往右跑，孝史跟在後頭。

穿過放燙衣架的小房間，又出現一道小門，打開後，是地勢稍低的廚房。兩口形狀像鋼盔的瓦斯爐，穩穩安在磚牆旁。背對瓦斯爐的是流理台，阿蕗和一個身形嬌小、背部微駝的老婆婆，穿著相同的日式圍裙站在一起洗碗盤。水從一個形狀像螺旋槳的復古式小水龍頭流出。哦，原來有自來水。孝史接著想，這也是理所當然，又不是江戶時代，況且是這種獨門大院。

孝史一衝進去，阿蕗和老婆婆都吃驚地抬起頭。阿蕗急忙在圍裙下襬擦手，那是女傭準備聽主人下令的動作。然而，她還沒開口，貴之就急著問：「有沒有聽到剛才的聲音？」

「您是說……剛才的聲音？」

阿蕗不確定地重複貴之的話後，與老婆婆互望一眼。

「不是廚房發出的吧？」

面對貴之的再三追問，兩人的表情益發困惑。孝史急得快跳腳，想大聲告訴他：令尊自殺了，那是槍聲！眞是急壞人。於是，孝史提高嗓門：「剛才說過，聲音是從樓上傳來，不是這裡。」

聽到這幾句話，貴之突然像斷線的人偶般失去生氣。他眼神空洞，茫然望向孝史。

「哦，也對。」他喃喃自語，「果然。」

「您是指……？」阿蕗不安地問。然而，貴之彷彿忘記身旁還有別人，愣在原地。

「你沒聽錯，我也聽到了。是樓上，二樓。」

孝史一字一句，緩慢而用力地說。他注視著貴之，懷疑貴之對父親的自殺早有預感，才會吐出「果然」兩個字。

「不用上樓瞧瞧嗎?那是槍聲啊。」
貴之無神地眨眼。孝史忽然發現，站在一起，他比貴之稍微高了些。
「發生什麼事?」
阿蕗神情凝重地問。聽到這句話，貴之恢復正常，輕輕搖頭，吩咐道：「阿蕗和千惠都待在廚房。在我允許前，不要離開。」
貴之折返起居室的方向，孝史依然跟著他。來到起居室時，房間對面的另一道門恰巧打開，珠子匆匆進來。
「啊，哥哥，原來你在這裡。」
珠子立即停步。她穿著白天那身和服，袖子輕輕搖晃。
「父親房間發出奇怪的聲響，不曉得是什麼情況?」
「我也聽到了。妳確定是父親的房間嗎?」
「嗯，確定。」
「我去看看。」
貴之衝上樓。目送他上去後，珠子的目光落在孝史身上，歪著頭仔細打量。
「你是誰?」
明明情況如此緊急，孝史卻覺得像在近看一幅畫。靜止的珠子極美，和白天那個會說笑的她判若兩人。孝史彷彿在觀賞一幅「珠子肖像」。
「你是哥哥的朋友?」

珠子進一步追問，孝史才想起自身的立場。剛剛一時衝動，忘記事情的輕重，竟跟著貴之跑到這裡。

「呃，我……」

起居室裡的收音機仍低聲播放著，可能是干擾到珠子，她向孝史靠近一步。

「咦，你說什麼？」

「那個……先上樓比較好吧？」

孝史一時反應不及，只得丟出一句話搪塞。出乎意料，珠子突然握住孝史的手。

「我一個人會怕，你也一起來。」

接著，珠子拉著孝史往樓梯走。孝史找不到留在起居室的理由，也編不出藉口，只得隨她上樓。

樓梯相當寬敞，臺階平緩，是光潤的栗子色，中間鋪著深紅地毯。珠子穿著足袋（註），孝史套著襪子，兩人都沒穿鞋，踩著地毯爬上階梯。樓梯以平緩的角度向右彎曲，爬到盡頭，出現一條木質走廊，是相同的栗子色，鋪上同款地毯。沉重的木門沿著走廊一字排開，門與門之間掛著鑲金框的畫。

珠子牢牢握住孝史的手。那是一隻柔嫩細滑的手，不帶半點濕氣，非常乾爽。

「令尊的房間在哪裡？」

「那裡。」

珠子向走廊右邊走。孝史的手任她牽著，跟在後頭。誰也沒從並排的門出來。沒人在嗎？沒人聽到剛才的聲響嗎？

珠子停下腳步，指著走廊盡頭的門。

「就是那道門。」

她沒放開孝史的手，直接後退，空著的手抓住欄杆。

「不曉得哥哥是不是在裡面？你可以開門看看嗎？」

孝史凝視著珠子。她盯著門，非常害怕。莫非她也聽出是槍聲？

「欸，你出聲問問嘛。」

珠子放開孝史的手，往孝史背後一推。孝史走到門邊，握拳敲幾下。一次、兩次，毫無回應。沒辦法，孝史握住門把，試著打開。門把可能是黃銅製的吧。暗金色的門把轉動，孝史推開門。

眼前出現一個比想像中大的空間，一股暖氣撲面。孝史一踏進去就明白爲什麼，壁爐裡升了火。

僅就裝潢而言，和樓下的起居室極爲相像。腳下鋪滿地毯，正面是一整片窗戶，掛著綢緞和蕾絲窗簾。窗戶關著，窗簾全部拉開。天花板頗高，橫梁很粗，交叉的梁木之間，懸掛刺繡的布。

房間正中央，放有一張約兩張榻榻米大的書桌，擺著造型簡單的檯燈，此外空無一物。如果一個趴在桌上的人不算在內……

註：一般搭配和服及木屐所穿的襪套。大拇指與其他四指分開的設計，有別於一般襪子。

即使那個人呈現那種姿勢，但由氣氛和頭部、服裝給人的感覺，孝史仍看得出就是房間的主人蒲生憲之。

孝史察覺旁邊有人，霍然轉身。只見貴之站在向內打開的門後，像在躲藏——當然，他並沒有躲。

貴之牢牢盯著伏在桌上的父親背部，雙手懸在身側，張著嘴，雙肩下垂。那種姿勢，彷彿有一條隱形的繩子吊著他。

「大將去世了嗎？」孝史問。

貴之只是注視著父親，並未回答。

孝史離開門邊，毅然走向書桌。腳下的地毯毛很短，觸感比走廊上鋪的扎實。從門口到書桌前走了六步，孝史和蒲生憲之的遺體隔桌對望。壁爐位在書桌後方，感覺益發暖和。粗柴燒得正旺，不斷迸出火花。灰色壁爐架是石砌的，白天看到蒲生憲之拄的枴杖就靠在旁邊。

血從蒲生憲之右邊太陽穴流出。孝史鼓起勇氣，仔細一看，上面開了一個小指頭粗的圓孔。大將朝自己的腦袋開槍，原來眞的有這種死法。這是孝史腦海浮現的第一個想法。

出血量不多，只見一灘巴掌大的血。傷痕僅有一處，就在右邊太陽穴上。看來，子彈並未貫穿腦部。

可以伸手去摸嗎？望著伏倒的蒲生憲之後頸，孝史暗暗思忖。後頸白髮叢生，這個部位顯得特別蒼老。

「去世了。」身後的貴之出聲。語調起伏十分奇特，像在念經。

孝史回頭一看，貴之仍維持相同姿勢，盯著相同的地方。

「我確認過，沒有脈搏。」

這麼說，貴之接近屍體查看過，此刻卻退到門後，僵在原地？

孝史再次觀察蒲生憲之的遺體。老人的雙手攤在頭部兩側，姿勢像在高喊萬歲。骨瘦嶙峋的手，宛如珍奇的裝飾品，並排在顯然價值不菲的書桌上。中央則是白髮叢生的腦袋……

「你把槍拿走了嗎？」

孝史轉頭問身後的貴之。蒲生憲之的手是空的，沒有任何東西。但是，既然是自殺，槍應該在附近。

貴之沒回答。孝史重複一次，他才總算轉移視線，應一聲：「咦？」

「我說槍，怎麼沒看到？」

貴之望著孝史，像好不容易聽懂問題，開始環視室內。

「剛剛沒注意到，大概在那附近吧。」

孝史蹲下梭巡地毯，但並沒發現任何可疑物品。

「可能是身體壓住了。」

開槍的瞬間槍掉下來，然後身體伏在上面，不無可能。

「不能移動遺體嗎？」

「不能。」對於這個問題，貴之倒是答得很快。「至少現在不行，必須維持這個模樣。」

孝史也這麼認爲，「報警吧。」

「報警？」貴之重複孝史的話。

「哥哥，父親去世了嗎？」

走廊傳來珠子的詢問，她還沒走。

「對。」貴之簡潔回答。這是一句機械性的回答，沒有體貼、沒有感情，什麼都沒有。「珠子，妳先下樓。」

「你還好吧？」孝史走近貴之關切道，總覺得貴之有點不正常。明明父親剛自殺，這對兄妹是什麼反應？珠子竟然不看父親最後一眼？

還有，其他人呢？鞠惠在哪裡？她可是蒲生憲之的妻子啊，又在搞什麼？「你們到底曉不曉得發生什麼事？」

孝史眞想抓住貴之，用力搖晃他。「令尊去世了，你知道嗎？你到底懂不懂？」

「我當然懂。」

貴之回答，嘴角鬆動。他不是在微笑，而是不再緊張，嘴角下垂。孝史一陣寒顫，這傢伙在想什麼？他有毛病。

「你進來時，門開著嗎？」

面對孝史的疑問，貴之只是眨眼。接著，他似乎稍微恢復正常，目光終於聚焦。

「門，你是指這個房間的門嗎？不，是關上的，不過沒上鎖。我叫了幾聲沒人回答，就進來了。」

「那麼，你是第一個發現的人？」

「應該是……」貴之的視線轉移，「窗戶也是關上的。」

貴之走近窗戶，伸手試推，打不開。

「窗戶鎖著。」

孝史也走到窗邊，扣式的鎖完好。透過玻璃，戶外看來白茫茫的一片。

「先下樓再說吧。」貴之僵硬轉身，準備離開。「葛城醫生很快就會來。請他仔細調查後，要是可以移動遺體，再妥善安置。我有很多事要處理，有很多事要考慮。」

貴之彷彿在自言自語。聽來既不悲傷，不驚訝，也不憂慮。孝史實在無法接受這樣的反應，不知該說些什麼。

「不用告訴其他人嗎？」

兩人來到走廊。貴之機械性地回頭吩咐：「把門關上。我會告訴大家，你下樓待在廚房吧。對了，替我轉告阿蕗和千惠。」

貴之沿走廊向前走，身體微微前後晃動，彷彿隨時會跌倒。腳步也不穩，還絆到地毯，活像個醉漢。

即使如此，孝史跟上去想扶他時，他卻像要趕人，指著樓梯下方。

「你下樓，我去跟鞠惠說。」

貴之繼續前進，敲敲左側第二道門。敲到第三次，總算有人應一聲「進來」，貴之消失在門後。

雖然掛念二樓的情況，孝史仍下樓來到起居室。珠子獨自坐在椅子上，托著腮幫子，望著玻璃桌面的豪華餐桌。和服袖子退到手肘垂下，露出雪白的胳臂。

察覺有人接近，珠子回頭。對上孝史的目光，她微微一笑。跟人照面便反射性微笑可能是珠子的習慣。孝史發現她笑起來，左頰會出現一個酒窩。

「妳不上去看令尊嗎？」

孝史一開口，珠子收起笑容，愣愣移開視線。

「在哥哥准許前，我不會進去。」

「妳不擔心嗎？」

「可是，不是去世了嗎？」珠子的口吻要說是無情，不如說是天真無邪。「既然如此，上樓照顧他也無濟於事。」

驀地，孝史覺得珠子會開口問：「你有菸嗎？我好想抽根菸。」當然，這個時代的好人家女兒不可能會抽菸。實際上，珠子不發一語，再度托腮。但孝史的腦海中，鮮明浮現珠子雪白纖細的指尖夾住香菸，微微噘唇吐煙的景象。

原來，那是孝史認知的「現代年輕女子」的形象。套到珠子身上，根本不合時宜。不過，形單影隻的珠子，和香菸實在是絕配。

收音機已關掉，起居室非常安靜。壁爐裡柴火熊熊燃燒，發出啪嘁啪嘁聲。

所有窗戶都關著，窗簾也拉上。起居室不用提，整幢府邸內莊嚴靜謐，宛如府邸本身比任何人都嚴肅地接受主人驟逝的事實，慎重以對。

孝史走近窗戶，掀開窗簾。玻璃起了霧，窗格子上積著一層薄雪。模糊中，可看到白雪一片片從黑暗的夜空盤旋落下。他突然想到，處於貴之稱爲「那場騷動」的軍事叛變中的將校和士兵一定非常冷。

放下窗簾，孝史回頭一看，珠子仍維持相同的姿勢，拄著肘，眼淚斷線般流下。她面朝前方，雙掌撐著臉頰，不停流淚。一顆顆淚水從無瑕的臉蛋滾落，像雨滴從玻璃窗上滑落。

孝史不知該說什麼，於是默默待著。珠子沒望向孝史，也不和他交談。說起來，這是一種旁若無人的哭法，彷彿忘記孝史就在旁邊。

珠子沒發出聲音，連表情都未有絲毫改變。眼淚如汗水，是身體的一種調節機能，無關本人的意識，自行流下。只不過，孝史沒辦法想像珠子流汗的模樣。

孝史一言不發地通過珠子身旁，走向廚房。去看看阿蕗和那位婆婆吧，她們肯定會像正常人一樣擔憂、心痛。

敲敲通往廚房的門，立刻聽到阿蕗應一聲「來了」。門一打開，阿蕗看到是孝史，目光便越過孝史背後，應該是在找貴之。

「貴之少爺還在上面。」孝史走進廚房，「他去通知鞠惠。」

「發生什麼事？」阿蕗問孝史，視線卻不時望向門。

老婆婆站在瓦斯爐旁。碗盤已洗好，廚房沒有火的氣息。天花板高，濕氣又重，非常寒冷。剛才沒注意到，原來盡頭的牆上有一道門。大概就是孝史在院子裡看到的那道小門。

「妳就是千惠姨嗎？」

聽到孝史的話，老婆婆先是望向阿蕗，眼神似乎在問她該不該回答。老婆婆的年紀大得足以當阿蕗的祖母，一雙手瘦得像皮包骨，有點駝背。在蒲生邸裡，他們竟然讓這樣的老人工作，任憑年輕的珠子玩樂度日。

「是的，這是千惠姨。」阿蕗代替老婆婆回答。「千惠姨，這是平田叔的外甥孝史。」

「抱歉，給妳添麻煩了。」

見孝史行禮，千惠低頭回禮，接著問「你到處跑來跑去，不太好吧？」顯得極爲擔心。

「事情貴之少爺都知道了。」孝史解釋，「所以，應該不用繼續躲下去。我來代替舅舅工作，有什麼事請儘管吩咐。」

阿蕗眨著眼。千惠則注視阿蕗，彷彿想和她商量。

「可是，不曉得老爺會怎麼說？」

孝史用力抿抿唇，緩緩開口：「關於這一點，不用擔心。老爺去世了。」

並立的兩名女傭，雙手不約而同在胸前緊握。

「去世了？」出聲的是阿蕗。

「是的，就在樓上房間，大概是朝頭部開槍。剛剛發出很大的聲響，我和貴之不是來問妳們有沒有聽到嗎？就是那時候。」

阿蕗的嘴唇微微張開，好幾次欲言又止，最後只緩緩搖頭。

「我們在這裡，什麼都沒聽見。」千惠說。

孝史看了看廚房高高的天花板，和瓦斯爐四周堅固的磚牆。

「這裡離老爺的房間最遠，而且妳們在用水吧，所以沒聽到。」

阿蕗突然蹲下。孝史以爲她昏倒，急忙伸手想扶她，卻看到她一隻手扶著地板，撐住身體。

「老爺去世了……」

喉嚨深處傳出沙啞的聲音。阿蕗臉色蒼白，眼瞼邊緣微微抽搐。孝史覺得，阿蕗可能也料到大將會自殺。貴之和阿蕗，都是因內心害怕的情況變成事實，才如此失常的嗎？

千惠走到阿蕗身旁，像要抱住阿蕗般蹲下。老婆婆扶著流理臺邊緣和牆壁走過去，腳步不算平穩，顯然腰腿虛弱無力。注意到這一點，孝史對這幢府邸，不，對這個時代的反感，又加深一層。

「總之，我們去起居室吧。大概所有人都會到那裡集合。」

孝史打開門催促，但阿蕗和千惠沒要起身的樣子。

「哪裡不對嗎？」

「我們要待在這裡……」千惠回答。

「爲什麼？因爲貴之少爺要叫妳們待在廚房，直到他叫人爲止嗎？」

千惠一副萬分抱歉的模樣，縮著脖子點頭。「畢竟我們是下人。」

「都什麼時候了，不必管這些吧。」

然而，她們仍動也不動。阿蕗處於失神狀態，似乎連孝史的聲音都沒聽見。

「那麼，我去徵求貴之少爺的許可。一直待在這種地方會感冒。」

聽到孝史的話，千惠露出有些困惑的表情。孝史這才注意到，她們是不會感冒的。每天在這種地方工作，住在沒有像樣暖氣的半地下房間，就是她們的生活。一年到頭耐著嚴寒酷熱，整天忙著清洗整理，就是她們的人生。

「反正，我要去起居室。」

孝史留下一句，便離開廚房。看著燙衣架上的熨斗的條紋粗電線，他對這幢府邸的厭惡宛如紙蛇，一歪一扭爬到喉頭。那種又濕又暗的廚房，光站著就快生病了。簡直像是爲了給傭人製造不健康的環境，故意選府邸裡日照最差的地方當廚房。

想到這裡，孝史突然發現一件事。這幢府邸的廚房有個出入口，卻沒有後門。雖然沒從裡到外仔細查看過一遍，至少目前所見，除了穿過鋪草皮的前庭，通往正面玄關的路徑之外，沒有其他路徑可從外部進入府邸。

這就表示，阿蕗等傭人要進出時，必須穿越前庭靠近府邸，再轉到後面的小門。那麼，設置小門根本沒意義。因爲小門的功用，就是要避免在家裡工作的傭人走動時，被主人或客人看到。依目前的情況，若有訪客，豈不是可能發生撞見客人的尷尬場面？

或者，這戶人家不會有訪客，不需要操心？可是，今天早上有人來過。爲時雖短，但應該眞的是訪客。

實在奇怪，這個家各方面都很不尋常。

在走廊上前進，可聽到交談聲。孝史停下腳步，豎起耳朵專心聆聽。這一家人似乎聚集在起居室。

總共有幾個人？其中一個無疑是聞聲不見人，也就是鞠惠夫人的祕密情夫——蒲生憲之的弟弟，蒲生嘉隆。他是怎樣的人？

在柴房聽到的對話，再度浮現在孝史腦海。
（要是這場起事失敗，大哥絕不會苟活。）
（這麼說，他會自裁？）
（沒錯。）
或許，那兩人精準到幾近殘酷地預見蒲生憲之的下場。此刻，他們懷抱著什麼心情，臉上又是什麼表情？
孝史不禁皺起眉。走廊上沒有暖氣，手指凍僵了。
孝史邁步前往起居室，來到臺階前，突然想起他一直把平田丟在房間。雖然在意起居室裡的情形，他也擔心平田的狀況。趁機回去看看吧，孝史急忙來到半地下的房間。
輕輕拉開門，孝史探進頭。平田還躺在被窩裡，姿勢和孝史離開時一模一樣。火盆內的炭火燒得通紅，但採光窗開了一條縫，所以房裡空氣和外面一樣冰冷。
採光窗是阿蕗打開的。孝史抱怨會冷，阿蕗卻指著火盆說，門窗關緊很危險。當時，孝史沒立刻意會，阿蕗指的是一氧化碳中毒。
走近被窩，俯視平田的睡臉。他依然緊閉雙眼。孝史蹲下，伸出一隻手摸他的額頭。
平田突然張開眼，孝史嚇得差點跳起來。
「你醒著？」
平田的雙眼充血，顯得非常紅，而且紅得很不正常。那種顏色，像是他的頭蓋骨內部，大腦正不停滲出血。

平田緩緩眨眼。

「別說話。」孝史阻止平田開口，「你必須躺著。」

對了，有一位葛城醫生會來。

「他們請了醫生，」孝史點著頭，「給醫生看過，一定會好起來。」

明明不曉得平田哪裡不舒服，也不曉得這個時代的醫生可靠到什麼程度，一開口卻吐出這些話。孝史覺得，或許這些話是在鼓勵自己。

平田的嘴巴一動。他一張開嘴，唾液便牽成絲，臉頰抽搐，浮出青筋，像難看的皺紋。

「叫你別說話啦。」

可能是沒聽到孝史的勸阻，平田頻頻眨眼，拚命想張口，斷斷續續地說：「只……只要一……個星期……」

孝史注視著平田，又覺得想哭，總算勉強忍住。

「就會……好，就……可以……回去。」

孝史不斷點頭。「我知道。不過，現下你別去想那些。」

平田閉上眼，又失去血色，比太陽穴流血的蒲生憲之更像死人。

孝史起身，深吸一口氣，挺起胸膛。平田不會死，一定會痊癒。然後，我就能回現代。可是，在那之前我有事要做。

孝史離開房間，往起居室移動。

2

孝史一踏進起居室，仍坐在同一把椅子上的珠子，立刻抬頭。

「哎呀，原來是你。」珠子開口。

起居室裡還有兩人。他們待在壁爐旁，和珠子有段距離。其中一個是鞠惠，穿著和白天同一件和服，不過身上罩著一條大披肩。

另一個人孝史沒見過。他站在鞠惠身旁，緊挨著她。光憑這一點，孝史就猜出他是誰。想必是大將的弟弟蒲生嘉隆吧。

他四十歲左右，鼠灰色上衣搭深咖啡長褲，白襯衫下穿著手織背心，感覺十分俐落。平田提過，他是肥皀盤商，所以顯得特別乾淨嗎？個子雖小，肩膀卻很寬，粗獷的輪廓與兄長極爲相像。

「哦，這是哪位？」

他挑了挑眉毛，詢問鞠惠。這個聲音，就是他們躲在雪地時，從頭頂窗戶傳來的聲音。在柴房裡預測大將會自殺而竊笑的，也是同一個聲音。

「這是哪位？」鞠惠向珠子發話，口氣像在質問。跟她在柴房前叫住平田時一模一樣。

「是哥哥的朋友。」珠子說明。

鞠惠抓攏胸前的披肩，向孝史走近一、兩步。那是小心翼翼的步伐，似乎在說：這雙眼睛沒見過的，全是不如她的下流人物，骯髒齷齪，千萬不能隨便靠近。

「你是貴之的朋友？」

鞠惠的目光掃過孝史，檢視他身上的行頭，眼神益發不友善。倒也難怪，孝史穿著阿蕗給的舊衣服，怎麼可能像與貴之平起平坐的朋友？在這一點上，她的眼力挺好。

「關於我的事，請各位待會問貴之少爺。」

孝史答得乾脆。如果是在不知情的情況下，突然和鞠惠照面，孝史可能會爲她的氣勢震懾。但是，孝史得知她在柴房討論私奔的事，也曉得她發現藏匿私奔的行李的房間，可能分配給平田後，那種慌張的樣子。連她在驚慌之際，衝去拿行李的情景都想像得到，所以孝史一點都不怕她。

「你說，貴之知道？你是誰？」鞠惠的話聲尖銳起來，「爲什麼這個家來了客人，我卻不知道？」

珠子皺起眉，顯得很不厭煩。「這種事不重要吧，鞠惠。」

鞠惠狠狠瞪著珠子，「叫我媽！」

珠子沒回答，只露出「眞可笑」的表情，又托著腮幫子。上臂無瑕的肌膚一覽無遺。

「好啦，我來介紹。這位是嘉隆叔叔，是我父親最小的弟弟。」

珠子指著鞠惠身旁的男人，向孝史介紹。

「叔叔，這位是貴之哥哥的朋友，名叫……」

孝史想起未曾向她提起自己的姓名，便說：「我叫尾崎孝史。」

嘉隆沒說話，只輕輕點頭示意。他的臉龐光滑，在男子中算是少見。不愧是賣肥皀的——孝史突然這麼想。這個想法有點好笑，孝史差點笑出聲。又因恰巧聽到他們商量私奔情事，孝史自認抓住他的把柄。同時，大將果真如他熱切期盼般死去，正中他的下懷，孝史忿忿不平，暗想就算露出一、兩個冷笑，也不會遭天譴吧。

蒲生嘉隆當然不會知道孝史的心思，他像在估價般不斷打量孝史。

「原來你叫孝史。」珠子微微一笑。

「眞是個好名字，跟哥哥有點像。我和哥哥的名字，都是去世的爺爺取的。你的名字是誰幫你取的呢？」

「珠子，這時候不要扯那些不打緊的事。」

鞠惠不由分說地打斷珠子的話，珠子卻充耳不聞。

「怎麼寫呢？孝史的孝，是哪一個孝？」

「珠子！」

聽到這一聲，珠子更是笑靨如花，繼續道：「對大字都不認識幾個的人來說，這個話題確實有些無趣。」

珠子並未望向鞠惠，而是看著孝史。不過，這些話顯然是針對鞠惠。鞠惠攏著披肩的雙手，現在抓得緊緊的，咬牙切齒地瞪著珠子。

但是，當她準備靠近珠子時，嘉隆從身後抱住她的肩制止。鞠惠瞄嘉隆一眼，停頓一下，哼一聲。然後，可能是怒氣未消，不太自然地直接走到離珠子最遠的椅子，撢了撢和服裙襬坐下。孝史暗暗爲珠子喝采。

嘉隆一直待在壁爐旁，沒有離開的意思。他彷彿看到什麼好笑的事，歪著嘴角，斜看珠子的側臉，接著突然背向孝史，撥起沒必要整理的火堆。孝史發現，他是想忍住笑。倒也難怪，他一定想縱聲笑個痛快吧。

珠子那種強勢的姿態，還能維持多久？大將去世後，這幢府邸內的家族權力關係，若是朝嘉隆和鞠惠盤算的方向改變，並不是孝史樂見的。他忽然同情起珠子。

「有沒有需要幫忙的？」

孝史總算出聲，沒人有反應。鞠惠和嘉隆的表情，顯然認爲沒有回答的義務。珠子則是輪流看著他們和孝史。

「請問，妳去看過妳丈夫了嗎？」孝史轉向鞠惠。

鞠惠的眼神仍帶著怒氣，但還是點點頭。

「貴之叫我去的。」

「應該有很多事必須處理吧，像是要通知其他人等等。如果有我能幫得上忙的地方……」

孝史沒說完，鞠惠就冷笑道：「要去通知誰？誰會管他是死是活啊，他根本是個隱士。」

「可是……」

今天明明有人來拜訪。孝史原想反駁，卻沒說出口。這件事最好先不要提，更何況，他不曉得那名訪客是什麼人物，又是來找誰。

「別管那些了，我想喝酒，去弄點吃的。」

鞠惠這麼一提，孝史才想起一件事。「如果可以，我把阿蕗和千惠姨叫來好嗎？」

鞠惠皺起又粗又濃的眉，「那兩人在哪裡？」

「在廚房待命。」

「好，去叫來。」

孝史急忙離開起居室。關上門後，他鬆一口氣。

阿蕗和千惠縮得小小地蹲在廚房一角。聽到孝史找她們，阿蕗先站起。

「夫人要妳們備酒。」

「大家都在哪裡？」

「夫人、珠子小姐和嘉隆先生，都在起居室。」

「貴之少爺呢？」

「還在樓上。」

說到貴之，他在幹什麼？

「我們馬上準備。」

阿蕗和千惠俐落地工作，宛如一對感情深厚的母女。乍看像是朋友家發生不幸，前來幫忙張羅飲食。兩人穿著同樣雪白的日式圍裙。

「我到樓上瞧瞧。」

接著，孝史趕回起居室。不經過這裡，沒辦法上二樓。孝史迅速穿過起居室，以免有人叫住他，總覺得只有他一個人乾著急。

上樓梯右轉，直接走向蒲生憲之的房間。門關著。孝史用力敲兩、三下，沒等到回應就進去。

孝史一踏進房間，貴之像是一彈，從伏在書桌上的蒲生憲之身邊爬起。只見一大堆文件在他腳邊散落一地。

孝史站在門口，貴之維持起身的姿勢，僵在原地，右手拿著以黑色繩索、黑色封面裝訂成冊的文件。

「你在做什麼？」

孝史自認音量不大，但貴之顯然嚇一跳。孝史腦海閃過鞠惠的話：「貴之是個膽小鬼。」

「不是說，這裡最好維持原狀嗎？」

丈夫、父親剛去世，女人們就為了全然無關的事鬥嘴，做弟弟的則憋住笑，暗自竊喜。原以為稍微比較懂事的兒子，竟然在遺體旁的抽屜東翻西找。父親的屍身都還沒變涼呢。

「我在……找東西。」

壁爐的火焰搖曳。在火光映照下，貴之的臉一陣紅一陣白。

「找令尊的遺書？」

話一出口，孝史就覺得不妙。他事先知道大將留下長篇遺書，才會脫口而出。但一個沒受過教育的粗工，居然說出這種字眼，實在太不自然。

貴之十分驚訝。「遺書？」他以不屑的語氣強調，接著問：「你懂這兩個字的意思嗎？」然後，他著手整理文件。

孝史環顧室內。提到遺書，大將的遺書在哪裡？剛才書桌上並未看到類似的東西。既然是長篇，會不會放在抽屜裡……

（對了。）

看著刻意藉收拾文件躲避他的視線的貴之，孝史想到一件事。關於大將的遺書，照片上的說明寫著「當時顧及遺族，並未公開」。既然是針對軍部專擅提出諫言，預測戰爭悲慘的結果，考慮到當時（應該說是現在才對）蒲生家遺族的心情，也無可厚非。

貴之剛才可能在看父親留下的遺書，由於內容至關重大，頓時慌張地想藏起。

對於貴之的立場，孝史或多或少感到同情。同時，產生一絲無可否認的厭惡。

即將赴死的人會寫遺書，是爲什麼呢？不就是想向至親傳達自身的意念嗎？不過，以性質而言，蒲生大將的遺書並不屬於私人信件。因爲裡面寫滿對陸軍的批判。

不僅是批判，還分析未來局勢，及油然而生的憂國憂民情懷。遺書中，不是預測不久的將來，日本將對美國開戰等最不利的狀況嗎？這樣的內容，不可能是「只」留給家人的。大將是軍人，憂心軍隊未來的遺書，理應是留給陸軍中樞的，形同一份以死明志的御狀。

這樣的遺書，卻因兒子貴之的一己之念，遭到棄置。

不過，也是無可奈何吧。置身這樣的時代，弱者畢竟無法違抗強權。儘管大將的遺書在戰後得到肯定，在這個時代卻是極度危險、極度惡質的文章。若是輕易公開，蒙受其害的是遺族。

況且，貴之是這個時代的人，或許無法正確理解父親寫下的內容。孝史能夠瞭解那是針對現狀及未來的精闢分析，是因來自戰後的「未來」，但貴之是無法理解的。或許，他只會當成父親不得志的牢騷。既然如此，他扣下遺書，雖是自作主張，也是爲父親著想的一種表現。

孝史輕聲對他說：「我來幫忙吧？」

「這些事你管不著！」

貴之突然變得盛氣凌人，可能是想起自己與孝史的身分差距。他站起身，平穩地將文件放在書桌一角。

「你來做什麼？」

「你一直不下樓，我才上來看看。女人們在樓下不知如何是好，現在你是家長吧？你要主持大局啊。」

「沒什麼好主持的。」貴之冷冷丟下一句，「只能等醫生來。」

「真的不必通知警察或軍方嗎？」

貴之冷笑。在火光映照下，他的笑容充滿邪氣。

「你從剛才就一直胡說八道。就算是沒受過教育的粗工，也不會不曉得東京發生什麼事吧？青年將校已占領警視廳，陸軍大臣似乎還活著，不過那位膽小的仁兄有何能耐？首相被殺，內大臣也被殺，在這種情況下，我父親自殺又怎樣？這般芝麻小事，誰會理睬？」

貴之愈說愈激動，孝史聽在耳裡，像是生氣又害怕。貴之在恐懼的驅使下，藏起父親的遺書，並翻箱倒櫃地尋找可能會招致麻煩的文件嗎？

「不到三天，東京就會落入陸軍手中，日本會成為軍人的天下。」

貴之斷定。聽他的口氣，孝史再搞不清楚狀況，也不會誤以為他歡迎「軍人的天下」。

頃刻之間，無數片段的思考，在孝史腦海中飛快交錯來去。的確，軍事叛變三天左右就結束，不過，青年將校並未獲得勝利，但軍人的天下確實會降臨。這些我都知道，因為我來自未來。可是，我不太清楚歷史，實際上到底發生什麼事，我也跟你一樣摸不著頭緒。真是急死人。

各種思考的片段最後沒形成話語，孝史開口問的是：「醫生眞的會來嗎？」

可能是突然改變話題，貴之的肩膀頓時垮下，神情放鬆。「醫生說要來。」

「好慢啊。」

「道路封鎖，大概是半途被攔下。」

這時，孝史輕鬆吐出一句連他自己都驚訝的話。「我去接醫生。」

貴之流露一絲訝異的神色。「你要去？明知路上有危險還要去？」

會有什麼危險？

「總要去過才知道。我該往哪裡走？」

「葛城醫生要來，也不可能從宮城那邊來。假如還能通行，約莫是從四谷穿過赤坂見附吧。」

「那麼，出大門後，向左走就行了吧？一路走下去，對不對？」

「到赤坂見附的十字路口爲止，是這樣沒錯。」

「那我去接醫生。」

孝史轉身準備離開，突然想到，補上一句：「女人都在起居室。珠子和鞠惠夫人，還有你那個叫嘉隆的叔叔。我想最好把大家集合起來，也找阿蕗和千惠姨過去。」

「知道了，你快走。」

這種趕人似的說法讓孝史很火大，他狠狠瞪貴之一眼，貴之也不服輸地回瞪。

孝史甩頭離去。關門時，又瞥貴之一眼，貴之還在瞪著他。光看這幕場景，貴之站在父親遺體前的模樣，簡直像在盛怒下殺害父親，還理直氣壯的兒子。

孝史下樓，回到起居室。除了剛才的三人，阿蕗也進來伺候鞠惠與嘉隆喝酒。對他倆而言，這是慶祝的美酒吧，孝史的喉嚨深處一陣苦澀。

「哎呀，」珠子的話聲開朗得不合時宜，「哥哥還沒好嗎？你要不要喝點東西？」

珠子端著裝紅茶的杯子，臉色依舊蒼白，眼裡閃爍著奇異的光芒。珠子想必受到不小的衝擊，還要把持自己不致失控。但鞠惠和嘉隆不同，低首皺眉的表情下藏著野蠻的面孔，正爲大將的自殺歡欣雀躍。

光是看到他們，孝史就厭惡到極點。他很慶幸自己決定到外面——爲了自己著想，有必要呼吸外面的空氣。或許下意識察覺這一點，才會自告奮勇去迎接醫生。

阿蕗把大托盤放在餐桌上，出聲叫住孝史：「貴之少爺會下來嗎？」

「待會再說，因爲醫生一直不來，我想到路上看看。」

阿蕗皺起眉：「可是外面……」

「我已取得貴之少爺的同意。如果情況危險，我會馬上折返。」

聽到孝史這麼說，珠子臉上出現光采，站起身。「太棒了，你要出去？那也帶上我。」

「不准胡說八道，外出太危險。」鞠惠口吻嚴厲，像揮舞著鞭子。

珠子沒要乖乖聽話的意思，淺淺笑道：「我又不是叫妳去，是我要去。」

「我是擔心妳，才叫妳別出門。」

「那眞是太感謝您了，母親大人。」

珠子畢恭畢敬地低頭行禮，鞠惠囟巴巴地瞪著珠子。

眞是夠了。孝史穿過二女一男的座位構成的變形三角，迅速走向廚房。從廚房的小門出去吧。

「阿蕗，請借我一雙鞋。」

孝史回頭向阿蕗說，她急忙跟來。穿過放燙衣架的房間，她在廚房旁追上孝史。

「你眞的要出去嗎？」

「嗯，照明該怎麼辦？」

「我們都提燈籠，你……」

孝史打斷阿蕗的話，簡潔地說：「那麼，燈籠也借我一下。」

千惠站在廚房瓦斯爐前，將小鍋子裡熱好的牛奶倒進一只白色的壺。

「孝史要去接葛城醫生。」

聽到阿蕗的話，千惠熄掉瓦斯爐的火，應道：「那就需要外套了，你等一下。」

她彎著腰，蹣跚離開廚房。孝史看到今早平田剷雪穿的綁帶長鞋，就擺在小門旁，他立刻拿來。雖然小了些，但勉強可穿。

「這是誰的？」

阿蕗停頓一下，沒馬上回答。

「是黑井之前穿的，似乎是軍方拿出來拍賣的。」

我都忘了是黑井的，阿蕗低喃。

「欸，孝史……」

孝史沒看阿蕗，專心綁著鞋帶。最近幾年流行這種樣式的靴子，孝史毫無困難地穿上。靴子的皮鬆垮變形，鞋底也不平，有一邊磨損。整雙靴子只有鞋帶還算新。可能是平田穿著劘雪的緣故，鞋底潮濕冰涼。不過，總比穿木屐好。

千惠回到廚房，拿著一件沉甸甸的灰色外套，眼看就快拖地，孝史趕緊接過來。

「這也是黑井的。」阿蕗再度低喃，千惠意外地立刻反駁「是府邸的」，但語氣是溫和的。

孝史穿上外套。外套很重又有防蟲劑的味道，像被一頭年老的灰熊抱在懷裡，不過相當乾淨。這類衣物和用品大概都是千惠負責保養吧。

瓦斯爐旁有一大盒火柴，阿蕗用來點亮燈籠。那是白底的圓型燈籠。廚房一角擺著毛巾架，千惠拿一條乾毛巾圍在孝史頸上。

「這個應該比傘管用。趁雪還不算太大，你就圍著出門吧。」

「謝謝。」

穿上膠底的靴子，一站起，腳底被遺忘的傷口便一陣刺痛。那是在飯店踩到玻璃受的傷，可是，對現在的孝史而言，卻像千年前的往事。

「你真的要去嗎？」

阿蕗問。她提著點了蠟燭的燈籠，卻沒有要給孝史的意思。孝史從阿蕗手上取走燈籠，碰到她的手時，察覺她的指尖在顫抖。

孝史默默凝視腳邊半晌，抬起頭說：「這一家人都好奇怪。」

兩個女傭注視著孝史，不發一語。

「實在太奇怪了，我想出去冷靜一下。」

阿蕗眨眨眼，問道：「你說的奇怪，是指……夫人嗎？」

「包括那位夫人，大將的弟弟、珠子、貴之都很奇怪。」

聽到這句話，千惠淡淡一笑：「這種事不能說出來。」

千惠的眼神柔和地告訴孝史：不要追問。孝史忍不住想問：千惠姨早就發現嘉隆和鞠惠在背後搞鬼吧？還有，鞠惠眞的是大將的妻子嗎？雖然是繼室，但一個陸軍大將會娶那種女人進門嗎？這個時代有這種事？

但是，說出來麻煩就大了。孝史吞下肚，勉強擠出一絲微笑：「那我走了。」

準備打開小門時，廚房的門「砰」一聲打開，珠子探進頭。「哎呀，你要走啦？不帶我去？」

孝史抬起頭，回答：「小姐請待在家裡，外面眞的非常危險。」

珠子笑容滿面，露出興奮的眼神。

「我問你，士兵會開槍打你嗎？」她突然問，口氣像在分享愉快的祕密。

見孝史啞口無言，她吃吃笑道：「萬一被打到，你也要活著回來。我會照顧你，所以，你一定要回來喔。」

孝史轉移目光，阿蕗低著頭，老婆婆微微一笑，跟剛才吐出那句話時一模一樣：「這種事不能說出來。」

孝史步出小門。關門時，越過阿蕗和千惠的肩膀，窺見珠子依然笑容滿面。那是開朗無邪的笑容，像小孩子向要出門的父親撒嬌討禮物。然而，她一身橘紅色和服，在廚房昏暗的光線中，看起來像混濁的血色。一如自蒲生憲之的太陽穴，流出的血的顏色。

終於來到外頭。

孝史踏出蒲生邸周圍的樹叢。

厚厚的雲層遮蔽天空。灰雲中帶著淡淡紅暈，是下雪的日子特有的顏色。輕輕飄落的雪，和今天早上看到的大片雪花不同，是細細粉末般的雪。

北風颳著孝史的臉頰，厚重的外套下襬文風不動，耳垂卻痛得發麻。

孝史取道向左，離開蒲生邸。按貴之說的，一路走下去就對了。

在夜晚沒有路燈的街道上，唯一的照明是燈籠的燭火。即使如此，在雪光映照下，地面並沒有那麼暗。論黑暗，孝史內心遠比夜晚更黑、更暗。

車輪的痕跡還在。地面結了冰，在腳下沙沙碎裂。這種感覺很舒服，孝史踩在刨冰般的雪上前進。

四周景色幾乎沒變化。黑沉沉的綠地上，不時出現一幢幢建築。沒有一幢是一般住家，有的是拱型玄關的大宅，有的是灰色大樓搭著三角屋頂的復古型尖塔。

剛邁步向前，孝史就感到刺骨的寒氣，應該不是氣溫低的關係。孝史想起自己的身體狀況，離健康相當遙遠。事情接二連三發生，又沒有平田在一旁指點，雖然孝史精神亢奮，頭腦靈活清醒，體力卻跟不上。

最好的證明就是，他氣喘如牛，卻仍在一回頭就看得見蒲生邸的範圍內。這條路雖是上坡，但坡度相當平緩，若身無病痛，孝史不會意識到走在坡道上。

孝史停下腳步，大口喘氣。左手摩擦提著燈籠的右手取暖，再一張一握地活動左手。移動燈籠環顧四周，不見半個人影。

雖然空無一人，卻看得到遠近一扇扇窗戶透出燈光，有的高，有的低，在黑夜裡看不出是來自何種建築。或許有人透過窗戶往外望，驚訝地發現在雪路上踽踽獨行的他。

孝史再度邁開腳步，伴隨沙沙聲向前走，來到一個路口。兩條路斜斜交叉。

貴之說的「一路走下去」，意思是沿途一直靠左走嗎？孝史決定先走再看情況，路上依舊不見人影。

又走一陣子，路上出現一條向右的岔路，孝史仍靠左繼續前進。轉角積著好大一堆雪，在燈籠的照明下，白得簡直不像世間的東西。

一路上都有輪胎的痕跡，和在蒲生邸前看到的相同，頂多是兩、三輛車子留下的，但幾乎沒有行人的腳印。想必事件發生以來，即使有人徒步經過也不多，腳印很快被雪掩蓋。

粉末般的雪不停飄落，千惠圍在孝史頸上的毛巾，像圍巾一樣暖和，他一直沒拿下來。

沿著道路轉彎走一陣子，前面出現一條橫向的大路，比腳下走著的寬許多。那條寬敞平坦的道路，說是主要幹道也不為過。

（向左走通往赤坂見附，那麼，這條路是……）

應該是連接三宅坡到赤坂見附路口的大馬路。雖然地區規畫不同，小路多少有些變動，但這種大馬路的位置通常不會變動。孝史不曉得路名，不過，他知道從平河町第一飯店的大門向北走，遇到的第一條大馬路，就是這條路。前天考完第一場試，他曾走這條路到三宅坂，然後繞至半藏門，穿過麴町抵達四谷車站，散步一大圈。

（我還在四谷車站附近吃了漢堡。）

明明是前天的事，此刻想起卻像發生在幾百年前。實際上，那家速食店至少要再經過五十年的歲月，才會出現在那個地點。

驀地，孝史發現自己身無分文，儘管不會造成什麼影響，卻莫名感到不踏實。

孝史長長吁一口氣，身體暖和許多。他停下腳步，拍落肩膀和頭髮上輕盈如細粉的積雪。離這條路和主要幹道的交叉點還有五十公尺左右，或許得開始提高警覺……

孝史思索著，一輛車恰恰橫越眼前的道路。那是黑色箱形車，車頭很長，還有一個很大的保桿。之前的車子將路上積雪壓得亂七八糟，結成泥灰色碎冰，所以箱形車經過時，發出沙沙聲，雪夾雜著碎冰四處飛濺。緊接著，又是一輛同款車，兩輛車的速度比走路還慢。仔細一看，除了駕駛座，後座也有人。

發現人影，孝史緊張的情緒陡然高漲。另一方面，他覺得既然車子能夠通行，或許不需太擔心。

沿著道路左側朝大馬路前進。抵達大馬路，孝史便靠在一旁的磚造建築牆上，環顧四周。這裡進入行政區內了吧。龐大的建築物在行道樹和綠地之間林立。孝史知道的這條路，在平成時代種著美麗的行道樹，面向三宅坂，左右只有最高法院和國會圖書館，十分寧靜。眼前的景象和印象中差不多，孝史卻覺得電線和電線桿格外突兀。順帶一提，也有路燈。

大雪紛飛中，馬路中央有東西反射路燈的光亮，發出銀光。仔細一瞧，原來是鐵軌。

（是東京都電車……不對，是東京市營電車。）

孝史走在大馬路上。通往赤坂見附的路口，沒有任何遮蔽視線的景物。

接著，孝史透過下個不停的雪織成的簾幕，遠遠望見設有路障架。路障後方，是士兵整齊排列的黑色身影。

3

粉末般的雪黏在睫毛上，臉頰也凍僵。孝史眨眨眼，凝神細看。

的確有士兵。人數頗多，一眼數不出來。他們站在路障後方，有的面朝這邊，有的面朝後頭。

孝史想躲起來。恐懼不足以形容他的心情，雙膝無力地搖晃，腳一動，就會滑倒向前栽。

即使是遠看，也知道那些士兵全副武裝。他們肩上扛的就是槍吧，孝史只在電影裡看過槍支，頂端的部分裝配刺刀，可用來刺殺敵人。不知爲何，孝史覺得他們肩上的刺刀閃閃發亮，即使明知在層雲密布的大雪天裡，那是不可能的。

（這四天，像你這種一無所知的人在外面亂晃，實在太危險。）

孝史耳邊響起平田的聲音。在蒲生邸時，這句話不過是馬耳東風，眼下卻眞實得不能再眞實。

二二六事件曾出現犧牲者嗎？

其中有一般民眾嗎？當時，軍人曾射殺一般民眾嗎？事件的第一天，就在今天二十六日的晚上，情勢到底多緊急？孝史不知道，也不懂。沒人告訴過孝史這些事，長這麼大，他從來不曾想去瞭解。

路障的高度不高，大概只到士兵的腰部。有些部分是以木材組合，但在路上阻斷交通的是一種帶刺的鐵絲，捲成一圈圈橫亙在馬路上。所以，從孝史所在之處，甚至能清楚看見士兵在雪地上巡視的身影。

還來得及，他們沒注意到我。孝史暗暗思忖，他們一定沒想到，有人會這麼大膽，在路障後方走來走去。回蒲生邸吧，轉身向右一直走就行。告訴蒲生邸的人，我沒見到醫生。或者，乾脆老實承認走到一半就怕得跑回來。總比送掉小命好。

這是什麼德性啊！孝史內心也不是沒有這種想法。勇敢的孝史，再怎麼危險，與其待在那種家裡跟一群亂七八糟的人瞎耗，不如到外面透透氣——你不是勇敢果決的尾崎孝史嗎？

但是，孝史的腳就是動不了，冷汗涔涔冒出。他這個世代根本不曉得什麼叫戰爭、暴動、恐怖分子，一旦遇上真正的「武力」，立刻嚇得腿軟。即使只是看到白雪簾幕後，士兵朦朧的影子如幽靈無聲無息地來回走動，也不例外。

不行了，實在沒辦法再往前一步。孝史硬逼自己把視線從士兵身上移開，硬生生改變身體的方向。沿著來路退回去，躲進那幢建築的陰暗角落裡吧。

這時，孝史的眼角餘光，卻瞥見如霧般飄落的白雪後方，一個士兵轉向他。

士兵的肩膀一抖，扛在肩上的槍動了，顯然很驚訝。他身旁的士兵立刻察覺，往這邊看。三個、四個、五個人，站在離路障稍遠的士兵也往這邊看。

這是關鍵時刻。孝史想拔腿就跑，還來得及，和他們之間還有一段距離。但是，長靴底下結成冰的雪非常滑，一手提著燈籠無法保持平衡。這時，孝史赫然發現：啊，我提著燈籠！手上有光，對方大老遠就看見了。

一個士兵跨越路障跑過來，身後又跟著另一個。孝史嚇得下巴猛打顫，仍試圖穿過馬路。

「什麼人？」洪亮的話聲從雪中傳來。「不許動，站住！」

在孝史十八年的人生中，從來沒人對他大吼「站住」，也從來沒人命令他「不許動」，甚至不曾遭警察盤問。僅僅是被別人這樣吼，心臟就縮得好緊，簡直快停止。然而，腳下很滑。孝史不由自主前傾，膝蓋彎曲，根本站不直，但身體仍本能地尋找逃生之路。

「我叫你站住！」

兩個士兵跑過來。黑影愈來愈大。一看之下，孝史發現槍不是扛在肩上，而是拿在手上，槍口朝著他。

「還不站住！」

聽到這句話，孝史死了心，轉向跑過來的士兵，幾乎是反射性地扔掉燈籠，雙手高舉過頂。摔扁的燈籠在腳邊起火燃燒。

兩個士兵一路朝孝史跑過來，絲毫沒受到積雪的影響。其中一人在另一人的身後停下，站穩腳步，架好槍對準孝史。另一人則是在孝史身前一公尺處停下，也以高度戒備的姿態舉起槍，一雙眼盯著孝史。

孝史像傻瓜般的雙手高舉，全身劇烈發抖，旁人一眼就看得出。雪從高舉的手的袖口掉進來，也落在頭髮上、臉上。

「這裡禁止通行。」

前方的士兵大喊。明明比一開始出聲叫孝史時近得多，他卻沒降低音量。孝史不禁閉緊雙眼。音調高得連他都覺得自己沒出息。

「我、我、我是一般民眾。」

「我、我是一般民眾。」

四周鴉雀無聲。孝史不敢動彈，只張開眼。兩個士兵以相同的姿勢擋在孝史身前。只是，在前面的那人，向後面的人使一個眼色，表情似乎放鬆了些。

「有沒有可證明身分的東西？」前面的士兵問。

孝史維持高呼萬歲的姿勢，猛搖頭。

「沒有？」前面的士兵聲音還是一樣大。何必在這麼近的距離大吼？

「我沒帶在身上，放在家裡。」

孝史斷斷續續地說。嘴唇上沾雪，一開口就好冷。

「我名叫尾崎孝史，是工人，在鐵工廠工作。」

孝史拚命回想平田交代他的背景資料。

「工廠在……深川。今天我放假，來找親戚。」孝史想趕快說完，話速很快。總覺得一直不停說話，會比較安全。「然後，親戚生病，必須請醫生來看，我就……」

孝史急著往下說，前面的士兵卻打斷他。

「慢著。你一股腦說個不停，我聽不懂。」

兩個士兵又交換眼神。孝史覺得，後面那個士兵粗獷的臉上，似乎浮現苦笑。

「維持這個姿勢，不要動。」

前面的士兵發出命令，把槍扛在肩上，走到孝史身邊。他戴著厚厚的連指手套，由上往下將孝史大致摸過一遍。

「向後轉。」

孝史依言行動。原來是搜身。還是一樣，由上往下摸過一遍。士兵縮手後退一步，孝史仍維持相同的姿勢。接著，士兵開口：「好，你可以把手放下來。」

孝史轉過身，明明沒人命令，他仍立正站好。

近看前面的士兵，才知道他是個二十出頭的年輕人，穿立領外套，光看就覺得厚重，還繫著寬腰帶，掛著腰包。他戴的帽子，和凸出的帽緣都積了細細的雪，外套長及膝蓋，小腿用厚綳帶般的布一圈圈纏起，鞋子的厚底堅固。

「你是從親戚家來的吧。」

士兵的問話聲多少小了一些。

「是的。」

「住址呢？」

孝史差點又陷入恐慌。要是回答不知道，會怎麼樣？

士兵用力瞪著孝史，質問：「你不知道？」

「是……我不知道，應該是在平河町。」

「那戶人家姓什麼？」

「蒲……蒲生。」孝史心驚膽顫地回應，「主人叫蒲生憲之，當過陸軍大將。」

聽到這句話，兩個士兵對看一眼。後面的士兵向前一步。

「蒲生大人的宅邸確實在平河町，」後面的士兵說：「在平河二丁目的電車站附近。聽聞他退役後，一直住在那裡，很少出門。」

哦……前面的士兵恍然大悟，嘴巴微微張開。然後，正經嚴肅地問孝史：「那麼，你是蒲生大人的親戚？」

孝史急忙搖頭。「不，我不是。我舅舅在蒲生大將府邸裡工作。」

士兵一副掌握狀況的表情。「你說有人得急病，是蒲生大人的家人嗎？」

「不是的，是我舅舅昏倒，蒲生大將打電話請醫生過來。可是，醫生一直沒到，我才出來迎接。」

「醫生叫什麼名字？」

「葛城醫生，住在小日向。」

「葛城……」前面的士兵歪著頭，回頭問伙伴：「對了，差不多三十分鐘前，是不是有醫生來過？」

後面的士兵點頭，「因爲不放行，吵了一陣子。他的態度蠻橫，伊藤應該把他趕回去了。」

前面的士兵問孝史：「病人是什麼狀況？很嚴重嗎？」

「好像是腦溢血。」孝史簡短回答。

聽到這句話，後面的士兵說：「既然是蒲生大人家的事，總不能不處理。我去看看。」

接著，他便扛起槍向後轉，朝路障跑去。和跑來時一樣，敏捷跨越路障，穿過成群的士兵——途中似乎交換一、兩句對話，在赤坂見附的路口左轉。

孝史和前面的士兵留在原地，在不停飄落的雪中面對面站著。士兵收起槍，表情依然毫不鬆懈，嘴巴緊閉，實在難以親近。

孝史感覺寒冷一步步滲進體內，雪不斷落入領口。恐懼慢慢減退，卻仍十分緊張。他不敢轉頭，只能移動視線觀察四周。電線上、電線桿頂端，都積著白雪。馬路兩旁比鄰的建築都關上窗，到處不見人影。

腳邊的燈籠燒成漆黑的殘骸，在皓皓白雪上，顯得非常骯髒。顆粒般的細雪落在上面，也許三十分鐘後就會完全掩沒殘骸。不知爲何，孝史鬆一口氣。

「你幾歲？」

士兵唐突地開口。孝史正在發呆，不禁眨好幾次眼。士兵以爲孝史沒聽見，又重複一次。

「十八歲。」孝史話聲抖得幾近可笑。

士兵輕輕點頭，以生氣般的口吻加上一句：「如果你說的是實話，沒必要怕成這樣。」

孝史羞得連耳朵都變燙。但他暗暗想著，這個士兵講話眞是中規中矩。在電影裡看到的軍人清一色是髒話連篇，他一直以爲軍人就該是那樣。對方是將校嗎？可是，如果官拜將校，應該不會在雪地裡站崗。如果是一般士兵，顯然是受到良好的教育——不，應該說是教養，比較中肯。

「收、收音機也這麼說。」孝史想跟對方交談，便起了個頭。「要我們要照平常行事。」

「你是指傍晚的廣播嗎？」

「是的，我在蒲生大將府邸裡聽到的。」

士兵又點點頭，提起槍重新扛好。即使是這樣的小動作，只要動到槍，孝史就一陣緊張，腳抖動一下。

「天氣眞冷。」孝史冒出一句，對方沒有反應。孝史視線落到腳邊。

士兵的皮鞋被融化的雪浸濕變了色。鞋尖的雪結成冰，顯示他在路障站崗相當長的一段時間。

孝史低著頭，只抬起視線，偷看士兵。對方有一張圓臉，眉毛很粗。長相屬於可愛的那一種。雪花黏在他的眉毛、睫毛還有鼻子下面。八成是今天早上刮過鬍子就再也沒碰過，下巴出現黑黑綠綠的影子。帽子底下剃著大光頭，外套領子雖然豎起，還是覺得他的脖子部分很冷。

士兵的外套縫著紅色肩章，上面有兩顆星。孝史沒有識別軍階的知識，不過，單純的推理，這個記號或許代表他是一等兵。

一片沉默中，孝史和士兵任雪花落在身上，街道上沒有半點聲響。這時，遠方的路障那邊有了動靜，剛才的士兵跑過來。

「確實來過一個姓葛城的醫生。」

對方一靠近就開口。不過，不是對孝史說，是告訴另一個士兵。

「那個醫生不肯讓步，無論如何都要通過這裡，堅持直接找中隊長談判，讓他進入『幸樂』，賴在路旁不肯走。」

孝史感到身體一寸寸放鬆，由衷感謝未曾謀面的葛城醫生。醫生來了，眞是萬幸。

「沒辦法，我們去瞧瞧吧。」旁邊的士兵說完，轉頭看孝史。

「跟我們走。」

士兵一前一後把孝史夾在中間，朝路障走去。

4

令人驚訝的是，在赤坂見附路口的另一側，雖然是半夜，卻有一大群普通人——看起來像一般民眾。他們背對著宅邸、政府機關之類的建築，在人行道上一字排開，各自將手插在外套口袋裡，一派輕鬆的觀賞著士兵。一眼望去，至少有二十人。

全部是男的，沒什麼年輕人，幾乎都是中、壯年，不約而同戴著帽子。那種帽子似乎叫軟呢帽，孝史想起家庭相簿裡貼的祖父照片，有幾張就是戴著類似的帽子。

赤坂見附的路口並未設路障，但配有刺槍的士兵分散各處。他們的視線不在市民身上，全朝向十字路口以西。

在兩個士兵前後包圍下，孝史剛來到十字路口，看熱鬧的人立刻聚焦在他身上，彷彿在議論紛紛：這小子不知幹了什麼好事，被士兵逮到。孝史不由得垂下目光。

三個人形成一列縱隊，在十字路口左轉。轉角處有一座很大的建築，不曉得是豪宅或政府機關，築有圍牆。走在前面的士兵步伐大，以打拍子般精準的節奏行進，孝史配合著他的腳步。隨著三人的移動，看熱鬧的人的視線也跟著移動。

剛才士兵們說，葛城醫生在「幸樂」，應該是要去那裡吧。「幸樂」是指哪裡呢？是建築的名字嗎？

孝史偷看四周。夜晚的寒氣裡，看熱鬧的民眾呼出的白色氣息源源不絕。頭頂上，電線構成一大片網目很大的網，大概是電車的配線吧，到處掛著像白色插座的東西，在微風中搖晃。

白雪落在電線、木製的電線桿頂端，不斷堆積。四周非常安靜，雖然現場不少人，卻連交談聲都聽不到。道路兩旁是密密麻麻的建築，多半是木造或僅有正面是水泥的雙層建築，約莫是店鋪或商家。

經過右側的「赤坂見附」車站，士兵的速度不減，不斷向前。寒冷的天氣導致耳垂逐漸失去知覺，孝史很想上廁所。

大概走了五、六分鐘，前面的士兵停下。「你在這裡等。」聽到他的吩咐，孝史抬起頭。左側圍著木頭柵欄，前面是柵欄的缺口，種著幾棵樹，積雪下露出深綠色的樹木。

往上一看，大大的三角瓦片屋頂映入眼簾，似乎是三層建築。三角屋頂下方，掛著醒目的白色招牌，寫著「幸樂」。字自然是由右到左排列，而非孝史熟悉的由左到右。

士兵小跑步進入「幸樂」。依這幢建築給人的感覺，不是旅館就是高級餐廳。離路口有一段距離，四周不見看熱鬧的人群。但是，孝史放遠目光，立刻又感到一陣緊張。在雪幕背後、不遠的地方，設有另一處哨站，士兵各自散開站崗。

孝史拚命在腦海裡重現東京地圖。雖然不太有把握，不過，這條應該是穿過溜池通往虎之門的路。或者，是通往青山那邊？如果是青山，有什麼必須設哨管制的機構？

等待的期間，雪依舊不停地下。孝史伸手拍掉肩膀和袖子上的雪，剛才跟在他身後的士兵——現下和他並肩站在一起，卻動也不動，默默任由雪花飄落在身上。

半晌，從「幸樂」裡走出兩個人影。其中一個是剛才的士兵，另一個則是一般民眾打扮的矮小男子，穿黑色外套，領子豎起，戴著同樣是黑色的軟呢帽，走路的模樣頗急躁，出門時腳向旁邊滑了好大一步。男子單手提著一只皮包，活力十足地來回揮舞。

（那就是葛城醫生嗎？）

孝史暗暗想著，下一秒就和走起路雪花四濺、逐漸靠近的人相望。對方突然揚聲說：「哦，你就是來接我的嗎？辛苦、辛苦！」

孝史眨眨眼。醫生看見他就跑過來，到孝史伸手可及之處時，腳下又一滑。孝史急忙上前想抱住他，反倒被他的拉扯，一起倒在雪地。

「老天爺，這什麼天氣啊。」穿黑外套的男子按著孝史站起，生氣地埋怨。

「你不要緊吧？」

孝史努力爬起。「不要緊……請問，你是葛城醫生嗎？」

「沒錯。」醫師用力點頭。鼻子底下蓄著一大把鬍子，濃密得和他的小臉一點都不相稱，一說話鬍子就上下晃動。

「我很早就到了，卻在平河町的路障被趕回來，才到這裡避難。我打好幾次電話都沒人接。蒲生邸把電話拆了嗎？」
「醫生打過電話？」
「是啊，至少打了兩、三次。」
電話爲什麼不通？至少，貴之請醫生出診時，電話是正常的。
領醫生過來的士兵，看準講話很快的醫生換氣的空檔，搶先開口：「剛才解釋過，沒有中隊長的許可，無法讓您通過。」
醫生不悅地反駁：「那你要我怎麼做？」
「看要與我們同行，或待在這裡等到取得許可。」
醫生冷笑兩聲，告訴孝史：「剛才我一個人過來時，沒提起蒲生大將的名號，他們就給我吃閉門羹。得知是要到大人家，便改口說什麼有許可就行。」
孝史不曉得怎麼回答，含混應幾聲便沒開口。看來，這位醫生很討厭軍人。
「我可不能在這裡浪費時間，病人在等。我跟你們一起去徵求許可，你們中隊長在哪裡？」
「在三宅坡的營地。」
葛城醫生轉了轉眼珠子問：「又要從這裡到三宅坡？」
聽他這麼說，一直和孝史待在一起的士兵插話：「請在平河町的哨站等，應該花不了多少時間。」
「唉，」醫生大聲回應：「沒辦法。小夥子，走吧。」
這次四人一起上路，依然由士兵前後包夾，孝史和葛城醫生走在中間。這位個頭矮小、精力充沛的醫生，性子雖急，腳步卻不怎麼穩健，經常滑來滑去，東倒西歪。每次都是孝史伸手扶住他。回到赤坂見附路口，醫師已挽著孝史的胳臂，皮包也在孝史手上。

他們再度沐浴在看熱鬧的視線中。包夾孝史的士兵敬禮時，站崗的士兵們以同樣的動作回禮，之後又像假人般佇立在雪中，沒私下交談，甚至沒搓手取暖。

「眞是危險啊，你說是不是？」葛城醫生抓緊孝史的手，一邊問：「你幾歲？」

「十八。」

「那麼，再過兩年，你也要加入他們的行列，眞可憐。」

孝史不禁捏一把冷汗。前後都是士兵，醫生卻大剌剌地說這種話。更何況，正值軍事叛變期間，他們又準備通過一般人禁止通行的區域，難道醫生不怕嗎？

一行人回到平河町的哨站。和來時不同，孝史已有些習慣，而且一路上看著士兵們的行動，也明白不需要沒來由地害怕，所以，這次看到路障後方的哨兵和佩槍，沒嚇得心臟狂跳。從孝史手中掉落起火的燈籠殘骸，幾乎已被雪掩蓋。尚可辨認的殘骸，彷彿代表著孝史的膽怯的餘燼。

「拿去。」

葛城醫生在外套內側摸索一番，取出鈔票夾，拿一張名片遞給士兵。

「這是我的名片，呈給中隊長。如果他還不相信，沒辦法，我只好直接去見他。」

士兵接過名片，把孝史和醫生留在路障外面，直接跑向三宅坡。看著他的背影，葛城醫生問孝史：「病人情況如何？」

「一直在睡。他在雪地上昏倒，之後流了一陣子鼻血。」

「撞到頭？」

「不，應該沒有。」

「恢復意識了嗎？」

「只有一次，說過幾句話。不過，沒辦法說得很流暢。」

「聽貴之說，他是傭人？」

「是的，是我舅舅。」

「多大年紀？」

平田幾歲？這一點倒是沒聽他提過。

「四十出頭，詳細的年齡……我也不清楚。」

醫師點點頭，拂著鬍鬚。

「這就麻煩了。天氣這麼冷，可能是腦溢血。」

好像是短期內頻繁穿越時空，傷到腦部。要是這麼說，這位思緒駁雜的醫生會有什麼反應？不，先不提那些，如果告訴醫生，剛才談話中出現好幾次的蒲生憲之大將已去世，請他到蒲生邸也是爲了幫大將驗屍，他會露出怎樣的表情？

一搬出大將的名字，士兵就說「不能不處理」。原先葛城醫生也被趕回去，後來又改口說有許可便能放行。蒲生憲之這個名字，對這些士兵究竟有什麼意義，又有多少分量？孝史思考著。

不久，剛才的士兵跑回來。這些人的腳程眞快。

「可以過去了。」士兵對醫生說，呼吸有點急促。「我們護送您。」

「我想告訴你們沒必要，不過，你們不親眼看到我走進蒲生大人的府邸，恐怕也放心不下吧。」

葛城醫生又諷刺道。萬一不小心跟這位醫生走得太近，八成會惹麻煩上身。

果然，一開始就和孝史同行的其中一個士兵癟著嘴，似乎有話要說，但同袍使眼色制止，他只得閉上嘴。

他們邁步前進。離開有市營電車通行的馬路，沿著孝史獨自走來的那條路，四人一起踏上回程。士兵們可能會要求進入蒲生邸，會見蒲生憲之。到時該怎麼辦？絕不能讓他們知道……

孝史默默走著。士兵拿著照明，比去程輕鬆許多。

可能是這樣，孝史覺得很快抵達。一回神，便望見蒲生邸的屋頂。

葛城醫生奔向正面玄關，士兵沒阻止。孝史提著大皮包設法保持平衡，緊跟在醫生身後。

「有人在嗎？」醫生邊握拳敲門，一邊大喊。孝史追上醫生。

裡面有人開門，出現的是阿蕗的臉。

「葛城醫生！」她的表情頓時開朗起來。「真是太好了，您平安抵達。」

「根本沒什麼危險啊。」醫生大聲問：「病人在哪裡？」

醫生一路走進屋裡，把孝史留在玄關。這時，兩個士兵來到門口。

「這是前陸軍大將，蒲生憲之大人的住處嗎？」兩人行了漂亮的軍禮，其中一人問。跟當初在平河町質問孝史時一樣洪亮，簡直像在咆哮。

「是的。」阿蕗鄭重回答，低頭還禮。

「在下是步兵第三連隊坂井小隊一等兵，山田秋吉。」其中一人自我介紹。和他並排的另一人，就是一直跟著孝史的士兵也舉起右手行禮，手背筆直得不像人類。

「同隊一等兵佐佐木二郎，奉中隊長安藤輝三大尉之令，陪同醫生葛城悟郎至此！」

阿蕗又回一禮，「兩位辛苦了。」

士兵們向後轉，離開蒲生邸，踏雪離去。阿蕗目不轉睛地目送他們。

當他們的身影從視野中消失，阿蕗才轉向孝史說：「很冷吧？」

「我把燈籠弄掉了。」孝史拍落肩上的雪。如果不藉這個動作掩飾，阿蕗恐怕會發現他眼角的淚水。孝史看到她，情緒一鬆懈，眼眶一紅。

孝史脫下外套，阿蕗便接過來掛在胳臂上。「平田叔一直在睡，剛剛去看他時，眼皮稍微動了一下。」

一會沒見，阿蕗的眼神顯得疲憊不堪。

「雖然葛城醫生那麼說，不過，真的沒遇到危險嗎？」

「遇到士兵時，我有點嚇到。」

「我想也是。那兩個士兵一直跟你們在一起嗎？」

「走到有市營電車的那條大馬路那邊，他們叫住我。得知我是蒲生大將的傭人，就對我很好。不愧是大將。」

「是嗎？」阿蕗沒露出感動的樣子，孝史覺得拍這個馬屁真是自討沒趣。

「靠老爺的名號……」阿蕗低喃。

起居室的門打開，葛城醫生和貴之走出來。原本大聲與貴之交談的醫生，一看到孝史就喊：

「小夥子，皮包、皮包！」

醫生的皮包確實還在孝史手上。孝史急忙遞出皮包，醫生要阿蕗帶路，匆促折回起居室。爲什麼要往起居室走？平田明明在半地下室的房間啊。對了，孝史想起進入府邸後，要到傭人房必須通過起居室，否則就得離開屋內到前庭，繞過府邸再從小門進來。

這一點，和沒有後門是蒲生邸建築結構的兩大謎團。不僅隔間不自然，動線也不流暢。那些半地下室的房間，多半是一開始就規畫爲傭人房，既然如此，爲何不同時規畫一條走廊或通道？這樣一來，訪客就不必每次都得通過蒲生家人們的私人空間。

「辛苦了，路上有沒有遇到危險？」

貴之詢問道。孝史看了看正面玄關的小廳堂，沒其他人。精巧的拼木地板磨得光亮，除了映出孝史和貴之，不見第三個人影。確認這一點，孝史才回答：「蒲生大將過世的事，我還沒告訴醫生。」

貴之無言地點頭。

「電話似乎不通。」

這次貴之倒是馬上點頭。「我想也是，因爲我把線剪掉了。」

「爲什麼？」

「先告訴我，你是怎麼知道的？」

「葛城醫生在平河町的哨站被士兵攔下，退回赤坂見附時打過電話，可是接不通。」

「原來如此。」大概是心理作用，孝史覺得貴之鬆了一口氣。「對醫生眞是過意不去。」

「爲何要剪斷電話線？」

貴之有點遲疑，快速眨兩、三下眼，彷彿答案寫在眼皮後面，他正往裡頭找。

「如果有人打電話來，可能引起不少麻煩。」

「會有什麼麻煩？」

貴之抬起眼，直視孝史，隨即以高高在上的口氣說：「你沒必要知道，還不快去平田房間看看情況？」

這種說法實在很不客氣。孝史走向起居室，像要反抗固執地盯著他、趕他離開的貴之，故意挑釁般瞪著通往二樓的樓梯。

「不要拖拖拉拉。」

貴之又拋出一句。孝史不再看他，打開起居室的門，心裡想著：我果然是現代人，每次貴之用那種態度對待我，都讓我覺得很不舒服。

起居室裡只有珠子一個人，只見她愣愣望著壁爐的火焰。鞠惠他們呢？剛想到這一點，腦海立刻浮現兩人歡天喜地的情景，孝史跑過起居室。

「喂，路上士兵很多嗎？」珠子出聲。那種輕鬆愉快的態度，跟在孝史出門前叫住他時一樣。

「嗯，很多。」

孝史丟下這句話，穿過起居室。來到走廊後，反手關上門，他鬆一口氣，卻聽到珠子說：「沒人受傷啊，眞沒意思。」

外面寒冷，通往半地下的房間的走廊更是冷颼颼。周圍都是專吸寒氣的磚牆，又沒有貼半張壁紙，難怪會冷。還沒進平田的房間，孝史就打了三個噴嚏。

葛城醫生坐在平田的被窩旁，拿著舊式手動打氣的血壓器，幫平田量血壓。阿蕗站在醫生身旁充當臨時護士。孝史悄悄靠近被窩，跪坐在平田腳邊。

血壓器的幫浦發出「咻」一聲，放出裡面的空氣。葛城醫生的鼻子上架著無框眼鏡，透過小小的橢圓鏡片，抬眼看著血壓計上的刻度。

「好，可以拿下來了。」

阿蕗解開平田胳臂上的黑色帶子。

「目前血壓正常。」葛城醫生看著孝史，「你舅舅平常就有血壓高的症狀嗎？」

「沒有，平常不會。」孝史在心裡加上「我想」兩個字。

「是嗎……」醫生在皮包裡翻找，拿出聽診器。「脈搏穩定，血壓也正常。我來聽聽心音。」

阿蕗幫忙掀起平田的棉被，鬆開睡衣前襟。要直視這樣的場面很痛苦，於是孝史轉移視線。這時他才發現，之前只有一個火盆，現在變成兩個，而且都放了炭火。大概是阿蕗或千惠，爲了盡量讓寒冷的房間暖和一點，搬進來的吧。

（其實，應該讓平田躺在有壁爐的房間……）

孝史暗想，不過那是不可能的吧。

醫生把聽診器按在平田胸口。赤裸的胸前瘦骨嶙峋，比穿衣服時消瘦許多。

葛城醫生接著進行不少檢查，比方翻開平田的眼皮，對脖子和腋下進行觸診等等。告一段落後，他微微歪著頭望向孝史。

「你之前說，他昏倒時流過鼻血？」

「是的，流個不停。」

阿蕗不安地點點頭。醫生問阿蕗：「妳也看到了啊？」

「是的。不管怎麼按，還是一直滲出來。」

「哦，一直滲出來。」

葛城醫生點頭，一邊以右手的中指和食指輕敲他那一大把鬍鬚。這種動作很像在演戲，不過，他似乎是在思考些什麼。「昏倒時，你舅舅……呃，他叫什麼名字？」

「平田。」

「全名是？」

孝史一時語塞。平田的全名叫什麼？之前提過嗎？他們說好，彼此的關係是舅舅和外甥，名字倒成為意外的盲點，似乎沒問過……

阿蕗開口：「平田次郎，次男的次。」

「哦，這樣啊。」

葛城醫生拉近皮包，拿出一大本像帳簿的黑冊子，抽出一張白紙，是病歷表。接著，他從胸前內袋取出幾乎跟熱狗一樣大的鋼筆。

「平、田、次、郎。」

醫生像小學一年級生，邊念邊寫。

「你不知道他的年齡？」醫生透過眼鏡看著孝史。
阿蕗驚訝地眨眼。「孝史，你不知道嗎？」
「只知道大概……」孝史覺得實在丟臉。「之前我沒跟舅舅住在一起。」
「看起來應該是四十幾歲吧。」葛城醫生盯著平田的睡臉。「不過，他有心律不整的毛病。」
「心律不整？」
「嗯，有時該跳不跳。你舅舅平常有沒有提過胸口不舒服？」
「沒有，沒怎麼聽他提過。」
孝史含糊回答，阿蕗的眼神多少帶著責備。
「這個心律不整的毛病，跟昏倒有沒有關聯，不問清楚他平常的情況很難判斷。因爲健康的人，有時也會這樣。」
「那麼，不算特別異常？」
「嗯，可以這麼說……但也不能斷言完全不需要擔心。看情況，有時可能是心臟出問題。」
孝史突然想到一件事，頓時一陣戰慄。降落在前庭時，平田對吵著要馬上回現代的孝史說，如果這麼做心臟會停止跳動，也提過能夠穿越時光的人都會早死。
「即使沒辦法找到以前的病歷，至少要有正確的出生年月日、出生地。此外，最好知道以前從事的職業。」
孝史眞想躲起來，阿蕗輕輕拍手。
「啊，這倒是有資料。我們下人都要寫履歷，應該收在府邸裡。」

「在哪裡？」

「我去問貴之少爺。」

話還沒說完，阿蕗已起身準備離開，葛城醫生朝她背影說：「順便再拿一張毛毯來，這裡實在冷得不像話。」

阿蕗應一聲，便上了樓。

「昏倒時，你舅舅是不是情緒很激動？」

「是的。」由於難以啟齒，孝史的話聲自然變小。「其實……是和我吵起來。」

「哈哈，原來如此。你該不會出手打了舅舅吧？」

「怎麼可能？我沒有。」

可能是覺得孝史慌張的樣子很有趣，葛城醫生微微一笑，牽動那一大把鬍子。

「原來如此。你說，他不是跌倒撞到頭？」

「不是。」

「這樣可能不需要太擔心。」

「意思是……？」

「剛才我提過，你舅舅血壓正常，雖然心律不整，但心臟並沒有跳動得特別厲害。瞳孔，就是眼珠裡黑黑的那一圈，對光有反應，也還有痛覺，就是會感到痛。聽那位姑娘說，之前雙眼的眼皮都動了一下，出現類似翻身的動作。他也跟你講過話吧？」

「不過是斷斷續續的。」

「有沒有舌頭不靈活、說話不清楚的情況？」

「倒是沒有。」

「那就更好了。」醫生雙手拍一下膝蓋。「你也看到，他臉色很差。不過，那不是內出血引起的，應該是貧血。就是血不夠，懂嗎？」

葛城醫生可能把孝史當成沒受過教育的少年，講話和氣，解釋得十分詳細。

「是，我懂。」

「所以，舅舅和你吵起來時，就是我們平常說的腦充血。他臉是不是很紅？」

「這個嘛……眼睛很紅。」

在那場空襲中，準備回來時，平田雙眼充血。簡直像在拳擊場上正面挨對手一拳，整個紅通通。

「可不是嘛。然後，你舅舅是不是就站不穩？許多婦女有這種毛病，就是氣血不足昏倒。」

「昏倒……」孝史實在不認爲是如此輕微的症狀。「可是，鼻血呢？」

「唔，這就有點想不透，所以我希望能瞭解病歷。男人流鼻血的症狀雖然不能輕忽，不過，有些人的確比較容易流鼻血，因爲鼻子裡細小的血管容易破裂。」

醫生從脖子上取下聽診器，收進皮包。

「不管怎樣，不等他恢復意識沒辦法進一步詢問，而且照我診斷的結果，應該不至於需要緊急送醫院急救。我倒是認爲，有必要觀察你舅舅接下來的情況，等他醒了再做一次診斷。不必擔心，他很快就會醒。目前沒有什麼大問題。」

醫生的語氣像是在安慰孝史，也像是要讓他安心。雖然孝史不會評估這個時代的醫術，至少明白他是個體貼的醫生，這一點是不會錯的。

由於情緒激動，血液頓時集中在頭部，對心臟造成負荷，血壓上升，然後昏倒——這也是很有可能的。穿越時空之際，孝史感覺到體內愈來愈熱，能量彷彿全都集中，瞬間爆發。

孝史不曉得穿越時空這種超現實的能力，存在於平田大腦的哪個部位。但是，既然是人類身體的一部分，要動腦，血液就必須往那裡流。過度驅動穿越時空的超能力，導致太多血液集中在腦部，就像是引擎過熱的狀態，所以平田承受不住昏倒。目前引擎冷卻，平田逐漸恢復正常。提到這一點，電視節目中出現的超能力者及通靈人士（雖然不知是眞是假）也表示不能持續進行各項實驗或通靈，否則會太累。

平田說的，短期間內穿越時空太多次會很危險，指的就是硬要驅動過熱的引擎，會發生故障嗎？

「恢復意識後，如果身體發麻、無法動彈或有類似的狀況，必須重新考慮其他的可能性。不過，我認爲不需要太擔心。」葛城醫生解釋。

安心之餘，孝史的神情不由得放鬆。這時，阿蕗拿著一張白紙回來。她擔心折到，用指頭捏著。

「葛城醫生，貴之少爺說，等您看完平田叔，想跟您談談。」

「好的、好的，沒問題。」

葛城醫師從阿蕗手上接過那張白紙，隨和地點頭。

「許久沒來拜訪，我很想見見大將大人。」

但是，蒲生憲之已死。阿蕗垂下目光，醫生似乎沒注意到，推了推眼鏡，仔細看手上的那張紙。

「哦，好漂亮的字，寫得眞好。」他抬頭看著阿蕗問：「這是貴之的字嗎？」

「不是的，應該是平田叔寫的。」

「哦……」葛城醫師像看到什麼稀奇的東西，望向昏睡的平田。

「眞了不起。」醫生低喃。

醫生把病歷和履歷並排在一起，拿那支粗粗的鋼筆寫了起來。儘管孝史期待能得知履歷表的內容，但醫生沒邊寫邊說，所以，他還是不清楚平田次郎的履歷上寫些什麼。

阿蕗不斷進出房間，拿來醫生交代的毛毯。孝史把毛毯蓋在平田身上。寒冷的狀況並未立刻改善。

趁著空檔，孝史想偷看平田的履歷，不時斜眼或墊起腳尖。不料，阿蕗眼尖地發現，瞪他一眼。

寫完病歷，醫生把履歷還給阿蕗。她立刻把履歷翻面。

「我去拿洗臉水。」

阿蕗離開房間。葛城醫生收好病歷和鋼筆，把火盆拉到身邊，伸手在上面烤火。

「這裡很冷吧。」孝史問。

「我是反對住洋房的。」

「這房子滿氣派的……」

「但是，不合我國的風土。」醫生憂鬱地環視昏暗的屋內。

「瞧瞧這個地下室，濕氣又重又陰冷。任誰住在這裡，遲早都會生病。這種環境是風濕痛、神經痛的溫床。尤其還有千惠這樣的老人家，不能稍微改善一下嗎？」

孝史想起千惠行動不便的腳及彎曲的腰，嗯……生病的機率很高。

「可是，這裡是傭人房。」

「不是這個問題。」醫生斬釘截鐵地說，「大人也就算了，既然貴之自稱支持民眾，不能想想辦法嗎？」

那個貴之？所以，阿蕗才凡事都依靠他嗎？

「貴之是學生嗎？」

阿蕗提過貴之「從東京帝國大學畢業」，但目前在做些什麼？從事哪方面的工作？孝史完全不瞭解貴之，忙著應付接二連三的狀況，他根本沒時間思考或懷疑這類基本的事情。

「不是啊。」

「聽說他是帝大畢業。」

「沒錯，之前是在法學部研究憲法理論，應該是前年畢業的吧。」

憲法。這個時代，指的當然是《明治憲法》吧。

「所以，去年美濃部博士就天皇機關論（註）的問題，在上議院演講時，我以爲貴之會很興奮，卻也不見得。」

醫師半是自言自語：「提到美濃部博士，他似乎沒遭到攻擊。皇道派的青年將校起事，我還擔心博士無法倖免。啊，眞是太好了。」

孝史對於醫生談論的內容一無所知，只好佯裝聽懂任醫生說下去。

「那麼，貴之少爺準備當學者？」

「這我就不知道了。」醫生歪著頭，似乎眞的不清楚。「大學畢業後，他表示暫時要幫父親寫書，實際上應該也是這樣吧？他並未去外頭工作。」

平河町第一飯店牆上展示的大將經歷中，寫著大將的「著作」和「研究」是關於軍務和軍略方面。執筆這類著作，卻要學法律的貴之幫忙？明明領域不同，他幫得上忙嗎？對了，大將中風病倒後，似乎沒辦法自由活動，或許較長的文章由貴之代筆。

孝史忽然想起，剛才貴之翻找父親抽屜的模樣。那時，他以爲貴之當場看過大將的遺書，由於內容太偏激，嚇得藏起來，然後東翻西找，擔心有其他內容不妥的文件。看來，孝史猜錯了。既然幫忙大將從事研究與著作，大將以何種觀點撰述及著作的內容，他應該早就知道。至於最關鍵的遺書，他應該有機會預先得知內容。搞不好大將還要他幫忙寫——只不過，貴之可能不曉得那篇長長的文章就是「遺書」。

註：美濃部達吉（一八七三～一九四八）是日本憲法學的泰斗，在《憲法撮要》中首先提出「天皇機關說」，認爲統治權屬於作爲法人的國家，天皇只是作爲國家最高機關行使統治權，天皇權力應限定在憲法約束的範圍內。這樣的主張否定「天皇主權說」。

先不管貴之是不是直接問過大將心底最深處的想法，但他想必有所察覺。正因如此，得知大將自殺時，他才會脫口而出「啊，果然」。大將會自殺，他早有預感。

但是，這樣在另一方面又說不通了。既然早就知道大將的想法和著作的內容，大將自殺後，貴之在慌什麼？他根本不必那麼驚慌失措，畢竟是意料中的事。

「醫生，蒲生大將寫的文章公開過嗎？」孝史出聲問。

「你說的公開，是指出版嗎？」

「對，包括在雜誌或報紙上發表。」

醫生撫著鬍鬚思索片刻，搖搖頭。「我記憶所及，應該是沒有。大人退役才兩年多，也不是在病倒後馬上執筆，恐怕還沒累積到足以出版的量。」

孝史緩緩點頭。既然如此，大將的遺書便有另一層意義——是大將唯一的著作，想必是嘔心瀝血之作。

正因如此，一旦大將身亡，即使是事前就知道其中內容的貴之，在確認遺書的所在並安全地藏起來前，也不得不慌張。這就是他倉惶失措的原因嗎？雖然孝史無法釋懷，但那也可解釋為，貴之對軍部就是如此戒慎恐懼吧。

——可是，他明明就是軍人的兒子啊，真是討人厭的傢伙。

葛城醫生一臉不可思議地望著孝史。

「怎麼了？」醫生問。

「醫生，貴之是偏軍部的人嗎？」

「啊？」醫生睜圓小小的眼睛，「偏軍部，是什麼意思？」

孝史急忙搖頭。剛才貴之不是唾棄地說，今後會是軍人的天下嗎？這樣的人不可能會支持軍部。不是的，應該要這樣解釋——

「抱歉，我是想問，他是不是很怕軍部？明明持反對意見，表面上卻不敢對軍部的作爲有怨言。」

葛城醫生頓時張口結舌，打量著孝史。

「這種說法很難聽。」

「不過，是這樣沒錯吧？」

醫生沒回答。孝史當成默認，對於貴之的膽小窩囊，愈來愈厭惡。

突然間，孝史想起自己剛才走在路上那種沒出息的樣子。看到扛著槍的士兵，嚇得渾身發抖，一回到蒲生邸便紅了眼眶。

——可是，我不熟悉這個時代。我不熟悉這個日本有軍隊、軍人手持武器在路上昂首闊步的時代。怎麼能怪我？以立場來看，我和貴之不一樣。

雖然這麼想，畢竟有點心虛。孝史又想，反過來說，貴之雖然採取那種做法，暫時藏起遺書，好歹還留到戰後。如果沒留下來，蒲生大將以性命換來的諫言，將完全葬送在黑暗中。儘管沒有公開，卻沒丟掉，也沒燒掉。在這一點上，或許可以給貴之加些分數。

不過，眼下這一刻，大將的遺書到底在哪裡？貴之藏在哪裡？孝史有點想看。雖然應該寫得很難，他可能看不懂。

「害怕軍部不敢說話的，不只是貴之，幾乎所有人都一樣。」葛城醫生低語，孝史抬起頭。醫生緊盯著孝史，繼續道：「每個人都在想，會不會有人肯先出頭，主張有問題的事就是有問題，即使是軍人也一樣。可是，有沒有人肯先出頭呢？幾年前發生『紅綠燈事件』時也是如此……」

「那是什麼？」

孝史一問，葛城醫生驚訝得下巴差點沒掉落。

「你不知道？」

那是有名的事件嗎？孝史心裡一涼，可是話一出口，只得硬著頭皮問到底。

「嗯，我不知道。」

「在大阪市一個十字路口，大阪師團的士兵不遵守交通規則硬闖紅燈，遭警察攔住加以警告。他們卻說，警察的行為傷害皇軍威信，於是引發糾紛。」

「豈有此理，這跟威信有什麼關係？當然是闖紅燈的人不對啊。」

然而，事情卻帶來紛爭，軍人竟是如此囂張。

「結果呢？」

「軍人和警察和解，沒向外界說明。本來，這類事情是不能『和解』的。」葛城醫生蹙起眉，「世道便是如此啊。」

這樣的世道發展下去，最後迎來漫長悲慘的太平洋戰爭。孝史突然對待在這裡感到無比厭惡，真想學小孩子撒嬌耍賴，吵著快回現代。但是，現下是不可能的，平田癱倒在床。況且，他還得救阿蕗，可不能忘記。

「原本貴之是很有骨氣的青年。」葛城醫生說，「可能對父親多少有些反彈吧，學生時代有段時期激動地表示，任憑軍部橫行霸道，國家會完蛋。他會變成這個樣子……是發生那件事的緣故吧。」

「那件事？」

葛城醫生陷入沉思，聽到孝史直率的疑問，突然回過神，想起是在和誰交談。孝史的立場，畢竟是大將家裡的下人。

「這就跟你沒關係了。」醫生用這句話打發孝史。

然而，孝史沒打住的意思。他還有事情想問，於是跪坐著挨近醫生。

「醫生，你在赤坂見附的路口提過，一開始你沒告訴士兵要到蒲生大將的府邸，對不對？」

「嗯，是啊。」

「為什麼？一開始就這麼說，馬上會放行吧？」

的確，送他們回來的士兵聽到蒲生大將的名字後，立刻變得十分有禮。當孝史向阿蕗提起這件事時，她的反應卻出乎預料，「靠老爺的名號……」這句低語似乎有言外之意。

簡單地說，孝史想問的是，蒲生憲之到底地位如何，對現在的陸軍軍人來說，他的名字究竟有什麼意義。抵達此處時，平田提過蒲生邸的主人和起事的青年將校走得很近，所以很安全，這句話有幾分真實呢？

他是會將諫言留在遺書裡的人。生前或許也對陸軍中樞部說過一些不中聽的言語，那麼一來，可能曾引起部分人士的不快。

葛城醫生撫摸著小臉上的大鬍子，微微一笑：「因爲我愛惜生命啊。」
「這是什麼意思？」
醫生看了看房間出入口，壓低聲音：「剛才是運氣好。但是，小夥子，抬出蒲生大人的名號會有何反應，這可是一種賭注。」
「賭注？」
「嗯。」醫生點點頭，眨眨眼，又看著孝史。「哦，你想必來沒多久吧？」
「是的，今天早上才來。」
「難怪你不知道。這一帶發生的騷動最根本的原因，你曉得是什麼嗎？肯定不曉得吧。」
完全一頭霧水。但是，孝史並非眞如葛城醫生想的，是昭和十一年沒受過教育的青年，而是九〇年代的歷史白痴。
「我什麼都不知道。」孝史老實承認。
「那個啊，是陸軍的內鬥。自相澤事件以來，皇道派和反皇道派的衝突就浮出檯面。如今以這種形式起事的隊附將校們，大概是不滿現行的幕僚體制才採取行動吧。但是，我不認爲皇道派取得天下後，我國的情況會有所改善。」
隊附將校？孝史猛眨眼。
皇道派和相澤事件似乎在哪裡聽過。對了……在柴房裡，鞠惠和嘉隆商量私奔情事時，提過這些名詞。
「什麼是相澤事件？」

「軍務局長永田鐵三，遭中佐相澤三郎殺害的事件，目前仍在打官司。你完全不知道？」

「我……」

孝史本來想說是在報紙上看到的，可是又想，這件事報紙報導過嗎？這個時代的報紙，不是任何事都能報導的吧？如果政府施壓，葛城醫生應該也不知道。

「你眞的一點都不知道啊……」葛城醫生彷彿望著遠方，「原來如此，或許反倒是好事。」

「咦？」

「沒什麼。總之，發生過這樣的事件。詳細情形陸軍曾公開發表，我也在大將那裡讀過事件發生後皇道派不斷發放的怪異文章。該怎麼說？實在很丟臉。在陸軍這個組織中，而且是身居軍務局長這樣的重要職位，居然大白天在軍方建築內慘遭那種方式殺害，最後卻不了了之，大家只會互相指責。現在不曉得是誰在背地裡操縱那些隊附將校，但等騷動結束，大概會由其中一邊取得天下吧。反正，無論如何，接下來都不會有好事。」

葛城醫生似乎忘記孝史的問題，不斷叨叨絮絮，接連嘆息。

「那麼，醫生沒提起蒲生大將的名字是……？」

「啊，對喔。」醫生一笑。

「這裡的主人，在健康不佳退出陸軍前，與青年將校走得非常近，和荒木、眞崎並列爲皇道派的希望之星。不過，後來發生一些摩擦。」

「摩擦？」

葛城醫生突然有點難以啓齒，「或多或少啦。」

孝史心想，我就是希望知道這一點，何必刻意迴避？然後，他大膽地問：「蒲生大將是不是說了一些讓皇道派覺得刺耳的話？」

醫生縮起下巴，注視著孝史：「原來你知道嘛。」

是嗎？原來如此，孝史點點頭。

「就是這樣，」葛城醫生推推眼鏡，「而且，恰恰遇上光說不練的荒木大將等人，在青年將校之間的風評愈來愈差的時期。部分人士甚至稱他們是『墮落幹部』，連帶蒲生大將也被講得十分難聽。還曾謠傳，大將其實是投靠反對派的叛徒。」

「哦……」

「如同我剛才提到的，大人身體不好退役，也沒再回軍隊中樞的意思。就這一點來看，形同地方人士。但是，直到此刻，皇道派內部，或那些青年將校之間對大人的風評仍有所分歧。因此，要是不小心提起大人的名字，實在不曉得對方會出現怎樣的反應。若是遇到敬仰大人，視大人爲過去皇道派之星的將校就罷了，萬一不是，眼下可是他們拿武器起事的緊急關頭，會有什麼後果就很難預料了。」

「可是，那個……醫生和我遇到的是士兵，不是將校。」

士兵滿身是雪的外套上，縫著兩顆星的肩章。

「是啊。但是，士兵是遵循將校的命令行動，不會擅自開槍或抓人。剛才他們不也是去向中隊長請求許可嗎？」

這倒也是。

「所以，在那裡設路障的隊伍，他們的將校是何種人物，對蒲生憲之抱持什麼看法才是關鍵所在，明白嗎？」

在醫生的注視下，孝史不禁感到困窘。「是，我明白。」

「不過，我和你都不是大將本人，眞正遇到危險的機率不大，只是很可能一直被擋在那裡。聽說你提起蒲生大將的名字時，我內心一直七上八下的，不曉得結果會倒向哪一邊。」

孝史暗自咀嚼著醫生告訴他的一切，直到這一刻才又冒出冷汗。

皇道派與反對派，兩個派系正面衝突，這就是二二六事件嗎？

「皇道派怎麼寫？」

葛城醫生一臉驚訝，還是以手指寫在榻榻米上。皇道派，光是看字面，大致就能明白他們的意圖。

「不過，那些青年將校似乎自稱『勤王派』。」醫生補上一句。

是，孝史點頭應道。「所以，目前陸軍中央，有一個和他們敵對的派系？」

葛城醫生點頭，不等孝史要求，便在榻榻米上寫下「統制派」。

「這些人沒說自己是什麼派，只是，他們主張實行統制經濟，於是有人稱爲統制派。」

「荒木、眞崎是誰？」

葛生醫生苦笑。「是荒木大將大人、眞崎大將大人，不能直呼名字。還有，小夥子，你滿口蒲生大將、蒲生大將的，依你的立場，應該尊稱大將爲『大人』，不然就要叫『老爺』。」

這時，背後有人出聲。「您在說些什麼？」

貴之背脊直挺，以立正的姿勢站在門口。

葛城醫生露出笑容。「哦，我正巧看完診。」

貴之帶著可怕的表情瞪孝史一眼，視線轉向葛城醫生。

「病人情況如何？」

「應該不需要太擔心。」

「是嗎？真是太好了。」

貴之睜著乾澀的雙眼，說完這句話，就地屈膝坐好。「如果病人不要緊，醫生，我有另一件事想跟您商量。」

坐得端端正正的貴之，表情可能讓葛城醫生有些驚訝，所以醫生瞄孝史一眼，要他說明。孝史低下頭。

「本來，您一到就應該向您稟明的……」

「什麼事？」

「其實，不久前，家父自決了。」

屋內陷入短暫的沉默。貴之撇下嘴角，葛城醫生微微張開口，緩緩吸氣，再靜靜吐氣，問道：

他的話聲平靜低沉，「是何時的事？在樓上的房間發生的嗎？」

「這是真的嗎？」

「是的，應該是剛過七點。當我聽到槍聲，跑進房間後，父親已趴在書桌上。他的太陽穴中一槍。」

貴之的語尾微微顫抖。

「是嗎？果然……」葛城醫生低喃。「可是，爲什麼偏偏在這個時候……」

又是「果然」，連葛城醫生對蒲生大將的自殺都不意外。大將的死期不遠，每個人心中都有預感。對於只看過幾眼的蒲生憲之大將，孝史突然爲他感到悲哀。

「該不會跟青年將校的起事有關吧？」

「約莫沒錯。」貴之低聲回答。「父親在書桌裡留下遺書。篇幅相當長，我還沒仔細看，但確實是父親的筆跡。」

遺書果然在貴之手上。

「我想拜見一下大人的遺體。雖然大人去世，我也幫不上什麼忙……不過，我還是想見大人一面。」

「當然。」貴之頷首。「但是，醫生，我想求您一件事。」

「什麼事？」

「這次騷動結束前，希望您不要將公開父親的死訊。」

葛城醫生沉默片刻，開口：「也是，即使公開，目前的東京帝都連中央政府的機能也無法充分運作。坦白講，即使發出令尊的訃聞，陸軍省和後備軍人會恐怕有心無力。不過，完全不通知不太妥當吧？至少要通知與令尊素有往來的知交好友。」

「即使通知他們，只怕也無能爲力。在這種情況下，不可能前來弔唁。」

「話是沒錯……」醫生的語氣摻雜著疑惑。他凝視著貴之，像是在觀察。

「希望醫生幫忙確認父親的遺體，爲父親塡寫文件。」

「當然，這件事就由我來處理。那麼，可以先讓我見大人一面嗎？」

兩人起身。孝史想跟上去，貴之卻嚴厲地看著他。

「你有份內的工作吧？還有，你暫時陪病人一下。」

孝史只好留下。他愣愣望著平田的睡臉，依舊在意樓上的情況，終究忍不住，悄悄離開平田身邊。

珠子在起居室裡。她坐在桌旁，桌上攤開一本古老的布面鑲金邊相簿。孝史推測，那一定是家人的照片。孝史認爲，這代表珠子的內心，不禁鬆一口氣。這女孩也以她的方式哀悼父親。得知大將去世後流的眼淚，可當成是人之常情的悲傷淚水吧。

「我可以上樓嗎？或許有我能幫忙的地方。」孝史問。

「應該沒關係吧，」珠子依舊看著相簿，「阿蕗都上樓去了，說要讓父親躺好。」

這麼說，還沒請醫生查看，他們已移動遺體？在孝史去接醫生之前，明明表示要等醫生許可才清理遺體。

孝史急忙離開起居室。上樓後，發現走廊上空無一人，他立刻前往蒲生憲之的書房。門半開著，他悄悄探頭張望，注意到地板上放著一個白鐵水桶，千惠拿著抹布擦拭書桌。她是在擦拭血跡。

看到孝史，千惠露出驚訝的表情。她直起腰望向孝史身後，小聲問：「你在這裡做什麼？請待在平田身邊照顧他。」

「千惠姨，那個……」孝史指著書桌，「是貴之少爺吩咐的嗎？」

「是的。」千惠點頭，「少爺交代要把房間打掃乾淨，愈快愈好。」

原來如此，書桌上顯然非常乾淨。貴之翻得散落一地的東西，可能都已物歸原位，放回抽屜，地板上一塵不染。

果然有問題。急著抹消自殺痕跡，是基於什麼理由？貴之提出不要公開死訊的請求，和這一點有關嗎？

在習慣以現代方式思考的孝史看來，此舉無異於破壞事件現場，萬一沒妥善處理，可能會損毀證據。即使對這方面沒有特別豐富的知識，出現自殺者之類非自然死亡的屍體時，在相關單位許可前，能夠不碰現場盡量不要碰，孝史還有這一點常識。或許大將眞的是自殺，但就算是這樣，貴之也太急於處置了吧？再加上那種不自然的態度、慌張的模樣，陡然間，孝史腦海掠過一個不尋常的想法，他不由得睜大雙眼。

——蒲生大將眞的是自殺的嗎？

誰都沒看過事發現場。所謂的「遺書」，除了貴之以外，沒人確認過。沒有任何證據可證明大將確實是自殺。

——難道大將是遭到殺害？

不，等一下，不可能。掛在平河町第一飯店牆上的大將經歷介紹，清清楚楚寫著「自決」。那是歷史上的事實——是事實沒錯，可是……

所謂的事實，是經由當事者與相關人士確認後，流傳下來。如果當下有人撒謊呢？萬一大將是遭到殺害，卻被說成是自決呢？

但是，誰會去僞造這種事實？又有什麼必要？

目前，這幢府邸與外界處於隔離狀態。

直到此刻，孝史才確認了這件理所當然的事。所以，如果發生殺人事件，凶手就在這幢府邸裡。

是家人。孝史心生懷疑，這一家人中，有人向大將下手。正因如此，貴之才會急著清除現場。貴之掩飾大將是死於他殺，是不是要包庇某人？

如果是這樣——

「我說，孝史啊，」千惠彎著腰呼喊，「我不會害你，請回房間吧。」

孝史牛頭不對馬嘴地問：「大將在哪裡？」

「孝史……」

「我或許可以代替舅舅幫忙，是在這一層樓嗎？」

千惠拿著抹布，表情有些爲難。「移到隔壁的寢室了。」

孝史立刻轉身走向隔壁的門。不料，門突然打開，阿蕗走出來。線香的味道跟著她一起飄出。

「孝史，」阿蕗的臉色比千惠更嚴厲，「你不是答應我，不會在府邸裡亂跑嗎？」

「蒲生大將在這裡嗎？」

即使他出聲問，阿蕗也只是一味瞪著孝史。但是，她的臉蛋實在太可愛，完全沒有威脅性。況且，孝史正爲別的事激動不已。

「點了線香啊，這也是貴之少爺吩咐的嗎？」

「不行嗎？」阿蕗輕嘆一口氣，「要讓老爺安息……」

「我進去一下。」

孝史推開阿蕗，打開門。由於門一下開得太大，裡面的兩個人驚訝地回頭。

那是葛城醫生和貴之。兩人面對面，隔著大大的床，蒲生憲之就躺在上面。貴之坐在椅子上，葛城醫生則站在靠近蒲生憲之頭部的地方，拿著白色手帕之類的布。看來，他剛掀起蓋在蒲生憲之臉上的布，在瞻仰遺體。

床邊的獸足桌上點著線香。線香燒了一半以上，一道輕煙冉冉升起。蒲生憲之的雙手交疊放在薄被上，像蠟一樣白。

「你來做什麼？」貴之氣得臉色驟變，霍地站起。「未免太沒禮貌！」

「我請示過小姐。」孝史頂回去。「你已叫人收拾書房？」

貴之別過臉，坐回椅子上。「與你無關。」

「是啊，但我覺得這樣不妥。或許今非昔比，可是，蒲生大將——大將大人曾是陸軍的重要人物吧？這樣的人自殺，情況再怎麼緊急，草率處理眞的好嗎？要是事後遭到調查，你打算怎麼辦？」

貴之想起身反駁，卻遭葛城醫生制止。

「你先冷靜一點。貴之，這是怎麼回事？」

「醫生……」

醫生將手中的白布輕輕蓋回蒲生憲之臉上，合掌行禮後，面向貴之。「的確，這個年輕人的態度多少有點無禮。但他剛才的話沒錯。大人往生的房間，如果可以，我本來是希望你能讓我看到原貌。」

「醫生，就是不能讓您看見啊。」孝史以不容反駁的語氣指責，下意識地喘氣。葛城醫生似乎嚇一跳，抬頭望向孝史，貴之的臉僵住。

「就是不能讓您看見。」孝史重複一遍，「如果看到現場，您會發現，以自殺而言，現場有一個關鍵性的問題。貴之少爺，我沒說錯吧？」

貴之拒絕回答，硬是轉移視線，不看醫生也不看孝史。

「是這樣嗎？貴之，大將大人的自殺有可疑之處嗎？」

「有的。貴之少爺，槍在哪裡？」

貴之的肩膀一抖，像是挑著一個看不見的重擔，頸部的青筋浮現。

「聽到槍聲，我們衝到大將房間，現場卻不見槍的蹤影。當時，我以為槍可能被壓在大將遺體下方。然而，事實並非如此。移動大將的遺體後，依舊沒找到槍。貴之少爺，對不對？」

所以，貴之慌張地翻找大將書桌的抽屜。孝史滿腦子都是貴之藏起遺書——這個歷史上的事實，一直以為貴之找的不是遺書，就是類似的文件。然而，事實並非如此。貴之找的是槍。槍不在現場，意味著什麼？貴之非常害怕，幾近瘋狂地拚命尋找，心裡想著：沒有、沒有，究竟在哪裡？是不是不巧掉到哪裡？絕對有槍，不可能找不到。

貴之握緊雙手，脖頸的青筋益發明顯。他閉上眼，肩膀無力垂落，整個人垮下來。青筋消失，他突然變得十分虛弱。

「一點也沒錯。」貴之啞聲回答。

葛城醫生茫然望著貴之半晌，才舉起手，撫摸臉頰，像要尋求解答般，注視蓋上白布的大將。

當然，蒲生大將並未給出任何答案。

「蒲生大將是遭到殺害。」孝史大聲地說。爲了讓自己面對這個難解的事實，有必要大聲宣言。

「這是殺人事件。」

5

在葛城醫生的提議下，蒲生邸內的所有人集合在起居室。

孝史不用提，連阿蕗和千惠都沒被排除在外，沒到場的只有平田。這也是遵照葛城醫生的意見。根據這位活力十足的醫生的主張，大家應該面對面來談談。

自從孝史指出疑點後，貴之彷彿失了魂，整個人無精打采的，把指揮權交給葛城醫生。此刻，他愣愣坐在起居室裡，低著頭，側臉看來十分疲憊，卻像是稍稍鬆一口氣。孝史心想，最感謝葛城醫生待在這裡的人，或許是貴之。

鞠惠和嘉隆以爲是準備享用晚餐才下樓。一踏進起居室，鞠惠便不滿地噘起嘴：「搞什麼，根本一盤菜都沒煮好。」然後，她氣呼呼地對著站在通往廚房的門前，互相保護般靠在一起的阿蕗和千惠高聲叫罵。

「妳們到底在幹嘛？偷什麼懶！剛剛我吩咐妳們端茶上來，等半天連個影子都沒有。妳們以爲是託誰的福，才能待在這裡？」

珠子早來一步，坐在貴之身邊。她看也不看鞠惠地說：「不管是託誰的福，反正絕不會是妳，鞠惠。」

待在阿蕗她們身旁的孝史，幾乎能聽到鞠惠氣得咬牙的聲音。

「叫我媽！要說幾次妳才懂！」

珠子輕佻地聳聳肩，朝哥哥微笑，但貴之低著頭沒反應，於是她捕捉到孝史的視線，對著孝史笑。

那並不是一個開朗的微笑，珠子似乎感覺到某種凶兆。她不是鞠惠以爲的「蠢女孩」。

「好了、好了，坐嘛。」

蒲生嘉隆打圓場，輕拍鞠惠的肩頭，兩人並排坐在壁爐邊的扶手椅上。

孝史有點驚訝，嘉隆竟穿著類似工作服的上衣，長褲和剛才看到的顏色相同，應該不是換了衣服，而是罩在原來的衣服上，但看起來還是相當古怪。

這時，葛城醫生問嘉隆：「你又在畫畫？」

哦，原來如此，是畫畫時穿的工作服。孝史這才注意到他的袖口沾著顏料。

嘉隆露出笑容，「是啊，我又有新構想。」

「再新，還不是鞠惠的畫像。」珠子插嘴。

「是啊，不管畫了多少張，仍會想換個角度再畫。」嘉隆若無其事地回答。

「那麼，你是中途停筆下樓？」

「嗯，沒錯。」

「那顏料可能會乾掉，因爲接下來要談的事有點麻煩。」

嘉隆揚起眉毛，「怎麼回事？」

葛城醫生長嘆一口氣，吹動漂亮的鬍子。「關於你大哥的死亡，發現幾個疑點。」醫生看了看貴之，他卻像把一切都交給醫生，閉眼無力坐著。醫生抬起頭，輪流望向嘉隆、鞠惠和珠子，說明找不到槍，及孝史發現的情況。

孝史的目光掃過幾個人的臉，仔細觀察神情變化。有必要好好確認他們的反應。

隨著醫生的說明，嘉隆的雙眼愈睜愈大，睜到極限後，不斷眨眼，嘴角微微鬆動。在孝史看來，像是在笑。那一抹表情瞬間消失，卻留在孝史眼底。

鞠惠的神色沒有變化。她平常就一副生氣的樣子，現下也一直氣呼呼地聽著醫生的話。放在膝蓋上的手指動了動，彷彿要抓住空氣中的無形之物，但也僅止於此。

低著頭宛如閉目沉思的貴之身邊，珠子端正地把雙手放在膝上，直視醫生。孝史則凝望著她。此刻，孝史才發現，珠子的五官輪廓工整得幾乎是完全左右對稱。孝史心想，珠子明明美極了，卻有種非我族類的感覺，可能就是這個緣故。

珠子默默坐著，不哭、不笑、不生氣，連頭也沒點一下。只是，當醫生說到貴之發現槍不見，急忙在房裡四處尋找時，她輕輕把手放在哥哥的手上，緊緊握住。

貴之沒有任何反應，雙眼閉得更緊。

阿蕗目瞪口呆。只有她和千惠沒坐下，也沒倚著門，站著聆聽醫生的話。阿蕗扶著千惠的手肘，像是安慰她，也像是尋求安慰，兩人靠得更近。

然後，千惠哭了起來。

一開始，沒人注意到老婆婆在哭。因爲淚水只濡濕眼角，並未流下，而且千惠也沒有哭出聲。後來，千惠撈起日式圍裙下襬，按住鼻尖，眾人才發現她在哭。

令人意外的是，珠子竟回頭關切：「千惠，妳還好吧？」

千惠默默彎腰低下頭，用圍裙蓋住臉。阿蕗從背後抱住千惠，也一臉炫然欲泣。

葛城醫生淡淡說完：「事情就是這樣。」

以這一句作爲結語後，醫生閉上嘴巴。沒有任何人發言。

半晌後，嘉隆開口：「然後呢？要我們怎麼樣？」

醫生看看嘉隆。可能是心理作用吧，孝史覺得醫生像在確認：哦，最先發問的是你啊。

「沒要怎麼樣。首先，是告訴大家這件事，然後詢問各位，有沒有誰拿走槍，或知道槍的下落，這才合理吧。」

嘉隆笑了——應該說，他故意發出笑聲。

「我不曉得槍的下落，鞠惠也不知道。我們連大哥有槍、有什麼槍都不清楚。欸，妳不知道吧？」

「嗯，就是啊。」鞠惠回答。她還是一副生氣的模樣。

「點二五……」貴之出聲。他仍低著頭，只睜開眼。由於突然開口，話聲又乾又啞。他咳幾聲，重新說道：「點二五口徑的白朗寧自動手槍。那是一把很小的槍，單手就能藏起。」

「原來大哥有那種東西。」

貴之抬頭看著叔叔。「對，在偕行社買的。應該是在病倒之前，詳細時間我不清楚。軍中十分流行外國製的手槍。」

「病倒之前，那麼，就不是爲了自殺特地買的。」嘉隆低喃。「原來大哥也會跟流行買東西啊。」

「我沒看過。」鞠惠坦言。

「是怎樣的槍？」孝史問。「小型的……槍身是什麼顏色？」

「藍色，深藍色。」

「自動手槍，這麼說，不是轉輪手槍嘍？」

「嗯……」

「子彈不是一顆一顆塡進去，而是有個彈藥筒，就是裝在一個筒狀物裡，套進去的那種？」

「這個……」貴之有點困惑，「我不是很清楚。父親只讓我看一下，我對槍不熟。」

此時，蹺著腿坐在椅子上的鞠惠，突然挺直背脊，傾身向前。「喂，你對槍挺熟的嘛。」

孝史一陣慌張。他對槍的知識，僅限於在電影上看過的而已。「沒這回事。」

「分明就有。你自稱是工人，天曉得是不是眞的。該不會是赤色分子吧？搞革命的，好危險呀。」

嘴裡嚷嚷「危險」，鞠惠卻吃吃笑著，眼神不懷好意。孝史看著葛城醫生，想向他求救，不料，鞠惠隨即把矛頭指向醫生。

「醫生，你不認爲嗎？說起來，這個人身上的疑點實在太多。背景經歷不清不楚，而且，他一來我們家，我丈夫就死了。要推託是巧合，未免也太巧了吧？」

「有道理。」嘉隆跟著附和。只是，他沒露出嘲諷的神色，顯然是認眞的。

「是外人下手的可能性也相當高吧？對了，大哥從醫院回來……約莫是半年前吧，不是有人假裝來探病，差點對大哥開槍嗎？貴之，你還記得吧？」

貴之還沒開口，鞠惠搶過話：「怎麼可能忘得了？我嚇得半死。」

「父親說是莽撞的皇道派分子。」貴之回答：「對方不是軍人，對皇道派的思想也一知半解。父親沒放在心上，也叫我不必理會。」

「可是，差點被槍殺了吧？」

孝史第一次聽到這件事。與葛城醫生的交談中，他知道大將病倒後，說過一些讓皇道派不順耳的話，受到部分人士的敵視和反彈。原來，嚴重到危及生命的地步嗎？

「這次的事，會不會也是那樣？危險分子潛進屋裡，開槍打死我丈夫後逃走。」

一直保持沉默的阿蕗，突然開口。「當時，那個人不是眞的要開槍打老爺。」

鞠惠雙眼瞪得好大，彷彿目睹壁畫突然說起話。

「妳閉嘴。」

阿菈有些畏縮，卻沒閉嘴。

「那時，我恰巧要送餐給老爺，一踏進房間，那個人已拿槍指著老爺。我大聲喊叫，他便匆忙逃走，從窗戶跳下去，接著就聽到車子駛離的聲響。老爺沒受傷，便吩咐我不必去追那種人，也不必報警。」

「原來如此……如果眞的想殺人，不會被阿菈發現就倉皇逃逸。大概只是威脅吧。」葛城醫生點點頭。

「但是，今天的不是威脅吧？」鞠惠還不死心，「這不是裝裝樣子而已，對方眞的殺害我丈夫。」

珠子尖聲反駁：「連父親的想法都不知道，虧妳扯得出這些鬼話。」

鞠惠霍然站起，「妳說什麼！」

「我說，妳什麼都不知道。」

眼看著鞠惠就要衝向珠子，嘉隆硬將她按回椅子上。「冷靜一點，何必跟小孩子一般見識？」

鞠惠氣得臉色發青，孝史暗暗爲珠子喝采。

「貴之，」嘉隆開口，「大哥這陣子在思想上的立場，我也不太瞭解。就算是威脅好了，既然發生過那一類的壓迫，是不是表示大哥已和所有皇道派的軍人爲敵？」

貴之斷然搖頭。「沒這回事。父親的立場變得微妙是事實，皇道派中，的確出現敵視父親言行舉止的一派，不過，依然有人非常尊敬他。其實……」

貴之看著葛城醫生說：「今天早上發生那場騷動時，有人來通知父親，隊附將校起事了。雖然是地方人，畢竟是與皇道派思想共鳴的人。所以，父親在聽到收音機的報導前，早就知道狀況。」

孝史想起，今天早上在柴房裡聽到有人來訪的聲音，及來訪者留下的車痕。「有人在家嗎？」對方的語氣急促，事情一處理完便匆忙離去。

「是誰領他進來的？」鞠惠問。

「是我。」阿蕗回答。

「那個人是第一次來嗎？」

面對葛城醫生的提問，阿蕗搖搖頭。

「不是的。來過好幾次，是位年輕的長官。」

「妳記得他的名字嗎？」

「我記得……老爺似乎叫他『田川君』。」

「你知道這個人嗎？」醫生問貴之。貴之點點頭。

「是父親以前的手下，算是幫忙聯絡的青年。經常爲父親送信。」

「大將是和誰聯絡？」

「父親說，牽扯太深會很麻煩，不肯告訴我。只是……」

「只是？」

貴之愼重解釋：「我猜想，可能是隊附將校中，反對倉促起事的人物。因爲父親的見解也是如此。既然經常有書信往來，想必是看法相同的人物。」

「原來就是這樣，想盡早起事的人才會視大哥爲眼中釘。」嘉隆露出理解的表情，「皇道派也分裂了。

「可是，終究還是起事了……」貴之低喃。

「大哥的想法改變很多。」嘉隆像在說風涼話。「病倒之前，大哥應該也是主張盡早起事吧？與財閥掛勾、中飽私囊的軍閥是一切的元凶，必須盡快將軍閥解體，從根本改革中樞部，否則皇軍沒有未來——他之前不是還發表過這種演說嗎？大哥眞的變了很多，生病前後，簡直判若兩人。」

貴之瞄叔叔一眼，目光帶著憤怒。但是，他閉上嘴巴不作聲，垂下視線。葛城醫生捻著鬍鬚。珠子呆呆望著暖爐。鞠惠含笑望著嘉隆的側臉。

「當時我就覺得奇怪……」嘉隆繼續說，瞇起眼，像在回憶遙遠的往事。「相澤事件那時候，大哥怎麼會想寫信給永田軍務局長？他是敵方的老大啊。」

一片沉默中，嘉隆不懷好意地笑起來。

「況且，既然田川負責聯絡，爲什麼偏偏在那個時候，特地叫貴之去送信？派田川去不就得了嗎？」

貴之低下頭，縮起身體，額頭上出現汗水。孝史想起嘉隆和鞠惠的對話——

（貴之出了好大的醜。）

（他是個膽小鬼。）

還有，葛城醫生的話。貴之本來是很有骨氣的青年，「從那件事之後就變了」，可是孝史問起「那件事」，醫生卻含糊帶過，提到「相澤事件」時也沒正面回答。

「當時，父親說是非常重要的文件，吩咐我帶去。他告訴我，原本理應由他親自出馬，當面交給永田先生。」貴之不自然地說。

「哦，是嗎？」嘉隆還在笑。「沒想到，卻害你遇上那麼倒楣的事。」

「就是說啊。」鞠惠也笑了。她那種悔蔑性的笑法，即使是對詳情一頭霧水的孝史，也不由得想幫貴之一把。所以，孝史大聲問：「我們似乎離題了，兩位是故意岔開話題嗎？」

聽到這句話，鞠惠的笑容立刻消失。看到她生氣的臉，孝史覺得十分痛快。

「你到底想說什麼？」

「沒有啊。」

「別吵了。」葛城醫生不耐煩地插話，「多虧尾崎君提醒，確實是離題了。」

「哪裡離題？當然，軍隊裡的事跟我們沒關係，問題在於，可能有人想要那個人的命。」吐出這些話，鞠惠皺起眉。「這是事實吧？只要知道這一點就夠了。所以，那個人是被那群人殺掉的。」

哎呀，這女人連在形式上稱呼蒲生大將為「丈夫」的事都忘了。不過，就算忘記這點，遺產她永遠擺在心上。

「不管是誰，都不可能從外部進來，殺死父親後逃之夭夭。」貴之平靜地丟出一句。

「為什麼？」

「傳出槍聲時，隊附將校早就起事，道路遭到封鎖，想從外部進入家裡談何容易？」

「或許是從封鎖區內部來的。」嘉隆反駁：「剛才你提過，皇道派中有人敵視大哥。或許是其中某個人幹的。」

「怎麼可能！」孝史忍不住笑出來。「你會講這種話，是因爲沒到街上去。順便告訴你，軍隊的事你根本不懂。」

這下不由得嘉隆不變臉：「你說什麼？」

葛城醫生錯愕地看著孝史，臉色有些脹紅。「軍隊的事你根本不懂」，明明孝史也一樣。然而，現下必須以強勢的態度撐起場面。

「起事軍隊的情況，我也親眼目睹。那種氣氛，要說有一、兩個將校或士兵脫隊來暗殺蒲生大將，實在萬萬不可能。況且，如果要殺大將，他們一定是整隊光明正大地來。此刻，他們就是以這種做法，在暗殺重臣後占據首都的中心。何必只在殺蒲生大將時，採取偷雞摸狗的手段？」

「這個……」嘉隆不禁語塞。

鞠惠卻不認輸。她噘起嘴，口沫橫飛地說：「不然就是鄰居！」

「鄰居？」

「沒錯，他們不也在封鎖區域內嗎？」

「妳有什麼證據……」

孝史想反駁，珠子卻打斷他。

「父親跟鄰居處不好。」

「只是處不好，就要殺人？」

「不無可能，他們的思想對立。」珠子凝視著孝史，緩緩解釋。「我們家四周住的多半是軍人，不然就是和軍隊有往來的商人，或公家機關的官員。這些人幾乎沒有一個不和父親對立。後來，情況嚴重到封住後門的地步。」

孝史嚇一跳。這幢府邸確實沒有後門，造成許多不自然和不便之處。原來，理由是出在這裡嗎？

「要從我們家的後門進出，必須通過緊鄰蒲生邸後面的住戶的私人道路。可是，父親卻和對方吵起來，一個說有本事就不要再走，一個說不走就不走……」珠子微微一笑，「跟小孩子吵架沒兩樣吧？可是，他們卻罵父親『叛國賊』。」

「吵架的原因是什麼？」

葛城醫生代替珠子回答：「是『中國一擊論』。」

「咦？」

「你可能不懂，不過簡單地說，就是認爲其實中國不堪一擊，眞正的敵人是北方的蘇聯。蒲生大將大人在病倒之前，是這個論點的支持者，可是，他病倒之後，似乎改變心意。然而，後面的屋主，我記得是陸軍士官學校的教官，卻認定改變論點的大人變了節。」葛城醫生困惑地撫著鬍鬚，「後門就這樣封住，來龍去脈我聽大人提過。大人是笑著說的……但也露出相當懊惱的神色。」

簡直難以想像，孝史雙手交抱胸前。

剛才嘉隆提過，病倒前後的蒲生大將宛如變了一個人，這是怎麼回事？生病有這麼強烈的威力，能夠徹底改變一個人的思想嗎？這次的殺人事件，也和大將的思想變化有關嗎？

此時，貴之低沉的話聲響起：「無論如何，外部的人要潛進來殺害父親是不可能的。」

孝史像被一把拉回現實中，注視著貴之。他已從剛才的屈辱中重新站起，恢復冷靜的表情。

「你這個人眞是死腦筋，」鞠惠惡言相向，「你憑什麼斷定？」

「因爲窗戶上了鎖。」貴之乾脆地回答。

一瞬間，眞空般的沉默籠罩起居室。

「鎖……？」珠子望著哥哥。

「對，上了鎖。」貴之頷首。「門是開著的，但窗扣全從內側鎖上。這件事，不止我，這位尾崎君也確認過，沒錯吧？」

孝史雙眼圓睜，嘴巴半開，連連點頭。沒錯，的確是這樣。貴之沒提我都忘了……窗戶上了鎖，沒錯。

「是啊，跟貴之描述的一樣。」

聽到孝史的佐證，鞠惠呆呆張大嘴。這次她也無話可說。

「什麼嘛……那……」

貴之直盯著鞠惠。

「對，殺死父親的凶手，就在這個家裡。」

6

嘉隆猛然站起，椅子差點翻倒。「開什麼玩笑，你憑什麼懷疑我們？」

「沒人指控是你。」貴之應道，「我只是說，凶手就在我們之中。」

嘉隆氣得臉色大變。「難不成你是指，大哥的遺書裡提及類似的事？」

孝史覺得不無可能，於是望向貴之。

然而，貴之十分冷靜。「遺書裡沒提到這些事，父親也不是那種人。我的意思是，從目前的狀況來看，只能判斷凶手一定在這個家裡。」

「還不是一樣！」鞠惠也聽出不對勁。她站起身，像要逼問貴之般走近餐桌。

「聽到槍聲時，我們——我和嘉隆在房間裡。嘉隆在畫畫，我當模特兒。貴之來通知後，我們才知道發生什麼事。」

「你們聽到槍聲了？」孝史反問。「明明聽到，卻不覺得奇怪？沒察覺家裡出狀況嗎？」

當時，聽到類似槍響的聲音後，貴之馬上跑來問有沒有聽到什麼，才會在通往起居室的走廊前，放燙衣架的房間和孝史照面。然後，兩人去廚房詢問阿蕗和千惠，確認聲音不是來自廚房後，踏入起居室。這時，珠子從玄關大廳那邊進來，表示「父親房間裡有怪聲」，於是三人趕往大將的房間。

孝史將當時的行動說明一遍，貴之像在確認般逐一點頭。

「但是，那時兩位並不在場。」孝史繼續道：「確認大將身亡後，貴之去通知你們是事實，可是在那之前，你們在做什麼？既然聽到槍聲，爲何沒從房間出來？」

鞠惠縮起下巴，有點氣怯地眨眨眼，回望嘉隆。

嘉隆走近餐桌，俯視著孝史。「雖然聽到槍聲，但我以爲是外面傳來的。」

「外面？」

「沒錯，外面。現下正在發生那種騷動，聽到一、兩聲槍響也沒什麼好大驚小怪的吧。」

「封鎖線很遠，不可能在這麼近的地方發生槍戰。」

「我怎麼知道！」嘉隆像從齒縫擠出話，「開槍的當然是軍人，所以我認爲發生在外面，沒放在心上。就是這樣。」

鞠惠恢復氣勢。「對啊，就是這樣。倒是珠子，那時妳在哪裡？」

突然遭到點名，珠子像被潑了盆水般眨眼。「我？」

「沒錯，就是妳。」鞠惠的雙眸閃閃發光，彷彿穩操勝券。「聽到奇怪的聲音，跑到起居室前，妳在哪裡？一個人待在哪裡？」

眾人聚焦在珠子身上。珠子的表情幾乎沒有變化，環視每一個人，開口：「我在玄關。」

「玄關？妳在那裡做什麼？」貴之問。

「看外面。」珠子有點害羞地垂下目光。「我在想，不曉得能不能看見什麼………因爲路不好走，我沒到前庭，可是，在玄關或許聽得見士兵的動靜。」然後，她補上一個詩情畫意的理由。「而且，我最愛雪景。」

「眞是奇怪。」鞠惠反駁：「妳想看外面，透過二樓的窗戶不就好了？看得更遠。」

「從我房間看不到宮城那邊。」

「可以到別的房間啊。」

「鞠惠，請稍微安靜一點。」貴之阻止她發言，接著問珠子：「妳在玄關待多久？」

珠子歪著頭，應道：「我也不清楚……三十分鐘左右吧，或許更久。」

「眞是不怕冷啊。」

葛城醫生喃喃自語，眾人頓時望向他。或許是發覺自己的感想不合時宜，醫生露出不好意思的表情，補上一句：「啊，抱歉。」

突然間，孝史一陣心悸，腦海閃過一件事，背脊發涼，冒出冷汗。

葛城醫師切中要害，一點都不會不合時宜。

孝史不由得吞一口唾沫，出聲問：「珠子小姐，妳眞的不冷嗎？」

「滿冷的。」珠子輕笑。

「妳在和服上，披了外套嗎？」

「沒有。」

「手腳一定十分冰涼吧。」

「對，都凍僵了。」

貴之不耐煩地打斷他們：「你在胡說什麼？」

「這很重要。」孝史直視著珠子，「那時，貴之少爺到大將的房間，我們跟在他後面。珠子小姐，還記得嗎？妳是這樣跟我說的……」

——我一個人好怕，你也一起來。

「嗯，記得。」

「然後，妳牽起我的手。是妳抓住我的手的，記得吧？」

珠子豐潤的雙頰微微抽動，這女孩果然一點都不傻。每個人都愣在一旁，只有珠子明白孝史的意圖。

「這個嘛，我不記得了。」珠子反問：「我牽了你的手嗎？」

「是的。」孝史回答。

在當事人面前揭穿謊言，孝史也是頭一遭。他緊張得耳垂發燙。

「妳的手相當溫暖。」孝史繼續道。

貴之的表情一變，他也明白了。

「我記得非常清楚，因爲妳抓住我的手，嚇我一跳。妳的手頗溫暖，實在不像是打開玄關的門，眺望外面景色三十分鐘的人的手。」

珠子的視線從孝史臉上移開。孝史以爲她會向貴之求救，她卻沒這麼做，只見她目光落在餐桌上。

「珠子……」貴之低問：「實際上到底是怎樣？」

珠子吞吞吐吐地輕聲說：「我沒殺害父親。」

「這可難說。」鞠惠吐出一句，但沒人理會。大家的目光都集中在珠子身上。

「我爲什麼要殺害父親？我希望他長命百歲，希望他送我出嫁啊。」

「那件婚事，」嘉隆開口：「聽說是大哥擅自決定的。珠子，妳是不是對那件婚事有所不滿？」

他的口吻溫柔而僞善。孝史愈聽愈光火，恨不得揍他一頓。

「大哥留下了遺書吧？他早就準備要自殺。然而，兇手卻殺了他，可見兇手一定非常生氣。珠子，妳對這件婚事深惡痛絕，所以滿腔憤怒，是不是？」
「請等一下。大將留下遺書的事，在他身亡前沒人知道。」孝史打岔。
至少，除了來自未來的孝史和平田之外，沒人知道。
「珠子對婚事沒有任何不滿。」貴之出聲，「對方求之不得，珠子也應該很滿意。」
「但是，她的對象是計程車公司老闆的兒子。」鞠惠語帶鄙夷，愈說愈起勁，「高貴的千金大小姐，怎麼可能心甘情願嫁給開車的？」
「那是父親的決定。」貴之駁斥。
「父親說，那是爲了珠子的將來，珠子也相當高興。只有妳不知道吧？妳根本不關心珠子的親事。」
「噯，我當然關心。畢竟我是她的母親呢！」
「妳是哪門子的母親！」
貴之的怒吼震動玻璃窗，連鞠惠也嚇得縮回去。
沉默的瞬間，珠子微弱的聲音冒出來。
「我在偷聽……」
「啊？」孝史把耳朵靠近珠子，「妳說什麼？」
「我在偷聽。」珠子重複一遍，低著頭繼續道：「我站在嘉隆叔叔房門外，偷聽他們的談話。然後，聽到父親房間傳來巨大的聲響。可是，我一個人很害怕，不敢去查看。我曉得哥哥在起居室，所以就下去了。」

珠子眨眨眼，又低下頭。

「所以，我說在玄關是騙人的，尾崎猜的沒錯。」

「偷聽……」鞠惠的雙眼圓睜，「眞沒教養！」

「不曉得她說的是不是眞話，」嘉隆聳聳肩，「又沒有證人。」

珠子突然抬起頭，像睡著的蛇猛然昂首般迅速，盯著叔叔的眼眸。

「那時，叔叔在房裡告訴鞠惠，如果青年將校起事失敗，父親一定會自殺，是不是？」

嘉隆的表情僵住，鞠惠鮮紅的嘴唇張得大大的。

「所以，私奔的事最好再緩一緩，叔叔是這樣說的。我還知道，鞠惠準備私奔的行李就藏在半地下的空房。」

珠子燦然一笑，望著鞠惠。「妳眞傻。每次叔叔藉口要以妳爲模特兒畫畫來家裡住時，我就會偷聽你們交談。私奔的事大約是半年前提起的，是妳的點子吧？連偷聽的我都知道，叔叔根本不想私奔，他只是口頭上應付妳，說什麼等機會一到就私奔。我清楚得很。妳卻一點也沒發現。大傻瓜，眞遲鈍。」

「珠子！」嘉隆的手和怒吼聲同時飛來，打在珠子的臉頰上，力道大得珠子連人帶椅倒下。

「你幹什麼！」貴之衝向嘉隆，葛城醫生擋在兩人中間。孝史扶起珠子，阿蕗從旁協助。

「謝謝。」珠子爬起，擺出笑容。左臉上清清楚楚留下紅色手印。即使如此，珠子還是一樣堅強。沒挨打的那一面臉頰，激動到白裡透紅，雙眼炯炯有神。好美。

「現在講這些也沒用。」葛城醫生抱住臉色發青、氣喘吁吁的嘉隆。「很晚了，大家休息吧。」

啊，大家還沒用晚餐吧？總之，我們先到此爲止。」

沒人有異議。千惠再度拭著淚，回到廚房。

孝史、貴之與葛城醫生在起居室用晚餐。鞠惠和嘉隆窩在嘉隆的房間，珠子則是說想睡沒胃口，回房去了。孝史本來想待在平田身邊，但葛城醫生和貴之都要他留下來。

「我想就我們幾個，稍微把事情整理一下。」醫生提議。

「眞的可以嗎？我是下人啊。」

「都什麼時候了，還說這些。況且，現在是非常時期。」

平田那邊由阿蕗代爲照顧。阿蕗表示會煮米湯給平田喝，孝史道了謝，開始吃飯。有滷魚、涼拌等好幾道菜，擺飾得很漂亮，味道應該非常好，孝史卻食不知味。

貴之只是拿起筷子碰碰菜，相較之下，葛城醫生顯得胃口不錯。當然，就立場而言，他是局外人，心情想必比較輕鬆，但孝史從他身上看到醫生特有的堅強。愈是危險的時候，愈是應該補充能量，努力撐下去。

孝史向醫生看齊，把飯菜往嘴裡塞。環境一穩定下來，身體就想起自己的傷，到處發痛，幸好不至於無法忍受。和今天早上比起來，情況好得多。孝史的精神一直很亢奮，可能是因此產生良好的效果。

「這下事情麻煩了。」

放下筷子，慢慢啜一口千惠泡的茶，葛城醫生開口。

貴之從幾乎沒碰的晚餐上抬起目光，孝史也注視著醫生。

「我雖然不看推理小說，不過，這種情況簡直像小說一樣。」

一點也沒錯，孝史有同感。

「那要怎麼說，不在場證明嗎？就是命案發生時，人不在現場的意思。」

「是的。」貴之點頭。

「貴之和尾崎，還有阿蕗和千惠，四個人有確切的不在場證明。」葛城醫生分析：「至於珠子、鞠惠和嘉隆，就有點問題……如果珠子的話是眞的，他們三個也擁有不在場證明。」

「我認爲珠子沒撒謊。」貴之推開盤子，望著壁爐。「不是在那種情況下，打死她都不會承認在偷聽。我不認爲她在撒謊。」

醫生沒說話，孝史開口：「而且，他們三個都沒有動機。」

「動機？」

「是啊。關於珠子，我不太清楚她的婚事，不敢有什麼意見。可是，到目前爲止，就我親眼所見，實在不認爲她殺了大將大人。」

孝史琢磨著，珠子在大將死後流下的眼淚的意義。那種旁若無人的哭法，至少眼淚是眞實的。後來，她在起居室翻家族照片看得出神，凶手就更不可能是她。

「不是珠子下的手……」

「當然。」貴之不客氣地說。

孝史瞄貴之一眼，吞下嘴邊的話。

──可是，你發現大將頭部中槍死亡，遺體旁卻沒有槍時，非常慌張吧？你在慌些什麼？貴之是不是當下就想到某個嫌犯，才會那麼慌張？之所以沒立刻提起找不到槍的事，也可能是想保護他想到的「某人」。

那個「某人」是誰？除了珠子之外，孝史想不出第二個人。照目前為止的發展，顯然貴之不可能會保護嘉隆和鞠惠。能夠讓他挺身保護的，唯有珠子一人。

孝史實在不認為，珠子有非殺死父親不可的動機。實際上，人可能不是珠子殺的。但是，無論事實為何，貴之或許有足夠的理由去懷疑：「父親是不是珠子殺死的？」

雖然孝史不曉得是什麼理由。

「鞠惠和嘉隆呢？」醫生愁眉不展，「那兩個人，該怎麼說才好？暗地裡私通的事，我也很清楚。事實上，大將大人早就發現。」

孝史驚詫不已，貴之卻顯得毫不在乎。

「是的，父親知道。這件事父親是故意不去理會。」

「但是，那是大人的夫人吧？雖然是繼室，一樣是夫人啊。」

「她算什麼繼室。」貴之從鼻子裡發出冷笑。

「又沒入籍，那女人是自己跑來賴著不走，勉強算是妾吧。」

由於太過驚訝，孝史一時無法出聲。

「她是什麼時候來到府上的？應該是大人退役之後吧？」醫生低喃：「大人病倒是在昭和九年（一九三四）的初春吧？記得是三月。那年年底，鞠惠似乎已在這裡。」

「她跑到我家來，是九月的事。」貴之一字一句緩慢吐出，像在記憶中追尋。「事出突然，我非常驚訝。對了，剛才提過，父親差點遭到恐怖分子攻擊，她應該是在那個事件發生前不久出現的。」

僞裝成探病訪客的男子持槍威脅大將，被阿蕗發現，從二樓跳窗逃逸。鞠惠說「差點嚇死」的那個事件。

「那時大人的身體大致復原，也著手寫作了吧？雖然還無法進行劇烈運動，但頭腦已完全清醒。爲什麼任憑鞠惠賴在府上？只要狠狠罵她幾句，趕出去就好了啊。」

貴之皺著眉。「關於這一點，我也不太清楚。父親對我說抱歉，要我忍著點。」

「要你忍……」

「她原本是父親常去的一家高級日本料理餐廳的女侍。事實上，和父親之間並非毫無關係。」

葛城醫生苦笑：「畢竟大將是男人啊，而且在夫人去世後的十五年來——一直都是孤家寡人。」

原來蒲生夫人那麼早就過世。

「站在父親的立場，心境可能很複雜吧。只是，她會來我們家賴著不走，一定是有人在背後指點，教唆她這麼做。光憑鞠惠的腦袋，想不出這種手段。一定有人在操縱她，而那個人，就是叔叔。」

孝史再度感到驚詫，連筷子都掉了。

「你的意思是……」

「我不知道嘉隆叔叔有什麼企圖，不過，事情就是這樣。」

「可是，他一直以爲鞠惠是大將的繼室。」

其實，我也偷聽到他們的談話——孝史向貴之和醫生坦白，並轉述他們在柴房裡的對話：嘉隆向鞠惠解釋，大將自殺身亡後，財產就全數歸「妻子」鞠惠所有。

醫生和貴之憂慮地互望一眼。

「唉，那兩個人的話題，竟圍繞著大人的自殺打轉。」醫生微微偏頭，「但是，嘉隆眞的這麼想嗎？實在奇怪。」

「哪裡奇怪？」孝史問。

「當然奇怪啦。大人死後，財產歸鞠惠所有的這一點，分明是不可能的。」

「因爲她不是正式的配偶嗎？所以我才說，嘉隆以爲鞠惠是合法的夫人。」

「不是、不是，」醫生急躁地揮手，「就算鞠惠是眞正的妻子，大人的遺產也不可能是她的。妻子沒有權利繼承遺產，所有遺產都由長男貴之繼承。」

孝史一愣，腦袋像被敲一下，恍然大悟。

原來如此，戰前與戰後在遺產繼承的觀念上是完全不同的。妻子爲遺產的第一繼承人，有權利獲得遺產，這個觀念是源於戰後男女平等的思想。孝史目前置身於昭和十一年，父系制度儼然存在，女性的權利不但不爲一般人認同，甚至根本沒意識到女性有所謂的權利。

「那麼，嘉隆是誤會了……」

「不然就是撒謊。」貴之繼續道：「鞠惠不可能有這方面的知識，她對叔叔的話唯命是從。對於她的愚蠢無知，父親倒是覺得可憐可愛。」

「但是，嘉隆爲什麼要撒這種謊？」

「我哪知道，」貴之的口氣很衝，「不如你去問問他本人啊？」

「好了、好了。」醫生插進來，「有一種可能是，大人特地寫下來，說明自己死後，鞠惠能夠分得某部分財產，這是可行的做法。果眞如此，大人應該會先交代貴之。」

「我什麼都沒聽說。」貴之回答：「父親從沒跟我提遺產的事。」

「那麼，這究竟是怎麼回事？眞教人想不透。」醫師扶著額頭，發出呻吟。「不管怎樣，既然嘉隆認爲財產是鞠惠的，不就有行凶的動機？」

貴之一頓，點點頭。「的確。」

「等一下，這不太對。」孝史急著說，「他們的目標確實是蒲生家的財產，但前提是，他們認爲大將一定會自殺，請不要忘記這一點。」

「就是認定父親會自殺，他們才覺得動手殺人也不會有人懷疑，不是嗎？」

孝史差點笑出來。這樣一點都不像貴之，想法竟如此簡單粗略。

「他們不可能這麼傻。實際上，嘉隆是這樣說的：『這次起事失敗，大哥絕不會活著。』他完全是以『起事失敗』爲先決條件。」

萬一起事失敗，蒲生大將卻沒自殺，害他們的期待落空，才可能考慮到這是個動手殺人再布置成自殺的好機會。但是，今天早上剛起事，結果如何還沒人知道。

——至少，這幢府邸裡的人對未來一無所知，他們不曉得二二六事件會如何落幕。

「既然他們抱持這樣的想法，在起事結果塵埃落定前，應該不會貿然行動。嘉隆和鞠惠沒有非挑今天殺害大將不可的理由。現階段，他們只需等待。」

「這麼一來，就沒人有嫌疑。」葛城醫生嘆一口氣，自嘲般笑了笑。「會有什麼人像煙一般出現，殺害大人，再像煙一般消失，根本不可能有這種人啊。」

可是，居然有人成功。眼前就有人把大將的死布置成自殺，只是現場少了那把槍。

「發現大人自殺的誰，偷偷拿走手槍……」醫生喃喃自語，又苦笑起來。「更不可能，這沒必要。」

「難不成眞的是外來的人？」

「是誰？要怎麼進來？」

「從玄關進來，上樓槍殺大將，再下樓到外面……」孝史也覺得很蠢，愈說愈小聲。「這是不可能的。」

「不可能。」醫生毫不留情地否決。「剛才你不也說了嗎？如果外來的人，基於思想上的理由，企圖殺害大人，絕不會採取偷雞摸狗的方式。他們一定會堂堂報上名號。因爲對他們而言，這是『替天行道』。」

「若動機與思想無關呢？」

葛城醫生轉了轉眼珠，望著天花板。「那種情況就不是我們能應付的。但是，不具有思想上的動機的外來者，爲什麼要選在今天、這種時候，帝都如此動盪不安，無法自由行動的日子，來刺殺大人呢？」

貴之唐突地高聲說：「剛才推測有人拿走槍，或許有這種可能。」

「目的何在？」孝史和葛城醫生異口同聲地問。

「拿那把槍再去殺其他人。」

醫生和孝史互望一眼。

「什麼時候？」醫生反問，「什麼時候會再度犯下殺人案？」

「這個……」

「應該不會馬上行動吧，在這種封閉狀態下再次殺人，不必去查就知道誰是凶手。畢竟，待在這裡的人數有限。」

「如果沒打算馬上再度殺人，就沒必要現在偷走大將的槍。」孝史加入討論，「或者，偷走槍加以保管，為下次行凶做準備？」

貴之不耐煩地揮揮手。「我知道了，不用再說。」

但是，在貴之的話催化下，孝史仍繼續往那個方向思索。對啊，問題就出在這裡。殺害大將的凶手，為什麼要拿走槍？

這不是很奇怪嗎？如果槍在現場，事情便以「自殺」結束，一點問題都沒有。正因槍不見才會引起騷動，這麼簡單的道理，凶手不可能想像不到。然而，有什麼必要，非把槍從現場帶走不可？是指紋嗎？這個時代已有調查指紋和那個……那個叫什麼來著？開槍後會在手掌上留下證據的，對對對，火藥殘留反應，有調查這些的技術了嗎？凶手認知到，一旦遭受調查便會被鎖定的事實嗎？

但是，指紋擦拭便可去除。況且，之前再三強調過，東京正處於非常狀態，警察機關也被起事的軍隊占領，動彈不得。就算想針對指紋和火藥殘留反應進行調查，就算眞的能夠進行調查，也只能等警方到場蒐證，在那之前誰都無可奈何。因此，以凶手的立場，只要將槍直接丟在大將身邊，根本不會產生任何風險。

可是，他爲什麼特地拿走槍？

「話說回來……」

聽到葛城醫生的沉吟，孝史回過神。

「雖然知道大將大人和嘉隆的感情不睦，卻沒想到會如此嚴重。」

貴之露出諷刺的笑容。「您是指，利用女人把這個家搞得天翻地覆嗎？」

「唔，是啊。」

「剛才我向您說明過，父親並未理會鞠惠。」貴之語氣非常肯定，「父親說，如果把她趕走，嘉隆叔叔又會想一些餿主意來作怪，那也很麻煩，不如讓他們去搞。等時候一到，那女人便會自行離去。」

「話雖如此，不請自來又賴著不走，眞是離譜。」孝史直率道出感想。

葛城醫生苦笑。「她來的那一天，我還記得很清楚。她是搭計程車，連同行李一起搬來。說什麼想照顧大人，從今天起要住在這裡。」

——是啊，我身受大人的恩惠，曾經許下承諾，萬一大人生病，我會第一個陪在身邊照顧他。大人也同意：「鞠惠，到時就麻煩妳了。」

葛城醫生模仿鞠惠的嗲聲嗲氣，貴之忍俊不禁，醫生學到一半也笑場。

「不久，嘉隆叔叔出現，開始幫鞠惠撐腰。胡扯什麼要是大哥沒病倒，早就將這一位娶進門，諸如此類。」

鞠惠從此賴著不走。她和軍師嘉隆，自認鞠惠已成爲蒲生憲之的正室。然而，貴之主張實情並非如此。這個誤會是從哪裡產生的？

「大將和嘉隆從以前就感情不好嗎？」

「要說大將大人才對。」醫生糾正孝史後，接著道：「這個嘛，年紀相差很多，合不來也是難怪。」

「那也不該……」

「嘉隆服過兵役，那是國民的義務。但是，他和大將大人的位階差太多。蒲生大人那個年代高居大將之位的，大概只有十人左右。換句話說，大將是英雄，嘉隆只是個地方人。」

從剛才這個「地方人」便不時出現在談話中。

「地方人是什麼意思？」

「哦，指的是一般民眾，也就是軍人以外的人。」

這種說法多少帶有輕視的意味。有種軍人很偉大，其他人連提都不必提的感覺。大將以這種感覺和嘉隆相處，而嘉隆對英雄大哥抱著扭曲複雜的憎恨——

「有段時間，嘉隆的地位權勢勝過大人。日俄戰爭後，裁軍論盛行，是我們現在難以想像的。那個時候軍人走在路上都不敢聲張，嘉隆可是得意洋洋，大概恰巧是公司上軌道的時期吧。然而，好景不常，世界情勢發生變化，日本必須發憤圖強，對抗來自各國的壓力，於是軍人的勢力再度抬頭，大人和嘉隆的立場也再次對調。正因嘗過揚眉吐氣的滋味，這次的改變嘉隆感到益發掃興。所以，當大人一病倒，他自然不肯放過任何惡整大哥的機會。更何況，如果運氣好，財產也會一併到手。」

貴之微微一笑，「醫生眞是什麼都知道。」

「承蒙大人不嫌棄，多年交好。」醫生鄭重地說，「事實上……到現在我才敢講，大將曾向我詢問自殺的方法。」那是約一個月前的事，「大人詢問，若是使用手槍，要往哪個部位開槍才能夠死得確實、死得體面。我不想回答這樣的問題，所以不作聲，不料大人他……」

──我不希望成爲半死不活的廢人。因爲是醫生你，我才問的。

「大人希望以不辱軍人身分的方法死去。懇求大人千萬不要輕生後，我做出回答。」

「您是怎麼說的？」

醫生痛苦地垂下目光，「朝頭部開槍，應該最爲確實。」

貴之點點頭，視線從醫生臉上移開。

「所以，一聽到大人自殺時，我沒感到任何疑問。沒想到，事情竟會演變成這樣……」

實際上是有遺書的，若不是少了槍，這顯然是一樁完整的自殺事件，沒有任何疑點。

這裡到底發生什麼事？

貴之回到自己的房間。儘管阿蕗不斷推卻，孝史仍幫忙收拾晚餐的餐桌。葛城醫生留在起居室，聽聽收音機，抽抽菸。

洗完碗盤，孝史回到起居室時，葛城醫生在壁爐邊望著燃燒的火焰。火勢變小許多。

「這裡的火差不多也該熄了。」

「醫生休息的房間，千惠姨正在準備。」

「是嗎？謝謝。睡前我再去看一下你舅舅的情況吧。」

阿蕗跟著過來，三人一起到半地下的房間。

「收音機有沒有新消息？」

「不太清楚，似乎會發布戒嚴令。」

戒嚴令是什麼？

半地下的走廊，冰冷到極點，令人不由得打起寒顫。看來入夜後，溫度降得更低。這種寒氣對平田的身體不好。相隔許久，孝史再次對自己的未來感到不安。平田眞的會康復，不會變成嚴重的殘障嗎？

平田原本還在睡，孝史他們進來後便醒來。臉色依舊蒼白，嘴唇乾裂。

葛城醫生和平田說話，對他斷斷續續的回答隨聲附和，一邊詢問阿蕗用晚餐的情況，很有效率地完成診察。

趁阿蕗勤快地爲火盆加炭，幫平田重新蓋好被子時，醫生向孝史招手。他們來到房間的角落，光線照不到的地方，醫生開口，話聲很沉重。「感覺有點不對勁。」

「情況不好嗎？」

「不，他的意識逐漸清醒，而且能夠正確理解我的問題，明確地回答，也沒有大舌頭的現象。」

「之前和我說話時，還斷斷續續的。」

「是嗎……那麼，這部分應該是好轉了。」

「是哪裡不對勁？」

醫生的聲音壓得更低：「似乎有麻痺的症狀。」

「……」

「左半邊的一部分。手指活動困難，腳也抬不起來，眼睛四周的表情僵硬。」

左半邊。那麼，受損的是右腦嗎？絕大部分的功能尚未解開的右腦。一般推測第六感與超能力等，只有極少人能發揮的多樣且神奇的能力，便是由右腦掌管。

「應該不是中風。」醫生皺起眉，「血壓穩定，相當正常。我實在不明白。」

那是當然的。即使是六十年後的醫生，對於過度使用穿越時光能力造成腦部的負擔與後遺症，也沒辦法正確診斷出來吧——孝史在心中低語，對葛城醫生感到非常過意不去。

「我看，明天還是把你舅舅送到醫院吧。」

「有辦法嗎？」

「沒問題。去找個地方借電話，安排車子。醫院那邊，我會設法安排。像今天這樣，把事情說清楚，士兵應該不會刁難。所幸，占領那一帶的中隊長似乎是明理的人。」

你也要好好休息，醫生拍拍孝史的肩膀。「發生這麼多事，你一定也累了。心神很激動吧？如果睡不著，我帶了安眠藥過來，可以給你一點。」

「我不要緊。」

那麼，好好休息吧。說著，醫生便上樓了。

阿菈正在鋪孝史的被窩，孝史趕緊過去幫忙。

「你要好好看顧平田叔喔。」

平田醒著，躺在枕上對孝史微笑。他的左眼一帶，確實像死掉般一動也不動。

「嗯，我會多注意。」

「要是有什麼事，我就在隔壁。」

「我知道……阿菈！」

準備走出房門的阿菈，驚訝地回頭。「什麼事？」

「妳不怕嗎？」

阿菈微微歪著頭望向孝史，他不由得臉紅。

「沒什麼，今天發生太多事。妳也一樣，有什麼事請叫我，不要客氣。」

「好。」阿菈露出一絲微笑。

「晚安。」

「晚安。」

孝史盯著關上的拉門半晌，大大嘆一口氣。走到被窩旁，在薄薄的棉被上坐下。

「讓你……擔心了。」平田看著他。「抱、歉。」

「沒關係。」

和剛發現大將遺體後，孝史下來看顧時相比，平田果然說話流利許多。眼睛雖然還是充血，不過左眼部分的血絲大致消退，跟在消毒氯氣太濃的游泳池裡游五分鐘差不多。臉部也不再痙攣。只要一個星期就會復原，平田如此保證。孝史鼓勵自己，只能相信平田。

「那位醫生說，明天要帶你去醫院。」

平田緩緩眨眼。

「我也認為那樣比較好。就算進醫院檢查，也查不出你是時光旅人吧？離開這個寒冷昏暗的地方，對身體復原應該很有幫助。」

「你……怎麼、辦？」

「我要留在這裡。」孝史立刻答道。如果經過深思熟慮，可能會回答得更妥貼，比方我會到醫院陪你之類的，但孝史不假思索地脫口而出。

「我在醫院裡陪你，也幫不上忙。你不在的期間，我會在這裡代替你工作。」

平田的眼皮，再度緩緩地動。左邊的動作很慢，明顯比右眼慢很多。

「蒲生大將……自決、了嗎？」

聽到這個問題，孝史注視著平田。

孝史看過掛在平河町第一飯店牆上的大將經歷，得知發生在今天的「自決」事實。平田應該早就知道，蒲生憲之於昭和十一年二月二十六日，二二六事件爆發當天，舉槍自盡的「歷史上的事實」。正因如此，他詢問孝史，確認這個事實。

該怎麼回答，孝史頗猶豫。要說明現下的狀況嗎？可是，告訴連話都說不清楚的平田這些事，又沒什麼好處……

最後，孝史決定簡潔交代。「嗯，自決了。爲了收拾善後，大家鬧得不可開交。所以，我也得幫忙才行。」

平田點點頭，閉上眼。

孝史換好衣服躺下。在薄薄的棉被底下，他冷得縮起手腳，看著頭上漆黑的天花板，與反射戶外雪光而發白的採光窗。

明明累得筋疲力盡，睡意卻遲遲不來。腦海中，宛如小時候畫水彩時的洗筆筒，有種名爲思考的水，各種顏色混在一起，水流形成花樣沉澱。有些顏色鮮明，有些顏色與其他顏色混在一起，形成灰色。有些顏色下沉，有些顏色上浮——

（自決啊……）

那是「歷史上的事實」。但是，傳到後世的「歷史上的事實」中，並未將確認事件爲事實前引起的紛爭，一併正確地包含在內。後世流傳大將是「自決」，然而，他的「自決」是否爲眞正的「自決」？這樣的疑惑，及相關發展經過，沒傳到後來的時代。

這件事如此錯綜複雜。可是，流傳下來的「歷史上的事實」是「自決」，是不是表示在一切的紛紛擾擾後，最終是以「自決」收場？或者……

或者？

孝史睜大雙眼。

孝史認知的「蒲生大將自決」這個「歷史上的事實」，與現在他親眼目睹的「大將的死」之間，有一個很大的不同點。雖然只有一處，卻是關鍵性的不同點。

那就是，孝史在這裡。不，更正確的說法是，「孝史也在」才對。

平田在這裡。時光旅人平田在這裡。

他的存在，會不會導致「蒲生大將自決」這個歷史上的事實發生變化？孝史不由得發出「啊」一聲。

這不是穿越時空引發的矛盾，而是更現實的——這種形容雖然很奇怪，但對時光旅人而言，是最簡單實際的。

（像煙一般出現殺害大人，又像煙一般消失。）

葛城醫生說出這句話，是用來表示這樣的人物不可能存在，然而，孝史卻知道世上存在著唯一一個這樣的人物。

而且，現在，就在這裡。

瞬間出現，瞬間消失。於是，孝史想起當時的光景。感覺上似乎像一百年前的事，卻發生在昨天晚上。從平河町第一飯店的逃生出口的樓梯上，平田的身影猶如被風吹散的霧般消失。不到五分鐘後，平田又回到二樓電梯前。

問平田那時去哪裡，他回答是到這個時代，爲了做最後的確認——「萬一軍用卡車在我預定降落的地點故障，那就糟了。」

孝史嘖一聲。那是騙人的，平田用來敷衍孝史的。當時，平田是從飯店逃生梯的二樓處消失。

穿越時間不會發生空間上的移動，平田到達的地方，一定是同樣位在二樓高度的某個場所。他怎麼沒早些發現這一點？

大將的房間，也在這幢府邸的二樓。

孝史翻開棉被爬起來，透過從採光窗流洩的雪光，注視著平田黏土般的膚色。他發出輕微的鼾聲，正在熟睡。就像陷入昏睡一般。

——是你殺害蒲生大將嗎？

在泛出白色底光的黑暗中，孝史提出無聲的疑問。

沒有回答。今晚，一如在雪夜中宿營的士兵無法入眠，孝史也沒獲得真正的休息。

第四章

戒嚴令

1

好冷。

孝史醒來時，最初感覺到的就是這件事。腳尖完全是冰冷的。

腦袋清醒無比，原以為絕對睡不著，但看來還是多少睡了一會。孝史翻身仰躺，換成手伸向平田的姿勢。八成是墊被太薄，背好痛，脖子也頗僵硬。

他一面起身，一面吐氣，呼吸凍成白色。抬頭一看，採光窗的顏色彷彿是結一層薄冰，又罩著一片朦朧霧氣。

究竟睡了多久？孝史腦袋有點模糊不清。

經過一個晚上，一切沒有變成夢境。這是蒲生憲之的府邸，「現在」是昭和十一年二月的——過了一天，所以是二十七日。

孝史滑出被窩。一起床，寒意侵襲全身。他摩擦著胳臂和大腿，在四周踱步。平田沒有被吵醒的樣子，靜靜睡著。

火盆裡的火已熄滅，完全冷卻。白色的灰燼看著益發寒冷，得去要火才行——這裡不是一按開關，暖氣就會啓動。

孝史俯視腦袋端正擺在枕頭上，虛弱地躺在棉被底下的平田。不曉得是不是孝史多心，平田比身體好時，看起來小了一圈。就像昨天的孝史，他穿著代替睡衣的簡便和服。

踏出房間，感覺好冷。孝史走向廁所。半地下的走廊盡頭，有個應該是下人用的、和牆壁同樣是灰色的洗臉臺。他洗了臉，只見兩把牙刷豎在圓罐子裡，應該是阿蕗和千惠的吧。一旁擺著裝白色粉末的有蓋罐子，散發出「去污粉」的味道，是潔牙粉。孝史以指腹沾取一些，將就著刷牙。洗臉沒有熱水，冰得臼齒都痛起來，雙手凍得紅通通。

他借用掛在牆上的布手巾。手巾很薄，凍結般硬梆梆。

正面牆壁上，釘著一個沒有框架、露出鏡緣的鏡子。往裡一看，映出一張蒼白的臉。孝史摸摸下巴，刺刺的。幸虧鬍鬚量少是尾崎家的遺傳，暫時丟著不管也不要緊。

鏡子十分明亮。因爲沒半點熱氣，這也是理所當然。唉，連平河町第一飯店都有熱水。

可是，在此期間，沒熱水才是常態。拜冷得快要結冰的水之賜，他的腦袋瞬間清醒。

在理所當然的日常中進行的早晨習慣動作。不管置身什麼狀況，人還是會遵循規律……想著想著，孝史感到有點好笑，總覺得像喪禮的早晨。提到孝史知道的喪禮，只有五年前過世的祖父，那時候的感覺，與現在非常相似。

對了，同一個屋簷下放著亡骸，這一點也很像。這個地方，躺著蒲生憲之的遺骸——

這麼一想，昨天發生的事，突然一口氣帶著活生生的現實感甦醒。昨晚睡覺時，有人拔掉孝史內心的栓子，抽走所有東西。孝史醒來後，那些被抽走的東西，又沿著看不見的管子灌注進來——

就是這種感覺。猶如熱水愈來愈滿的浴缸，孝史的角色也愈來愈明確。

是誰殺害蒲生憲之大將，拿走手槍？而且是無聲無息地出現，無聲無息地消失。

進入夢鄉的前一秒，他想到只有一個人有辦法，就是平田。從現代穿越時空，射殺大將後，再帶著槍穿越時空回到現代，對他是易如反掌的事。

經過一晚，孝史重新思考——

如果是平田，動機是什麼？他有何目的，為什麼要做這樣的事？

像鬼魂一樣消失又出現，唯有平田辦得到。假設他是犯人，這部分就能解決。但是，平田曉得蒲生大將會在二月二十六日自決。這個歷史上的事實，是他理解的知識。所以，如果他憎恨大將，圖謀殺害大將，就應該明白，沒必要非得選在二月二十六日當天，特地鋌而走險。放著不管，大將也會自決。他明明知道這一點。

沒人會那麼笨，去殺害一個明知會自殺的人。

孝史嗤笑鏡中自己的臉。果然，只靠靈光一閃，解決不了問題——

笑著笑著，他突然收起笑容。

沒人會那麼笨，去殺害一個即將自殺的人——不對，眞的沒有嗎？完全沒有這種可能性嗎？

在孝史生活的「現代」，確實是難以想像，非常難以想像。若要問理由，因為「現代」已沒有「自決」的概念。

就算有「自殺」，也沒有「自決」。

但是，蒲生大將並非「自殺」，而是進行「自決」。畢竟他是昭和時代的軍人。

大將憂慮軍方的現狀，擔心國家的未來，但他連自己的身體都無法隨心所欲，根本使不上力。他向周圍陳述意見，得不到理解，卻招致反感，甚至遭受近似恐怖行動的魯莽攻擊。悲憤塡膺的蒲生大將決定以死向陸軍中樞進諫，於是寫下長篇遺書。

但是，即將赴死的前一刻，對他懷有宿怨的人出現，表示：我不允許你用「自決」這種名譽的方式死去，要把你的死亡變成單純的殺人事件，留在世人的記憶中，製造出你是遇害的歷史事實——

假使那個人如此宣誓，並付諸實行呢？

孝史雙手撐在洗臉臺邊緣，渾身僵硬。

不無可能。就算沒人會笨到去殺害即將「自殺」的人，但搶先一步殺害即將「自決」的人，在某種情況下也不奇怪。而「蒲生大將遇害」事件，正是發生在這種情況下。

從平河町第一飯店的逃生梯穿越時空後，平田殺害蒲生大將，帶走槍，讓眾人明白大將並非「自決」。這次，他以下人的身分再次來到昭和十一年二月二十六日早晨的蒲生邸——是爲了置身蒲生邸內，親眼目睹自己設計的蒲生大將殺人事件發生，及當成歷史上的事實記錄下來的過程。

果眞如此，身爲「現代人」的平田，特地來到戰前這個時代的謎團，便隨之解開。昨天，孝史只覺得平田竟選擇來到這個時代，眞是瘋狂，但或許這已不是瘋不瘋狂的問題。

孝史不禁發抖。他摩擦胳臂，害怕起自己的推測。

倘若這就是眞相，平田對於蒲生憲之大將，必定懷抱深刻且狠毒的惡意。阻止他「自決」，再刻意以讓人發覺這是命案的形式再次殺害，等於謀殺大將兩次。因爲在殺害大將肉體的同時，也抹殺了他的遺志。

眞是這樣嗎？凶手是平田嗎？是他下的手嗎？如果是他，爲何要這樣對待蒲生大將？

對著鏡子自問自答，鏡中的孝史只是一臉疑惑地望著自己。簡直像對著影子說話的孤單小孩。

孝史搖搖頭，離開鏡子前。沒完沒了地胡思亂想也沒用，乾脆當面問平田。一旦恢復到能夠深談的狀態，他會回答孝史的疑惑吧。非要他回答不可。

況且，用不著焦急，時間多得是。在平田復原前，孝史無法離開。不，倒不如說，在確定眼前發生的種種令人無法接受的事實眞相，並找到方法將阿蕗從未來的悲慘死狀中拯救出來前，他絲毫沒有離開的意思。

孝史折回走廊，分別向阿蕗和千惠的房間小聲打招呼後開門。果然沒猜錯，兩人都不在，可能早就起床上樓工作了吧。這麼說來，現在幾點？

孝史爬上樓梯，來到放燙衣架的房間——也算是通路。右側的廚房傳來話聲，是阿蕗的聲音。孝史原本要往那邊走，卻停下腳步，豎起耳朵。起居室沒有任何聲響與氣息，蒲生家的人都還在睡吧。

在府邸內走一走吧——孝史靈機一動。昨天一整天都被牽著鼻子走，沒機會瞭解府邸內部的情形，完全是摸索狀態。今天在一天開始前，先把握這一家的狀況，心裡也會踏實些吧。

孝史走進起居室。空無一人，大桌子收拾得很乾淨，一個玻璃菸灰缸孤伶伶地擺在上頭。窗邊的雜物櫃上放著一個箱型的收音機，接著是擺飾櫃、壁爐正面，壁爐臺上有幾個相框。

孝史走近壁爐臺。共有三張黑白相片，褪成不同色調的暗褐。

其中一張，似乎是年輕的蒲生憲之夫婦。穿軍服的蒲生憲之——沒錯，是憲之。外貌酷似貴之，但眼睛部分不一樣。貴之看起來比較高。

蒲生夫人一身和服，結著髮髻。那張臉簡直和珠子是同一個模子刻出來的，孝史忍不住仔細端詳。經常聽人說，兒子像母親，女兒像父親，在蒲生家恰恰相反。

蒲生夫人坐在古典的靠背椅上，蒲生憲之站在旁邊。從兩個人的年齡來看，應該是結婚紀念照。

這個地方擺飾著這種照片，鞠惠不知有何感想？孝史暗暗想著。她在這個屋子裡的立場岌岌可危，感覺有所隱瞞，還有許多令人不解的地方。唯一清楚的是，蒲生嘉隆是她的幕後推手。鞠惠遭到巧言哄騙、利用的可能性很高。

蒲生大將應該早看穿她和嘉隆圖謀不軌，卻只對貴之說「暫時忍耐吧」、「那個女的不久就會離開」，沒有採取任何對策，豈不是件非常奇怪？

——難道，嘉隆抓住大將的把柄？

所以，儘管無可奈何，也只能任他們擺布？那麼，嘉隆殺害大將的嫌疑就益發薄弱。因爲被抓住把柄的人，可能殺害抓住把柄的一方，但相反的機率非常小。

——果然是平田殺害大將嗎？

思路又回到這裡。

夫婦照片的旁邊，擺飾著兩個約明信片大的相框，分別是盛裝打扮的男孩與女孩的照片，約莫是貴之和珠子。看起來是節慶時的相片，是七五三（註）嗎？年幼的珠子簡直像日本娃娃。

起居室的壁爐還沒生火。所謂的取暖工具，要是沒生火或打開電源，反倒會讓人感覺格外寒冷。壁爐也是如此。孝史拿起立在一旁沉甸甸的撥火棒，寒意直竄上背脊。

孝史走出起居室。正面玄關的廳堂寂靜無聲。幾乎凍結的戶外光線，從門扉兩旁的採光裝飾窗透進來，冷冷照亮地板。

孝史環顧一圈，發現昨天慌張來回跑過的樓梯底下，有個電話間。那是個大小像公共電話亭一樣的空間，不過高度有些不足。漫不經心地走進去，頭一定會撞到門框吧。

電話機放在正面牆上的架子。相當於使用電話卡的公共電話大小，機身是黑色。右側附一個像把手的東西，喇叭狀的器具——應該是話筒，則擺在電話機上方。那個器具以黑色電線和本體相連。

即使回到過去時代，電話還是電話。就算是孝史，也不會以爲那是洗衣機。不過，乍看之下，他無法分辨還能不能用。昨天貴之說「我把線剪掉了」，是眞的嗎？

孝史拿起話筒放到耳邊，沒有任何聲音。不過，或許本來就需要另外再做些什麼動作，才會發出「嘟……」的聲響，他無法判斷。

狹窄的電話間裡，孝史彎身尋找貴之「剪斷」的電話線，或許能夠修復。

不久，他終於明白，斷掉的是位於電話機本體裡側的最主要的線。一條以布包裹的粗線。

（沒救了吧……）

註：日本小孩在三歲、五歲、及七歲的時候，在該年的十一月十五日，有盛裝打扮，參拜神社的習俗。

如果有備用電線，或許還有辦法，但怎麼可能會這麼剛好。電線本身不是用插頭和本體連接，而是延伸到機殼覆蓋的本體裡。孝史心有餘而力不足。

不過，這樣一來，就知道電話是真的斷了。在曖昧不明的狀況下，就算只有這麼一項，能夠確認有人說的是事實，心情就感到舒爽一些。

離開狹窄的電話間，回到玄關，還沒有任何人下樓。門廳裡的右側，還有一道門。孝史快步走過去。

這道門的後方，沒有任何謎團。裡頭是豪華的化妝室，銀框的大鏡子、洗臉臺上形狀獨特的銀製水龍頭，更裡面是廁所。

令人驚訝的是，這是沖水式的廁所。

不過，這本來就是棟洋房，為沖水式廁所感到驚訝，或許是大驚小怪。但是，想到與半地下的傭人房之間的差距，孝史不禁啞然。本來就差這麼多嗎？

接著，他突然想起昨天珠子告訴他，蒲生大將封住後門的事。

就算是孝史，也知道「茅坑」式是怎樣的廁所。必須請人來撈糞，絕對需要。

他不曉得這個時代用的是水肥車，還是手拉車，不過那一類的設備，若是沒有後門，到底要從哪裡進來？

從正門進來，通過庭院，穿過建築物旁，繞到廚房的小門。在如此高級的宅邸，看到如此光景，多麼古怪好笑啊。為了與鄰家的糾紛封住後門時，難道沒考慮到這一層？雖然珠子說是「思想上的對立」，但乍見高尚的對立，卻影響到日常的瑣事。

孝史忍不住笑出來。

「你在做什麼？」

孝史吃驚地回頭，只見珠子站在背後。

今早的珠子一身洋裝。她穿著接近黑色的深灰套裝，布料的毛看起來又長又溫暖。底下是長裙，上衣是短的。整體的剪裁頗為寬鬆，或許是她的家居服，但應該不是什麼便宜貨。

孝史想起，妹妹在今年初的大拍賣買的衣服。人家說流行是會循環的，果眞沒錯。同時，他也覺得這身套裝的色調，很能襯托出珠子白皙的臉。昨天雖然有這種感覺，但突然停下動作，靜止下來的珠子更是美極了。

「早、早安。」孝史打招呼。

珠子目不轉睛地默默看著孝史。孝史覺得尷尬，說出突然浮現腦海的想法。

「今天不是穿和服呢，很適合妳。」

「黑的我只有這一件。」珠子在原地低聲說。

原來，她打算以那身穿著當喪服。我也眞是糊塗——孝史暗暗想著。

「聽說你不是哥哥的朋友？」

珠子納悶地問，語調並不冷淡，只是率直表現出驚訝。孝史點點頭。

「嗯，是的。昨天沒機會說明……」

「你是平田的外甥？躲在我們家？」

「是的。妳是聽少爺說的嗎？」

珠子一臉恍惚，點點頭，睡意似乎還沒完全消退。

「哥哥和很多朋友來往，所以我覺得有你這樣的朋友也不奇怪，結果不是。」

昨天葛城醫生的話掠過孝史腦海。

（貴之自詡是民眾的支持者。）

「和我這種勞工階級的人？」

珠子沒回答，但也不是一副說溜嘴的表情。她睡眼惺忪地說：「請讓開，我想洗臉。還有，去起居室給壁爐生火。父親房間的也一樣。而且，你不是得去鏟雪嗎？」

突然間，她換成指使下人的態度。說她現實，的確是現實。孝史退到一旁，讓珠子進去。她來到洗臉臺前，打開一旁的櫃子，取出淡粉紅色的漂亮肥皂，應該是洗臉用的吧。她以冷水搓出泡沫，香料的氣味飄到孝史所在的地方。

珠子似乎不想理睬孝史，於是他離開洗手間。回到廳堂時，恰巧碰到貴之下樓。

「你在這裡做什麼？」

貴之劈頭問道。經過一晚，他疲累的神色減少幾分，目光卻比昨天陰沉，大概是沒作什麼好夢。

「我在查看電話能不能修好。」情急之下，孝史撒了謊。「接下來要去起居室和老爺房間的壁爐生火。」

貴之繃著臉，走向孝史剛讓出的洗手間。

「小姐正在使用。」孝史說完，朝起居室的門走去。

什麼老爺、小姐，這種話從嘴裡說出來，連自己都覺得好笑。但是，就算是形式上，也只能謹守下人的分際。

孝史穿過起居室，進入廚房，阿蕗和千惠正在準備早餐，忙得不可開交。一個瓦斯爐上煮著一大壺開水，旁邊的瓦斯爐擺著鐵鍋，千惠拿木杓攪拌著。看起來像粥，香味誘人食欲。

兩名女傭輕聲向孝史道早安。阿蕗綁起的和服袖子裡露出白皙的胳臂，鼻頭浮現一層薄汗。不論是昨天或今天，阿蕗和千惠都給人相同的印象。

孝史回應招呼，又感覺「好像喪禮的早上」。即使死了一個人，活著的人還是要吃早餐，也得有人準備早餐。

「小姐吩咐我去生壁爐的火，我去拿柴薪。」

阿蕗將燙好調味過的青菜盛到小缽中，擔心地問孝史：「你可以嗎？」

「只是生火，總有辦法。」

「一開始，先燒放在那邊的舊報紙，跟火柴放在一起。」

阿蕗指著廚房角落的架子說明。

「柴可能會受潮，燒不太起來。要先用細小的引柴。」

「瞭解。」

孝史穿上放在後門的綁帶長統鞋，提著昨天平田用的水桶走出庭院。雪已停，但雲層覆蓋整片天空，地面一片雪白。昨晚可能又下了相當多的雪，到處形成巨大雪堆，半地下的窗子都遭雪埋沒。四周鴉雀無聲，完全感覺不到人的氣息。

孝史沿圍牆和籬笆走著，仔細查看附近。過去若有後門，應該一眼就知道。然而，在被雪覆蓋、四處凍結的狀態下，實在看不出什麼。在柴房裝滿一整桶木柴後，他吐著白色氣息回到廚房。

「有事就吩咐我，不要客氣。」

孝史走向起居室，一面對阿蕗說。

「在舅舅痊癒前，我會代替他工作。至少，這是我應該做的。」

這不是學鞠惠，不過，倒是有在這個屋子落腳、行動的名目了。

「孝史……」

「等一下我會去鏟雪。只是，葛城醫生建議讓舅舅住院比較好，我可能會陪醫生一起到醫院。」

「又要外出嗎？」

「對。不要緊，昨天也平安無事啊。」

「你有住院的錢嗎？」千惠問。

呃，孝史一愣。他完全沒考慮到這件事，千惠有相當務實的一面，所以不能輕視老年人。

「我會跟醫生商量看看。」

「與其跟醫生商量，拜託貴之少爺可能比較好。」阿蕗應道。

她不管什麼事都依賴貴之，孝史覺得有些不是滋味。

「總會有辦法，請不用擔心。」

阿蕗在配膳台上，將小缽、飯碗和筷子排放上幾個托盤。

「那是早餐吧？」

「是的。」

有兩人份的膳食，特別分開放到別的托盤。

「分出來的是誰的？」

「夫人和嘉隆先生。」

「他們在自己的房間吃飯嗎？個別吃？」

「貴之少爺說，這樣比較妥當。」

「這樣啊，那我拿到樓上吧。」

好機會，去探探鞠惠和嘉隆的情況。今早的他們會是什麼表情？

「阿蕗，妳們都叫鞠惠『夫人』吧。」

阿蕗默默覷千惠一眼。

「是啊。」千惠答道。

「我也得這麼稱呼嗎？聽貴之少爺說，她不是夫人，什麼也不是，只是莫名其妙亂擺架子的女人。就算她命令妳們叫夫人，也不必聽從啊。」

「不能這樣。」千惠截釘截鐵地否定。「不能引起無謂的風波。」

「囉嗦的是那個叫嘉隆的人吧？蒲生大將什麼都沒說嗎？鞠惠究竟是什麼立場？」

「我什麼都不知道，這和我們無關。」

千惠斷然說道。老婆婆的臉上，浮現勸孝史「最好不要多管閒事」的表情。

「這裡的每一位，對我們來說都是好主人。你如果打算代替平田工作，就記住這一點。」

沒辦法。孝史乖乖回答「我知道了」。阿蕗懶得看他，提著水桶走出廚房。

進入無人的起居室後，孝史筆直走向壁爐。完全冰冷的灰燼上，躺著燒剩、變得漆黑的柴薪。他拿開圍在壁爐前的柵欄，蹲下揉起報紙。

透過煙囪，雖然非常微弱，孝史感覺到外面的空氣吹了進來。接著，他忽然想到某件事。

（這個壁爐……？）

孝史想起來了。那是平田時空跳躍失敗，掉到昭和二十年五月的空襲中的事。

當時，蒲生邸正熊熊燃燒。紅磚瓦蓋的洋房，從內側冒出火焰，阿蕗就這樣被燒死了。孝史無法忘記，阿蕗燒得焦黑的手伸向自己的那一幕。

孝史一陣哆嗦。他止住顫抖，開始思索：那個時候，蒲生邸為何會燒起來？那不像從其他地方延燒過來，而是屋裡有東西起火，引發大火。

（是煙囪嗎？）

靈光乍現。

對了，會不會是空襲的炸彈掉進煙囪？平田說是燃燒彈。這種炸彈裡裝了油，與其說是爆炸，更類似引發火災。會不會是從煙囪掉進起居室？

孝史把裝柴薪的桶子挪到一邊，探進壁爐裡。他扭著脖子往上望，後頸和背部痛了起來。即使如此，他仍爬也似地把自己塞進壁爐，使勁轉動上半身，抬頭看見煙囪內壁。一個不穩，孝史趕緊單手撐住。更努力伸長脖子時，頭頂碰到東西。

孝史嚇得一縮。煙囪裡有間壁？

再試一次。這次，孝史一開始就擺出接近仰望的姿勢，屁股向後退，再鑽進去。於是，身體比剛才更輕鬆地進入壁爐。

他仰望上方。

噯，眞是大驚小怪。上面張著一片鐵絲網。定睛一瞧，隱約可見沾滿煤灰的網目。更高的地方，四方形的煙囪口是打開的。灰色天空被切成一小塊，看起來孤伶伶的。孝史伸長胳臂，手指一下就碰到鐵絲網。網目很細，感覺相當堅固。但是——咦，奇怪，破掉了嗎？

「好痛！」

孝史慌忙縮回手。右手食指滲出紅色血珠。

他咂了咂嘴，再次謹愼伸出手。他緩緩沿著鐵絲網摸去，果然沒錯，近處開了一個大洞。雖然很黑，看不清楚，不過，那個洞直徑約有二十公分。破掉的鐵絲網，尖刺朝底下，也就是朝著壁爐凸出。照這樣來看，應該是有什麼東西從上面掉落，撞破鐵絲網。

這片鐵絲網，本來是爲了這個目的裝設的吧。萬一有什麼東西——人嗎？鳥嗎？不愼掉進煙囪，可及時攔截。

原來如此，是這樣啊。孝史繼續摸索著，點點頭。雖然是小地方，但一股強烈的勝利感湧上心頭。好，我來修理。只要修好，至少阿蕗就不會死在昭和二十年的空襲裡。肯定沒錯。能夠這麼快找到，眞是太好了。

此時，孝史觸摸鐵絲網的手，感覺到小小的重量。有種堅硬的觸感，有什麼東西卡在鐵絲網上。

孝史費勁變換姿勢，嘗試更清楚地看到鐵絲網。狹窄的壁爐裡無法自由行動，只要稍微一動，煤灰便四散下來，飛進眼裡。

他的手胡亂動著，導致手腕部分套進鐵絲網的洞裡。不曉得哪裡勾到，一陣尖銳的刺痛劃過。指尖觸及剛才摸到的堅硬物體，孝史連忙抓住。

有種金屬的觸感。孝史一驚，停下動作。

——不會吧？

他慢慢放下右手，捧到眼前。握緊抓住的東西，他心臟怦怦跳個不停。這難道是——不，可是形狀……聽說很小……

孝史望向手中的東西。像是金屬製，四四方方、扁平盒子般的東西。上頭沾滿煤灰，黑漆漆的，壁爐的熱氣導致盒子邊緣扭曲變形。

孝史呼一聲，吁一口氣。

不是槍。剛才摸到時，他以為是槍，卻非如此。但這是什麼東西？

他用手摩擦平坦的部分，一點一點抹掉煤灰。上面似乎雕刻著花紋，盒子邊緣有金屬釦子，用指甲一扳，盒子便「啪」地打開。

一些漆黑的灰燼跑了進去。愈來愈搞不懂，這是用來幹嘛的？

孝史闔上盒子，暫時塞進褲袋，費一番工夫生起壁爐的火。此時，阿蕗捧著托盤走進起居室，看到孝史的臉就笑了出來。

「哎呀，簡直像清煙囪的工人。」

孝史慌忙抬手擦臉，阿蕗笑得更厲害。他望向雙手，幾乎全黑。

「不行啦，變得更黑了。」

「別那麼笑。」

孝史回嘴，也噗哧一笑。他很高興看到阿蕗的笑臉。

「去洗把臉吧。老爺房間的壁爐，我來生火。」

「這樣似乎比較好。啊，對了。」

孝史站起，從褲袋取出剛才找到的扁平盒子，走近阿蕗。阿蕗在桌子上擺放早餐的盤子和小缽，看到孝史手裡的東西，停下動作。

「我在壁爐裡找到的，妳知道是什麼嗎？」

孝史說明發現的經過，遞出小盒子。

「小心，最好拿角落的地方。手會弄髒的。」

阿蕗用指尖抵著，接下那個東西。她看看正面，又看看反面，想打開蓋子，孝史連忙阻止。

「裡面只有黑漆漆的灰燼。」

阿蕗目不轉睛地盯著刻在小盒子表面的花紋。

「這是什麼？」

「香菸盒，裝紙菸的盒子。」阿蕗回答。「你不知道嗎？」

「香菸盒？」

「哦，原來如此。」孝史重複一遍，終於想通。在孝史生活的時代，會特地把香菸從包裝裡取出，換裝到香菸盒裡帶著走的，只有相當講究的人，或是怪人。不然就是爲了控制菸量，限定一天只能抽幾根的人吧。

「不覺得掉在那裡很奇怪嗎？會是誰的呢？」

阿蕗陷入沉默。見她不發一語，孝史感覺事有蹊蹺。

「妳知道是誰的吧？」

阿蕗撫摸香菸盒表面的花紋，手也變黑。

「到底是誰的？」孝史追問。

阿蕗輕嘆，「這也不是什麼非隱瞞不可的事。」

「那就告訴我啊，有什麼關係？」

阿蕗生氣地瞥一眼孝史，「你就愛到處追究這屋子裡的事。」

「我哪有。」

「不，明明就有。」

「那麼，我不會再追究了。告訴我嘛。」

阿蕗望向孝史，只見孝史一臉正經。

「是黑井的……」阿蕗小聲回答。

「黑井？在平田——不，在舅舅之前，在這裡工作的男工？那種人會隨身帶著香菸盒嗎？」

「不是男工，黑田是女的。」

孝史一愣，「眞的？」

這麼說來，關於黑井這個人，孝史並未掌握到正確的訊息。只是根據鞠惠對平田說「你是來接替黑井的嗎？」這句話來推測。

「那麼，她和妳一樣是女傭嗎？她叫黑井什麼？爲什麼離開這裡？從昨天起，我一問起這個人，妳就一副難以啓齒的樣子，對吧？」

孝史連珠炮似地發問。沒錯，一提到「黑井」這個名字，阿蕗就露出一種複雜的——像想起討人厭的回憶般的表情，孝史感到相當不可思議。現下阿蕗只有一個人，沒有千惠這個老練的援軍，可能會說出內情。孝史想趁機問出來。

阿蕗死了心般，稍微垂下肩膀。「不，跟我和千惠姨不同。爲了照顧老爺，她有一段時間住在這裡。」

「那麼，是大將生病之後？」

「是的。老爺住院時，她負責看護。由於照顧得很用心，老爺出院時，便僱用她，一起帶回來。」

這個家裡已有千惠和阿蕗兩個勤奮的女傭，還特地帶黑田回來，大將想必相當中意她。

「那個人在這裡待了多久？」

「不清楚，大概一年吧。」

「那個人的香菸盒，怎麼會掉在壁爐裡？」

阿蕗苦笑一下，「你眞是問個沒完呢。」

「沒錯。」

「香菸盒不見後，黑井找了好一陣子。那個時候，我想過搞不好掉在壁爐裡，沒想到眞是如此。」

「什麼意思？」

阿蕗把變得漆黑的香菸盒放上掌心。「這是老爺送給黑井的，外面貼金箔，應該很昂貴。可能有人眼紅，偷偷拿走藏起來。」

「不過，可能藏進壁爐裡嗎？」

「你說壁爐裡的鐵絲網破了吧？」

「嗯，開了個洞。」

「鐵絲網不斷被火灼燒，愈來愈脆弱。前年年底，掃煙囪的人又弄掉工具，網子就破掉了。大家都知道這件事，一直說要修理，但並不會立刻造成困擾，於是擱在一旁，就這麼淡忘。」

阿蕗說，壁爐的鐵絲網破洞不會造成困擾。不，會的。這可是關係到妳性命的大事。孝史在內心嘀咕。

「那個洞我會修理。」孝史斬釘截鐵地說：「要是丟進壁爐裡，不用擔心會有人去找，也可趁沒火輕易藏進去。再加上藏在那種地方，香菸盒會被煤灰弄髒，被火灼燒，就這麼被糟蹋，實在是很惡劣的手段。」

「是啊……」

「是鞠惠藏的吧？」

「不曉得，我不能隨便亂講。」

「哦，妳的臉上寫著『我也這麼想』。」

阿蕗一笑，「我不知道。」

「是嗎？只有那個人會這麼幼稚的惡作劇。難不成黑井會離開，也是鞠惠搞的鬼？是不是她把黑井趕出去的？」

阿蕗又露出爲難的表情。看樣子，似乎有難以告人的隱情。

「千惠姨交代妳，不可以到處亂說屋子裡的事，對吧？」孝史問。

「沒有……」

雖然對阿蕗過意不去，但孝史決定強詞奪理。

「可是，昨天的事……大將那樣死去，原因不是完全不明嗎？所以，我覺得府邸裡的事，不管再怎麼瑣碎，還是弄個明白比較好。」

阿蕗抬起頭，「我覺得黑井跟昨天的事沒關係。」

「爲什麼？」

「她是去年夏天左右離開，都過了半年以上。而且，黑井不是被誰趕出去，而是主動離開。」

「大將不是很中意她嗎？」

「老爺答應讓黑井辭職。」

「那麼，每次一提到黑井，妳爲何支支吾吾？」

「那是……」

「如果黑井說：『謝謝大家照顧，我去找新的工作了』，收拾行李離開，不是應該沒有什麼難以啓齒的嗎？可是，好奇怪，妳像在隱瞞什麼。」

變得有點像在找碴，孝史自覺有些不妙，但衝動之下說出去的話，已收不回來。

阿蕗圓潤的臉頰緊繃，神情有些固執。

「我才沒有隱瞞什麼。」

「抱歉，我不是在責備妳，只是……」

「你有點不知節制。」阿蕗語帶責備，像突然想起孝史是平田的代理人，是這個家的傭人，和她立場相同。「不要隨便插手管屋子裡的事。喏，快去洗手，把早餐送到嘉隆先生和鞠惠太太的房間。」

保險起見，她補上一句：「不可以多嘴，知道嗎？」

看樣子，沒辦法再問下去。

「知道啦，對不起。」

孝史暫時放棄。但他絲毫不大意，沒忘記從阿蕗手中拿回香菸盒。

「這個我拿去交給貴之少爺。」

黑井的存在，似乎謎霧重重。孝史想趁亮出她的香菸盒的機會，試試眾人會有什麼反應。

「孝史眞是的！」

孝史折回廚房時，傳來阿蕗有些生氣的抱怨。雖然不想跟她吵架，但她生氣的表情也好可愛。

鞠惠和嘉隆已睡醒。嘉隆連衣服都換好，鞠惠還躺在床上，手肘頂著枕頭，只撐起頭。孝史端著早餐的托盤進來時，她只瞄一眼，嘔氣般不開口。

這個房間跟大將的寢室差不多，豪華的裝飾也一樣。並排著兩張單人床大的臥鋪，窗邊擺著扶手椅和小圓桌。應該是客房吧。

有一股淡淡的油臭味。孝史想起嘉隆會畫圖，約莫是油畫顏料的味道吧。

這個房間裡也有箱形收音機，嘉隆坐在椅子上，朝收音機探出身子。不曉得是否調頻沒對準，廣播雜音很多，但嘉隆似乎聽得頗入神。

「情勢有什麼變化嗎？」

這個時代的廣播員雖然專業，但用詞艱澀，孝史聽不太懂。

嘉隆盯著收音機，點點頭。就算沒影像，聽收音機時，還是會注視著收音機，尤其是發布重大新聞的情況。原來，這種習慣從以前就形成。

「聽說已發布戒嚴令。還有，交通恢復了。或許會就這樣平息下來。」

滿不在乎地賴在床上的鞠惠，突然爬起來。

「可以出去了嗎？」

「嗯，電車也恢復行駛。」

「太好了。一直關在裡面，真受不了。你要去公司吧？我也一起去。」

鞠惠可能是急著要換衣服，滑下床鋪。她穿著睡衣，孝史不曉得該往哪裡看。瞄一眼發窘的他，鞠惠露出嘲笑般的表情，孝史不禁火大，真是個討厭的女人。

「就算出門，晚上還是要回來這裡啊。」

聽到嘉隆的話，鞠惠露骨地表示厭煩：「爲什麼？這種死氣沉沉的地方，人家一天都不想待。」

「不待在這裡不行啊。」嘉隆顧慮著孝史，「而且，妳想去哪裡？除了這裡，妳沒有別的家了啊。」

「我……」

「妳想來公司就跟著吧。可是，傍晚要回來。我跟貴之有話要談。」

孝史默默擺好早餐，內心卻火冒三丈。你們根本沒搞清楚自己是什麼立場吧？差點說出口，但他不想多管閒事，免得又惹阿蕗討厭，硬是忍耐下來。

孝史急忙離開他們的房間。大將的寢室飄來線香的味道。那裡有屍骸，孝史再次確認後，回到起居室。

貴之、珠子，還有葛城醫生齊聚一堂。醫生有點睏，珠子一副很冷的樣子。桌上擺著早餐，但還沒人開動。

「早。」葛城醫生開口。「我剛去看過你舅舅，似乎沒什麼變化。」

孝史的內心還拖著憤怒的餘波，沒辦法立刻切換到平田的事。

「啊，謝謝。」他草率應道。

「我剛剛跟貴之談過，住院需要的費用，暫時由他代墊。這樣就太好了，快跟貴之道謝吧。」

「那眞是謝了，那個……」

葛城醫生板起面孔。「什麼謝了，哪有這麼說話的。」

「不，那個……」孝史焦急地提高嗓門，「貴之少爺，嘉隆和鞠惠要出門。」

「出門？」

「嘉隆說，廣播報導交通封鎖已解除，所以要去公司。」

貴之拉開椅子站起，「我去勸勸他們。」

孝史想一起上樓，貴之迅速回頭丟下一句「你留在這裡」，快步開門出去。

孝史一陣失落。葛城醫生興味盎然地動著鬍子。

「出門哪裡不妥嗎？」

「很不妥吧？還不知道犯人是誰啊。」

「又不是關在這裡就會知道。而且，我也要出門了，得安排醫院和車子。電話不是不能用了嗎？」

醫生說的有道理，孝史也很明白，但他實在不願意，在這個階段就讓嘉隆和鞠惠自由行動。這是他個人喜惡問題。

「他們或許會逃走，把可能成爲證據的東西處分掉。」

醫生一笑。「要是他們逃走，等於宣告是他們幹的。而且，要處分掉能夠成爲證據的東西，在家裡也能做吧？別這麼激動。」

孝史看了看冷靜的醫生，及一副無所謂，只是默默用餐的珠子，頓時放棄。看樣子，只有自己一頭熱。

「話說回來，你快吃飯吧。要出門了。」
「咦，我也要去嗎？」
「我希望你來。」
「是去打電話吧？不能拜託醫生嗎？」
孝史希望盡可能不要離開現場，但醫生有些不悅：「這是你舅舅的事，而且……」
「什麼？」
「要是我一個人去，跌倒在地無法動彈，怎麼辦？豈不是很危險嗎？」
葛城醫生是個急性子，昨天到這裡的途中，也是好幾次在雪地裡差點滑倒。可是，那點瑣事，只要小心走路就行了嘛。孝史這麼想著，默不作聲。醫生不服地重複：「這可是你舅舅的事喔。」
看樣子，只能說「我知道了」。敵不過活力十足的醫生，孝史點頭答應。然後，他想起口袋裡的東西。
「醫生、珠子……小姐。」
他取出香菸盒給兩個人看。
「這是今天早上在壁爐裡找到的，好像是香菸盒。」
「從壁爐裡找出來的？」葛城醫生吃了一驚，但和珠子的反應不同。她探出身子，想接過香菸盒。
「小心手會弄髒。」
孝史一提醒，珠子便說：「轉過來，讓我看仔細點。」

是、是，遵命。孝史遵照指示，珠子仔細觀察，冷淡地說：「是黑井的。」和阿蕗相同的答案。但珠子一臉平靜，似乎沒什麼興趣。

「聽說是大將送給黑井的。」

「是啊，我去買的。」

「妳買的？」

「嗯，特別向銀座的白鳳堂訂製。黑井很高興，所以，弄丟的時候非常沮喪。原來掉在壁爐裡。」

孝史說明原委，珠子點點頭，望著壁爐裡燃燒的柴薪，只說一句：「是鞠惠幹的吧。」

這個回答也跟阿蕗一樣，鞠惠的小把戲還眞容易看穿。

「你們說的黑井是……？」葛城醫生訝異地問。

「父親的看護。」珠子回答。「有一段時期，她不是住在我家嗎？醫生沒見過她嗎？」

「不，應該見過。是不是大個子的女人？」

「嗯，對。體格很壯，頗有力量，很適合當看護。父親剛出院時，一個人根本沒法起床。」

「是啊……」醫生點頭。「雖然恢復緩慢，但能夠從那樣的狀態，恢復到可行走，甚至能夠寫作的地步，大將大人的堅強意志，實在太令人欽佩。」

「這些全是託黑井的福。」

雖然口氣冷淡，但對珠子來說，似乎是最高等級的讚賞。孝史覺得挺稀奇的。

「這麼說來，大將和黑井相處得很好？」

「嗯，是啊。父親在黑井的照顧下，體力恢復大半。」珠子稍微鼓起腮幫子。

「父親對黑井太好，只聽黑井一個人的話，害我都要吃醋了。」

葛城醫生微笑，「大將大人最愛的是珠子啊。」

「嗯，我知道。」珠子回以一笑。「這一點我很清楚。」

酷似亡妻的獨生女，大將怎麼可能不疼愛珠子？即使這個女兒有些古怪。

話說回來，珠子對「黑井」的印象，和從阿蕗那裡聽到的差眞多。阿蕗與黑井有什麼不好的回憶嗎？

「黑井是怎樣的人？」孝史試著打探，「年紀多大？」

「不曉得……大概比父親年輕一點，五十五、六歲吧。」

「她住在這裡吧？是使用半地下的房間嗎？」

「嗯，是啊。沒照顧父親時，她幾乎都關在自己的房間。」

珠子微微皺眉。

「我不太喜歡那個人。」

葛城醫生又在苦笑，珠子急忙接下去：「不是的，醫生，我不是吃醋。雖然很感謝黑井，可是她有點陰森。醫生，你不覺得嗎？」

「是嗎？我沒見過她幾次，就算見面，也只是很短暫的時間。」

「不管父親待她多好，她對我和哥哥說話總是很恭敬，跟阿蕗、千惠似乎處得不錯，人也不壞……和哪裡來的某人一點都不像啊。」

只有最後的部分，珠子口氣變得尖酸。

「可是，妳卻覺得她有點陰森？」

「嗯，是啊。」珠子聳了聳纖細的肩膀。「總覺得有點像鼴鼠，她老是待在黑暗的房間裡，白天幾乎不出門。這麼說來……」

珠子睜大雙眼，裝模作樣地按著胸口，朝葛城醫生探出身。

「喏，醫生。您有沒有看過鬼魂？」

醫生嚇一跳。「呃，不曉得是幸還是不幸，我沒有看過。」

「我也沒有看過確定是鬼魂的東西。可是，我覺得黑井就像鬼魂一樣。」

「什麼意思？」孝史問。

他的聲音和語調，比自己想像中緊張，充滿認眞。珠子和醫生都嚇一跳，望著孝史。

「你怎麼了？」

孝史覺得喉嚨乾渴，沒辦法順利張開嘴巴。不知不覺間，他在身側握緊拳頭。雖然覺得怎麼可能，但他無法壓抑心中的疑惑。

「啊，沒事。」他勉強擠出聲。

「那麼，唔……妳爲什麼會覺得黑井像鬼魂？」

珠子觀望似地盯著孝史，孝史卻正面直視她。珠子眨了眨眼，爽快地回答：「就是覺得她有點陰森，老是待在陰暗的地方啊。臉色也不是很好……對了，她只在這個家待了一年。這段期間，我發現她的臉色日漸蒼白。」

「是低血壓吧。」葛城醫生說，「或者是貧血。出身貧苦的人常會這樣，是慢性營養失調。」
珠子無視醫生的診斷，似乎想起什麼，微微蹙眉。
「我啊，看過一次。黑井就這樣……從陰暗的地方忽然冒出來。」
葛城醫生笑了出來。「哎呀，那是妳……」
「不，是眞的。我走上樓梯，想去父親的房間，卻發現黑井幽幽站在走廊角落的黑影中。原本那裡沒人，我眞的以爲看到鬼魂。」
「只是妳沒注意到吧，這是常有的事。」
「是嗎？」珠子按住臉頰嘀咕。「因爲覺得她很陰森，才會有這種觀感嗎？」
「就是這樣。」
「醫生這麼說，應該沒錯。」珠子點點頭。「可是，黑井辭職時，我有點鬆一口氣。」
「她是怎麼辭職的？」孝史拚命不讓自己的聲音變得沙啞。滿腦子確信不疑，他莫名激動起來，心臟怦怦跳個不停。
「不清楚，我不知道。」珠子回答，但她對孝史不對勁的模樣起了疑心。「有一天她突然不見，我問父親，他只說黑井辭職了——你在流汗，怎麼了嗎？」
沒有，我沒事。孝史回答後，貴之開門回來。醫生出聲詢問：「嘉隆他們呢？」
「還是要出門一趟。」貴之馬上回答。「他們黃昏就會回來。沒辦法，雖然關於喪禮的安排什麼的，還有很多事要跟叔叔商量，但也不能要他把公司丟著不管。」
「尾崎擔心他們會不會直接逃走。」葛城醫生調侃似地說，貴之冰冷的目光望向孝史。

「要逃，給我逃得愈遠愈好。」

貴之說完，發現孝史一陣激動，臉上滿是汗水。於是他出聲關切：「發生什麼事？」

「不，沒什麼。」醫生回答。

「他在壁爐裡發現黑井的香菸盒。」珠子指著燻得漆黑的東西。「所以，我們剛才在談黑井的事。」

貴之看一眼香菸盒，再次回望孝史。孝史急忙離開，「恕我告退，我去看看舅舅的狀況。」

他拚命壓抑情緒，避免奔跑。但離開起居室的瞬間，他忍不住小跑步。剛才關門時，他察覺貴之疑惑的視線追上來，卻硬是甩開。

黑井——大將的看護，五十五歲左右，氣質陰沉的女人。像鼴鼠一樣喜好黑暗，如鬼魂般突然出現。但蒲生大將相當中意她，聽從她的話。對大將而言，黑井是個特別的存在，甚至會讓珠子感到嫉妒……

孝史跑下通往半地下房間的樓梯，邊回想起火災前，在平河町第一飯店和櫃檯人員的對話。當時，他目擊到從逃生梯消失又出現的平田，大吃一驚，陷入混亂。

——我還以爲他不會再出來，原來又跑出來了啊。

——什麼東西跑出來？

——這還用說嗎?當然是鬼魂啊。

蒲生大將的鬼魂啊。

不對，那不是什麼鬼魂。孝史非常篤定，櫃檯人員看到的是活生生的蒲生憲之大將。活著的蒲生大將，出現在平河町第一飯店，四處遊蕩。

沒錯，他從過去來到現代。

孝史打開平田房間的拉門，衝進去。平田已醒來，躺著從枕頭上抬起臉，望向孝史。他的眼中充滿驚嚇。

孝史大步走近被窩，俯視平田。蒼白的臉和充血的眼睛沒太大的變化，也無法好好進食，他那副病人模樣的憔悴感益發濃厚。

但孝史不同情他。此刻，掌握眞相的興奮遠勝於同情。

「你阿姨來過這裡吧？」孝史問。

平田無言地望著孝史。他似乎沒打算開口，只平靜地看著。

「她以黑井這個名字住在這裡，照顧大將，對吧？」

陰沉的氣氛。像鼴鼠般的女人。從黑暗中幽然現身的女人。

這種人，就孝史所知，世上只存在兩個。一個是平田，另一個是他的阿姨。

「你阿姨來過這裡。然後，在你阿姨的安排下，蒲生大將穿越時空到未來——到戰後，是不是這樣？蒲生大將看到了未來，對吧？」

正因如此，生病前後，他的思想才會丕變。嘉隆不是感嘆地說，哥哥的想法改變得眞多。沒錯，確實變了。因此，他才會說出讓身居陸軍要職，及過去景仰自己的皇道派將校聽了刺耳的發言，甚至被恐怖分子盯上。他知道未來、知道即將發生的戰爭的下場、知道這場戰爭的歸結，將會使日本變得如何，軍部又會變得如何。由於知道一切，大將才會整個思想和人都變了。

平田凝視著孝史。不久，他垂下眼皮，下巴跟著移動。在望著孝史的姿勢允許的範圍內，盡量深深地、明確地、讓孝史看得清——他點點頭。

2

孝史渾身虛脫，當場癱坐，汗水逐漸退去。

平田睜開眼皮，望著孝史。在孝史看來，那雙眼睛和乾燥的嘴唇帶著一絲笑意，彷彿在佩服「你竟然想得到」。

這個男的到底在想些什麼？孝史原以爲說出事實，平田多少會驚慌失措，卻完全落空。

「爲什麼我會知道這些，你不覺得不可思議嗎？」

平田點頭。

「可以稍微說些話了嗎？」

平田費勁地開口。嘴唇黏在一起，喉間發出乾啞的聲音。

「不太……」他生硬地發音，「不行——啊。」

孝史抹一把臉，大大吐一口氣。「那你可以暫時聽我說嗎？我來講講昨天發生的事。」

從大將的房間傳來槍聲後，發生什麼事，誰說了什麼、又怎麼行動，孝史有何感想——他都逐一說明。平田在一旁靜靜傾聽。

「昨晚入睡時，我突然想到，出現在大將的房間，殺害大將，然後沒被任何人看見，像煙霧、鬼魂般消失。辦得到這種事的，只有你一個人。實際上，你在和我一起來到這裡之前，就從平河町第一飯店的二樓逃生梯，穿越時空到這裡一次。我一問，你就說是來進行最後確認，不過那是騙人的吧？你是從二樓穿越的，不是應該降落到與二樓等高的地方嗎？你到底落到這個宅邸的哪裡？」

「啊啊，」平田擠出沙啞的聲音，眼底又浮現愉快的神色。「那是……騙、你的。」

「果然。」

誰會殺害一個將要自決的大將？但如果是你，或許就有行凶的理由——孝史說明這件事。

「只是，我不懂的是，你爲什麼要殺害大將，奪走他自決的名譽？這個動機到底是什麼？如果你對大將沒有個人的憎恨，應該不會殺他。」

「是嗎？」平田反問。

「是啊。除此之外，還有其他理由嗎？」孝史攤開雙手。「例如，思想上的理由？或者，是適合時光旅行者的理由？比方，大將會在接下來的歷史重要場合犯下過錯，許多人因而死亡——爲了防範於未然，你搶先殺害大將？不過，你強調過不止一次，這純粹是白費力氣吧？就算不斷修正小細節，想要救人，也只會徒增悲傷。還是，那是騙我的？」

平田露出近似笑容的表情。左半邊麻痺的臉，沒辦法跟上他的感情活動。

「不，是眞的。」平田拚命舔濕乾燥的嘴唇，補上一句。「那是、我的……眞心話。」

「所以，」孝史提高音量，「只剩個人動機。可是，到底是什麼？」

「可以、給我水嗎？」平田央求。孝史拿起枕邊的長嘴水杯，裡面裝著涼開水，還有一點微溫，應該是阿蕗貼心準備的吧。

待平田喝完水，舒坦一些後，孝史開口。

「你阿姨讓蒲生大將看見了未來。」

「嗯。」平田應一聲。

「於是，大將想法改變許多，又因恢復體力開始活動，希望多少能改變日本的未來。他和生病之前意見對立的貴之和解，也拜託他幫忙。」

平田陷入沉默。

「為了大將，你阿姨在短期間內不斷來回穿梭時空——我想應該是這樣的。一切都是大將住院與你阿姨邂逅，在你阿姨離開府邸前，這一年來發生的事。」

珠子提過，黑井的臉色愈來愈差。

「你阿姨是不是因此搞壞身體，奄奄一息？然後，她去世了。搞不好就死在這個府邸裡。」

珠子說，黑井有一天突然不見。詢問阿蕗，黑井怎麼辭職的？她支吾其詞，一副難以啓齒、不願回想的表情。就是從這些地方導出的臆測。

「你對阿姨這種……說起來，等於是被大將一個人利用後丟棄的死法，感到憤怒。你們有時會見面吧？所以，你應該知道阿姨的狀況。」

「嗯。」平田點頭。「阿姨……過世、之前……有、來、看我……」

「看吧？」

孝史嘆息。確定自己的推理正確，令人爽快。但這些話本身，絕不是什麼愉快的話題。

「所以，你憎恨大將。而大將即將自決——大將認識到，就算看到未來，光憑一己之力，仍無法改變國家前進的方向，於是死了心，決定以遺書的形式留下諫言。你得知此事，想要復仇。至少，你要從他的死裡奪去名譽……是不是這樣？」

平田仰望天花板片刻，臉上露出一種難以形容、像是高興又像欣喜，卻又有點傷腦筋——說穿了，就是一副難為情的表情。說不出話、做不出什麼表情，平田一定很難受吧。不過，對於認眞想從他的臉上，讀出些什麼的孝史來說，也相當勞累。

雖然一直質問平田，但孝史忽然覺得，就算自己的想像全部正確，也無法責備平田的所作所為。這是一種憐憫，是一種認眞分析也絕非什麼高貴的情感，不過，孝史並未注意到這件事。

孝史在想，兩名遭黑暗扭曲的「光芒」包圍，只能過著隱遁般生活的時光旅行者。黑井與平田、阿姨與外甥，是唯一瞭解彼此的人。正因如此，平田對阿姨的死，感到憤怒與悲傷——

「我全說中了吧？」

孝史再次問道，平田搖搖頭。不是點頭，而是往否定的方向轉動。

「你是說不對？什麼不對？哪裡不對？」

很明顯地，平田笑了。不是在嘲笑孝史，而是愉快地笑了。

「你、很聰明、呢。」

「你在耍我嗎？」

平田笑著搖頭，不是的——

「我、沒有、殺、蒲生大將。」

平田盡量清楚地傳達，一字一句，像羅列單字般說。

「我沒、殺，也、不恨、大將。」
孝史感到困惑。正因他滿懷自信、興奮萬分，也非常確信自己的推測，差點要同情起平田，反倒有點氣惱。
「哦，這樣啊。」他忿忿地說。「對啦，犯人不會這麼簡單就承認犯下的罪行。」
孝史瞪著平田。但是，愉快的神色並未自平田的臉上消失。
「如果我的想法錯了，你倒是解釋清楚啊。你爲何特地跑來這個時代？這個時代不比現代方便，而且，明知接下來會更危險，不是嗎？你究竟來幹嘛？從旅館逃生梯的地方穿越時空，到底是去哪個時候的哪個地方？告訴我啊，喂！」
這是遷怒。孝史很明白，以平田的狀況根本不能夠流利地回答。他只是想嘗嘗說個不停，發洩個痛快的感覺罷了。
平田思索片刻，望著孝史。
「你、看過……街上的樣子、了嗎？」
「街上？有啊，雖然只有一點。」
「你看過、這個時代、了啊。」
「只有一點點啦。」孝史聳聳肩。「碰到軍人時，恐怖得要命，把我嚇壞了，實在是個危險的時代，眞想趕快回去。不過在回去之前……」
當著平田的面，實在難以啓齒。
「阿蕗……我擔心阿蕗，我想設法救她。」

平田的眼底又泛起微笑。

「不曉得、說了、你、能不能……理解？」

「理解什麼？」

「回答、剛才的、問題，如果是你、或許、會明白。」

孝史默不作聲，注視平田。

「再過、幾天，我一定、會告訴你。我向你、保證。」

「現在不行嗎？」

明知是強人所難，孝史還是忍不住嘟起嘴。平田點頭。

「現在、不行……再晚一些。等你在這裡、再待久一點、後。」

孝史又露出賭氣的表情。這時，走廊傳來阿蕗的呼喚聲，他有些吃驚。

「是阿蕗。」

孝史起身走向拉門，回答「我在這裡」。接著門打開，阿蕗探進頭，擔心地看著孝史。

「平田叔的情況怎麼樣？」

「哦，不要緊。我只是和他聊了一下，有什麼事嗎？」

「葛城醫生要出門了。」

說是在等孝史。

「知道了，我馬上去。」

阿蕗稍微留意平田的狀況後，便轉身上樓。孝史回到平田身邊。

「我去安排醫院。」

沒錯，平田是病人。找出眞相固然不錯，但也得考慮現實狀況。不能勉強平田，因爲他是孝史返回現代的關鍵。

「拜託，快點好起來啊。」

平田點頭。孝史轉身後，聽到他的聲音。

「槍……」

「咦？」孝史回頭。

「小心、槍。」平田叮囑。

「槍在、某人手上，小心。」

平田臉上已無笑容。他是認眞的。

3

明明叫來孝史，葛城醫生卻遲遲不肯出門，不知在磨蹭些什麼。於是，嘉隆和鞠惠搶先一步出去。嘉隆穿著駱駝色、看起來很昂貴的大衣，鞠惠圍著一條色彩亮眼的毛線披肩，搭著他的胳臂。

在玄關處，貴之叮嚀嘉隆：「請務必遵守時間。」

嘉隆嫌煩地點頭，「知道啦。」

「不能叫計程車嗎？」鞠惠發牢騷，「人家討厭走遠路。」

他們嘟噥著出門。約過十分鐘，孝史和葛城醫生總算出門。孝史的打扮和昨天相同，踩著昨晚沉積的新雪，和葛城醫生一同離開蒲生邸。走出前庭，來到馬路後，孝史回頭望去。玄關沒人目送他們，窗子也關得緊緊的。

昨天看到的車輪痕跡和腳印，已被雪埋沒消失。現在雪完全停了，吐出凍結的氣息仰望，只見一片陰沉沉的天空，低垂的雲朵彷彿要觸碰到鼻頭。就算只有一點也好，如果能露出一點藍天就好了，孝史暗暗想著。

葛城醫生朝赤坂見附走去，等於是逆著昨天來的路前進。孝史跟在後面。醫生沒穿昨天的皮鞋，而是黑色橡皮長統靴，應該是從府邸裡借來的吧。儘管如此，他走起路還是很危險。

令人吃驚的是，離開府邸不久，就在同一條路上與往反方向的三宅坡的人錯身而過。那是穿厚重大衣，戴著帽子的男子，抱著一個大包袱，腳步很吃力。

葛城醫生朝他打招呼。「早安，請問是從市電大道那裡過來的嗎？」

對方停下腳步，微微喘氣，一邊回應。「欸，是啊。」

「市營電車恢復行駛了嗎？」

「是的，人很多。我是從池袋來的，大客滿，根本坐不上去。」

「有軍人嗎？」

「起事部隊似乎已移動，大概是戒嚴令的關係吧。聽說他們在聚集在議事堂跟赤坂方面的飯店附近。」

「警視廳那裡怎麼樣？」孝史插嘴。

「起事部隊已撤離。現下，櫻田門那一帶擠滿看熱鬧的民眾。我也是剛才在車站聽到的，今天早上，身上綁白布條的軍隊排成一列，踩著步伐撤退，景象非常壯觀。」

「這樣啊，多謝。」

醫生輕輕舉手致謝，又邁開腳步。孝史點頭致意，與陌生的情報提供者擦身而過。他懷裡的包袱裝的似乎是日用品，或許他是去探望和蒲生家一樣，昨天被封鎖在建築內部的某戶人家的朋友或親戚。

確定剛才的路人遠離到聽不見對話聲，孝史開口：「聽到了嗎？占據警視廳的部隊撤退了。」

醫生冷淡地背對著他說：「那又怎樣？」

「應該去報案吧？關於蒲生家的事件。」

「順便把憲兵隊也叫來嗎？」醫生的口吻聽起來像在生氣。「要去通報蒲生大將大人遭到暗殺嗎？」

平田在發什麼火啊？孝史納悶，該生氣的是我吧？又不是小孩子，說什雪地很難走，任性地叫別人一起來的可是你。不僅如此，出門又拖拖拉拉，孝史自始自終煩躁極了。

事實上，他根本不想出門。他由衷希望留在府邸裡。與平田的談話，還有最後那句帶著緊張的「小心」還言猶在耳。孝史認爲，當前的任務是，將注意力集中在府邸裡發生的事。

「你沒念過書。」

路上有些地方結冰、有些地方一踏就崩塌，葛城醫生一邊與雪道搏鬥，一邊說。

「什麼？」

「雖然沒念過書，你頭腦倒是不錯，偏偏感覺又超遲鈍，眞棘手。」

「還眞是對不住啊。」

孝史一火大，停下腳步。恰恰在這時，醫生的腳陷入雪堆。他慌亂地揮舞雙手，想取得平衡，卻還是白費力氣，一屁股跌坐到地上。

「這路實在糟透了。」

從頭到腳沾滿雪，連鬍尖都變白，醫生抱怨道。「喂，不要杵在那裡，過來幫忙啊。」

「都是醫生淨選難走的地方。」孝史雙手插腰，一動也不動地俯視著醫生。「您的走法太笨了啦。」

「謝謝你的評論。」醫生掙扎著想站起，一邊瞪視孝史。「拉我的手。」

孝史粗魯地拉他的手，醫生這次差點往前撲倒。不過，他還是抓住孝史，勉強站起，「哼」一聲，用鼻子吹掉沾在鬍鬚上的雪。

「你完全不明白，我為什麼帶你出來嗎？」

「不是醫生很容易摔跤的關係嗎？」

「唉，沒受過教育的人就是這樣。眞頭痛，連推敲都不會。」

如果要推敲，昨晚和今天都反覆推敲到幾乎可成堆送去賣啦。葛城醫生要是知道孝史所想的事、所想的內容，一定會引發比平田更嚴重的貧血吧。欸，是啊，醫生，我來自你們時代以後的世界，大學考試落榜，是個加入重考行列的高中生，眞的沒念書。

儘管如此，醫生氣呼呼的模樣，和那渾身是雪的可憐姿態，兩者的落差實在好笑。雖然不情願，孝史還是忍不住笑出來。
「你笑什麼？」
「我不是在笑醫生。」
「胡說。」
葛城醫生拍掉大衣上的雪，像保險似地，緊緊抓住孝史的胳臂，又邁步向前。
「我特地帶你出來，是想在沒有他人耳目的地方，和你好好談談。」
「和我？」
「對，沒錯，和你。遺憾的是，我找不到其他可靠的人。」
前方又有人走過來。這次是兩名女子，身穿和服，腳底踩著罩有像是塑膠套的木屐。她們經過孝史和醫生身邊，很快進入右手邊一棟門面堂皇的木造建築。其中一名女子拿著報紙。
她們消失後，醫生繼續說：
「今早，我跟貴之商量帶你舅舅到醫院的事，貴之要我一起去，然後回家。」
「回家，指的是您的自宅？」
「對。貴之說：醫生的家人一定很擔心，家父的喪禮得等陸軍這場騷動結束才能夠舉行，沒必要繼續把醫生留在這裡。」
醫生露出焦躁的表情。
「我回答貴之：豈有此理，大將大人的死亡仍有許多疑點，我不能就這麼撇下回去。於是，貴之透露他的想法。」

——昨晚我思考許久，認爲父親應該是自決。

孝史突然停步，醫生差點跌倒。

「什麼意思？懷疑是謀殺的，是貴之少爺啊。」

醫生嘟起嘴。「不，不對。正確來說，是你。貴之只是發現槍不見，一時慌了手腳。」

「不是一樣嗎？而且窗戶鎖著，說犯人還在屋子裡的，明明就是貴之。」

「欸，沒錯……這就是問題所在。」

葛城醫生拉著孝史的胳臂，慢慢走著。

「的確，發現大將大人的遺體旁沒有槍時，貴之也以爲是他殺。後來，聚集在起居室時，他仍這麼想。貴之向我坦白，他根本懷疑是嘉隆幹的。」

看貴之當時慌亂的模樣，孝史以爲他在懷疑珠子，原來不是啊。

「其實，貴之從以前就有預感，大將大人將會自決。所以，找不到槍，他爲這件事感到非常困惑。」

得知槍聲是從大將的房間傳出時，貴之低喃一句「果然」。

「然後，當他想到大將大人可能是遭謀殺，瞬間浮現腦海裡的，是嘉隆的臉。大將大人與嘉隆之間，有著長年的糾葛。雖然他不是恐怖分子，但老實說，除了嘉隆之外，幾乎沒有其他可疑的人物。但如此一來，從貴之的立場來看，等於是叔叔殺害父親。這不是能隨便說出口的懷疑。」

「的確……」

「我們聚集在起居室談話時，貴之似乎也相當難受。但是，此時出現珠子和你偷聽到嘉隆和鞠惠祕密談話的新情報。而且根據這項情報，嘉隆他們似乎很期待大將大人自決，等待著事情發生。」

醫生一臉不快。

「所以，貴之重新思考，是嘉隆和鞠惠下手的可能性變小——那麼，誰最可疑？」

「不是我。」孝史故意以輕浮的語氣說，醫生卻一本正經地回答。

「也不是我。」

「嗯，當時醫生不在現場嘛。」

「沒錯。貴之想了很多，得出一個結論：大將大人是自決。然後，有人從現場拿走槍。」

孝史邊走邊聳肩。「這件事他昨晚也說過。我覺得，那簡直是可笑到家。」

「可笑？」

「拿走槍要幹什麼？要射殺誰嗎？」

葛城醫生嚴肅地點頭。「沒錯。就是爲了這個目的拿走的。」

「在那幢府邸裡嗎？馬上會被逮捕。待在那裡的人數有限啊。」孝史一笑。

「要是那個人覺得，就是要射殺某人，即使被捕也無所謂呢？」

孝史又停下腳步，這次他望向醫生。

「您說什麼？」

「仔細聽著，大將大人自決了。這次槍消失，是發生在這場衝擊後的事。自決時使用的槍掉落在遺體旁。可殺人的武器就在眼前，某人發現這件事，暗下決定。爲了達成自己的目的，將槍從現場帶走——這不是有可能嗎？」

孝史和醫生互望，眨了眨眼。

「您是指，要用那把槍射殺誰嗎？」

醫生沒回答，別開視線又往前走。

「貴之說，知道大將大人擁有槍的，在府邸裡只有他。但是，連知道這件事的貴之，也不曉得大將大人把槍放在什麼地方。換句話說，雖然不曉得是誰拿走槍，但對那個人而言，大將大人自決的現場弄掉一把槍，等於是他得到武器的千載難逢機會。而且，那是大人用來自決的手槍，是別具意義的物品。」

醫生加重最後一句，孝史知道貴之假設「從現場拿走手槍的人」是誰了。

「貴之認爲，是珠子拿走槍嗎？」

醫生停頓一下，回答：

「沒錯，今早他告訴我的。貴之昨晚幾乎沒睡，一直在想這件事。」

用父親拿來自決的槍，射殺生前跟父親敵對、動輒讓父親苦惱的舅舅，與他的情婦——這像是珠子很可能做的事，卻也最不像是她會做的事，孝史暗暗想著。

「有機會從大人自決的現場拿走槍的，只有四個人。」醫生繼續說：「貴之、珠子、鞠惠和嘉隆。大家聚集在起居室前，這些人都有到現場的機會。」

「我也有機會。」

「那麼，是你嗎？」

「不是。而且，我根本不知道怎麼開槍。」

「我也覺得不是你。」

「太感激了。可是，為什麼呢？去除動機，或企圖殺掉誰的部分，我也很可疑。」孝史笑了出來。「例如，我是從以前就企圖襲擊大將的恐怖分子，想拿到槍，準備之後用來暗殺首相。」

醫生板著臉，「岡田首相已被殺。」

「那麼，殺下一個首相。」

「你是指，志願成為暗殺者的工人青年，偶然碰上蒲生大將自決的現場，然後偶然發現手槍，順道拿走？」

「不無可能。」

「是啊。但光說可能，什麼事都可能發生。」

醫生盯著積雪的道路，放低話聲。

「其實，這也是我想和你當面確認的事之一。你到底是什麼人？」

孝史頓時語塞。

「什麼人？就像您剛才說的，是個工人啊。」

「什麼工人？做什麼的？出生地在哪裡？那個叫平田的，眞的是你舅舅嗎？你怎麼解釋？我想知道這些事。」

孝史明白葛城醫生是認眞的。醫生仍維持步調前進，不看孝史，淨盯著腳邊，但他抓著孝史胳臂的力道加重，甚至讓孝史感到疼痛。只是甩手，葛城醫生不會放開他。

「我……」

平田告訴他的假造經歷浮現腦海。大正七年，出生在深川區的扇橋。是平田妹妹的兒子，職業是工人，因爲被工頭虐待，逃離工地。

但孝之說不出口。面對目光犀利、體重壓在孝史身上的葛城醫生，這種謊言無法瞞騙過去。況且，撒謊這件事，讓孝史有種難以言喻的挫敗感。

「我、我……」

我來自未來。或許您不會相信，但我是太平洋戰爭結束五十年後，這個國家的國民。我是回溯時光來到這裡。那個叫平田的人，擁有時光旅行的能力——

說出來吧，把這些說出來。不管醫生相不相信，能夠回應他的質問、與他對等交鋒的，只有這一點。

孝史剛要發出「未」的嘴形，葛城醫生突然停下腳步，抬頭看著他，問：

「你是不是輝樹？」

4

葛城醫生的嘴形凍結在「樹？」的疑問句尾，孝史的嘴巴也凝結在要發出「未」音的瞬間，白色的呼氣流過兩人之間，轉眼消失。

兩人面對面呆站數秒，從恢復喧鬧的市電大道上，隱約傳來喧嚷聲。腳底的雪地寒意，滲透孝史全身。

慢慢地、像要解開僵掉的東西般，孝史的「未」嘴形，轉換成「輝」的形狀。

「輝樹是誰？」

同時，葛城醫生不只是嘴巴，整張臉鬆垮，撇下嘴角。

「不是啊……」醫生發出摻雜著感嘆、安心和失落的話聲。「不是吧，我搞錯啦。原來如此，不是啊。」

醫生笑了出來。

「我想太多了。看你那張表情——是這麼回事啊。」

「等、等一下，不要一個人自問自答。輝樹是誰？您在說些什麼？」

葛城醫生放開孝史的手，朝氣十足地邁步向前。突然間，他又變得生龍活虎。

「那樣走又會跌……」

孝史還沒說完，醫生便一副「你看著吧」的樣子跌倒。即使如此，他仍笑咪咪地爬起。

孝史扶起他，一面發問：「輝樹是誰？」

醫生拍掉雪花往前走。「千惠知道是誰，去問她吧。」

「那個婆婆問什麼都不會告訴我，她勸我不要管府邸裡的閒事。」

「那就這樣嘍。」

「未免太自私了吧！」

孝史出聲吼道，醫生笑著揮揮手。

「生氣啦？」

「當然。這樣誰受得了啊？」

孝史一轉身，就要折回府邸，葛城醫生伸出手，一把抓住他的肩膀。不抓還好，這一抓，連醫生也失去平衡，把孝史也拖下水。

「眞是的……」

正面撲倒在雪堆裡，孝史呼吸快停止。他以手肘撐地，爬起來說：

「再這樣下去，醫生，過一百年也到不了有電話的地方。」

「噯，抱歉。」

葛城醫生依然神情愉快。他一臉雪白地爬起，幫忙孝史拍掉肩上的雪，解釋道：

「輝樹是大將大人的孩子。」

孝史不禁睜大眼，「孩子？兒子嗎？」

「沒錯。比貴之和珠子更小，大概是你這個年紀。可是他不是嫡子，是大人年輕時，和夫人以外的女人生下的孩子。唔，直截了當地說，是藝伎的孩子。」

蒲生憲之爲那孩子取名「輝樹」，但是，並未正式認他是自己的孩子。據說，是那女人刻意迴避，自行退出。

「大將大人考慮到對方往後的生活，決定收爲養子。但是，對方不願意放棄孩子，便從大人面前消失，前往滿州。」

「你認爲，那個叫輝樹的孩子是我……？」

「我忍不住想，會不會是這樣？昨晚我也是苦思良久啊。」

「爲什麼？輝樹怨恨大將不認他爲兒子，可能會出現在大將面前嗎？」

「不能說毫無可能吧？大將大人偶爾也會掛念著，不知輝樹過得如何。尤其是生病倒下之後。」

這就是所謂的父母心嗎？

「知道這件事的，只有醫生和千惠姨嗎？」

「夫人也知道。現在貴之和珠子應該曉得，有個同父異母的弟弟吧。」

「可是，那時竟沒發生爭執。」

「當然吵翻天了，還用說嗎？只是事情沒鬧開。至少，關於這件事，夫人連對我也沒說出任何責備大人的話。我從大人那裡聽到一些關於此事的風風雨雨，不過，只是很概略的而已。」

如果是在孝史生活的「現代」，想必是大事一樁。

「在輝樹出生後不久，大將大人做爲德國大使館的駐派武官，前往當地赴任。當然，夫人與孩子也同行。一家人親密無間，也和在日本的那個女人拉開距離，算是分別的好機會。」

「嗯……」

「當時讓夫人如此心痛，大人非常後悔。不過，那也是大人病倒後的事。他常提起與夫人之間的回憶。」

「我看到照片了，夫人長得很美。珠子小姐實在非常像她。」

「你看吧？所以，夫人逝世後，大人對珠子更是加倍呵護。」

醫生露出突然回到現實般的陰沉表情。

「珠子也很愛慕父親。在她的心目中，父親和兄長就是一切。正因如此，才會引發剛才我告訴你的那種憂慮，貴之擔心到臉上毫無血色。」

確實，珠子有機會拿走槍。她聽到槍聲，但不敢一個人去探視情況，先下來起居室——如果珠子在撒謊呢？如果她一聽到槍聲，立刻趕往大將的書房，目睹父親的遺體和掉在一旁的槍呢？

「請你留意珠子的情況。」

葛城醫生仰望孝史。

「如果槍在她手裡，我不希望她做出危險的事。剛才我會拖拖拉拉的，也是不想在嘉隆他們出門之前，放鬆對她的注意。我叮嚀貴之要留心，但兩個人總比一個人監視來得確實。我就是想拜託你這件事。」

「我明白了。那麼，我會遵照醫生指示，但是不是也告訴千惠姨和阿蕗一聲比較好？」

醫生搖搖頭。「如果拜託女傭注意珠子，不曉得她們會表現出什麼態度。搞不好現下……像千惠，或許她已發現珠子手中有槍。」

勸諫孝史不要插手府邸的事的那種口氣……的確，若是千惠，或許會以這種方式來表現她的忠義。因爲那個資深老女傭，不可能對鞠惠或嘉隆抱持好感。

「我會小心看好珠子小姐。」

孝史嘴裡這麼保證，另一方面，他頗爲冷靜的腦袋，卻也朝另一個方向思考，或許貴之也很危險。

貴之同樣有機會拿走槍。和孝史兩個人在大將的書房裡發現屍體時，槍被壓在遺體底下。待孝史走出房間，貴之拿走槍藏起來。當然，他的目標是叔叔和鞠惠。向葛城醫生說出他對珠子的懷疑，不也可能是爲了轉移注意力嗎？實際上，煞有其事地提出理由，要身爲第三者的葛城醫生回家的，也是貴之。

——小心，槍在某人手上。

平田的話在腦海復甦。

「明明是親兄弟，明明是叔叔和姪子、姪女，這眞是教人難受啊。」葛城醫生呻吟。「怎麼會搞成這樣，爲什麼非得讓人擔心這種事不可呢？」

確實，兩人的爭執已超過兄弟吵架的程度。

「這也是想法不同的軍人與實業家之間的紛爭吧。」醫生說。「軍人瞧不起實業家。大將大人每次提到嘉隆，老批評他是『小商人』。嘉隆也眞是的，他總唾罵軍人全是些只會揮舞拳頭、夜郎自大的渾帳。對於日本與國際聯盟爲了滿州發生的衝突，他曾一副唾棄的模樣，抱怨都是外交無能、不瞭解經濟力學的軍人獨斷獨行，才會演變成這種狀況。」

但孝史知道的戰後日本，其實等於是靠那些實業家立國。不曉得蒲生大將見到未來「小商人的國家．日本」，究竟作何感想？

驀地，孝史想起珠子的婚事。從鞠惠的譏諷聽來，對方似乎是「計程車公司社長的兒子」，是小商人。

「醫生，珠子小姐預定要結婚吧？」

說完該說的話，邊走邊陷入思考的醫生應一聲。「啊？你說婚事嗎？」
「嗯，那是什麼時候決定的？」
「不曉得，詳情我不清楚。不過，應該是最近吧。」
想必是如此，孝史點點頭。若不是生病、看到未來，蒲生大將不可能會想把珠子嫁給實業家。
「您不覺得奇怪嗎？珠子小姐的對象，竟是大將口中的『小商人』。」孝史試探地問。
醫生也感到納悶。「是啊。不過，當軍人的妻子很辛苦，大將深知這一點。更何況，接下來……」
「就要發生戰爭？」
「很有可能。」醫生點頭。「而且，聽說珠子的對象是貴之大學的學弟。這才是最重要的因素吧。」
「也是。」孝史暫且同意。「對了，醫生，貴之也不是軍人吧。」
「昨天不是談過了嗎？」
「嗯。可是，就算不是職業軍人，也會受到徵兵吧？貴之沒去當兵嗎？」
嘉隆跟鞠惠說貴之膽小云云，孝史頗爲在意。
「因爲他進了大學。」
「大學生可以免除徵兵義務嗎？」
「沒那種事……」醫生瞪孝史一眼，「怎麼，你也是來打探逃避兵役的方法嗎？問我也沒用，你還是努力祈禱抽到白籤（註）吧！」

「我又沒這種打算。」

葛城醫生板著臉，沉默不語，快要滑倒就抓住孝史的胳臂，大步往前邁進。

5

市電大道呈現熱鬧的景象。

和昨天截然不同。道路兩側的店鋪，以時間來看，感覺像是剛開始營業，各處的窗戶和門口都有人探出頭，窺看外面的情況。穿厚重棉襖的中年男子、和服上套著白色圍裙的女子，應該是住在這一帶，或在此地做生意的人吧。每張臉都沒什麼緊張感，反倒有種開朗的氛圍。

行人很多。男人穿大衣和軟呢帽。市營電車發出噪音行駛著。雪的深度一直堆到接近鐵軌的地方，彷彿沒有軌道也能夠行駛。果然，車上擠得水洩不通，大客滿。電車來到平河町的電車站，停車後發出「叮鈴、叮鈴」聲。車子裡吐出的厚重衣著乘客，朝三宅坡或赤坂見附走去。

孝史望著大馬路前方。昨天過來盤問的士兵，他們的步哨線不見蹤影。捲著刺鐵絲的路障、用來生火的汽油桶也消失。孝史想起，剛才錯身而過的人提到，軍隊已移動到議事堂。

「議事堂是在哪個方向？」

「更南邊的地方，比蒲生家更往南。」

註：日本戰前，在徵兵檢查時甲種合格的人，根據抽到的籤，可免除入伍。

葛城醫生一面回答，一面東張西望。他突然舉起手，指著道路的反方向。

「那家店門開一半。喏，那個紅色招牌的麵包店。」

老舊的招牌上，模糊不清的漆著「宮本麵包」幾個字。一如往例，從右到左的橫書讀來感覺很奇妙。

「麵包店通常愛趕時髦，或許會有電話。」

葛城醫生留下一句，踩著驚險的步伐前進。穿越馬路時，兩度差點摔倒，負責撐住他的孝史，手也隱隱作痛。

醫生抵達半開的麵包店門口時，孝史發現腳邊掉著報紙。抬頭一看，麵包店隔壁是西餐廳。上面掛著「法蘭西亭」的招牌，門口緊閉，玻璃另一邊垂著條紋型窗簾。入口的階梯處，有積雪遭踏平的痕跡。孝史撿起報紙，才發現完全濡濕，而且冰冷。

「打擾了，有人在嗎？」

葛城醫生走進麵包店。孝史跟著跨過門檻，走進約一坪左右的店內。

正面並排著兩個玻璃櫃，裡頭是空的，只有寫著商品名的小牌子，重疊倒放在角落。門口是老舊的木板門，但裡頭的裝潢漂亮雅致許多，牆壁上貼著花朵模樣的壁紙。玻璃櫃後方，鎮坐著一個難以形容，像是一隻蜷縮起來的蟾蜍般的暗綠色機械。孝史一愣，定睛一看，上頭排列著數字按鈕，似乎是金錢登錄機（註）。

店裡垂著一片薄薄的簾子，另一頭點著燈光。葛城醫生第二次出聲後，燈光的那一側傳來近似「是」與「素」之間的回應。不久，傳來下樓的腳步聲，一個微胖的男人掀開簾子探出頭。他穿灰色長褲，還有一件棉襖坎肩般的衣服。

「抱歉，今天還沒開始賣麵包。」

男人垂下圓臉上的一雙眉毛，看起來十分親切。胖嘟嘟的右頰醒目處，有一顆黑痣。

「該說抱歉的是我們。我們不是客人，如果府上有電話，想拜借一下，不曉得方不方便？」

葛城醫生有些拘謹地說完，從外套內袋的紙夾裡取出名片。

「敝姓葛城，是個醫生。是這樣的，不遠處的蒲生前陸軍大將的家裡有個病人，必須趕快打電話送醫才行，但大將公館的電話不通。」

麵包店老闆雙手接過名片，仔細端詳，然後望向孝史。

孝史急忙開口：「我是府邸的下人。」

「喔、喔。」麵包店老闆點頭。「請用，樓上有電話。」

他轉過圓滾滾的身軀，探進簾子另一頭，呼喚：「喂，勝子、勝子！」。接著，他表示「我請老婆帶你們去。」

被稱爲勝子的老婆，比老公聲勢浩大，咚咚咚地走下樓。她也是個微胖的女人，聽完原委，便立刻咚咚咚地爲醫生帶路。

「樓梯很陡，不好意思啊。」

「電話現在忙線，可能很難接通。」麵包店老闆仰望著樓梯。

註：相當於現代的收銀機，可記錄金錢出納的機器。

「是嗎？昨天還不會啊。」

「那是運氣好。就算向接線生報出號碼，也得等好久。」

「我要打到幾個地方，可以嗎？當然，費用我會支付。」

「沒關係，請用、請用。電話線怎麼用也不會少。」

葛城醫生走上樓，孝史和麵包店老闆留在店裡。跟班眞是閒得無聊的差事。

「很冷吧，來暖爐邊取取暖。」

老闆向孝史招手。接著，他注意到孝史手中的報紙。

「那是報紙吧？」

「啊，我在外面撿到的。」

「可以讓我看看嗎？」老闆的眼神發亮，充滿興趣。「那一定是號外吧，我們家只有今天的早報。」

孝史繞到玻璃櫃旁，走進簾子另一頭，同樣是只有約一坪大的廚房，有巨大的瓦斯爐、爐灶及流理臺。擦拭乾淨的流理臺上，立著一根用舊泛白的棒子。道具都清洗得很乾淨，並且收拾得一塵不染。

進去後的右手邊，是葛城醫生走上去的樓梯。流理臺旁放著一座以玻璃筒包覆圓形火口的石油暖爐，正燒得火紅。一靠過去，臉頰彷彿被熱氣烤鬆。

「取取暖吧。」老闆拿出長腳椅，要孝史坐下。

「謝謝。」

孝史道謝，坐上椅子，攤開報紙。

「啊，眞的，是號外。」

全是漢字的文章，孝史吃了一驚。舊體字的「號外」兩個字，看起來森嚴無比。

「我瞧瞧。」

老闆來到暖爐邊，湊近報紙。那是二月二十六日的《東京日日新聞》的號外。

上面寫著「以擁護國體爲目的　青年將校等襲擊重臣」。

「岡田首相（註一）、齋藤內府（註二）、渡邊教育總監（註三）遭到射殺……」老闆讀出聲，搔了搔黑痣。

「眞不得了。」

「可是，昨天和今天這一帶的狀況完全不同。眼下的氣氛，感覺像騷動很快會平息。」

註一：岡田啓介（一八六八～一九五二），軍人及政治家，海軍大將。第一次世界大戰時即歷任海軍要職，一九三四年繼齋藤實內閣後擔任首相組閣，卻無力遏止軍部勢力擴大。在二二六事件中倖免於難，其後以重臣身分參與國政，日美開戰後致力於打倒東條英機內閣。

註二：齋藤實（一八五八～一九三六），軍人及政治家，海軍大將。歷任海軍大臣、朝鮮總督、首相及內大臣。二二六事件時，由於擔任天皇輔佐官之內大臣（內府爲其別稱）之職，而遭到暗殺。

註三：渡邊錠太郎（一八七四～一九三六），陸軍大將，由於承認天皇機關說的言行舉止，及取代皇道派中心人物眞崎甚三郎成爲教育總監，於二二六事件遭到暗殺。

歷史上的二二六事件，從發生到結束大約進行多少天、有著什麼樣的經過，孝史幾乎一無所知。雖然他不認為一、兩天就會平息，但看著人潮洶湧、市營電車熱鬧發動的景象，彷彿不是什麼大不了的事。

「你昨天在哪裡？」

「蒲生大將的府邸裡。」

「大將大人的住處，是在隔兩條街的南邊吧？那一帶很平靜，可能不清處發生什麼事。」

「是啊。不過，上面吩咐不能到外頭走動。」

「道路解除封鎖，是在今天早上的六點或六點半左右吧。在那之前啊……」老闆轉動著眼珠，「原本在警視廳跟三宅坡那裡的部隊全都撤離，景象非常壯觀。一大群士兵踩著雪地，舉著『尊皇義軍』的旗子，扛著帶刺刀的槍，應該上了實彈吧，簡直嚇壞人。」

「聽說目前在議事堂。」

「好像都聚集到那裡，應該是在跟上頭的大人物交涉吧。再怎麼說，他們都很不得了。」這次的「不得了」，不是「事態嚴重」，而是「了不起」的意思。孝史暗忖，老闆似乎是站在青年將校這一邊。

「今天的早報，方便讓我看看嗎？」

「可以啊。對了，大將大人的府邸附近，報社沒去送報吧。我們家的也來得很慢。據說，朝日新聞社遭到襲擊，鉛字箱整個翻倒。」

老闆從廚房角落的架子上拿來報紙。接著，孝史注意到同一個架子上，擺著老舊的箱形收音機。

早報第一版的標題是橫書，一樣寫著「青年將校等襲擊重臣」。然後，孝史的目光受到下段的報導吸引。

「今早二時三十分過後　帝都發布戒嚴令

司令官爲香椎浩平（註）中將」

今早嘉隆在聽收音機時，也報導過同樣的事。

——戒嚴令啊。

這個詞彙，孝史只在電影裡看過。發布戒嚴令，意指該都市將暫時成爲軍政地帶——變成由軍人來維持治安的都市。儘管如此，目前市街的氣氛意外明朗，甚至可說是樂觀。

「雖然發布戒嚴令，好像也沒那麼恐怖。人潮洶湧，十分熱鬧。市營電車也大客滿。」老闆笑著搔了搔黑痣，「全是看熱鬧的。」

允許一般市民看熱鬧的戒嚴令嗎？

「你有聽廣播嗎？」

「嗯。可是，從早上起就沒報什麼大事。幾乎跟報紙一樣，只是在重複相同的話。」

「那昨天呢？」

註：香椎浩平（一八八一～一九五四）爲大正及昭和時代的陸軍軍人，二二六事件當時擔任東京警備司令官，雖被任命爲戒嚴司令官，鎮壓叛亂，但本身爲皇道派，對反叛軍持同情態度。

「白天仍播放一般的節目，我還在聽浪曲（註）。所以，看到那些士兵在動作……」老闆指向三宅坡，「一開始，我以爲是大規模的演習。」

「可是，有大臣被殺了吧？」

「那些事，當時也不是馬上就知道啊。」

原來如此，襲擊重臣是昨天凌晨發生，但收音機到中午爲止，還在播放浪曲——

孝史終於發現，原來這個時代還沒有報導的自由。政府，不，這種情況恐怕是軍部，能夠過濾向一般大眾公開的資訊。

「廣播的內容是從昨天黃昏開始變得不一樣。」老闆說。

「七點左右嗎？啊啊，我也有聽到。可是太難了，聽不太懂。」

老闆朝孝史手中的早報揚一揚渾圓的下巴。

「上面也有報導昨天傍晚發布的消息。」

接著，老闆將水壺裝滿水，放到火爐上，並從流理臺底下的櫃子取出茶壺和圓形茶杯等物。孝史再次望向早報。他讀著報導，雖然不甚明瞭，仍努力整理思緒和理解。

如同麵包店老闆所說，第一版的下方，有個部分寫著「本日午後三點第一師管受令進入戰時警備　戰時警備之目的爲藉由兵力……」，是昨晚在收音機裡聽到的一節。換句話說，昨天下午三點，發布一個叫「戰時警備令」的命令，而第一師管這個單位，受命擔任帝都的警備——大概是這個意思吧。

這個時候的警備司令部，司令官是香椎浩平中將。由於凌晨兩點半更進一步發布「戒嚴令」，香椎中將成爲戒嚴司令官。

報導上刊登著穿軍服的香椎中將，戴著眼鏡、一臉耿直的照片。軍人的臉看起來都一樣，是制服的關係嗎？算了，這不是重點。此人是頭頭，負責鎭壓暗殺重臣、目前占據東京市中心的起事部隊的青年將校。孝史「嗯、嗯」地點頭。

然而，麵包店老闆卻冒出莫名奇妙的話：「據說那些士兵也歸入那個什麼司令部的底下，交通封鎖才會解除。」

孝史大吃一驚。

「那些士兵？你是指引起騷動的部隊士兵嗎？」

「對。」

「他們也歸入戒嚴司令部底下？」

「應該是吧。」老闆對驚訝的孝史點點頭。「昨晚啊，來了兩、三個士兵，把我們店裡所有麵包都買走。當時他們說『我們也加入警備部隊』，意思是編入今早成立的戒嚴司令部底下了吧？」

「在形式上，或許是這樣，可是……」

「昨晚的士兵提到，只要加入警備部隊，就能從連隊那裡支給到糧食之類的，不過遲遲發不下來。這附近也有幫士兵做飯，或讓他們住宿的人家，因爲天氣實在太冷。」

孝史頓時啞然。怎會有這麼奇怪的事？香椎中將率領的戒嚴司令部，和青年將校們率領的起事

註：日本大眾藝能的一種，以三弦琴伴奏的民間說唱。類似中國的鼓詞。

部隊，應該是彼此對立，目的也一百八十度的不同，竟然混在一起？

「那樣一來，兩邊聯手到底在『警備』什麼？」

老闆答得很模糊：「赤色分子吧。紅軍。」

「赤色分子在哪裡？」

「那附近吧。」

「那附近？」

「嗯。噯，不管怎樣，陸軍的大人物應該也接受起事將校們的說法，認爲他們的主張有道理吧？既然如此，或許會有些轉機。」

水煮開了，老闆泡起茶。

「電話果然還是接不上嗎？」他瞄一眼樓上，把茶杯放到托盤，站起身。他走上樓梯，一面對孝史說：「你可以打開收音機，頻道已調好。」

「謝謝。」

孝史走近架上的收音機。說是收音機，卻比他在高崎家中房間的迷你音響組合的音箱還要大。上面有三個旋鈕，左邊的是開關。

一轉開，立刻傳來播報員的聲音。那個語調一聽就知道「哦，是ＮＨＫ」，平穩清晰，而且制式化，似乎只有這個部分，即使時代變遷也不會改變。

廣播不帶一絲情感地播報著，昨晚東京市發布戒嚴令。戒嚴區域爲東京市內的臨戰區域：永田町台一帶、赤坂、虎之門、櫻田門周邊等。聽到戒嚴司令部設置在九段軍人會館時，孝史心想，九段軍人會館——指的是九段會館嗎？那不是去年堂姊舉行婚禮的地方嗎？受邀參加婚禮的父親太平，回到家後，不是說什麼九段會館還保存著機關槍的槍座之類的嗎？

——老爸。

驀地，家裡的事還有家人浮上心頭。大家過得如何？從平河町第一飯店發生火災後，今天是第二天。母親或許來到東京了。她想必會看著火災現場的搜救行動，承受孝史生死不明的不安吧。愛哭鬼妹妹是不是哭哭啼啼，挨父親臭罵？

全是廣播害的。雖然音質、用語及播放的內容都不一樣，但ＮＨＫ的收音機廣播所營造的氣氛，過去與現在幾乎沒變，害他不禁想家。

清洗卡車、維修引擎時，父親太平總會打開收音機，而且一定是聽ＮＨＫ。孝史有時會被找去幫忙，如果想聽更熱鬧的民營廣播台節目，擅自轉換頻道，絕對會被罵個臭頭。所以，對孝史來說，ＮＨＫ的廣播聲，等於是家庭的聲音。

播報員在戒嚴令的新聞後，開始播報一般交通管制解除的消息。市營電車及公共汽車已恢復通車，但由於積雪，造成班次紊亂——此時，麵包店老闆從樓上下來。

「電話果然忙線中。」他告訴孝史。「聽說你們打算向軍方借卡車？」

「嗯。如果亮出蒲生大將的名號，或許會有辦法。不過，既然交通管制解除，就沒必要了吧。」

「不過，道路都積著雪，可能還是有需要吧。」

「是啊。不好意思，我能去看看外面的情況嗎？」

「哦，請便。好像有得耗。」

孝史穿過半開的門，走到外頭。行人似乎變得更多，因此，人行道也變得比較好走。思索片刻，孝史步向三宅坡。

孝史知道的那條連接三宅坡三岔路口，和赤坂見附之間的道路，與現在走的這條道路，只有時代的差距，其實是同一條。雖然這條路行道樹優美，有許多車子通過，但徒步行走的人很少，讓人感覺東京不只是大都會，而是「首都」，也有種無言的壓迫感。同一條道路在六十年前原來是這樣子啊。沿路有許多出色的紅磚大樓，但更引人注目的是電線桿。因爲不是混凝土，而是木頭做的。上面沒有變壓器，看起來十分通風，感覺有點像晒衣桿。

頭上像電線還是線路般的東西，如棋盤般交叉密布，有點礙眼。大樓之間有零星的小店。金屬製的香菸店招牌，理髮店前白、藍、紅相間的渦狀旋轉招牌，令人十分懷念。嘿，原來從以前就是這樣啊，旁邊還立著一面招牌，寫著「描繪出柔順長髮的妙技」，孝史忍不住笑出來。

朝大樓之間的細小巷道望去，看到某餐廳的窗戶貼著像西班牙佛朗明哥舞女般的海報，還有貼著「募集女店員」的事務所。寫著「代書田中」的大招牌上頂著雪堆，底下一個老人氣喘呼呼地鏟雪。這是幹什麼的店？

走著走著，孝史不禁覺得，並非所有的一切，都與自己生活的「現代」截然不同。即使衣服不同、鞋子不同、大樓的高度不同、文章的横書方向不同、漢字很難，但人並非完全不同。

大人的部分唯一不同的是，這裡有許多沒辦法只按下開關就做好的事，全都要依靠人力完成。大概就只有這點不同吧？想想千惠和阿蕗在蒲生邸內工作的情形，不也是這樣嗎？沒有吸塵器、沒有洗衣機，就算要去購物，也沒有家用汽車，所以才需要女傭。

這應該是個工作機會很多的時代吧，孝史暗暗想著。當然，因爲沒辦法挑剔工作，可能會很辛苦，即使如此，比起孝史身處的「現代」，工作的意義應該是更加單純明瞭吧。在這個買包香菸，都必須透過人手來買賣的時代，販賣一包香菸，收取零錢這些小事，也存在相對的意義。

孝史有點羨慕。我，又是如何？回到現代，補習一年，再參加考試，上大學，隨便玩個四年，之後就職。做什麼工作？選什麼職業？只需要按個鈕就足夠的時代裡，不靠「人」就辦不到的事極爲有限。要找到需要孝史這個「人」才能做的工作、甚至進一步找到只屬於孝史的人生，都困難重重。

孝史心想，如果不曉得之後的戰爭、思想統治、空襲、糧食不足、占領等這些歷史，或許會更引吸他想生活在這個時代。其實挺好的。只要不去想接下來的事，眞的挺好的。這是個重視人力的時代，人與人之間的關係充滿溫情。那個麵包店老闆不也相當親切嗎？活在這個時代的感覺絕對不差，不是嗎？

驀地，孝史想起平田爲何要來這個時代的疑問。平田說，等身體康復，一定會回答孝史。問過孝史「你看過這個時代了嗎？」後，他曾說「如果是你或許會瞭解」。

難道，平田只是想追求祥和的生活，才造訪這個時代嗎？

姑且不談平田，他的阿姨又如何？據說她來到蒲生邸之前，在醫院擔任看護。珠子描述她的年紀大約五十五、六歲，如果是平田的阿姨，這個推測應該妥當。如此一來，黑田正好是出生在現在，也就昭和十一、二年左右。那樣的她，特意捨棄平成之世，回到剛出生的時代生活的理由是什麼？因爲容易生活，容易找到工作？是這樣嗎？

珠子曾經目睹平田的阿姨——黑井自虛無黑暗中突然現身，感覺非常詭異。然而，她沒提到孝史在平河町第一飯店的大廳，初次見到平田時感覺到的那種吸走光線般的陰暗。那是擁有時光旅行能力的人獨特的「光芒」，黑井應該和平田一樣才對。

孝史發覺，是珠子沒發現。不只是珠子，蒲生家的人們可能都沒具體意識到黑井擁有的那種莫名陰森的氣氛。原因之一是，她身處的四周環境是昏暗的。爲什麼？因爲這個時代光源遠比平成時代少。

據說，運用地球資源衛星觀測地球，可發現日本的東京地區徹夜發出光輝。可是，那是「現代」的情況，這個時代還沒有多到氾濫的人工亮光。事實上，蒲生邸內部也是如此。從黃昏到黎明，很少有燈泡或電燈的光照亮的空間。因此，黑井只要小心避開白天的陽光就行，實際上她也是這麼做，所以珠子才會說「黑井就算在白天，也幾乎不會外出」。

漫不經心地邊走邊想，雪塊從天而降，打到臉頰。是從電線桿或電線上掉下來的吧。孝史愣愣地眨眼，走在稍前方的年輕女子，掩著嘴角笑出聲。

來到三宅坡，面向護城河的三岔路人行道上，聚集著許多人。路邊擺一個賣報紙的臺子，也有人群圍攏。有人向左彎，往半藏門方向走去；有人往右轉，朝櫻田門的警視廳走去。有人站在護城河邊熱烈談論著：政府高層剛遭暗殺，一國首都的市民這樣的表現是正常的嗎？對於只看過政治家被逮捕，不曉得暗殺這檔事的孝史，眼前的氣氛實在過於欠缺悲壯感。另一方面，他卻也覺得，或許就只是這種程度的反應吧。

道路的積雪上，還殘留著士兵的腳印和卡車的輪胎痕跡。麵包店老闆說的果然沒錯。孝史有點想看看早上他們移動的情景，一定很壯觀吧。

孝史站在警視廳側的人行道，雙手插在大衣口袋裡，四處張望。白雪覆蓋的皇居森林寂靜而美麗。人們吐出的氣息化成白霧，眼前的情景猶如水墨畫。

就在一旁，兩個年紀與葛城醫生相仿的男子熱烈交談著。其中一方不停地說，另一方則點頭應和。說話的一方，戴著灰色軟呢帽，同伴則戴著褐色帽子，豎起褐色大衣的衣領，圍巾一直纏到下巴處。

灰色軟呢帽的人口中，頻頻出現「大御心」這個詞。孝史一知半解地聽著他們的對話，找了個時機委婉地插嘴：

「請問……」

兩名男子不約而同地轉向孝史，表情充滿幹勁。

「什麼事？」灰色軟呢帽男子開口。

「不好意思，打擾到你們。不曉得現在是什麼狀況？」

不知是否打算答覆，灰色軟呢帽男子挪動腳步，半副身子轉向孝史。他也穿著和孝史很像的綁帶長筒靴。

「現在的情勢如何？聽說昨天據守在此的士兵，聚集到議事堂的庭院。」

「哦，沒錯。」灰色軟呢帽男子強而有力地點頭。「昨晚開始就一直下大雪，考慮到士兵的疲勞程度，應該是暫時休息，重整態勢，然後繼續與上層交涉吧。」

「那麼，進行得順利嗎？」

灰色軟呢帽男子似乎一點都不介意孝史曖昧的問法，露出充滿朝氣的笑容。

「當然。青年將校們的起事，撼動閉塞的陸軍上層。臨時內閣很快就會成立，他們期望的政權即將誕生。」

褐色大衣男子插嘴：「首相應該會是眞崎大將（註一）吧。」

灰色軟呢帽男子一臉愉快，「應該是吧。不過，好像也有人提案請柳川次官（註二）從臺灣回來。」

「那樣會花上不少時間。」

灰色軟呢帽男子雙眸發亮。「而且，聽說秩父宮（註三）也會來到東京。只知追求私利私欲的重臣們都被斬除，只要能夠將腐敗的陸軍上層一掃而空，我們的國家也會改變。」

從剛才和麵包店老闆談話中，孝史感覺到，市民中也有支援青年將校的聲音，不過孝史覺得，這兩個人興奮交談的態度過於樂觀。或許這是孝史在平河町第一飯店看過深夜電視節目，知道二二六事件的收場——雖然只看到收場而已。

「陸軍的大人物們會這麼容易就屈服，接受青年將校們的要求嗎？」

灰色軟呢帽男子忽然激動起來：「當然，怎麼可能不聽從？青年將校們的行動與眞意，正反映出大御心啊！一定會演變成大詔渙發。」

孝史一臉「原來如此」地頷首，暗暗思考著。所謂「大御心」，指的應該是現在這個國家最偉大的人——不，是有如「神明」存在的天皇的想法吧。至於「大詔渙發」，即是天皇發布的命令吧。換句話說，天皇一定會認可並接受青年將校們的行動，並發布命令，組成他們期望的政治體制。這個灰色軟呢帽的男子就是這個意思。

但是，歷史上的事實又如何？孝史回想起在旅館看到的深夜節目旁白。當時他就快要進入夢鄉，記得不是很清楚，不過隱約聽到昭和天皇非但沒認可青年將校們的行動，反倒認爲「應斷然討伐」。最後，起事部隊的青年將校們在二十九日遭到逮捕，送上軍法會議審判。

孝史尋思之際，灰色軟呢帽男子和朋友再度熱中於對話。孝史離開他們，越過馬路到護城河畔，發現一對和灰色軟呢帽等人相對照，面露不安的男女。

註一：眞崎甚三郎（一八七六～一九五六）。陸軍大將，爲皇道派的領袖。一九三四年就任教育總監，但受到對立的統制派勢力影響，被逐下教育總監之位，其支持者的皇道派相澤三郎陸軍中佐因此發動相澤事件，成爲二二六事件的原因之一。二二六事件後，眞崎做爲關係者遭到起訴，獲判無罪，但於事件後的肅軍行中被編入預備役。

註二：柳川平助（一八七九～一九四五），陸軍次官，皇道派的中心人物。二二六事件時擔任臺灣司令官，爲支援政變的將領之一。

註三：指大正天皇的第二皇子雍仁親王（一九〇二～一九五三），爲昭和天皇之弟，陸軍少將。於一九二二年創設宮家（親王等皇族的家系）秩父宮。傳聞二二六事件時，反叛軍計畫擁立雍仁親王；亦有雍仁親王即爲二二六事件幕後黑手之說。性格外向活潑，以運動愛好家聞名，致力於提倡運動。一九九五年過世時，由於膝下無子，秩父宮家從此斷絕。

「沒想到變成一場大騷動了。」孝史向他們搭話。那對男女面面相覷，接著男人仰望皇居，女人覺得寒冷似地縮起脖子，應道：「聽說陸戰隊登陸芝浦了。因爲遇害的大臣多是海軍出身。」

「海軍那些人一定正大發雷霆吧。」男人出聲。「聯合艦隊想必也在趕過來。弄個不好，會演變成內戰。」

反應差眞多。兩人不像軟呢帽男子們那麼饒舌，很快穿過馬路。孝史茫然眺望著護城河，水呈現凍結般的顏色。

軟呢帽男子們的看法是錯的，預測會發生內戰的男人也不對。孝史瞭然於心，只是，不管向哪一方說「你錯了」，都不會有人相信吧。不止是他們。即使去找聚集在議事堂的青年將校，告訴他們「昭和天皇的意見和你們不同，未來只有軍法審判在等你們，還是趕快解放士兵，投降吧」，他們也一樣不會相信。

歷史的潮流無法改變——能夠做到的，只有細部的修正。

沒錯，孝史能夠做的，頂多是滿不在乎地去到議事堂，在殺氣騰騰的起事部隊面前演說，最後遭到射殺，在昭和史的二二六事件裡，添上一行「此外，事件當中，平民中僅出現一名死者」的文字而已。所謂的時光旅行，眞是挺有意思。

市營電車來了。快活而忙碌地響著鈴聲，來到三岔路後，電車停在三宅坡的電車站，等待乘客上下車。此時，車掌從窗戶探出身子，挪動電車頭頂像是導電弓架的東西，換架到往櫻田門方向延伸的電線上。眞是悠閒的軌道修正。

孝史望著這一幕，想起深夜節目的旁白最後一節。以二二六事件爲契機，擁有強大武力的軍部對國政的發言力愈見增長，不久後，日本便進入軍部獨斷獨行，最後甚至引發的戰爭的時代。

孝史想著，沒錯，他正站在時代的轉捩點。就像市營電車更換導電弓架一樣，昭和的歷史已決定前進的方向，並且扳動轉轍器。無論氣氛多麼開朗、民眾多麼支持青年將校、或者將希望寄託在這場政變上，歷史照樣視而不見，充耳不聞。

寒意滲入孝史全身。

6

回到麵包店，葛城醫生已下樓。他說總算把事情辦妥，兩人離開店裡。老闆親切地笑著送他們出門。

「醫院那邊怎麼樣？」

「我在駒込醫院有朋友，原本打算請他幫忙，可是那邊似乎沒辦法挪出病房。不要緊，我找到一個好地方。在芝浦。」

「芝浦？」

那不是剛才在護城河聽到的話題，也就是陸戰隊登陸的地方嗎？孝史說出這件事，葛城醫生「哦」一聲，點點頭。

「那是爲了戒備海軍省而派來的軍隊吧。目前橫須賀鎮守府的長官是誰？米內大將（註）嗎？」

「聽說聯合艦隊也過來了……」

「就算艦隊過來，也不會那麼輕率開砲。況且，眞的變成那樣，砲彈飛過來，最危險的反倒是這一帶吧？」

醫生說著不曉得是大膽還是悠哉的話。

「要怎麼去芝浦？」

「我叫了計程車，一小時左右應該就會抵達蒲生邸吧。要一個無法動彈的病人坐上擁擠的市營電車，實在不可能。」

「這條路車子開得動嗎？」

「司機會想辦法吧。」醫生說著又大大摔一跤。「我得跟著一起去。你留在府邸裡。不要忘記剛才的話。」

「我知道。」

「噯，等一下葬儀社的人會來，馬上就沒時間去煩惱這些事了。」

孝史驚訝地問：「葬儀社的人會來嗎？」

「剛才我打過電話，應該會來吧。這不是理所當然的嗎？」

「可是……」

孝史沒自信判斷在這種狀況下，讓外人進入是否妥當。

「總不能擱置大將大人的遺體吧。貴之說，在查明槍的下落前，不會開放弔唁。不過，就算只有形式，也得做好家屬守靈的樣子才行。」葛城醫生面露些許不悅。「據說永田町台和赤坂一帶的葬儀社忙翻天了。」
原本想問「為什麼」，但孝史很快想到答案。還用說嗎？一堆重臣剛遭到暗殺啊。望著醫生憂鬱的臉，孝史忍不住想發問。「醫生？」
醫生正與雪道奮戰中。「什麼？」
「您與蒲生大將深交多年吧？那麼，您也和生病前的大將一樣，是支持青年將校的皇道派嗎？」
為了防止跌倒，醫生專心看著腳邊，沒立刻回答。他氣喘吁吁地想辦法避開積雪，來到稍微平坦的地方才開口：「這眞是個難以回答的問題啊。」
孝史一笑。「我不是間諜，也不是政治活動家，不要緊的。」
「什麼話，我不是害怕秋後算帳才說難以回答的。」醫生認眞地繼續道：「只是，不管是皇道派或反皇道派，同樣是軍人這一點是不變的，我覺得這就是問題的徵結所在。不管站在哪一邊，結果都相差無幾。說穿了，這次的騷動也不過是爭奪主導權的內訌。之前我也提過吧？」
「嗯，是啊。」
「軍人的任務是保衛國家。如今，我國為了不屈服於來自各國的壓力，必須進行戰鬥。所以，

註：米內光政（一八八〇～一九四八），海軍大將。多次擔任海軍大臣，為當時的軍人中少見的良識派，直到最後都反對日德義三國同盟與對美開戰，並致力於顚覆東條內閣、終結二次大戰，是戰後依然維持名聲的少數軍人之一。

軍人想作戰是理所當然，國民也希望他們努力作戰。要是放任不管，今後將無法獲得石油、鐵礦，經濟會愈來愈蕭條。」

「哦……」

「歐州和美國明明進行過那麼多帝國主義的侵略行爲，卻多管閒事地擺出一副正義使者的姿態，插口亞細亞的問題。滿蒙問題也一樣。那份叫李頓報告書（註一）的玩意，幾乎沒採信我方的說詞不是嗎？根本用不著視察，一開始就有結論。現在的日本和德意志，根本是一手承擔全世界的霉運。」

雖然不太明白，孝史仍隨聲應和。

「所以，戰爭也是迫不得已。總不能不作戰，默默坐視亡國的危機吧。」

葛城醫生說著，又板起面孔。

「不過，戰爭的目的，應該不是戰爭本身，而是一種外交手段吧。擁有確切的目的和估算，戰爭才有意義。但最近的軍人似乎搞不太清楚這些道理，所以嘉隆說不能盡是胡亂揮舞拳頭，我覺得非常有道理。」醫生苦笑。「姑且不論那個人的人品。」

「眞的。」

「如同你提到的，正因我和大將大人深交多年，更不能隨意亂說。我可是謹守主治醫生的分際，非常謹言愼行。」

「大將生病倒下後，想法到底有何改變？」

「唔……大將大人的想法怎麼改變，具體上我並不清楚。」醫生思索片刻，「不過，只要看過遺書，應該能瞭解許多事吧。」

可是那份遺書，直到戰後都不會公開……

「不管怎樣，眼下都不是鬧內訌的時候。」葛城醫生繼續道：「江戶幕府瓦解時，全靠勝海舟（註二）和平開啓江戶城，才沒發生多餘的內戰，團結整個國家，免於淪爲殖民地的命運。應該要學習前人，文官也得更振作一些。」

「你說的文官，是指政治家和官僚嗎？」

「嗯。淨是些被氣勢洶洶的軍人騎在頭上的傢伙，實在不牢靠，得更站穩基盤好好做事。不過，那麼一來，搞不好又會變得和高橋大藏大臣（註三）一樣。」

葛城醫生露出未曾有過的嚴肅表情。

註一：國際聯盟派遣李頓爵士所率領的調查團，前往調查滿州事變的報告書。

註二：勝海舟（一八二三～一八九九），江戶幕末、明治維新時期的政治家。他爲了修習海軍事務，前往長崎，進入海軍傳習所，並做爲使節渡美見聞。回國後設立海軍操練所，擔任軍艦奉行。在戊辰戰爭（新政府與舊幕府之戰爭）中代表幕府，與西鄉隆盛交涉，完成和平交出江戶城的任務。

註三：高橋是清（一八五四～一九三六）。財政家、政治家。於日俄戰爭募集外債時嶄露頭角，歷任日本銀總裁、大藏大臣（財政部長）等。在一九二一年首相原敬遭到暗殺後，擔任首相、政友會總裁。後來雖一時引退，又以大藏大臣身份歸還，處理金融恐慌、昭和恐慌。因其欲削減陸軍省預算，而成爲二二六事件的暗殺目標。

「這場起事後，會增加更多看軍人臉色的文官吧。大家都愛惜自己的性命啊。」

孝史默默走著，那些電視節目旁白在腦海裡不斷重複播放。擁有強大武力的軍部，對國政的發言力愈見增長——沒錯，就像醫生說的一樣。

他忍不住嘀咕：「要是大家的想法都跟您一樣就好了。」

「咦？」醫生一笑。「你講話挺有意思，完全搞不懂你到底是腦筋好還是不好。說眞的，到底是好還不好？」

回到蒲生邸，葛城醫生立刻和貴之商量起事情。珠子不太舒服，在自己的房間休息。

雖然貴之吩咐留意珠子的情形，也不是要孝史守在珠子的房門前吧。鞠惠他們還沒回來，似乎還不用警戒。比起這些，孝史有必須先完成的任務，就是鏟雪。孝史拿出鏟子，著手作業。必須把雪清除，車子才能夠順利進到玄關前。

孝史生長在北關東，冬季的乾燥寒風雖然冰到快凍結，卻不會下起驟雪。鏟雪這項工作，抓到訣竅前非常辛苦。不過，很久沒有放空腦袋，活動身體，孝史感到十分舒暢。尤其是過去的一天半，腦袋又是空轉又是逆轉，許久未曾如此輕鬆。身體各處的燒傷和跌打損傷雖然還會痛，但比起呆坐著思考好得多。孝史勤快地工作。

開始鏟雪後，約莫經過三十分鐘，葬儀社的人出現。兩組人馬把道具堆在兩輪車上載來。若不是他們恭敬的態度和身上的黑紗，孝史根本看不出他們是葬儀社的人。對方表示，若是短距離，兩輪車比汽車更適合走雪路，所以向馬車行借來兩輪車。

大致鏟完雪，全身冒了汗。孝史回到屋裡，千惠和阿蕗跑上跑下的，看起來非常忙碌。

「辛苦了。」阿蕗慰勞他一句。她的雙手捧著像小行囊的東西。

「外頭很冷吧？」

「一點都不冷，反倒覺得熱。醫生和貴之少爺呢？」

「兩人都在二樓。」

「有沒有什麼要幫忙的？」

「現在沒有，可以休息一下。對了，孝史，你肚子好點沒？」

孝史昨天受寒，不停拉肚子，已服用征露丸。

「感覺沒事了。」

「那就好。你出門後，我就跟千惠姨說，應該借你纏腰布。」

阿蕗一笑，但臉色很快暗下來。「剛才，平田叔流了一點鼻血。」

「眞的？很嚴重嗎？」

「不，只有一點點，現在好像又睡了。你要不要去看看情況？」

「嗯……」

平田的腦袋裡是什麼狀態？像熟過頭的西瓜流出汁液，不斷滲出血嗎？

「對了，阿蕗，」孝史叫住正要上樓的阿蕗。「剛才出門前，我從珠子小姐那裡聽說黑井的事。」

阿蕗眨著眼，「又是那件事」的神色，掠過那雙美麗的瞳眸。

「珠子說，她是個有點陰森的人。所以，妳才會不喜歡談黑井的事吧。黑井的臉色通常很差，像鬼魂一樣，對吧？」

孝史思索著，爲了蒲生大將不斷穿梭時空的黑井，沒變成平田那樣嗎？她不會流鼻血、昏倒，或身體麻痺嗎？

「她是個好人。」阿蕗應道。「我並不是討厭黑井或對她有意見。那個香菸盒，果然是黑井的東西吧？」

「嗯，珠子也這麼說。」

「不是珠子，要叫小姐。」

「是、是。」

阿蕗走上樓梯，孝史前往位於半地下的房間。如同阿蕗說的，平田在睡覺。鼻子底下留著淡淡血痕。望著那痕跡，孝史覺得心中，有股名爲不安的鼻血逐漸滲流出來。

孝史坐在平田枕邊，多想無益的事也想得累了，差點打起瞌睡。這樣不行，起身去找點事做吧，活動身體是最好的。

汗水蒸發後，喉嚨一陣乾渴。孝史決定上樓，順便繞到廚房去喝水。廚房整理得一絲不苟，早餐使用的餐具已收拾好，孝史不好意思拿出來用。他四處張望，看到流理臺邊有一個約莫是小桶生啤酒容量的瓶子，旁邊倒放著一根長柄勺，孝史用來取水喝。

爲什麼會有這種長柄勺？用來汲取裡面的東西嗎？孝史打開蓋子一看，瓶子裡裝有約一半的水。怎麼看都還是水。明明有自來水，爲什麼還要特地儲水？有其他用途嗎？

走到起居室一看，葛城醫生面對桌子坐著，千惠拘謹地站在一旁。千惠一看到孝史，臉上浮現些許——接近若有似無的生氣。

醫生對孝史說：「千惠會陪著去醫院。」

「咦，爲了舅舅嗎？」

「沒錯。你沒辦法照顧病人吧？還是需要女人家幫忙。貴之已允許，要好好道謝啊。」

「謝謝。」

看到孝史對千惠低頭道謝，醫生笑了。

「道謝的話，去跟貴之說。」

千惠一副無視於孝史道謝的樣子，語氣充滿不情願：「換穿的衣物和手巾，就先借用這裡的。平田能夠獨力如廁嗎？」

「如廁？」

「他可以一個人上廁所嗎？」

「哦，應該沒問題。」

「那麼，就不用白布。迎接的車子快來了吧？醫生，我先去準備。」

「嗯，拜託了。」

老婦人僵硬地離開起居室，細瘦彎曲的身子彷彿脹滿怒意，腳步急促。

「醫生，」孝史開口。「你們巧妙地把千惠姨和珠子分開了，對吧？」

「噯，是啊。」醫生撫摸鬍子。「千惠是令人欽佩的女傭，不過就算是忠心護主，也得看情況。搶先一步下手比較好。」
「不過，我覺得醫生有點多慮。」
「是嗎？」
「嗯。就算千惠姨知道珠子小姐藏起槍，準備要做危險的事，比起包庇或幫忙，應該更會拚命阻止才對。千惠姨不可能讓她疼愛的小姐去殺人。」
「或許千惠會讓珠子放手去做，自己承擔罪名。」醫生平緩地說：「千惠就是這樣一個女傭。無論如何，她都是跟著過世的夫人一起嫁到蒲生家，之後一直待在這裡工作的人。在千惠眼中，貴之和珠子是比她性命還重要的人。」
「那麼，阿蕗呢？」
醫生揚起眉毛。「那女孩怎麼樣我不曉得。她來到這裡……嗯，大概四、五年了吧？不能和千惠相比。」
可是，阿蕗似乎對貴之懷有好感——如果想做什麼危險事的人是貴之，阿蕗或許會幫忙或包庇他。
「不管怎樣，貴之的意思，是要把主要關係者之外的所有人都趕出府邸。」
「什麼意思？」
「貴之叮嚀我，叫我先回家，等正式的喪禮準備完成，一定會通知我。不過，我打算去醫院後回家一趟，看看家人的情況，然後一定要再回來。」
「我也會被趕出去嗎？」

「應該吧。我原本想，要麻煩千惠照顧病人，你代替千惠留在這裡工作，貴之卻說不用在意，叫我帶你去醫院，認爲你一定很擔心平田的情況。貴之的話也有道理，我不好再反對。」

「我絕不會離開這裡。」

「嗯，拜託你了。」葛城醫生一臉認眞。「我也很在意貴之。他似乎在鑽牛角尖，或策畫些什麼……」

醫生可能有所誤會，孝史想堅守在屋子裡，不是爲了珠子或貴之。因爲平田提過，槍在某人手中，千萬小心，他想要確保阿蕗不會陷入危險。無論發生什麼事，他都強烈希望能看到最後。

「車子眞慢。」葛城醫生取出懷表，確認時間後，皺起眉頭。「不是都快十一點了嗎？到底在做什麼啊？」

葬儀社的人上午已離開。貴之叮囑他們在武裝叛變結束前，不能把這件事宣揚出去，並且包了些錢給他們。葬儀社應該是拍胸脯保證，只見他們不斷向貴之哈腰行禮。

孝史上樓偷看，蒲生大將的寢室完全布置成家屬守靈的會場，圍起淡藍色和白色的幃幕，房間感覺爲之一變。橫躺的大將雙手交抱胸前，上頭擺著祛魔用的小刀，臉色平靜安祥。他的表情比屋裡任何一個人都寧靜。孝史試著想像，當這個人看到未來的日本時，受到多大的衝擊、想了些什麼、又焦躁些什麼呢？就算到處寫信、會見別人，也無法改變現狀；明知等在未來的戰爭是如何悲慘，卻無法傳達給任何人。身心爲焦急籠罩時，這個人是否會和他一樣，認爲時光旅行根本沒有任何用處？

「可是，日本之後也沒變成多糟的國家吧？」

孝史在大將枕邊悄聲低語。

「你稍微放心一點了吧？」

當然，大將不可能回答，房間裡寂靜無聲。孝史第一次對蒲生大將感到一絲親近，滿足地走出房間。

用完午餐，珠子起床下樓。她昨晚沒睡好，所以小睡片刻。千惠擔心地照料她，但珠子什麼也不吃，只是畏寒地縮著肩膀，沉默不語。一聽到葬儀社來做好家屬守靈的安排後，她便一個人上去大將的寢室。

下午一點左右，迎接的車子總算來了。那是一輛車燈形狀渾圓的黑色大汽車，等得不耐煩的葛城醫生劈頭就斥責司機。對方拚命道歉，說是輪胎陷進雪裡，好幾次都動彈不得。

「而且，今天客人很多……」

「我們可是要運送病人，不優先處理怎麼行？」

司機在車子的行李箱裡裝了一堆木材。問他要拿來做什麼用，他說要排在容易打滑的地方，好讓車子順利通過。

恍然大悟的同時，孝史也覺得這趟路程堪慮。

「日落之前，到得了芝蒲嗎？」

司機仰望陰天。「勉強可以吧。不過，從早上就一直陰沉沉的。」

葛城醫生和孝史一起把平田從半地下的房間抬出來。平田的左腳幾乎舉不起來，也無法支撐身體。醫生鼓勵他，扶他到玄關的期間，孝史擔心得要命。不要動平田是不是比較好？

即使如此，平田總算上車，葛城醫生帶著提包坐在鄰座。千惠抱著一個大包袱跟上來。

「那麼，開車吧。」

葛城醫生吩咐司機。車子緩緩駛過孝史辛苦鏟雪的前庭，孝史望進車窗內，與葛城醫生的視線交會。醫生微微點頭，一旁的平田也望向孝史，但那雙赤紅未褪的眼裡只有疲憊，孝史不禁感到難過。

——小心，槍在某人手裡。

車子笨重的尾部上下搖晃開過雪道。目送著車子，站在孝史後頭的珠子低聲問：「平田會死嗎？」

孝史回頭，「他不會死的。」

「是嗎？」臉比雪更加白皙的珠子，仍面無表情。「是這幢府邸不好。待在這裡，大家都會死。」

貴之待在旁邊。在他開口說話前，珠子便轉身進屋。

「我去陪父親。」

漫長的午後，孝史在幫忙阿蕗工作的時光中度過。打掃、洗衣等，家中大大小小的雜事阿蕗拚命逐一完成。孝史只是照著吩咐做事，卻也忙得頭昏眼花。

因爲要更換床單、添加毯子，孝史又有一次進入嘉隆與鞠惠房間的機會。脫掉的衣服扔了滿地，菸蒂掉在地毯上，確實像是鞠惠的作風，孝史不禁露出苦笑。

機會難得，孝史把整個房間搜了一遍。嘉隆和鞠惠拿走槍並藏起來，也是值得考慮的一種可能。然而，就算如此，槍也不可能放在孝史找得到的地方。

不過，孝史有一個發現。固定式的大衣櫃裡，藏著昨天在平田房裡看到的大旅行箱。想像鞠惠驚慌失措地搬回來的樣子，實在令人愉快。孝史一邊笑著，一邊更換床單，拍了拍枕頭。

另外，今早送早餐來時沒注意到，位於房間角落的化妝臺旁，有幾張蓋著防塵白布的畫布和摺疊收好的畫架，也有顏料箱。雖然嘉隆假藉繪畫的名義頻頻造訪府邸，但實際上好像也不是沒在畫圖。在孝史看來，這些作品超越業餘的水準，雖然不願承認，還是感到佩服。蒲生家的血液裡似乎隱藏著繪畫才能。

全是鞠惠的肖像畫。有穿和服的，也有洋裝的；有束著頭髮的，也有垂下頭髮，只披著浴袍之類的模樣。好笑的是，畫裡的鞠惠感覺比真實的她更優雅溫順。不過，素描非常精準，遠近感適中，緻密塗抹顏料的筆法也很有個性。有一張只用炭筆打草稿的畫布，從模特兒鞠惠的服裝來推測，應該是昨天畫的。

貴之和珠子的房間由阿蕗負責，孝史瞞著她偷偷潛進去。貴之的房裡只有一大堆書，珠子的房間則塞滿洋裝及和服。沒有閒工夫慢慢找槍，孝史只能拍拍枕頭，窺看床鋪底下，或打開櫃子瞧瞧。這種程度，連「我找過嘍」的自我滿足都稱不上。

說起來，就算槍在某人手裡，也不一定會藏在自己的房間。可恨的是，這府邸實在太大。孝史一邊打掃，一邊窺看或摸索所有看得見的地方，卻連手槍的「手」字都找不著。

工作告一段落後，孝史和阿蕗在廚房會合。她說要出門買東西。

「貴之少爺吩咐，今天交通雖然暢通，但不曉得會不會又發生什麼事。得趁現在把能夠屯積的物品買一些回來。」

「雖然我很想跟妳一起去……」

孝史左右爲難。的確，看今天街道上的情況，就算外出行走也沒什麼好怕的。即使如此，他仍擔心阿蕗一個人外出。可是，鞠惠她們是不是差不多要回來了？嘉隆說他們「黃昏會回來」。

「不要緊。」阿蕗微笑。「我不是去買多重的東西。麻煩你留守，要是有什麼吩咐，就立刻去辦。」

「嗯，我知道了。」孝史點點頭。「阿蕗，妳不害怕嗎？」

「不會啊。你好像以爲我非常膽小。」

「不是的。今天打掃時，妳有沒有試著找槍？」

「……」

「我找過了，可是沒發現。噯，也不可能藏在太容易發現的地方吧。」

阿蕗沒回答。

「孝史，你不跟平田叔去醫院，眞的沒關係嗎？」

「嗯，我要代替舅舅工作。」

阿蕗一臉疑問，困惑地望著孝史。但孝史還是不知道她想問什麼。最後，阿蕗說：「你去幫老爺書房的壁爐添點柴火，貴之少爺一直在那裡。」

貴之面對蒲生大將的書桌，坐在大將的椅子上。桌上堆滿書籍和成冊的文件等。他拿著粗鋼筆似乎在寫些什麼。

孝史一走進房間，他便露出極爲警戒的眼神。

「柴薪夠嗎？」孝史出聲。

「啊？哦，壁爐嗎？」

火變得相當小。孝史一邊添柴，讓火燒旺，一邊頻頻窺探貴之的動靜。只見他伏著臉，動著鋼筆。

「貴之少爺。」

孝史一喚，貴之倏地停筆，像在等待孝史說下去。

「葛城醫生提過，你似乎在懷疑珠子小姐。」

貴之繃著肩膀，沉默半晌。不久後，他吐出一口氣。

「醫生也眞多嘴。」

孝史繞到桌子前，直視貴之，感覺那全神貫注寫作時特有的眼神，正近看著自己。但整體來說，貴之十分冷靜。

「他怎麼連這種事都告訴你？」

「醫生很擔心，因爲你想趕他回去。」

「你也去醫院就好了。」

「就算我去了，也不會照顧病人。」

貴之放下鋼筆，闔上文件冊子，像是要避免孝史看到。

「你這傢伙不是逃亡之身嗎？好不容易交通解除管制，趁機遠走高飛不是很好？」

「只有舅舅知道我在這裡，不會有人追來。況且，讓阿蕗一個人做全部的家事，未免太可憐。」

貴之嗤鼻一笑。

「大將自決了……」孝史丟出一句，貴之抬起目光。「這是你得到的結論吧。」

貴之點頭。「沒錯。原本就有遺書，不可能不是自決。因爲沒有槍，害我莫名慌張。」

「大將的遺書在哪裡？」

孝史還沒看到實物。

「我代爲保管了，用不著你擔心。」

「那就好。」孝史聳聳肩。「我突然記起一件事，想跟你說一聲。」

孝史在爲壁爐添柴時，腦海掠過一些片段。

「昨天，當我還隱身在府邸裡時，在起居室看到大將。」

貴之有些詫異。

「看到父親？在樓下的起居室嗎？」

「對，聽說難得見他下樓。」

「嗯……自從行走不便，他幾乎不會下去一樓。」

「他在起居室的壁爐裡燒東西。」

「父親嗎？」

「對，沒錯，是他本人。很奇怪吧？這裡也有壁爐，如果要燒廢紙之類，直接燒不就好了？可是，他卻特地下去起居室。」

貴之彷彿在尋找答案，在椅子上轉動身體，回望壁爐。

「那時，可能有誰和他一起待在這個房間。」孝史繼續道：「雖然不曉得是什麼人，但大將可能是不想讓對方看見自己寫了什麼。或許也不想讓對方曉得那些東西要作廢，必須燒掉處分。所以，他特意走出房間，到樓下燒掉。」

貴之保持沉默。

「那時有誰在這裡？讓大將警戒到這種地步的人，會是誰？」

孝史想起嘉隆。他想告訴貴之，嘉隆掌握著大將的把柄，會不會是嘉隆拿來對大將提出一些無理的要求？你覺得如何？

貴之露出笑容，意外可愛的笑容。孝史第一次看見他笑，詫異地盯著貴之。

「我正式僱用你這傢伙好了。」

「你中意我嗎？」

「正式僱用你，就能把你開除，趕出家門。」

貴之做出揮趕孝史的動作。

「滾開。我受夠你那自以爲聰明的揣測，別來煩我。」

孝史靜靜退開。貴之臉上的笑容消失，朝著虛空皺起眉頭。

約莫一個小時後，阿蕗回到蒲生邸，只見她的耳朵凍得通紅。孝史和她一起整理買來的東西時，起居室傳來鞠惠的叫喚。

「您回來了啊。」

阿蕗急忙趕到起居室。孝史也跟過去。

嘉隆和鞠惠的手伸向壁爐。珠子從剛才就待在起居室，熱中於複雜的西洋刺繡之類的手工，現下也拿著針，完全無視那兩人。

鞠惠很高興，接二連三地交代阿蕗，說她剛去買東西，等一下會有三越百貨公司的人送東西來，還有她吃過晚餐，不用準備等等。

「把茶端到我房間。毯子幫我添了嗎？房間烘暖沒？」

居然在戒嚴時去購物，眞服了她。孝史看得目瞪口呆時，貴之走進起居室。

「怎麼這麼慢？」他語帶責備。

嘉隆揶揄地望向貴之。「我不是說要黃昏才會回來嗎？而且，距離約定的時間，不是還有三十分鐘？」

孝史望向起居室巨大的鐘擺時鐘，快五點半。嘉隆和鞠惠出門時，貴之對他說「請務必遵守時間」。所謂的「約定」，是什麼約定？

「茶到樓上再喝就行。」貴之繼續道：「我有很多話要跟你說。葬儀社的人來過，請快點上樓。」
「知道啦，眞是個急性子的傢伙。」嘉隆苦笑。「喪禮什麼的都無所謂，青年將校的那場政變，搞得股價下跌，把我害慘了。可惜，經濟白痴軍人的家人，是不會瞭解的吧。」
「總之，請你們到書房。」貴之沒回嘴，撇下這句話便離開起居室。
看著貴之異常著急的模樣，孝史也感到不對勁。雖然在意他要跟嘉隆與鞠惠談些什麼，不過，有必要急成那樣嗎？
嘉隆和鞠惠離開起居室後，阿蕗抱著他們濕掉的大衣，想跟上前，卻被默默刺繡的珠子叫住。
「我也想喝茶。」
那是像在發呆、缺乏抑揚頓挫的口氣。珠子望著毫不相干的方向。
「我馬上準備。」阿蕗應道。
「我來弄。」
孝史想走去廚房，珠子卻突然站起。「你不會弄吧？」
「不，我也會泡茶。」
「我來準備。不管這個，你……對了，你去多拿一點柴進來。不然夜裡還要走出去柴薪小屋，你也覺得很辛苦吧？」
實在可疑。貴爲小姐的珠子，爲什麼偏在這種時候要親自泡茶？況且，這種眼神恍惚，彷彿夢囈般的口氣——
搞不好，她會趁送茶上樓，偷偷把槍帶過去？

「我會準備的。」阿蕗回答，但珠子毫不停步，往廚房走下去。孝史感覺不妙，也跟上去。

但就算到了廚房，珠子似乎也不曉得該如何是好。

她說「得煮開水才行」，在瓦斯爐旁晃來晃去。孝史覺得她簡直像罹患夢遊症。

此時，阿蕗小跑步回來。她可能察覺珠子的樣子不對勁，立刻輕輕抓住她的手，柔聲說：「這裡很冷，請待在起居室。我馬上端茶過去。」

珠子微笑。「不好意思，阿蕗。」

「哪裡的話。」

「今天你們也累壞了吧。」珠子輪流望著孝史和阿蕗，「接下來要準備晚餐吧？在那之前，一起喝杯茶吧。把點心也拿出來。」

「好的，謝謝小姐。」

阿蕗以眼神向孝史示意。孝史點頭，跟著珠子回到起居室。心臟怦怦跳個不停，要不要直接對本人說呢？振作一點，要是妳藏著槍，不要做危險的事，把槍交給我。

可是，回到起居室後的珠子，坐上原來的椅子，把玩起刺繡工具。珠子的腳邊放著裝有五顏六色絲線的籠子，她取出一捆美麗的鮮紅線捲，著手解開。

孝史從起居室來到玄關廳堂，十分在意樓上的情況。如果貴之手裡有槍，和嘉隆他們面對面談話的機會，也正是絕佳的狙擊時機。他是不是在等待這一刻？是貴之，還是珠子？到底是哪一個？不現場逮到就束手無策，實在令人焦急萬分。

孝史躡手躡腳爬上樓梯，來到書房前。門是關著的，門板很厚，聽不見裡面的說話聲。爲了預防珠子離開起居室，還是待在這裡警戒吧。

不久，阿蕗捧著托盤來到玄關廳堂。孝史跑到樓梯中間處攔住她，接下托盤。

「我拿過去，妳不要離開珠子小姐身邊。」

阿蕗似乎很不安。「孝史，你在想些什麼？」

「我什麼都沒想。只是，不要讓珠子小姐落單比較好」

孝史踏進書房，看見貴之坐在大將的書桌前，鞠惠和嘉隆則坐在對面的扶手椅上。鞠惠在打哈欠。

「咦，這女傭怎麼是男的？」嘉隆對孝史說：「一點都不養眼。」

比起眉頭深鎖、悶不吭聲的貴之，嘉隆顯得游刃有餘，甚至可說是興高采烈。

「千惠怎麼了？」鞠惠問。孝史一邊奉茶，一邊說明原委，她紅色的嘴唇便張得圓圓的。

「哎呀，不過是個下人，而且來到這裡根本還沒做過什麼事，平田真是得寵。貴之，你太放縱下人了。」

第一次聽到鞠惠直呼貴之的名字，孝史忍不住偷覷貴之。貴之繃著一張臉，把紅茶杯端到嘴邊，丟出一句：「不能丟下病人不管。」

「哦，是這樣嗎？俗話說，不工作者不得食啊。」

鞠惠說完，狼吞虎嚥地吃起點心。孝史暗暗想著：妳才是。

雖然孝史故意放慢動作，但奉茶也花不了多少時間。他在書桌旁磨蹭著不走，惹來貴之斥責：

「你這傢伙在幹什麼？夠了，出去。」

雖然貴之嚴厲斥喝，但孝史覺得他又在注意時間。大將的書桌旁的邊桌上，放著一個小時鐘。貴之頻頻瞄向那個鐘。

還有五分鐘就六點，貴之是在意些什麼？時間代表什麼意義？「貴之說有複雜的事要談。」嘉隆啜飲紅茶，抬頭看看孝史。「不是一介下人可以聽的。」

嘉隆朝鞠惠一笑，「喏，對吧？」

「是啊。」鞠惠哼笑道。「雖然不是什麼得急著說的事，還是快點說完吧。」

「是關於這府邸今後的處置嗎？」孝史問。

「嗯，是啊。」鞠惠爽快回答。幾乎在同時，貴之怒吼：「囉嗦！」

鞠惠嚇一跳，毫不客氣地表達怒氣。「幹嘛啊，用不著吼人吧。」

「妳別嚷嚷，」嘉隆插話：「冷靜地談。你叫尾崎吧？總之，和你無關。用不著擔心我們會打起來，出去吧。有事會叫你，這是命令。」

對方斬釘截鐵地宣告，孝史無奈地離開。他注視著貴之後退，貴之別過臉。

來到走廊後，孝史才發現心跳劇烈。一方面覺得自己的角色可笑，卻也疑惑自己還能再做什麼？他有點自暴自棄。說起來，就算貴之想射殺嘉隆和鞠惠，或是珠子掏出槍，那又如何？跟孝史毫無關係。和葛城醫生不一樣，對孝史而言，最重要的只有阿蕗的人身安全。

不，還是會在意。有人拿著手槍，有人圖謀著什麼。平田不是叫我要小心嗎？

接下來一定會出事。

孝史在走廊上屏息以待，把全身都當成耳朵般貼在門上，期待多少能聽到一些對話。他也十分在意起居室的情況，不過，如果珠子上樓，他馬上會知道。況且，還有阿蕗幫忙看著。

不知等了多久？三分鐘？五分鐘？不，更久嗎？門的另一邊是無盡的沉默，當然也沒傳出槍聲。或許根本不需要擔心。孝史有點疲倦，吁一口氣。這時，他發現珠子來到樓上。

珠子並不匆忙，緩緩爬著樓梯。一隻手擱在扶手上，另一隻手按著裙襬，很優雅的走法。孝史擋在門前。珠子微笑走近。

「你很在意嗎？」珠子溫柔地問。「我也非常擔心。事到如今，哥哥和叔叔他們還有什麼好談的呢？」

「珠子小姐……」

珠子的手指按在唇上。「安靜。喏，我們進去瞧瞧吧？把門打開，嚇他們一跳。」

「最好不要這樣。」孝史委婉地把她推回去。「我來出聲詢問，看看有沒有事。」

「可以麻煩你嗎？」

孝史點點頭，確認珠子離開門邊後，瞬間——眞的是短短一瞬間，孝史轉身背對她，注意力轉移到門把上。

此時，他感覺背後有股異樣的氣息。全身探知到危險，孝史想回頭，卻太遲了。有東西猛然撞上頭部，眼睛冒出火花，腦袋側邊痛得快裂開。

被射中了？我被射中了嗎？

孝史腳步踉蹌，一屁股坐下。他用手撐地，勉強抬起頭，看到珠子站在前面。她的手中——剛才還藏在裙子褶襬裡的手，握著壁爐的撥火棒。

「對不起。」她俯視孝史，「我不想被打擾。誰教你不喝紅茶，我只能這麼做。」

珠子把撥火棒立在牆邊，移動雙腳，越過孝史身邊，打開書房的門。看得見她的行動。看得見，可是視線一下清楚一下模糊。腦袋轟轟作響，使不出力，怎麼樣都站不起來。

門打開了。珠子踏進書房，孝史爬著追上她，身體擠進書房的門縫，看見裡面的狀況。

珠子背對孝史站著。她移動手，從上衣內側取出槍。一把暗青色，可藏在掌中的小手槍。

果然在她手上——

即使珠子取出手槍，書房裡的三人既不驚訝，也沒發出尖叫。三人都已倒下。貴之趴在桌上，嘉隆的頭埋在扶手椅裡，鞠惠的上半身掉出椅子扶手，無力垂下的胳臂觸碰到地面。

——死掉了？不，是睡著了。

是那些紅茶嗎？是在茶裡下藥嗎？是珠子幹的嗎？可是，怎麼辦到的？

視野開始旋轉，孝史漸漸無法抬起頭。珠子舉起拿槍的手，槍口對準嘉隆。住手！孝史試著大叫，卻無法出聲。像水一樣的東西流進左眼，他看不見了。血從頭上流下來。疼痛劇烈，他變得面目猙獰。

「再見了。」珠子呢喃，槍口對準嘉隆的頭。

此時，微弱的鐘聲響起，彷彿在回應珠子的呢喃。孝史拚命撐住快要模糊的意識，探看四周。這是什麼聲音？時鐘？對了，是放在邊桌上的時鐘在響。六點了。

鐘一響完，某處傳來聲音。

「小姐？」

聲音從壁爐那裡傳來。明明剛才沒人的地方——壁爐的前面，現在卻站著一個人。一個穿深藍色老舊和服，綁著髮髻的大個子女人。

女人十分詫異，碩大的臉上點綴著兩顆小而圓的眼睛。女人的那雙眼睛睜得老大，呆立在原地。

臉和身體都很碩大，但乍見之下，女人卻像個病人。她的臉色蒼白黯沉，呼吸痛苦急促，彷彿忍耐著痛楚，蜷著背前屈。

「黑井？」珠子問。「妳是黑井嗎？」

黑井——平田的阿姨！

珠子拿著槍的手無力地垂下。她吃驚得連聲音都變沙啞，節節後退。

「妳怎麼會在這裡？妳從哪裡進來的？妳眞的是黑井嗎？」

被稱爲黑井的大個子女人，驚訝的程度不亞於珠子。

「這究竟是怎麼回事？」

黑井掃視倒下的三個人，嘴唇顫抖。她抓住貴之的肩膀察看。「少爺、少爺！」

珠子搖搖頭，緊盯著黑井不放。

「小姐，妳做了什麼？」黑井搖搖晃晃地想走近珠子。她的臉色蒼白，呼吸急促。「爲什麼做出這種事？」

「只是睡著了……睡著了……」

黑井湊近確定貴之有無呼吸，鬆一口氣般，眼角下垂。

「眞的，是睡著了。」

「不知道，我不知道……」珠子夢囈似地呢喃：「走開，不要靠近我！這到底是怎麼回事？爲什麼妳會出現在這裡？」

黑井的臉上浮現幾近痛苦的悲傷神情。她伸出大大的手，想觸摸珠子，卻看見珠子嚇得縮成一團，於是又把手放下。

黑井再次掃視室內，悲傷的視線捕捉到孝史，充滿疑心地打量他。她望向珠子一副想詢問的表情，似乎又改變想法，搖了搖頭，拖著沉重的身軀走近鞠惠和嘉隆。

她抓住兩人的手。左手抓著鞠惠的右腕，右手抓著嘉隆的左腕。

刹那間，孝史醒悟黑井想做什麼。

黑井望著珠子開口：「少爺全部知情。少爺醒來後，應該會向小姐說明。其實，我原本什麼都不想讓小姐知道，卻事與願違，實在太遺憾。」

珠子踉蹌著倚靠牆壁，踩到勉強保持意識的孝史右手。孝史的視野被鮮血遮蔽，連黑井的話聽起來都遙遠又模糊。

「不用擔心這兩個人。」黑井繼續道：「請轉告少爺，黑井完成了約定，好嗎？請務必轉告。」

黑井的眼眶濕潤。只見她的嘴唇顫抖，接著傳來沙啞的呢喃：

「怎麼……怎麼會變成這樣……到底是哪裡出了差錯？」

差錯——約定——貴之知道——

「這麼重大的任務，我也是第一次遇到。」黑井說。「如果可以，我希望能夠再回來一次。不過，我也不曉得能不能再回來。」

孝史的頭碰到地面，黑井的話聲從高處落下：

「請轉告少爺，黑井照約定前來，把一切都處理妥當了。」

黑井用力抓住鞠惠和嘉隆的手。她大口喘著氣，眼睛像勇敢的孩子般綻放光輝，揚起頭，拚命鬆動失去光澤的臉頰，努力對珠子擠出笑容。

「小姐，祝您幸福。」

然後，她消失不見。轉瞬之間，猶如煙霧。鞠惠和嘉隆也一起消失。

槍從珠子的手中掉落，孝史拚命伸手去接。忽然間，珠子身體一垮，倒向孝史。

伴隨「咚」的一陣衝擊，珠子身上的香水味掠過孝史的鼻腔。孝史暈了過去。

第五章
通告士兵

1

雪花紛飛。

飄落在孝史的眼裡。像暴風雪般下了一陣子後，原以爲形成白色煙幕，但見那片白壁又像雲霞般虛渺淡去，四周漸漸清楚可見。然而，經過一會，雪花描繪的白色斜線埋沒整片視野，孝史被孤立在白色的幽暗中。

聽不見任何人的聲音，看不見任何人的身影。寒冷無比，手腳冰冷。儘管如此，卻又感覺不到飄落臉上的雪花溫度。無法舉起手來承接雪花，也無法移動腳步在雪地上留下足跡。

下雪。不停地下雪。暴風雪來來去去。孝史只能愕然地委身在這無止境的反覆中。

然而，在這時間彷彿停止的當中，暴風雪的間隔也逐漸拉長。漫長的寂靜來臨。然後就在某一刻，視野豁然開朗，感覺好刺眼。

這個時候，他聽見一道聲音。「孝史？」

是阿蕗的聲音。孝史想要回答，嘴唇卻動不了。他想轉向傳來阿蕗呼喚的地方，卻也辦不到。

「眼睛在動。」響起另一道話聲，是貴之的聲音。「命保住了吧。」

連逃走的力氣都沒有，孝史再度屈服於白色的幽暗中。他被拉回再怎麼張望還是一片雪白、漫無邊際的孤獨中。

不知又經過多久，阿蕗的聲音再度傳來。

「孝史，聽得見嗎？」

——聽得見。

孝史想要回答。此時，他感覺到阿蕗冰涼的手撫上臉頰，也感覺到頭上好像纏上東西。爲什麼？是什麼東西纏在我頭上？

白色的幽暗逐漸消失，孝史身處薄暮般的光景中。再一步，只差一步，只要再一陣風推上我的背，我就能脫離這裡，去到看得見阿蕗的地方——

孝史再度睡著。一邊想著「啊啊，我又要睡了」，從腳尖開始被拖入泥濘似地睡著。要睡著了……睡著……不過，睡著了還是會醒來……等下一次……下一次一定……

醒來時，孝史身處的地方並不是位於半地下的房間。

掛著布的天花板，及像棋盤目的漆色橫梁。他有印象，是二樓的某一個房間。

他移動在枕頭上的腦袋，看見旁邊放著另一張床。哦，這是嘉隆和鞠惠使用的寢室，也看得到扶手椅和桌上的收音機。

腳底很溫暖。孝史在棉被和毯子底下輕輕挪動雙腳，感覺到一個暖暖的東西被厚布包裹著，形狀是圓的。雖然不曉得是什麼，但十分舒服。

孝史嘗試坐起來。瞬間，後腦杓一陣鈍痛。繃帶密密麻麻地裹到眼睛上方。

終於想起，他被珠子打到。同時，記憶像雪崩般排山倒海而來。

——黑井。

與六點的鐘聲同時出現的黑井，抓住陷坐在椅子裡的嘉隆，和前傾垂下手的鞠惠，瞬間消失。雖然她個大壯碩，做爲一個女人毫無魅力，卻是孝史所知的，除了平田之外的另一個時光旅行者，擁有神奇能力的人物。

——請轉告少爺，黑井依照約定前來，將一切都處理妥當。

原來是這麼回事。她原本就預定會出現嗎？所以，貴之才會在意時間。爲了能夠在「約定」的時間讓黑井帶走兩人，有必要讓嘉隆和鞠惠待在大將的書房裡。

響起一陣開門聲。孝史望向門口，阿蕗白皙的臉龐映入眼簾。孝史不停眨眼。

「孝史！」阿蕗急忙走近床邊。「你醒啦！啊啊，太好了。」

孝史總算能夠開口。

「阿蕗……」

感覺阿蕗變得相當憔悴。是珠子下藥的影響嗎？阿蕗沒不舒服嗎？

「阿蕗……要不要緊？」

只能發出微弱的聲音。可是，一聽到孝史勉強說出這句話，阿蕗露出半哭半笑的表情。

「我不要緊，不用擔心。」

阿蕗的語氣不再那麼拘謹，加上能夠再度看到她的臉，孝史十分高興，於是努力露出笑容。

「覺得怎麼樣？會不會冷？頭會不會痛？」

頭上的傷很痛，又冷，也不太舒服，可是沒關係……

「阿蕗，現在幾點？」

「才剛七點。早上的。」

「早上？」

「嗯，今天是二十八日。你一直在睡。」

這樣啊……

「葛城醫生回來了嗎？」孝史問。「他把舅舅安置在醫院後，會折回來。」

阿蕗驚訝地眨著眼。「是嗎？我聽說醫生會回家。」

「他很擔心，說絕對會回來這裡。」

喉嚨乾透，聲音沙啞。

「你還不可以說那麼多話。我去拿涼開水，要不要喝一些？」

阿蕗就要離開床邊。孝史想留住她，拚命地說：「葛城醫生一直在擔心會不會發生那樣的事，拜託我多加留意才離開。可是，我卻一點都派不上用場。對不起。」

阿蕗的手放在門把上，泫然欲泣地望著孝史。

「不是你的錯。」她輕聲說。

「珠子怎麼了？嘉隆和鞠惠怎麼了？」

不，應該這麼問——貴之怎麼跟妳說明嘉隆和鞠惠的下落？珠子遇到那種情況，變得怎麼樣？

阿蕗猶豫地看著地毯，回答：「關於這件事，等一下貴之少爺有話跟你說。所以，先安靜休息吧。好嗎？」

貴之遲遲不到孝史的床邊，而孝史一直躺在床上。

阿蕗幫他拉開窗簾，外頭的光線透進來。雖然雪已停，今天依然是陰天，那是從白色積雪反射出的光線，難以估計時間的經過。

阿蕗不時前往孝史的房間，爲他消毒傷口、更換繃帶，頻頻幫他擦汗、更衣，然後替換腳底的熱水袋——聽說這個溫暖的東西，就叫熱水袋。剛恢復意識時，孝史還會覺得有點噁心反胃，幾乎無法進食。阿蕗送來熱呼呼的砂糖水守在一邊，仔細看著孝史能不能完全喝掉。下午過去大半，噁心的感覺逐漸消失，阿蕗高興地送來熬得很爛的稀飯。

「其實，本來想送你到醫院。」阿蕗難過地說：「可是，從昨天深夜開始，外頭又變得不安寧。雖然不是不能出去走動，但貴之少爺擔心，要是有什麼閃失就糟了，所以沒出門。」

孝史望著阿蕗，暗忖貴之不想送他去醫院，應該有別的理由。

在孝史昏睡期間，對於他目睹什麼、知道哪些事，貴之應該相當不安和疑惑。而且，照這種情形看來，孝史死掉或許對貴之比較有利。

——這傢伙得救了。

望著孝史的睡臉念念有辭時，貴之的內心或許隱藏著深深的失望。

「赤坂到處都有將校在進行街頭演說，許多人聚集在一起，像在聲援起事部隊……街上的景況和昨天完全不同。」

阿菈離開房間後，孝史好一陣子都處在半睡半醒的狀態。他彷彿聽見飛機的引擎聲，突然醒來。

外頭傳來歌聲之類的聲音。雖然孝史沒自信可以走動，還是想看看情況。他慢慢撐起身子。只要不做激烈的動作，頭上的傷口就不會痛。不過，他的步伐蹣跚不穩，扶著家具的腳和牆壁，好不容易來到窗邊。必須往上推開的木框窗戶，對現在的孝史實在過於沉重，但嘗試幾次後，終於打開約十公分的開口。

視野很狹窄，只看得見白雪埋沒的前庭寂靜的景色。但是，歌聲非常嘹亮，是乘著北風傳來的軍歌，裡頭摻雜許多「萬歲、萬歲」的叫聲。那是一種帶著悲壯色彩的、怒號般的聲響。又聽見飛機的引擎聲。從右到左，飛越孝史所在的這幢府邸上頭。他找到室內的時鐘，看了看時間，是下午兩點。

「你能走動了嗎？」

回頭一看，貴之站在門邊。

「我聽見歌聲。」孝史說：「空中有飛機。」

「是起事部隊開始移動吧，他們也有決戰的覺悟了。」

貴之走近孝史，並肩站在窗邊。

「戒嚴司令部終於要展開鎮壓，大概今晚就會行動。」

孝史默默聽著斷續傳來的軍歌，一面想著貴之對於這場起事的結果，究竟知道多少。

貴之幫忙黑井的計畫。恐怕在大將生前，他就知道黑井的能力，以及大將使用這個能力進行時光旅行的事。若非如此，貴之怎會輕易聽從他人計畫行事。從蒲生大將的角度來看，支持、協助他病後活動的貴之也是不可或缺的存在，應該會向他坦白實情。

但是，現在貴之打算向孝史說明什麼？說明到什麼程度？又怎麼說明呢？到底他認爲孝史目擊到什麼？目擊到什麼程度？又怎麼目擊到呢？他會坦承發生的事，及隱藏在背後的一切嗎？或者，準備了其他的藉口？

孝史打定主意，不隨便發言，只能等待。

「這場起事會失敗。」貴之環抱雙臂，靜靜地說。「青年將校們在幾個重要的場面都誤判情勢，沒有控制電臺和報社也是個重大的失誤。」

突然變冷了，孝史又扶著牆壁回到床上。貴之默默望著孝史蹣跚的腳步，等到孝史爬上床鋪，坐好之後，他便關上窗戶。

兩人陷入沉默。孝史和貴之摸索著各自接下來該說的話，遠方隱約傳來的軍歌恰巧成爲此刻的伴奏。兩人心知肚明，說出一句不對的臺詞，局面便會完全不同。他們都害怕這一點。

孝史覺得自己能夠選擇的話語不多，貴之才是掌握選擇權的人。陳述舞臺開場白的明星是貴之，他只是接著演下去的小角色。

然後，這場戲最糟糕的狀況，攸關小角色的性命。沒錯，對於「或許」目擊兩個人莫名消失的孝史，貴之可能認爲最好的方法，就是讓他閉嘴。

慢慢地，像要親自確定每個動作，貴之慢慢地移動雙腳，挪動椅子，身體前屈，坐上扶手椅。

然後，他沒看著孝史就開口。

「珠子冷靜下來了。」

呢喃般的口吻，看起來不像是對著孝史，而是對著椅子的扶手說話。

「之後她一直非常冷靜。當然，槍我拿走了。」

孝史想說「太好了」，卻沒開口。喉嚨極爲乾渴。

貴之抬頭直視孝史。孝史感受到壓力，低垂著頭。

「謝謝你阻止她。」貴之說。

孝史總算抬起頭。

「要是你沒阻止，珠子一定已射殺叔叔和鞠惠。她能夠不用殺人，都是託你的福。」

孝史搖頭。爲了不弄痛傷口，他只輕輕搖動下巴。

「不是我的功勞，我是受葛城醫生所託。」

孝史說明原委，貴之點點頭。

「醫生沒回來。他說會先回家，可能是被擔心的家人留住了吧。不管怎樣，這裡都是占領區的正中央。」

電話仍舊不通，醫生內心一定忐忑不安。孝史懷念起他那張出色的鬍鬚臉。

「珠子從父親的自決現場帶走槍後，一直在窺伺機會。無論如何，她都無法原諒叔叔和鞠惠那個女人吧。」

貴之第一次這樣稱呼那兩個人。

「珠子也察覺父親打算自決。雖然不是很明確，事實上父親囑咐過珠子，就算他死了，也不可以沮喪，因爲他會死得有意義，要珠子堅強活下去。然而，站在珠子的立場，要是父親自決，她也不用擔心父親會擔憂、給他添麻煩。所以，她下定決心，一旦父親過世，就要付諸行動。」

貴之深深嘆一口氣。

「一個女人要收拾掉兩個人是件難事。珠子說，打一開始她就想設法拿到父親的槍，用來當下手的工具。她覺得只要有槍，一切就好辦。沒想到，她藏起槍的事卻引發騷動，導致我們處處警戒。於是，她使用安眠藥。據說是從葛城醫生的提包裡偷來的。」

孝史想起二十六日晚上，葛城醫生對他說，如果睡著不覺，可以給他安眠藥。

「加進紅茶裡嗎？怎麼辦到的？」

那些紅茶不是珠子泡的，而是阿蕗準備的。

「很簡單，混進水裡就行。」

「自來水裡？」

「不是。」貴之一笑。「對了，你不知道我們家的習慣。」

貴之說，蒲生家泡綠茶和紅茶時，不會直接使用自來水。

「直接用會有鐵銹味，所以都使用舀到水瓶裡，放置數小時的水。」

在廚房看到的水瓶和長柄勺，原來是用在這裡啊。

「珠子把安眠藥摻進水瓶裡。她是門外漢，根本不曉得該放入多少量。她把偷來的藥全倒進去攪拌，把我們害慘了。我到現在頭都還昏昏沉沉。」

孝史回想起睡死的貴之、嘉隆和鞠惠。

「可是，我沒喝紅茶。」孝史說：「所以才會被珠子小姐打昏。」

「好像是。沒想到珠子能夠狠下心來做這種事，我似乎太小看自己的妹妹。」

貴之微微聳肩。然後，他以前所未見的銳利眼神注視孝史。

「但你沒立刻昏倒吧？你追著珠子進入書房，從她的手中拿走槍。」

這是第一個緊要關頭。如果不好好回答，或許會被逼到懸崖。孝史慎重地選擇措詞。

「我看見珠子小姐把撥火棒放在走廊，進入書房。她拿著槍，所以我爬著追上去。我已頭昏眼花，但珠子小姐一直冷靜不下來，全身抖個不停。於是，我飛撲上去，奪走她的槍，後來的事我就不知道了。我倒在地上，眼前眞的是一片黑暗。」

孝史一口氣說完，垂下目光。他感覺心臟彷彿膽怯的小動物，在胸口內側顫抖。

「我醒來時，珠子也昏倒了，而且疊在你身上。」

「這樣啊……」

「你的頭流著血，珠子陷入貧血狀態，面色慘白。我什麼都搞不清楚，茫然若失。唯一知道的，只有槍就在那裡。」

孝史依然低著頭。終於非問不可了嗎？由孝史問嗎？要他盤問嗎？

——那個時候，嘉隆和鞠惠怎麼了？

貴之望著孝史。孝史得前額感受到他的視線，近乎灼熱。

一陣漫長得要命的沉默後，貴之開口：

「我扶起珠子，她睜開眼睛醒來後，哭了出來。她主動招出想殺掉叔叔和鞠惠的事。聽到她的話，我總算瞭解情形。」

不，不該只有這樣。珠子醒來後放聲大哭，表白想殺害嘉隆等人是事實，可是，理當還有後續。哥哥，我看見黑井了。黑井帶走那兩個人，叫我轉告哥哥，她完成約定了。這到底是怎麼回事？珠子應該近乎狂亂地質問哥哥才對。

可是，貴之若無其事地繼續道：「我下樓後，叫醒誤吃安眠藥昏睡的阿蕗，三個人一起把你搬到這個房間。」

你明明不想這麼做吧，孝史忍不住抬頭看著貴之。

這次，換貴之把視線從孝史身上移開。像念著背好的臺詞，他的語氣變得平板：「那個時候，叔叔和鞠惠也醒了，我向他們說明原委。」

孝史的心臟膨脹到喉邊，心跳聲充塞整個腦袋。

「他們嚇得渾身發抖……」貴之小聲地說。「可能明白珠子是認眞的了吧。」

孝史發出完全不像是自己的聲音問：「後來，他們怎麼了？」

貴之轉向孝史，就像前天發現蒲生大將射穿自己頭部死亡時一樣，撇下嘴角，眼神空洞，露出毫無緊張感的表情。人在撒謊時，都會露出這種表情嗎？或者，事態朝意想不到的方向發展時，就會露出這樣的表情？

貴之聽到父親自決的決心、自決的預定，及之後的步驟，被告知自己接下來必須完成的角色。不料，當時現場卻找不到槍，這個事實對他是多麼大的衝擊？——爲什麼？爲什麼沒有？發生什麼預定之外的事嗎？這不是自決嗎？父親在自決之前遇害了嗎？接下來的步驟也必須改變才行嗎？

難怪他會慌張成那個樣子。

可是，他馬上讓自己冷靜下來，並且推測槍恐怕是珠子拿走的。他留意著珠子的一舉一動，準備執行預定的計畫——在黑井過來帶走嘉隆和鞠惠的二十七日下午六點前，把兩個人叫到大將的書房，拖住他們。黑井會瞬間到來，也會在瞬間離去。只要在這段時間裡，讓他們遠離不曉得內情的珠子等人的視線，應該不是難事。

可惜，事與願違。安眠藥是大失算的開始。

孝史再度發問：「嘉隆和鞠惠怎麼了？」

孝史有詢問的勇氣，貴之也有回答的勇氣嗎？

貴之輕輕眨眼，應道：「他們逃走了。從這幢屋子，從我們面前逃離。」

「逃走了……？」

「嗯，鞠惠拿著早就收拾好的行李離開。她從以前就計畫要和叔叔一起私奔，這下如他們所願了。」

貴之的嘴角浮現些許笑意。雞皮疙瘩爬上孝史的胳臂，他覺得體溫漸漸下降。

「他們的行爲，從旁人來看，實在難以理解吧？」貴之注視著孝史，口氣沉著。「明明沒那種資格，卻擅闖這個家、虛張聲勢的下流餐廳女服務生，和煽動那個女人的男人，也就是一家之主的弟弟。不管父親和叔叔的感情再怎麼差，做到這種地步，或教唆別人這麼做，還有竟然做出這種事，實在太不尋常了。」

「這件事的確讓我覺得很不可思議。不過，感覺鞠惠被嘉隆的花言巧言騙了。」

「你說的沒錯。」貴之拍一下扶手，起身走近窗邊。不知不覺間，已聽不見軍歌和萬歲聲。

「最早的開端，是父親寫給叔叔的信。」

貴之望著窗外繼續道。

「一封很短的信。那是父親生病後大約過了半年寫的，但當時父親的手已不太靈活，頂多勉強寫滿一張信紙。」

「那封信有什麼問題嗎？」

難道蒲生大將被嘉隆抓住什麼把柄，只能夠任嘉隆爲所欲爲？孝史的推測似乎是正確的。

「父親向叔叔謝罪了。」貴之接著道：「父親一直非常輕視身爲實業家的叔叔，動輒表現出輕蔑的態度。父親爲此道歉，想得到叔叔的原諒。父親承認錯誤，在信裡寫下一段文字。」

貴之閉上眼，默背出來。

「軍人與實業家不應彼此猜忌、彼此利用，應當共同攜手建造這個國家。今後，不是軍人，而是像你這樣的實業家，才是建設國家最重要的原動力，我相信這樣的時代一定會來臨……」

這是看見未來、看到戰後日本的蒲生大將才寫得出的文章。在某種意義上，或許是前陸軍大將的敗北宣言，孝史暗暗想著。

「在那個時代，陛下也將步下現人神（註）之座，來到更接近國民的地方；獨立統帥權所造成的軍人天下亦將遠去，萬民平等的眞正意義將得以實現。」

貴之說完，孝史愣在原地。他盡可能掩飾自己的茫然，睜大眼看著貴之，拚命地思考，剛才的文章哪裡不對？有什麼地方會變成蒲生大將的把柄？

「父親居然寫出這樣不得了的東西。弄個不好，就會重蹈美濃部博士的覆轍。」

美濃部博士？好像聽過這個名字……在哪裡聽到的？葛城醫生那裡嗎？記得是說什麼在貴族院的演講……天皇機關說問題什麼的……

想到這裡，孝史恍然大悟。「陛下也將步下現人神之座」，就是這裡不對。

孝史忍不住提高話聲：「是不敬罪，對吧？」

貴之緩緩點頭，用手掌擦拭窗戶。玻璃只有那一部分變得透明。貴之瞇起眼窺視外面，繼續說下去。

「父親打算和解，寫下那封信。然而，叔叔卻像逮到機會，喜出望外。的確，父親雖然已退役，但原本是皇軍大將的他，若被問以不敬罪，等同是宣判死刑般不名譽。叔叔一定高興極了。於是，他拿那封信威脅父親。蒲生家除了這幢宅邸外，多少還有些財產。不過，與其說是父親積蓄的財富，大半都是母親的遺物。因爲母親的娘家是銀行家、大財主，叔叔要求交出那些資產。不過，站在叔叔的立場，比起實際上拿到錢財，威脅父親、奪走父親深愛的我和珠子未來的糧食，更感到痛快吧。」

孝史想起大將剛去世時，眾人聚集在起居室，嘉隆用一種異常悠哉的口氣說「哥哥的想法也變得眞多」。現在想想，眞是句不說也罷的諷刺臺詞。難怪貴之會露出憤怒的神色。

「所以，他才把鞠惠送進來嗎？」

「沒錯。父親與叔叔不和人盡皆知，所以不管是生前或死後，要是父親特意贈送或留給叔叔什麼東西，會有很多人起疑。可是，如果父親是把錢留給愛妾，誰也不能說什麼。在這層意義上，鞠惠只是受操控的人偶罷了。」

「嘉隆是用什麼威脅大將，鞠惠知道詳情嗎？」

貴之搖頭。「就算知道威脅的事實，她應該也不知道信件的內容。那個女人其實很膽小，一旦曉得和不敬罪有關，或許會嚇得逃走。」

沒錯，或許她是膽小，才會對珠子的每一個反應動怒，對阿蕗和千惠也動不動就虛張聲勢，否則無法安心。

「叔叔花言巧語，教唆那個女人：我馬上讓妳變成蒲生大將的正室。蒲生大將是個粗人，又不諳女人的花招，一定會對妳的話言聽計從。那樣一來，蒲生家的財產就任憑我們處置。但是，那個女人有點鈍……」貴之咯咯笑。「一發現我們表面對她順從，父親也不會把她給趕出去，光是這樣，就自以爲是正室，錢和財產都已弄到手。她根本不懂法律和繼承的規定，打心底相信叔叔的話，變得厚臉皮又任性，開始說不想待在這種無聊的屋子裡，想早點出去，害叔叔傷起腦筋。但是，站在叔叔的立場，他認爲至少在父親還活著時，那個女人得待在這個屋子裡才行。因爲病後變成那種狀態的父親，不可能出門到餐廳找她，如果要宣稱那個女人是父親的愛妾，她不待在父親身邊根本說不通。然而，事到如今又不能向她表明，其實她只是一個道具，得乖乖待在屋子裡。所

註：用以稱呼被神格化的天皇，意思是以人類之姿現身於人世的神明。視天皇爲神明的思想，於明治維新期間受到強化，持續到日本戰敗，一九四六年昭和天皇發布「人類宣言」，否定天皇的神格爲止。

以，叔叔才會使盡千方百計，拚命安撫她。」

「私奔也是鞠惠提議……」

「沒錯。我得聲明，那個女的口中的私奔，可不是離開這個家的私奔。叔叔有妻兒，是要他離開那個家的私奔。叔叔可能是進退不得了吧。要蒙騙那個女的，應該很辛苦。」

說到這裡，貴之收起笑容。

「但是，這次他們眞的私奔去了。」

孝史抬起頭，又緊張起來。

「昨天黃昏的談話，就是與那封信有關。」貴之繼續道：「從以前開始，我就一直要叔叔讓我看那封信，因爲我沒看過實物。父親告訴我，嘉隆威脅他後，我也只從叔叔那裡聽說而已。我要求叔叔：沒親眼看到實物，我沒理由屈服於你的威脅，逼他拿出來。」

可是，嘉隆不願意。那時他沒把信帶在身上。

「叔叔竟然說，在不曉得府邸哪裡有槍的狀況下，他怎能冒險帶來？他聲稱把信藏在安全的地方。」

孝史提高音調，腦袋一陣疼痛，但他管不了那麼多。「那麼，就算他們不見，情況也沒什麼改變，不是嗎？」

計畫終告失敗。原本打算讓黑井把嘉隆、鞠惠還有那封信一起帶走，再向世人說明，兩人是私奔失去蹤影。大將在遺言中，留給鞠惠一筆資產，於是兩人手牽著手逃出一切的枷鎖。從以前開始，鞠惠就一直逼迫嘉隆拋棄家人，和她一起遠走高飛——

只是這樣簡單的計畫，卻進行得不順利。嘉隆和鞠惠消失，最重要的元凶，也就是那封信件，還留在這個時代，隱密地藏在某處。

貴之眺望似地看著孝史，緩緩開口：「他們不見了……你剛才是這麼說的吧？」

孝史一驚。「不是嗎？他們不是私奔了嗎？是你告訴我的啊。」

裝傻的臉和刺探的臉，在室內冰冷的空氣中，像雪白氣球般飄浮著。彷彿從高處旁觀，孝史漠然在內心描繪這幕情景。貴之筆直注視孝史，卻也像是穿過孝史，凝視望這幢屋子的牆壁深處，更黑暗、更深沉的地方。

「你在書房看到什麼？」貴之低問。

貴之這個問題，就像一個被醫生告知罹患不治之症的人，在醫生開口前便心下瞭然，而且，明明知道卻不得不開口詢問。其實，貴之是在自問，如果這傢伙回答目擊一切，他應付得了嗎？

孝史察覺到這點，實在難以回答。

「你看到什麼了吧？」貴之再次低問。他轉向窗戶，隔著玻璃窗望著陰天，明明一點都不刺眼，卻瞇起眼。

該說出實情嗎？或者，堅稱自己暈了過去，什麼也沒看見？應該擺出裝傻的表情嗎？矛盾的思考在腦中亂舞，從內側搖晃著孝史，突然讓他強烈地意識到頭上的傷痛。

這時，貴之的視線移回孝史身上，開口：「你是輝樹吧？」

這個問題一次擊退在孝史腦袋內側亂舞的各種思緒。像嘗試從封閉的房間逃脫，與打不開的窗戶或門扉搏鬥時，腳邊的地板卻突然翹起，出現通道一樣。

「你是輝樹吧。」貴之重複一遍。「這是父親取的名字。他以前就想好，如果我有弟弟，就取這個名字。」

貴之微微一笑。

「從你闖進這裡開始，我就一直覺得有些奇妙，所以很快就想到，這傢伙一定是輝樹。父親一直很擔心，慎重交代我，說你一定憎恨著父親，遲早一定會來見他——而且是以意外的形式，不太令人高興的形式。或許你不會很快表明身分，要我做好心理準備。」

貴之聳聳肩，傾身向前。「不用隱瞞，老實招來。你是輝樹吧？」

孝史保持緘默，靜靜沉思著，有一種暢快的感覺。

原來他誤會了——孝史暗想。貴之打一開始就誤會了。在幾次重要時刻，他對孝史採取的行動稱不上全是好意，卻也絕非對孝史不利。當中的理由，孝史終於明白。

「這件事，你沒跟葛城醫生談過吧？」孝史輕聲問。

貴之微微睜大眼。「和醫生談？爲什麼我非得跟醫生談這件事不可？」

「昨天出門打電話時，醫生也問我一樣的問題。」

「醫生他……」

「嗯，他問我：『你是不是輝樹？』」

「你就是吧？」

和葛城醫生提出這個問題時完全一樣，孝史覺得再也無法撒謊。面對這個疑問，只有據實回應一途。不，就算有別條路，孝史也不願意走。他不想再繼續說謊或瞞騙。

平田的臉掠過腦海深處，他的存在比起陣陣發疼的傷痛更強烈。孝史的腦袋裡，愈來愈眞實感受到平田的存在。

他是孝史的救命恩人。雖然幾乎快忘了這回事，卻是事實。而這個平田——孝史甚至不知道他實際上叫什麼名字，他懷抱著某種目的「飛」到蒲生邸。孝史還沒聽他說明這個目的。雖然平田承諾會告訴他，但目前還沒實現。

不清楚平田的目的，就告訴貴之他的事，揭露他的眞面目，這樣好嗎？對平田豈不是不公平？他來到這個時代，一定與黑井——他的阿姨做的事、與她的死亡有關。當中不可能存在著偶然。但是，將所有的事都告訴可能與平田敵對的貴之，是對的嗎？那麼，我不就對平田恩將仇報了嗎？

「你不是輝樹嗎？」貴之追問：「不是嗎？」

貴之的口氣中，充滿「求求你告訴我，你是輝樹」的願望。孝史感覺得到這一點，全身都能感覺到。貴之內心的苦惱與恐懼，像伸手觸物般，清楚地藉由觸感傳達過來。

孝史下定決心。

「如果我不是輝樹，你打算怎麼做？」

貴之什麼也沒說，很快垂下目光。

「你要拿我怎麼辦？你得想辦法堵住我的嘴吧？」

「你……」

「昨天，我在書房裡看到難以置信的事。」

孝史盡量維持清晰的語調，已無法回頭。

「那個叫黑井的女人出現在書房，帶著嘉隆和鞠惠不知消失到哪裡去了。我不曉得他們去哪裡。黑井瞬間出現，又瞬間消失，簡直像鬼魂一樣。」

貴之的手緩緩握成拳，彷彿有什麼可攀抓的東西，想緊緊抓住。

「黑井要珠子轉告你，她依照約定前來，一切都處理妥當。你從珠子那裡聽說了吧？我親眼看見，也親耳聽見那一幕。」

孝史搖搖頭，「我不是輝樹。不是你同父異母的弟弟。不是的。」

「你不是輝樹……」

「嗯，我不是。可是，我目睹昨天在書房裡發生的事。你要拿我怎麼辦？如同你看到的，我受了傷，手無縛雞之力，甚至沒有抵抗你的力氣。你可以隨心所欲地處置我。怎麼樣？」

孝史望著貴之的拳頭，爲了不中途退縮，一股作氣說下去。

「你甚至可以殺了我，防止我洩漏在書房的所見所聞。當然，就算我說出去，也不會有人相信吧，畢竟那太脫離現實。可是，或許會有人對嘉隆和鞠惠的去向，及他們是否眞的私奔起疑。對你而言，絕不是值得歡迎的事，是你最希望避免的事，尤其是在無法拿回信件的狀況下。怎麼辦？我可是個危險的存在啊。」

貴之僵住般動也不動。孝史注視著他，絲毫未動。不知經過多久？一分鐘，還是五分鐘？或者，三十分鐘？唯一確定的是，期間流過的時間重量，一定遠比孝史和貴之的體重相加還沉重。

半晌後，貴之的拳頭突然鬆開。

他的肩膀放鬆下來，像處罰結束，獲准回家的孩子。他的臉鬆垮下來，突然變得十分虛弱。

「如果我殺得了你……」貴之一副快哭的聲音，臉上卻笑著。「如果我有殺人的勇氣，一開始就不會陷入這種窘境。」

孝史感覺身體的僵硬解除，也覺得自己變得軟弱、渺小，卻是自由的。

「我不是輝樹。」

孝史再次清楚、明確地表示。

「我也不是這個時代的人。我來自你們的未來。」

然後，孝史開始說明一切。說明所見所聞，及一路思考過來的一切。

2

直到孝史說完，貴之都沒插話。他端正的臉上浮現各種表情，唯獨沒有「難以置信」的表情。孝史忽然想到，不曉得貴之第一次聽到父親述說時光旅行的事，是什麼表情？

貴之露出一種既像感嘆，又像驚愕，還有強忍笑意般，異常滑稽的表情。他低聲喃喃：「那個叫平田的人，原來是黑井的外甥……我根本沒想到。」

「昨天我看到發生在書房裡的事，原本覺得謎團重重的地方大部分都解決了。」孝史說。「現在我不明白的，只剩下一個地方。那就是平田爲什麼要來這裡、來到這個時代的蒲生邸。他承諾一定會解釋給我聽。只是，像這樣把一切都告訴你，或許對平田是一種背叛。」

好一陣子，貴之都閉著眼沉思。像在等待聽到的話，在心裡找到一處可落腳的地方。

然後，他抬起頭，微微偏頭：「我不認爲黑井是憎恨父親而死。」

口氣很愼重，卻帶著一份確信。

「直到最後，她都爲了父親盡心盡力。我不認爲她的忠誠是假的。所以，如果平田曾與去世之前的黑井談過，聽她說明原委，應該不會認爲父親是黑井的仇人。」貴之輕笑一下，「不過，這或許是我一廂情願的想法。」

從出現在書房的黑井的傳話來推測，她到最後一刻都是站在蒲生大將和兩個孩子這邊。孝史認爲，這一點不會錯。

這麼一來，他更不瞭解平田的目的。他是來做什麼的？

「你相信我的話吧？」

總覺得有點不踏實，孝史不由得這麼問。貴之忍俊不禁。

「我都相信有一個時光旅人了，沒理由不相信第二個吧？」

孝史也露出笑容。

「聽說黑井一開始是帶著病房裡的父親，去見過去的家母。」貴之露出凝視遠方般的表情。「父親是個嚴厲的人，也一直非常自私任性。只有生了病，身心都變得虛弱，才想起家母、懷念家母，後悔沒爲她做的事，或曾對她做的事。說這是自私，的確很自私。」

可是，擔任看護的黑井被蒲生大將的那個模樣打動。所以，她提出「如果您這麼想不開，這麼傷心，我可以帶您見見生前的太太」。

「只是從遠處眺望而已。黑井不允許父親和年輕時候的家母交談，或觸碰她的身體。雖然沒什麼危險，但黑井說那樣會讓家母產生混亂。」
「時光旅行會對身體造成負擔。」
「嗯，好像是這樣。」
「在病房裡做這種事，蒲生大將的身體不要緊嗎？」
「在醫院只試過一次，就是去看家母。在親身體驗之前，父親也以爲黑井是在胡言亂語。」
可是，體驗過後，世界驟然改變。
「出院時，父親說服黑井，帶她回蒲生邸。他拜託黑井，說會努力恢復健康，到可以承受數次時光旅行的程度，要黑井務必讓他看看未來的皇國，讓他看看這個國家的將來。事已至此，黑井可能也無法拒絕了吧。」
「大將經驗幾次時光旅行？」
「就我所聽到的，三次。」
那就是出現在平河町第一飯店的蒲生大將的鬼魂。
「只有三次，根本無法滿足父親。但是，黑井認爲，以父親的健康狀況來看，三次已太多。剩下的就是應父親請求，黑井一個人穿越時空，帶著必要的書籍和報紙、攝影集之類的回來。」
雖然是別人的事，孝史卻覺得背脊發冷。黑井只允許大將進行三次的時空跳躍，自己卻不斷進行近乎自殺行爲的跳躍。
「黑井很疲累。」貴之呢喃。「我忍不住擔心，曾問她要不要緊。沒想到，她笑著對我說：反正日子也不長了，這是最後的工作。」

——難得天生擁有這麼稀奇的力量，我想爲了看中的人物，盡可能效勞。

「昨天，你在書房裡看到的黑井，應該是從我家消失的那一天的黑井吧。是一年多以前的黑井。」

——肩負這麼重大的任務，我是頭一遭。

拖著筋疲力盡的身體，帶著兩個人穿越時空，黑井不可能平安無事。她一定是在帶著嘉隆和鞠惠去的地方，一起斷氣了吧。

「她們去了哪裡？你有沒有聽說什麼？」

「沒有。」貴之搖頭。「她不肯明白告訴我，只說：我不會殺了他們，要是運氣好，他們也會得救。但是，我會把他們帶到就算得救，也無法再用那封信威脅老爺的地方。」

「黑井不曾像平田那樣暈過去，或者流鼻血嗎？」

「好像沒有。倒是黑井心臟變得非常虛弱。有時會難受到連旁人看了都覺得恐怖，她會敲打地板，抓起榻榻米……」

貴之說，即便如此，她也絕對不允許別人叫醫生。

——要是看醫生，一定會被宣告需要治療，弄個不好，會從這個家被帶走。可是，我沒有那麼多時間。就算多一天也好，多一個小時也好，我想待在大將大人身邊，爲大將大人做事。

「可是，每當黑井那樣發作，阿蕗就覺得恐怖。因爲照顧她是阿蕗的工作。」

「喔，所以……」

孝史終於明白爲什麼一提到黑井的名字，阿蕗就露出複雜的表情。

「阿蕗一直追問，為什麼不讓黑井看醫生？她到底是誰？但又不能告訴阿蕗實情，非常為難。」

「你是什麼時候知道這件事的？是大將告訴你的吧？」

貴之點頭。「父親出院後，大概經過三個月，叫我去書房。那個時候，父親剛恢復到勉強能走的程度。黑井在他身邊。然後，父親對我說：我去看了未來。」

貴之的話聲微微沙啞。

「皇國消滅了。為了阻止悲劇發生，有非做不可的事。所以，希望你幫忙我。寫信和論文，送交給別人，會晤別人，陳述意見——這些事，我希望你和我一起做。」

「你馬上就相信了嗎？」

貴之笑了。「不，怎麼可能？在親身體驗前，我完全不相信。」

孝史睜大眼睛。「那麼，你也體驗過時光旅行？」

「只有一次。」貴之說。「我去見家母——去看家母，臨終那一天的家母。那是我生命中記憶最深刻的一天。」

那天的事，不是記憶在貴之的腦海裡，而像是直接烙印在他的眼底。無論何時，他只要望進眼皮底下，彷彿就能看見那天的情景。現在也一樣，雖然面對孝史，他的眼睛卻是凝視著過去。然後，貴之低喃：

「那是接受這樣的我、深愛這樣的我，我獨一無二的母親過逝的日子。」

「貴之……」孝史出聲。

「嗯？」

「現在，珠子也曉得大將和時光旅行的事了吧？」

貴之點頭。「嗯，我告訴她了。畢竟她目擊現場。」

與其說是苦笑，更像是在嘲笑自己。貴之稍微揚起嘴角笑了。

「早知道珠子擁有這樣的行動力，是意志如此堅定的人，打一開始我就會全部告訴她。父親的時光旅行、黑井的眞正的身分，還有因爲信件受到威脅的事，及父親自決後，黑井要帶走叔叔和鞠惠的計畫。那麼，就不會發生這種差錯。」

「話是這樣沒錯……」

「黑井帶走叔叔他們，無論如何都必須是昨天，二十七日這天才行。」

在開口詢問爲什麼之前，孝史也想到理由。

「原來如此，昨天一整天，一般交通恢復通行。今天又被封鎖。」

「嗯，應該會持續到明天下午吧。所以，要帶走兩個人，昨天是最佳時機。二十七日失去蹤影，二十八、二十九日帝都陷入混亂狀態，也可拖延叔叔的家人和公司的人尋找他們的消息，或追查他們的去向。最後，他們私奔的事便會不了了之。」

「這個計畫是誰想出來的？」

貴之原本流暢的語氣，突然變得吞吞吐吐。「說是誰想的……」

「是蒲生大將嗎？還是黑井？」

「包括我在內，三個人一起想的。這麼說比較適切。」

「可是，你卻連黑井要把他們帶去哪裡，這麼重要的事都不知道嗎？說起來，你們可是共犯。」

貴之閉上嘴。

「是黑井想出來的計畫吧？」孝史說。「她和大將商量的計畫，你只是聽到決定好的梗概，接受任務而已，是不是？」

貴之默默注視孝史，嘆一口氣。「逼我承認這種事，有什麼好高興的？」

「我不是在高興。只是想確認。該不是連大將會在二十六日自決，這件事都沒告訴你吧？」

貴之認栽似地點頭。「會在最近行動——我只聽說這樣。父親已對現實絕望，只是，他不肯具體地告訴我何時實行。可能是擔心告訴我，我會阻止他吧。向我說明二十七日的計畫時，也絲毫沒提到要自決的事。其實，父親和黑井應該都談妥了。他們是怕我會臨陣畏縮，所以不想告訴我吧。」

接著，他低聲繼續道：「實際上，珠子比我勇敢多了，也很聰明。我一直小心不要讓珠子知道父親遭受威脅的事，她卻一個人思考，敏銳地察覺父親、鞠惠和叔叔的奇妙關係背後的隱情，也察覺萬惡的根源是叔叔，才會想殺掉叔叔。」

「對了，提到珠子。」孝史說。「請你把我的事告訴她，向她說明。她知道我在現場，一定很在意我看到什麼吧。」

「嗯，我會告訴她。只要你願意的話。」

「可以也告訴阿蕗嗎？」

「告訴阿蕗？」貴之似乎吃了一驚。「我覺得沒必要。」

「你騙阿蕗說嘉隆和鞠惠私奔嗎？」

「那樣比較好。阿蕗應該不會起疑，就算她懷疑什麼，也會藏在心底吧。」

因爲她對你有好感嗎？因爲她明白女傭的分際嗎？孝史在心底發問。因爲你可以要阿蕗唯命是從嗎？

「可是，不曉得今後會發生什麼事啊。」孝史壓抑著心情。「沒能取回大將的信，也不曉得被保管在哪裡吧？難保不會突然從哪裡蹦出來。」

「這……是這樣沒錯。」

「所以，就算要阿蕗配合嘉隆和鞠惠私奔的說詞，最好還是告訴她實情。如果她對你——對你們如此忠誠，不管聽到什麼都不會吃驚，也會相信你們吧？」

貴之很不安。「這樣好嗎？這樣阿蕗會知道你的眞實身分喔？」

「既然向一個人坦白了，告訴第二個、第三個人，也沒有傷腦筋的道理吧？」

孝史這麼反駁。「是啊。」貴之不禁苦笑。

「乾脆上街去，向聆聽青年將校們演講的那些人說說怎麼樣？告訴他們，這場政變不管怎麼發展，結果都是一樣。」

反正皇國一樣會滅亡，他小聲加上一句。

孝史陷入沉默，不由得想起阿蕗。如果是從貴之那裡聽到說明，她應該會相信時光旅行的事吧。令人悲傷的是，比起孝史親自向她說明，會更自然地深信不疑吧。

可是，孝史進一步思考，他打算拜託平田，如果他答應——不，絕對、絕對要他答應，就邀阿蕗一起到平成時代。

去那裡就安全了，沒有等在未來的飢餓與戰爭。孝史不想讓她留在埋有「大將的信」這顆炸彈的蒲生邸裡，而且，如果她相信並接受時光旅行，就不需擔心。他一定要說服阿蕗，帶她一起走。

「看你一副慘白的臉色。說得太多、太傷神了，你最好躺下。」貴之勸道。

「不，不要緊。」

在這麼重大的事情曝光後，就這麼睡著反倒令人不安。閉上眼睛時，事態會不會有什麼變化？貴之說的沒錯，孝史疲勞得頭昏眼花，卻害怕斷絕與現實的連繫。

彷彿看透孝史的心情，貴之站起來，說：「今天不會再發生什麼事了。不管是屋裡還是屋外，那場政變——聽說後世稱爲二二六事件，在今天深夜到明天上午之間，就會走向結局。沒有任何需要你擔心的事。」

「貴之。」

「什麼？」

「你突然改口叫我『你』了呢，之前都叫我『你這傢伙』。」

貴之輕笑，「是這樣嗎？」

「是啊。我是未來人，每次被叫『你這傢伙』，內心就一陣火大。」

「這件事我注意到了。」貴之說。「所以，我才會懷疑你這傢伙是不是輝樹。」

啊，不是「你這傢伙」，是「你」——貴之訂正口誤，邊穿過房間。握住門把時，他回頭問一句：「你生活的時代，沒有徵兵制了吧？」

「什麼？」

「不，沒什麼。好好休息吧。」

門關上，又剩孝史一人。

躺著休息時，不知不覺睡著。這次沒再作夢。來到這個屋子後，孝史第一次獲得眞正的休息。再次醒來，室內已變暗。應該有電燈開關，孝史卻不知道在哪裡。比起對黑暗的不安，其帶來的隱密的舒適性更勝一籌，孝史躺著仰望黑暗的窗子。

門打開時，他沒立刻發現。直到腳步聲接近，才知道有人來了。孝史眨著眼轉動頭部，看到珠子站在床邊。「你起來了。」她輕聲說著，走近枕邊的小几，打開電燈。那是一個有著大大的罩子，臺座是玉做的檯燈。黃色燈光朦朧亮起，室內有一半籠罩在黃光下，也照亮珠子的臉。

她換上灰色毛線套裝，纖細的身體線條彷彿浮現在燈光中。

珠子在孝史腳邊的床緣坐下。她坐下的部分凹陷，床鋪發出微弱的傾軋聲。

「對不起。」珠子低著頭，凝視地面。「我打了你……很痛吧？」

雖然貴之說「珠子冷靜下來了」，孝史還是有點緊張。只要被撥火棒打過一次，任誰都會如此吧。

「哥哥和阿蕗看過你的傷口，說只是擦傷，不是很嚴重。」

頭痛依然持續，孝史實在不是能夠順從地說出「嗯，是啊」的心情。因為事實上，他被打到昏倒。但冷靜想想，要是撥火棒不偏不倚地直擊他的腦袋，他毫無疑問早上了西天，所以珠子倒也沒錯。

「不要緊，我還活著。」

「好像是呢。」

珠子一副事不關己的口氣，無法判別她究竟是覺得慶幸，還是遺憾失手。

「珠子。」

「什麼？」

「妳從貴之那裡聽說了嗎？」

珠子沉默片刻，撫著裙子的織紋，抬頭望著孝史。

「聽說你來自未來。」

「沒錯。我和平田——還有黑井的事，妳也聽說了吧？」

「聽說了。」珠子呢喃，彷彿咒文般一次又一次重複。「嗯，聽說了，我聽說了。」

「嘉隆和鞠惠已消失，再也不會回來。妳沒殺人，眞是太好了。要是妳弄髒自己的手，黑井一定會很傷心。」

那個時候，黑井看到書房的情景，驚訝得幾乎要亂了分寸。爲什麼會出這種差錯？吶喊般的話語，至今還殘留在孝史耳底。

「如果在黑井出現之前，我已射殺那兩個人，黑井會怎麼樣？」

「不要去想那種事。」

珠子望向房間角落的暗處，像在喃喃自語：「她會不會幫我把那兩具渾身是血的屍體，帶到什麼地方讓他們消失呢？要是能請求黑井這麼做就好了。我想教訓那兩個人，眞的很想那麼做。」

珠子的雙眼彷彿在發光。

「我想槍斃他們，很想槍斃他們。」

還無法隨心所欲動彈的孝史，比起同情珠子扭曲的心，更爲她的恐怖震攝，什麼話也說不出口。

珠子突然轉向孝史，問道：

「哥哥打算怎麼向葛城醫生解釋？私奔這種理由，就算騙得了別人，可騙不了葛城醫生。」

珠子說的沒錯。葛城醫生知道槍不見的事，也知道嘉隆用當上蒲生家的正室云云的甜言蜜語操縱鞠惠，他知道一切。

「我也擔心這一點。貴之有說什麼嗎？」

「哥哥只說交給他就行了。」

珠子的雙肘放在膝上，像孩童般托著腮幫子。

「我表示會告訴葛城醫生，說我偷了槍，要射殺他們的事。哥哥認爲，這件事說出來也沒關係。這樣可以解釋那兩個人受我威脅，感到害怕，才慌忙逃走。然後，不管接下來如何遭到追問，都要堅稱他們私奔逃走，不曉得去哪裡。」

孝史也認爲，只有這個說法可行。不過，葛城醫生應該不會輕易相信，還是會起疑吧。可是，不管再怎麼找，都找不到蒲生嘉隆和鞠惠被丟棄、藏匿或放置的屍體——至少在這個時代的日本。

所以，就算是葛城醫生，也莫可奈何吧。

「請照著你哥哥的話做吧，這是最好的方法。」

珠子垂下頭，又撫摸起裙子的毛線紋路，陷入困窘的沉默。

接著，珠子低語：「這是我編的。」

「咦？哦，這身套裝嗎？嘿……編得眞棒。」

「你認識會編毛線的人嗎？」

「嗯，我妹有時候會編。」

珠子猛然轉向孝史。

「哎呀，你有妹妹嗎？」

「嗯，有。」

「幾歲？」

「今年十六歲。」

「十六歲……可愛嗎？」

「沒妳這麼漂亮。」

珠子笑了。許久不見的笑容。

「不是這個意思啦，你疼妹妹嗎？」

孝史有些愣住。怎麼樣呢？我疼愛妹妹嗎？

「不曉得……我們老是在吵架。」

「互相會吵架，就是疼愛嘍！」

「沒那種事。況且，我妹很粗魯，每次一生氣就朝我亂丟東西。」

「哎呀，好好玩。」珠子按著嘴角，咯咯笑個不停。

「一點都不好玩。貴之和妳的感情好得多，不是嗎？」

珠子的笑容瞬間消失。

「才不好。」

「貴之很珍惜妳。」

「珍惜我的，只有父親而已。」

浮現在橘黃燈光中的那張苦悶的側臉，有一種遠離人類的美。

「真的只有父親。母親在我小時候就過世，只有父親一個人，是我的全部。」

「所以，妳才想殺掉折磨父親的那兩個人嗎？」

珠子像少女一樣用力點頭，看起來格外可愛、弱不禁風。

「父親還在世時，我不能做出惹他擔心的事……要是看到我被警官或憲兵抓走，父親一定會痛苦而死吧。可是，如果父親自決，我就不用顧慮這些……」

「貴之呢？貴之也會痛苦、擔心啊！」

「哥哥不會在乎。」珠子冷漠地斷定。

「沒那種事。」

「你不明白。哥哥老是站在阿蕗和千惠那邊，我一開口，哥哥就淨是嘮叨，說妳這個嬌生慣養、奢侈浪費的人怎樣怎樣的。」

珠子鬧彆扭似地小聲埋怨。

「哥哥喜歡的是阿菈。」

對孝史而言，這也不是什麼悅耳的話。縱使明白貴之和阿菈有著某種共鳴，他仍感到不是滋味。

孝史想轉移話題：「妳什麼都不問我呢。」

「問你……問什麼事？」

「未來的事。像是這個國家的將來，或今後會發生什麼事。」

還有一件重要的事。

「妳都不想看看未來嗎？」

珠子凝視孝史，發出平板的聲音：「那種事無所謂，反正我又沒有未來。」

「這……」

「父親都過世了，我還剩下什麼？」

「可是，珠子……對了，妳不是要嫁人了嗎？可以建立新的家庭啊，這次輪到妳當母親。」

「我？跟那個人？」珠子笑了出來。「哎呀，眞好笑。」

「什麼那個人……那不是妳的未婚夫嗎？計程車公司社長的兒子。我告訴妳，將來一定會變成一家大公司。這一點我可以保證。汽車產業和汽車相關產業這些東西……」

珠子揮揮雙手，阻止孝史。「夠了，聽了也沒用。我和那個人，只在相親的時候見過一次而已。那是父親決定的婚事，所以我才接受。我不曉得他是怎樣的人，對未來也眞的毫無興趣。如果我珍惜未來，就不會想去殺什麼人了吧？」

孝史頓時沉默。珠子駁倒了他。

「如果你這麼想告訴別人，我可以問一件事嗎？」

「什麼？」

珠子一臉正經。這是她看起來最美麗的表情。

「接下來會發生戰爭嗎？」

孝史點頭，「會。」

「很大的戰爭嗎？」

「嗯，捲入整個國家的大戰爭。」

與全世界爲敵，毫無希望、陷入泥沼的戰爭。

「這樣啊，我懂了。」珠子輕巧跳下床。「聽到這個就夠了。換句話說，今後我還有很多機會可以死掉。」

留下一句「好好休息」後，珠子轉身離開。她的腳步輕盈，只留下滿臉錯愕的孝史。

好像是去年的事吧？妹妹經歷一場大失戀，雖然還是個孩子，但心裡某個重要的地方受了傷，她大哭大鬧，搞得家人束手無策。驀地，孝史想起這件事。因爲妹妹抽抽搭搭地哭個沒完，他便鼓勵她打起精神，不料妹妹老成地說：

——以前，我一直害怕哪天會發生大地震，或日本沉沒，害怕得要死。要是發生那種事該怎麼辦？要怎樣才能得救？光是想像，我就怕得快哭了。可是現在，就算有人告訴我明天世界就要滅亡，我也覺得無所謂。太好了，一點都不怕。

——失去活下去的希望，就是這種感覺吧？

妹妹當時說的話，孝史一笑置之。可是，此刻他完全沒有嘲笑珠子的心情。

這天晚上，阿蕗送來晚餐時，孝史感到十分害怕。從出生到現在，他從沒有經驗過這麼令人害怕的時刻。

阿蕗一定從貴之那裡聽說了。她怎麼想？她會用什麼眼神，看著來自未來的孝史？

阿蕗沒看孝史。她俐落地工作，詢問孝史傷勢如何，爲他更換熱水袋，調整棉被。但這段期間，她一次也沒正眼瞧過孝史。

「阿蕗……」孝史忍無可忍，出聲叫喚。「阿蕗，妳怕我嗎？」

阿蕗突然停下動作。她正從小鍋裡舀出湯汁，杓子從她的手中滑落。

「妳從貴之那裡聽說我來自未來了吧？所以，妳才一直躲著我嗎？」

孝史的手撐著床，撐起身體。昏昏沉沉的，頭也很痛。一爬出被窩，肩膀和背後就冷得要命，可是，在阿蕗回頭之前，他絕不把視線從她身上移開。

阿蕗撿起杓子，慢慢轉向孝史。

「對不起……」

「沒什麼好道歉的。」

阿蕗握緊白色圍裙下襬，低下頭。

「我還不曉得該怎麼想，發生太多不可思議的事了。」

「嗯……」

「可是……孝史……」

「什麼？」

「所以，你才會對我說，日本會打輸戰爭，是嗎？」

這麼一提，好像有過這回事。孩子氣的好勝心，讓他對阿蕗說出這種話。

「會發生戰爭，然後打輸。」阿蕗重覆一遍，「會打輸嗎？」

雖然不曉得阿蕗在想什麼，但似乎不是孝史的事。是貴之的事嗎？還是她弟弟的事——對，那個在造船公司工作，明年就要接受徵兵檢查的弟弟。

之後兩人沒有交談，陷入沉默。孝史今天不想再跟任何人說話。要等待夜晚過去，最好的方法似乎是逃進睡眠中。可是，躺上枕頭，一閉上眼，阿蕗想著某人的未來的模樣，就浮現在眼前，久久不肯散去。

3

「你醒著嗎？」

聽到貴之的聲音，孝史睜開眼，睡眼惺忪地爬起。貴之穿過房間，彎身打開桌上的收音機。

「戒嚴司令部在發布消息。」
「現在幾點?」
打開窗簾一看，外頭頗陰暗。天還沒完全亮。
「過六點了。」
收音機裡傳出聲音。那是非常簡潔俐落，宛如一不小心就會折斷的硬質聲音。
「本日二十九日，麴町區南部附近或許會發生危險，但其他地區，據判應無危險。市民應信賴戒嚴令下的軍隊，保持沉著冷靜，服從司令指導，尤要嚴守下述提醒。」
貴之開口：「終於對反叛軍展開武力鎮壓。」
孝史豎起耳朵聽著廣播。暫停外出、小心火燭、不要受到流言蜚語所惑等等，內容是孝史也能夠完全理解的事項。
「聯合艦隊呢?眞的瞄準起事部隊嗎?」
孝史呢喃，貴之意外地眨眨眼。
「你不知道這個事件的經過嗎?」
非常尷尬、難堪的瞬間，孝史的臉立刻紅了起來，又像對這種狀況感到惱怒，瞪著貴之。
「你又知道了嗎?」
「我從父親那裡學過。」
「那麼，到外頭阻止他們怎麼樣?去告訴他們，就算做這種事，對任何一方都不會有好處!」
貴之沒把孝史的遷怒當一回事，也沒恥笑他的樣子。

「這樣啊，你幾乎什麼都不知道。」

「是的，眞不好意思。」

「沒什麼好道歉的。可是，你的那個時代，和你差不多年紀的年輕人，什麼都不知道嗎？」

回答「對啊」，孝史就不用一個人丟臉，相對地，等於讓孝史生活的「現代」所有年輕人一起蒙羞，他頓時難以回答。

「即使是年輕人，我想也有人知道得很清楚。歷史——尤其是現代史，喜歡的人研究得很全面，可是，那不是普遍的情形。」

「這樣啊。」貴之像孩子般率直地感嘆，「顯然那個時代是多麼和平啊。」

「我去一下廁所。」

孝史下床走出房間，發現身體比昨天輕了一些，頭痛也緩和許多。像要趕出從後頭追趕上來的嚴肅廣播，他反手關上房門。

孝史走向二樓的洗手間，發現遲遲擺脫不了剛才的對話帶來的羞恥感，連自己都驚訝。平田詫異地說「你眞的什麼都不知道呢」時，孝史都不覺得有這麼丟臉。

他告訴貴之，年輕人中，也有熟悉歷史的人。實際上，孝史的同班同學裡，就有一個喜歡日本史和現代史的人，他老是在看書，總是喜歡參觀史蹟。他是烏龍麵店的獨生子，不繼續上大學，而是要繼承家業。高中進入溫書假的現在，他應該忙著幫忙店裡吧。

包括孝史在內，所有朋友都背地裡叫他「歷史狂」，笑他像個老頭子——那種知識有什麼用？他是烏龍麵店的孩子，根本不用擔心考試，才能毫不在乎地沉迷於那種無聊的事，眞是無憂無慮啊！

然而，孝史卻在腦海裡想著他，反駁貴之，也有人知道得很詳細。

孝史想，如果不是我，而是他在這裡，會怎麼樣？他會和貴之聊得很開心嗎？或者，他會跑到外頭，試著闖進起事軍與鎮壓軍之間？

小解完回到房間時，阿蕗端著裝熱水的洗臉盆進來，看到孝史一個人去上廁所頗爲驚訝。不曉得是不是貴之在一旁，她沒像昨天黃昏時那樣避著孝史的視線，幫忙他洗臉。之後，阿蕗和貴之檢查孝史頭上的傷口，爲他塗上刺痛無比的藥水，換上新的繃帶。

「還眞是顆石頭腦袋。」貴之忍不住揶揄，「感謝你堅硬的頭蓋骨吧。」

接著，孝史和貴之一起用早餐。貴之幫忙阿蕗端來托盤，讓阿蕗惶恐不已。

吃完飯，又傳出新的廣播。

「有受到流彈波及的危險，戰鬥區域附近的市民請留意以下事項。

一、面對槍聲發出的方向，利用掩護物避難。

二、盡可能利用低處。

三、在屋內，需待在槍聲傳來的反方向。

四、撤離區域爲市營電車三宅坡至赤坂見附、溜池、虎之門、櫻田門、警視廳前、三宅坡的連線內側，此爲戰鬥區域，請市民撤離避難……」

孝史大吃一驚，「這裡也在撤離區域內？」

「政府也發了傳單，剛才阿蕗去拿了。」

「不要緊嗎？」

貴之一笑。「不要緊的，未來人。」

孝史露出不高興的臉，貴之笑得更開心。

「你眞是有趣。用不著那麼生氣，又不是在笑你。」

「最好是。」

「子彈一發也不會飛過來，放心吧。」

貴之露出遠比昨天輕鬆的表情，頻頻想和孝史交談。他詢問孝史的生活環境、兄弟姊妹，及考試的事。孝史太過在意廣播的聲音，不是很專心，不過說著說著，他開始覺得頗有意思，背靠在床頭上，享受著熱水袋的溫暖，一面回答問題。

貴之短時間內集中、限定領域吸收「戰後」知識，不全面且片斷的地方太多。然而，剛以爲他的知識有許多大漏洞，卻又發現他對某些事異常敏銳、理解透徹。開始交談不久，孝史就發現這一點。

「我有一件擔心的事。」

「什麼？」

「黑井從戰後帶來的那些書籍和報紙在哪裡？處分掉了嗎？」

要是被人發現就糟了。

「黑井帶回去了。」貴之回答。「在離開這個家前，黑井來報告，說那些東西全部處理掉了，要我們不用擔心。」

原來如此。雖然明白，不過再次想像黑井過度頻繁穿梭時空，孝史頭又痛起來。黑井疲勞至極的心臟，每跳動一下，便在她魁梧的身體內側送出活生生的血液，然後一點一點地，今天是那個毛細血管、明天是這個瓣膜細胞的一部分，逐漸壞死——孝史彷彿看見這樣的情景。

黑井為何要如此拚命實現蒲生大將的願望呢？

——既然天生擁有這麼稀罕的能力，我想盡可能為他效勞。

黑井這麼說。光靠這份心意，就能夠努力到那種地步嗎？只因被想念亡妻而神傷的大將打動？驅使黑井的熱情是什麼？同樣擁有時光旅行的能力，而且是阿姨與外甥的關係，她卻選擇與平田完全相反的生活方式，把能夠自由離開、回歸時間軸的能力，發揮到最大限度。

可是，她所做的事，畢竟只是細部的修正——只能夠讓一、兩個人看到未來，讓他們發出警告。蒲生大將知道未來，改變原有的想法，不斷努力想改變陸軍內部的方針，然而，二二六事件還是發生了。大將為此絕望而自決。重臣們遭到殺害。今天，起事部隊將會被視為反叛軍，受到鎮壓，不久後，青年將校們將會遭到處決。

然後，等在前面的是太平洋戰爭。什麼都沒有改變。

黑井所做的事，終究沒有任何結果，不是嗎？這正是平田說的「偽神」。

即使如此，平田和黑井卻有個決定性的不同點。連孝史也看得出的不同點。

那就是黑井很滿足。對於自己的能力、以及能夠活用能力，為蒲生大將工作的事感到滿足。一定是這樣的，若非如此，她也不會更進一步鞭策隨時都會停止的心臟，完成帶走嘉隆和鞠惠的約定。

孝史不禁想起，黑井在書房對珠子說話的表情。

——請務必轉告少爺，黑井依約定前來了。

沒錯。孝史發現，當時黑井臉上綻放光輝的原因，黑井具有、平田沒有的東西——就是對於擁有時光旅行能力的無上「驕傲」。

用完早餐約一個小時左右，珠子來到孝史的房間，說從窗戶看得到廣告氣球。

放眼望去，恰恰在赤坂見附的方向，升起兩顆廣告氣球。其中一個較遠，看不見布條的文章，另一個看得到一半。

「底下垂著布條。」

「詔令有曰，軍旗……」孝史出聲念道。「底下寫什麼？」

「應該是寫，不可違抗軍旗吧。」貴之回答。「聽說天皇陛下始終堅持應斷然鎮壓青年將校。」

這時，頭上頻頻傳來越過天際的飛機引擎聲。孝史沒辦法像貴之那麼冷靜，一次又一次走近窗邊，眺望外頭。貴之說剛才還有人在發送傳單，現在卻只有一條杳無人煙的白色道路無盡延伸著。

不久後，收音機又開始廣播。這次傳來男性播報員激動萬分的聲音。

「通告士兵。

詔令已發。天皇陛下的御旨已發布。」

貴之發出感嘆。「哦，就是這個啊。」

「這是什麼？」

「好好聽著吧。這是流傳到後世有名的廣播，『通告士兵』。」

然後，貴之微微皺起臉，輕聲補上一句：「是離間下士官、士兵與將校們的廣播。」

收音機的聲音幾近哭聲，硬擠出的聲音試圖說服反叛分子：「現下還不遲，丟掉武器回到原隊吧。回來就不會被問罪」。

廣播結束，飛機的引擎聲又飛舞一陣子。貴之想去路上看看，便下樓了。孝史也想跟上，卻在玄關遭阿蕗斥責。她很緊張，孝史握住她的手。那隻手冰冷極了。

貴之拿著數張傳單回來，是飛機撒下給反叛軍士兵的，也飛到附近。

通告下士官兵

一、爲時未晚，速歸原隊。

二、抵抗者一律視爲叛亂分子，格殺勿論。

三、汝等父母兄弟都將淪爲國賊，正悲泣不已。

最後一行寫著「戒嚴司令部」。漢字全部標上假名，是手寫的拙劣文字。

一打開玄關門，遠方便依稀傳來透過擴音器吼叫的聲音。貴之說明，那是鎮壓軍正在對反叛軍的士兵喊話。

「結束了吧。」他冷冷地說。「下午過後，要不要到市電大道去看看？」

「那樣不危險嗎？」

聽到阿蕗的問題，貴之微笑。

「不會有什麼危險的。」

「可是，就怕有什麼萬一。請您別去。」

「阿蕗眞愛操心。」

繼續待在原地聽這兩個人的對話也太愚蠢，於是孝史走到樓上。他抓著扶手，愼重地爬上樓梯，忽然興起想瞧瞧蒲生大將遺骸的念頭，轉向大將的寢室。

他沒多想就打開門，卻發現珠子在裡頭。她坐在床畔伸出手，握著大將交抱在胸前的手，淚濕臉頰。

孝史出聲說「對不起」，珠子沒回頭，只牽著父親的手，流著眼淚。孝史悄悄退到走廊。

4

漫長的午後，孝史在和貴之聊天中度過，其間偶爾傳來收音機的零星情報、造訪又離去的飛機引擎聲，及偶爾打開窗戶便會傳來的擴音器聲。

中午過後，收音機播出士兵開始歸順的消息。不曉得是不是多心，孝史覺得那僵硬的語調似乎變得有些柔軟。可是，貴之每次一聽到廣播，就露出好像哪裡被捏到般的表情。

「結束了。」他不止一次這麼呢喃。

「大將的遺書裡，寫著即使青年將校們起事，最後還是會以這種形式告終的事嗎？」

蒲生大將的遺書，在孝史知道的「史實」中，由於當時遺族的意向，並未公開。可是，事實真是如此嗎？貴之打算怎麼做？

「確實寫著類似的事。再怎麼說，父親都是預先知道結果，不是洞察出來，僅僅是知道。」

孝史發現，貴之的語氣帶著一絲輕蔑。

「不只是這場政變，還寫了各式各樣的事。與其說是遺書，幾乎可以集成一本著作。」

「遺書在你手上吧？」

孝史還沒問在哪裡，貴之就說：「讓你看看吧。」

貴之帶孝史到大將的書房。發生那件事後，這是他第一次踏進裡面。雖然克制著不去看，卻不由自主瞄向地毯。然後，孝史發現完全沒有自己的頭傷流出的血跡，頗為詫異。阿蕗眞是能幹。

遺書堂堂陳列在書架上。原來如此，這幾乎算是著作。附上黑色封面，用繩子縫住的文書，總共有八冊。

貴之抽出其中一冊，遞給孝史。

「雖然你可能讀不懂，不過看看吧。」

翻開封面，薄薄的和紙上，密密麻麻寫滿漢字假名混合文，看在孝史眼裡，簡直和暗號一樣。而且，字跡非常凌亂。東倒西歪，到處都有重寫或加寫的痕跡。孝史像解開纏在一起的絲線，想找到開頭來讀，卻完全搞不清狀況。

隨意翻頁時，總算看見「參謀本部」四個字，徬徨的視線以其為線索安定下來，孝史讀起前後文。

——此一作戰進行之失敗，參謀本部的責任實爲重大。無法事前預估逐次投入兵力，僅是徒然擴大損害，造成無謂的兵力損失，雖已迷失作戰當初之目的，卻躊躇於發布撤退命令，此一失態，難免昏庸之咎。

「這是什麼？是在寫關於什麼的事？」

貴之瞄一眼黑色封面，上頭什麼也沒寫。他從孝史手中取過冊子，翻了翻後點點頭。

「哦，這是備忘錄。」

「備忘錄？」

「關於太平洋戰爭中的作戰行動，父親寫下的感想。」

「太平洋戰爭中的作戰……是接下來實際發生的戰鬥？」

「對。」

「這種東西出現在遺書裡，再怎麼說都太糟糕了，不是嗎？」

「當然。所以，這不是做爲遺書發表的文章。但以父親的處境，他無法克制不寫吧。在戰爭結束，能夠在（美軍）占領下的社會發表父親的文章之前，整理這些也是我的工作。」

孝史十分訝異。「我不太懂，這是怎麼回事？大將不是對現在的軍部留下死諫的遺書嗎？」

貴之有些困惑，隨即「喔」地睜大眼，笑道：

「這樣啊，你不瞭解內情。其實，父親留下兩份遺書。」

其中一份交給貴之。

「那一份也相當長，不過是普通的遺書。的確，裡面有對現在的陸軍中樞提出苦諫的部分。父親生病後『變節』，批判他們是事實，什麼都沒說就默默自決，反倒不自然。」

「所以，是要公布那一份嗎？」

「與其說是公布，應該說是交給適當的人吧。但收到的人……嗳，會壓下來，當成沒這東西吧。」

「所以，另一份遺書是書架上的……？」

「沒錯。」貴之仰望成排的黑色封面。「原本就是打算讓這些沉眠到戰後而寫的。父親命令我，在戰爭結束前要藏好。」

「爲什麼要……」孝史斟酌措辭，「做這麼可惜的事？」

「可惜嗎？」貴之笑了出來。「也對，很可惜呢。只是，這個時代的人，不可能瞭解其中的價值。父親多方嘗試過，還是沒能改變任何一個人的想法。」

無法改變歷史潮流的絕望，也一樣阻擋在這裡嗎？

「沒錯，歷史的必然是無法改變的，也無法阻止。」貴之說。「痛切地瞭解到這件事的父親，於是思考到自己——自己的名譽，還有我和珠子的未來。」

孝史不太明白，貴之沒收起笑容，靜靜說下去。「太平洋戰爭中，位居國政要職的人，及身處軍部中樞的人，在戰後被追究責任，走上極爲艱困的人生。雖然因人而異，受到的衝擊也不盡相同。」

「所以……？」

「所以，父親寫下這些。」

貴之稍微提高嗓門，像在發表宣言。

「即使在當時朝著無可救藥的戰爭道路邁進的日本陸軍中，也有如此洞悉未來、憂心軍部獨斷獨行、並發出警告的人物——父親想得到這樣的名譽。雖然是死後的榮譽，卻是極為偉大的榮譽。」

孝史一驚，回想起在平河町第一飯店看到的大將的經歷，不也寫著嗎？戰後發現的蒲生大將遺書，內容充滿驚人的先見之明，受到歷史學家極高的評價。

「這些名譽，將在戰後社會保護我和珠子。」貴之說。「眾人會讚嘆：那兩個人，就是蒲生大將的孩子……你知道東條英機嗎？」

平田提過這個名字。

「嗯，是戰爭時的首相吧？戰後，他被追究發動戰爭的責任……」

「在極東軍事審判裡被宣判死刑。」

「嗯，平田告訴過我。」

「東條英機這個人，在今後這個皇國逐漸傾斜的大半時代中，都被當成英雄崇拜。他會成為一個任何人都無法違逆的獨裁者。但到了戰後，他的權威與名望掃地，被定義為罪大惡極的戰爭罪犯，他的家族飽嘗辛酸。」

我的父親蒲生憲之，想要一個和他相反的未來——貴之說。

「父親因絕望自決，但時代改變後，將會證明蒲生憲之將才是正確的，進而獲得無上榮譽。對於改變時代的道路遭到斷絕的父親，這成爲他唯一且最大的希望。很棒吧？」

嘴上這麼說，貴之的眼中卻發出陰沉的光芒。

「太棒了，這豈不痛快？」

「貴之……」

「得知東條英機將會當上首相，成爲戰爭指導者時，你曉得父親露出怎樣的表情嗎？父親和東條碰過面，那個東條啊……沒想到會變成首相──他反覆感嘆後，咯咯笑了好一陣子。沒錯，他笑了。」

貴之幾乎是從孝史手中搶過冊子，收回書架。

「父親叫我慎重保管這些冊子。根據黑井的話，昭和二十年的五月，這一帶也會受到空襲，陷入火海。在那之前，我得在半地下的房間裡備妥保管場所，移去那裡。」

說完想說的話，貴之抓住孝史的胳臂。

「出去吧，我不想再談這件事。」

下午三點，戒嚴司令部正式發表政變已遭鎮壓。居民的避難命令解除，交通管制也將在四點十分後解除。

不曉得是否顧慮到阿蕗的心情，直到收音機發表消息前，貴之都沒離開屋子。到了三點半左右，他終於開口說要去市電大道瞧瞧。孝史也想同行。

「不會影響到頭上的傷嗎？」

「我會按著腫包走路的。」

在還沒遭阿蕗盤問前，兩個人匆匆離開屋子。出門前，他們看到珠子下來起居室。她又在刺繡，沉著得彷彿這個世上、這個屋子裡什麼也沒發生過。

還沒走多遠，孝史就發現四處都是人影。交通封鎖還沒解除，但民眾已開始活動。他們越過路障，穿過封鎖，爲了親自看一眼剛被鎮壓的政變下血淋淋的屍骸，接二連三地聚集過來。

來到市電大道時，戰車突然橫越前面。孝史愣在原地。垂著布幕的鋼鐵色巨軀從左到右通過。沉重的履帶踢開雪堆，彷彿沒有任何東西阻擋去路，威風凜凜地前進。

「鎮壓部隊要撤離了。」貴之出聲。

沿街聚集的民眾，吐著白色的呼吸，脹紅著臉，說話、拍肩、指指點點。就像戒嚴令當下沒什麼緊張和悲壯感一樣，這裡也沒有悲劇的色彩。明確存在的，只有興奮的情緒。

貴之默默無語，在寒風中凍著一張臉仰望戰車。比起人們的喧囂，戰車的履帶發出的聲響更強而有力，壓倒現場的空氣。

塡滿街道兩側的臉、臉、臉。街道中央，戰車飄散出油的氣味，發出巨響，嚴肅前進。士兵也列隊前進。有人揮手，有人大叫萬歲。孝史默不作聲地凝視眼前的情景。

通過的戰車履帶捲起一塊雪，崩解的雪塊其中一片滾到孝史的鞋邊。那是變黑、骯髒的雪。凝視著這一幕，孝史感覺胸口內側有東西膨脹。無以名狀的東西，在孝史體內掙扎著。

「結束了。」

貴之在一旁呢喃。他到底要說幾次「結束了」才甘心……？

這時，在孝史體內焦急得跺腳的感情，突然在腦裡形成明確的形狀。他抬起頭，望向沿街的人，望向通過的戰車，望向市街，望向天空。聆聽人們的聲音，聆聽風的聲音，聆聽士兵們的軍靴踏過雪地的聲響，聆聽戰車的履帶聲。

你們都會死。

唐突地浮現出這句話。你們都會死，幾乎所有人都會死。即使僥倖活下來，也是一條艱辛無比的路。接下來將會發生什麼事，你們根本不曉得。

這個國家將會毀滅一次。你們認知的「國家」就要滅亡。然後，滅亡的時候，會把你們全部抓去陪葬。在那裡笑的你、在那裡豎起大衣領子的你、還有在那裡對著人行道上的人微笑的士兵、戰車上的那個士兵，全部都會被抓去陪葬。

什麼都沒有結束，今後才要開始。這是結束的開始。然而，為什麼你們卻在笑？為什麼沒人生氣？沒人害怕？為什麼沒人挺身而出？說，這是錯的。說，我們不想死。

為什麼不阻止？

孝史幾乎要大叫，雙手連忙捂住嘴巴。只有呼吸化成凍結的白色霧氣，流向空中。

為什麼不阻止？這次的疑問，化成對孝史自身的詰問。我為什麼不在這裡揮舞拳頭，向群眾吶喊？告訴他們，這樣下去不行。我知道未來。回頭吧！現在或許還來得及，大家一起回頭吧！

出乎意料地，連他自己都沒意識到，淚水滾落眼眶。雖然只有一顆，卻滑下孝史的臉頰。

——說了也沒用。

沒人會相信，歷史知道這一點。可能會有一個、或者是兩個、或者是十個人願意傾聽他的話，但就算能夠告訴這些人如何活過戰爭的方法，就算能夠在知道結果的情況下，和他們一起思考適切的處世方法，那依然、依然不過是細部的修正罷了。等於是對其他大半的人見死不救。

「要大叫嗎？」貴之低聲問。

孝史轉向他。貴之漠然望著沿街的人，不讓在場的人聽見，只輕微掀動嘴唇，繼續道：

「要不要試著大叫：接下來戰爭就要來了。軍部眞正的獨裁就要開始。政治家們害怕恐怖行動和再次的政變，全都成爲縮頭烏龜，議會淪爲徒具形式的窩囊廢，戰爭就要以最糟的形式到來。」

孝史無言地舉起手，擦拭眼角。

「我很怕。」貴之呢喃。「怕得不敢大叫。」

「怕……？」

「嗯，很怕，怕得全身快要發抖。要是現在說出那種話，我會遇到什麼事？光是想像，我就怕得要命。」

因爲我是膽小鬼——貴之的話凍成白霧。

「父親是陸軍大將，我卻沒成爲職業軍人，現在也沒受到徵兵。你不覺得不可思議嗎？」

貴之的口氣，帶有揶揄自己的成分。

「就算我想擔任軍務也不可能，我是個色盲。」

孝史張大眼。寒意刺骨。

「我是紅綠色盲，好像是母親有這方面的基因，所以當不成軍人。在我還小的時候，就發現這件事，父親非常失望。母親在蒲生家的立場也變得艱辛，全都是我害的。」

故。

貴之抬起下巴仰望天空，孝史發現貴之的眼睛濡濕。或許是寒風的緣故，也或許不是這個緣故。

「我一直背叛父親的期待。對父親而言，我是不符合他期望的長男。所以，當輝樹出生時，父親想要收養到蒲生家。捨命反對這件事的，是母親。如果輝樹成爲養子，我在蒲生家就失去立場。母親這麼認爲，若是父親無論如何都要收養輝樹，就要和我一起去死，堅決抵抗。即使如此，父親仍不死心，但輝樹的生母害怕母親的懲罰，主動說要退出，事情才總算落幕。」

孝史想起貴之曾說：「接受並疼愛這樣的我的，獨一無二的母親。」

「即使如此，很長一段時間，父親還是對輝樹割捨不下。父親認爲，最後拋棄他們母子，他們一定很怨恨他。我知道父親爲何執著於輝樹，所以一直憎恨著父親。只要他說右，我就偏往左；他說左，我就偏往右。」

「可是，令尊看見未來後，不是向你尋求幫助嗎？」

「是啊。那個時候，我眞的覺得很爽快。父親竟然向我尋求協助，而且還對我說：我看過未來，我至今爲止的想法都是錯的。我應該更重視經濟和民主主義教育，你才是正確的。我高興得都要飄上雲端。」

貴之垂下肩膀。

「然而，連那個時候我也失敗了。我背叛父親的期待。這是讓父親承認我的唯一機會，我卻失手了……」

戰車的隊伍終於結束，人們湧到馬路上。

「你知道相澤事件嗎？」

記得聽過好幾次，記得——好像是陸軍的要人被暗殺的事件。

「那是去年八月的事。陸軍軍務局長，一個叫永田鐵山（註）的人物，在辦公室被相澤中佐斬殺。當時相澤中佐接到命令，即將前往臺灣赴任，但他認為讓反皇道派的中心人物永田鐵山繼續活下去，將成為皇國之毒瘤，所以要替天行道。」

父親試著阻止這件事——貴之坦言。

「知道戰爭發展的父親，拚命思考，怎樣才能夠多少改變一點歷史的潮流。最後，他認為最有效果的手段，就是阻止永田鐵山遭到暗殺。你所在的時代的歷史學家，應該也都認為，只要永田鐵山還活著，就能夠改變大東亞戰爭的局勢。」

「他是這麼重要的人物嗎？」

「沒錯。父親寫信給永田軍務局長。寫了好幾封，要他小心安全，強化警備。事件發生在八月十二日，父親警告他那天不可以待在辦公室，諷刺的是……」

貴之露出痙攣般的笑容。

「因為父親是皇道派的人，永田軍務局長那一方的人，解讀成恐怖行動的暗示，認為這是威脅，對警告嗤之以鼻，表示他們才不會屈於這種威脅。」

「什麼這種威脅……」

「實際上就是如此。焦急的父親，想在暗殺事件發生的當天闖進現場。他要在場。這樣一來，或許能改變局勢。對方把父親的信當成恐怖行動的預告，那麼，父親真的登場，他們也會有所警戒吧，或許可以阻止暗殺的發生。」

以計畫來說並不壞，孝史點點頭。

「可是，我不想讓父親去。」貴之接著說。「身體不靈活的老人，萬一那時候突然無法行動怎麼辦？所以，我自告奮勇。」

「自告奮勇？你嗎？」

貴之點點頭，嘆一口氣。「沒錯，我，膽小鬼的我，不符合期待的兒子的我，心想即使只有一次也好，想要回應父親的期待，向父親證明我不是膽小鬼，所以說服不甚情願的父親。我以送交父親信件的名目出門。」

貴之頓時沉默，孝史等待著。因爲孝史無法主動說出「可是事情並不順利」這種話。

「我很害怕。」貴之繼續說。「離開家門，前往陸軍省的路上，我一直很害怕。我走在短短的路程中，渾身不住發抖。我不想去，不想去明知接下來會發生恐怖行動的現場。我後悔不應該自告奮勇，所以腳步變得愈來愈慢。要是趕不上就好了、要是慢一點就好了、只要晚個五分鐘就行了——我這麼想著，在空無一物的地方停步，擦汗。陽光格外炎熱。」

即使如此，還是抵達陸軍省——貴之說。

「事情早已結束。我看見斬殺成功的相澤中佐，被帶上憲兵的車子，往三番町開去。我和那輛

註：永田鐵山（一八八四～一九三五），陸軍中將，統制派的中心人物。被視爲讓皇道派的教育總監眞崎甚三郎遭到罷免的始作俑者，而遭到皇道派的相澤三郎中佐殺害。

車子錯身而過。」

貴之在車窗裡看見相澤中佐的側臉，沒有戴帽，一臉殺氣騰騰。

貴之不被允許進入建築物。他在大混亂的現場，看見一名將校的腳印是鮮紅的血色。一想到地板和走廊八成是血流滿地，貴之當場逃走。

「這樣啊，我聽過嘉隆和鞠惠提過此事。」孝史說。「在柴房裡，他們說你是膽小鬼。在起居室也曾提及。原來有這樣的內情，可是，他們沒資格說這種話……」

「有的。」

「他們明明不知道整件事的來龍去脈。」

「就算不知道也無妨。前往送交蒲生憲之前陸軍大將的信件，給永田軍務局長的蒲生家長男，不巧在暗殺發生後抵達陸軍省，嚇得一臉蒼白。這個消息馬上傳遍各處，叔叔和鞠惠都有捧腹大笑的權利。」

「可是……」

「父親沒責備我。」貴之說。「他只是失望而已。深深的失望。我想，父親就是在這個時候，考慮起自己未來的名譽。他放棄改變現狀了。」

我很怕。貴之再次重複。

「我是個無可救藥的膽小鬼。我放棄改變歷史的一部分，對於或許能夠挽救的性命見死不救，只因自私保身。這樣的我，能夠在這裡吶喊什麼？我沒有這種資格。」

「這一點我也是一樣。」

「不，不一樣。你不是這個時代的人。」

斷然回絕般的話。

「但是，我是這個時代的人，是這個時代製造出的膽小鬼。而我有做爲一個膽小鬼，活過這個時代的義務。不管今後會發生什麼事，我都一定要活下去。」

貴之抬起頭。他仰望天空，望著應該已升上那個方向的蒲生憲之身影。

「父親留下的那份文書，是骯髒的搶先集大成。」

「搶先？」

「不對嗎？父親看過未來，知道結果。他站在已知的立場上，去批判什麼都不知道的人今後將要去做的事。只有父親一個人準備好藉口。除了搶先之外，什麼都不是。」

「可是，到了戰後，你打算把這些搶先的集大成公諸於世吧？你不是和父親這麼約好了嗎？」

貴之望向孝史，眼神很柔和。

「如果活過戰爭時代的我依然是膽小鬼，一定會這麼做吧。」

「啊……？」

「如果我依然是想拿父親的『搶先』做爲擋箭牌，來度過仇視舊軍人與軍人社會的時代的膽小鬼，就會把父親的文書公諸於世。但是，如果我多少改變了，就會把那份文書埋葬在黑暗中吧。這樣一來，父親死後的名譽也會跟著消失。」

「你覺得這樣好嗎？」

「現在不曉得。」貴之說。「現在不曉得，在我眞正活過之前。」

貴之強而有力的聲音，即使離開市電大道、回到府邸，依然撼動著孝史的心。我擁有什麼東西，可與貴之做爲膽小鬼活下去的決心抗衡？

轟然通過雪道的戰車，軍靴的聲響和油味，及眾多的人群。孝史想著這些情景，找到一個巨大的真實。

現在的我，也不過是個僞神——

二二六事件結束了。

5

平田在三月四日回到蒲生邸。

他看起來已完全康復。照顧他的千惠，在政變剛結束之際，從醫院回來過一次。那個時候，她也通知大家平田的病情逐漸好轉的消息，但平田恢復的情形，遠比想像中好。

「因爲這不是中風或腦血栓。嗳，只是腦部過度疲勞，休息一下就會好。」他輕鬆地向孝史解釋。

他不在的這幾天，孝史一面養傷，一面在能力範圍內幫忙阿蕗。不久後，頭上的繃帶已可取下，只需要貼個絆創膏就足夠。大將自決的消息公開，許多人前來弔唁，基於故人的意志，舉行莊嚴肅穆的密葬。

成爲大問題的葛城醫生，變成一道比預期中更頑強的壁壘，聳立在蒲生家人面前。醫生在二十九日的交通恢復後立刻來訪。貴之和珠子和他一起待在起居室裡，孝史小心不被阿蕗發現，跑去偷窺一下。

貴之露出岩石般僵硬的表情。珠子的心彷彿飄浮在距離身體三十公分高的地方，面對醫生的質問，她連眉毛都沒動一下。孝史聽見她說「對不起」，但似乎有些心不在焉。

在起居室關了三小時以上，最後總算走出來的醫生，面色蒼白。孝史在玄關爲他排好鞋子。醫生看到孝史，彷彿在孤立無援中找到救兵，立刻衝過來，雙手抓住他的肩膀。

「你沒事嗎？」

「呃，是的。」

「我聽說了。該不會連你都要對我胡扯一通吧？嘉隆和鞠惠在哪裡？」

「請不要搖，醫生。傷口還很痛。」

孝史輕輕推回醫生的手。

「我什麼都不知道。我遭到毆打，昏過去時，嘉隆和鞠惠就失去蹤影。我不曉得他們去哪裡。」

「連你……連你都……」

「醫生，是眞的。」

四目相望，孝史拚命不讓歉疚顯露在臉上。

「我太失望了。」醫生丟下這句話，離開屋子。直到今天，他都沒再來訪。至於今後將會引發什麼風波，也只能靜觀其變。

得知平田要出院時，孝史請求貴之讓他先和平田單獨談談，貴之答應了。孝史和平田來到位於半地下的房間。

坦承一連串的事情前，孝史先向平田道歉。爲他暴露平田的能力道歉。平田沒像孝史害怕的那般驚訝，也沒生氣。

「我早就想到可能會發生這種情況。」平田相當沉著。

和貴之的談話、見到黑井、在書房發生的變故、二十九日在市電大道的感受——說著說著，孝史好幾次語塞。不是情緒激動，也不是想哭，孝史只擔心無法完全訴諸言語的部分，平田會不懂他的意思，焦急得不得了。

平田偶爾點頭，默默聽著。兩人面對面，隔著火盆坐下。平田有時會用火筷翻動炭火。像要從崩解的灰燼中找到什麼，目不轉睛地凝視。聽完孝史的話，他拿火筷挾起燒得赤紅的木炭，點燃香菸。

「眞香。」他吐出長長的煙霧。

「你可以抽菸嗎？心臟不要緊嗎？」

「阿姨能力很強，所以心臟先受不了。」

平田用挾著香菸的手指敲敲太陽穴。

「我的心臟很結實，但能力不強，要是跳躍過了頭，腦袋會先受不了。就是這麼回事。」

看著平田愉快地抽著菸，孝史不禁也想抽。

「可以給我一根嗎？」

那是有著紅色與白色花紋，名爲「朝日」的牌子。抽起來很辣，孝史頓時嗆到。

「要回去有淡菸的現代了嗎？」

「還不能回去，你沒有完成約定。」

「約定……」

「你到這個時代的這幢宅邸來做什麼？你答應要告訴我的。」

孝史發現自己拿著香菸的手指在發抖。

「哦，那件事啊。」

平田把香菸按進灰裡拈熄，嘴角突然放鬆。

「你似乎自行找到答案了啊。」

「我？」

「是啊，你沒發現嗎？」

孝史凝視著平田柔和的臉。是多心嗎？不，這一定是身在陰暗的半地下的房間的緣故——他周圍的負的氣氛，感覺不像之前那麼讓人不愉快。

如同你所想像的，對阿姨來說，戰前的日本更容易居住。中年過後，她幾乎是在這裡扎根落腳的狀態。只要巧妙避開戰爭的時期，工作也容易找，生活相當舒適。「之前我告訴過你，阿姨在過世前不久，來見還在現代的我。」平田娓娓道來。

「那是約一年前左右的事。從你的話推測，應該是在即將實行書房計畫之前吧。從這裡穿越到現代是件大工程，所以阿姨虛弱得不像話。她告訴我，這是最後的道別，無論如何都想親自對我說。她平常不會這樣，只有那個時候，在我住的地方休息半天，一定是眞的累壞了。」

那個時候，阿姨——黑井向平田坦白她的所作所爲。

「她讓蒲生大將看到未來，大將因此採取種種行動。包括爲了後世，寫下批判陸軍的文書等所有的事。因爲這樣，發生一些棘手的狀況，她要去解決。她笑著說，等解決完，她恐怕就會死掉，不過壽命也差不多到盡頭了。她非常滿足的樣子。」

滿足——沒錯，這正是孝史在書房裡，從黑井的臉上讀到的表情。

「就算我問她發生什麼棘手的事，問她要怎麼解決，她都支吾其詞，不肯告訴我。阿姨知道，我對於她這樣隨便讓別人看見未來，或告訴別人未來的事，非常不能認同，所以很難啓齒吧。實際上，爲了這件事，我們老是在爭論。因爲無可奈何，我也沒繼續深究。決定來到這個屋子時，我完全不曉得二十七日會發生什麼事。」

「那麼，你眞的跟這次的事件毫無關係……」

平田輕笑。「嗯，沒有直接的關係。我不是說了嗎？我既不恨蒲生大將，也沒殺他。」

當時的狀況，還不能這麼率直地相信這番話——

「就像你分析的，阿姨跟我之間，有著決定性的不同。」平田說。「阿姨對自己的能力感到驕傲。她只爲自己中意的人、喜歡的人、珍惜的人、同情的人使用這種力量，絲毫沒有疑問。她覺得時光旅行的能力太美好。容易遭到他人排斥的這種陰沉氣質，雖然是痛苦的枷鎖，但她相信自己擁有的東西遠勝一切。」

——請轉告少爺，黑井依照約定前來。

——小姐，請您幸福。

「阿姨和我一樣，是僞神。但是，阿姨肯定這件事，高興地接受。如同你說的，她對這件事感到驕傲。」

平田像把話撒落在灰燼裡，繼續道：

「我覺得，她那樣也是一種幸福吧。」

但是，平田不一樣。

孝史的腦海再次浮現出，在陰影中悄悄並肩站立的兩名時光旅人圖像。只是，這次的圖像裡，黑井和平田、阿姨和外甥，不僅僅是互相安慰。他們站在相同的立場，卻選擇不同的道路，朝完全不同的方向前進。

「可是，我和阿姨不同。我深深感到疑惑，不禁質疑自己到底在做些什麼，以爲拯救原本會在這裡消失的性命，另一邊的另一條生命卻消失。阻止原本會在這裡發生的事，又在別的地方發生類似的事。我厭倦無止境的錯誤嘗試，得知自己不過是個僞神，眞的受夠了。」

「就像在市電大道看到戰車的我一樣嗎？」

「對，就像在市電大道看到戰車的你一樣。」平田微笑。「所以，我才說你已自行找到答案。」

我也是個僞神——這對孝史太過沉重。難道這就是答案嗎？

「聽到阿姨爲蒲生大將做的事，我覺得簡直有如天啓，認爲機會來了。」

「爲什麼？」

「大將站在知道未來的立場上，想留下批判同時代的人的文書。如同貴之說的，這是搶先。是站在高處，俯視在每個時代摸索、活下去的人的行爲。這不是該做的事。但是，阿姨卻允許自己這麼做。因爲她對於身爲僞神的自己感到滿足，才能夠允許。」

然而，我受夠了——平田搖頭。

「眞的受夠了。世上再沒有比我更徒勞、更意義不明的存在。就算東奔西走，帳目還是跟歷史的數字一樣。我在做什麼？我一次又一次地想著。

另一方面，我也理解阿姨的想法，還有藉由阿姨的手，看見未來的蒲生大將的想法，而且是深切地瞭解。既然身爲僞神，就會想擺出神明的姿態，完全不由自主。連我也做了數不清的這種事，像是佛家的『業』一樣。」

蒲生大將留下大量文書，冀望死後的名譽，這也是看過未來後，就不由自主想做的事嗎？

「現在的我，沒有責備大將的資格，也沒有原諒他的資格，只是同罪而已。但是，這個時候我發現，不對，我有逃脫這個立場的手段。」

那就是「活在這個時代」。平田抬起目光，筆直望著孝史。

「我要在接下來即將進入戰爭的時代扎根，做爲這個時代的人來體驗。不管多麼痛苦艱辛，都不能有半點蒙蔽、預測、捷足先登，一切都要親身體驗。不顧一切活下去之後，或者是死在這裡的時候，我做爲一個『沒有搶先』的同時代的人、站在與這個時代大多數人的相同立場，對於阿姨和蒲生大將，我會怎麼想？會有什麼想法？被他們從高處俯視，會是怎樣的心情？屆時，我就能夠切身感覺到這些心情。或許我會生氣，或許會暴跳如雷。可是，那不是身為偽神的憤怒，而是身為一個人的憤怒。明明搶先一步，知道一切，怎麼能夠批判我們？這是做為歷史零件的個人，所懷抱的憤怒。」

孝史不由得望著平田。不是因為能夠理解他的話，而是感覺到他的話滲透到自己的體內，寄宿其中，而且逐漸形成某種東西。

「可是，或許我能夠原諒阿姨和蒲生大將。」平田繼續說。「或許能夠做為一個同時代的人，原諒他們所做的事、不得不去這麼做的事。然後，那個時候……」

平田語尾微微顫抖著，接著道：

「那個時候，或許我也能夠原諒自己。我是這麼想的。」

或許能夠原諒我，及身為時光旅人的我，曾經做過的一切。或許能夠原諒一切的徒勞掙扎，一切的錯誤。然後，我能夠成為一個人，不是偽神，而是一個理所當然的人。一個不知道歷史的意圖，只是在潮流當中，看不見未來卻拚命活下去的人。一個能夠愛惜自己明天或許就會消逝的性命的人。一個和明天或許再也見不到的鄰居，拍著肩膀大笑的人。一個懷抱著普通的勇氣沉浮在歷史中，卻不曉得這是多麼尊貴的事的人。

俯拾皆是，理所當然的人。

「為了這個目的，我來到這個時代。」

平田向孝史訴說。孝史覺得，看見沒有一絲污濁的真實。

「以蒲生大將死亡那一天當出發點，為了變成一個單純的人，我來到這裡。」

結束和平田的談話後，孝史上樓去找阿蕗。

她在廚房，在砧板上切著大顆白菜。從綁起的袖子露出的胳臂幾乎和白菜一樣白皙，一樣水潤。

幸好，只有阿蕗一個人。她馬上注意到孝史，抬起頭。

「阿蕗……」

阿蕗掃視周圍後放下菜刀，用圍裙擦著手，離開流理臺前，走近孝史。

「你要回去了嗎？」她小聲地問。「貴之少爺說，等平田回來，你可能也很快就會回去。」

「今晚就要回去，比較不容易被人發現。」

像是說著「哦」，阿蕗頻頻點頭。「這樣啊。說的也是。」

平田的話深植心中的此刻，這是件難以啓齒的事。平田想要成爲人，孝史卻想變成僞神。

我想帶阿蕗一起去——

聽到孝史的願望，平田並不訝異，只是溫柔地說「就是會變得想這麼做的」。

——你去問問那女孩。要是她答應，雖然無法立刻，不過我一定會把她送到你的時代。

「我有話想跟妳說，方便嗎？」

孝史在泥土地房間的出口坐下。阿蕗也在他旁邊，隔著一點距離的地方坐下。

「要不要和我一起去？」

說一出口，絕對不可能、這是個離譜的提案……種種想法化成露骨的現實，砸上孝史的臉頰。

去了又能怎樣？要用什麼樣的名字和身分？要怎麼樣、在哪裡生活？

可是，愈明白這是愚蠢的提案，孝史的嘴巴愈是擅自動起來，吐出一大堆勸服阿蕗的話。會有空襲、會沒有糧食、思想統制會變得嚴厲，難以置信的恐怖時代將會來臨——

想說的話、能說的話，全部說完後，只剩一個空轉的腦袋。他覺得空轉的心發出的空洞聲響，聽起來比心跳劇烈。

「你這麼擔心我，我很高興。」阿蕗回答，「爲我這樣的人想到這些，眞的謝謝你。」

「不是這樣的，我只是想和阿蕗一起去而已。」

因爲我喜歡妳。在這裡度過的時日實在太過短暫，孝史說不出這句話。可是，時間這種東西，又有什麼意義？

「我很高興，可是我不能去。」阿蕗繼續道：「這個家對我有恩，我不能在這種時候離開。能夠待在這裡，我眞的非常感激。若是這個家沒僱用我，我就得去賣身。我的故鄉是一個孝史絕對沒聽過的小村子，父母是小佃農。」

「可是，那不是用工作……」

阿蕗搖頭。「嗯，或許吧。可是，我不這麼想。」

孝史的膝蓋虛脫，不住顫抖。

「貴之少爺說，那些年輕的將校們，是爲了拯救被逼迫到賣女兒才活得下去的窮困農村，才挺身而出。」

阿蕗撫著粗糙皸裂的手指。

「我知道有許多哭著賣掉女兒的貧窮小佃農。要是這次的起事成功，或許世上再也不會有賣女兒這種事，但沒辦法這麼順利呢。」

「是啊，所以才希望妳跟我一起來。」

阿蕗緩慢卻堅毅地抬起頭，「我不能丟下弟弟一個人走。」

孝史不由得注視著阿蕗，知道那句話爲一切做了終結。

「弟弟今後就要被囚禁在軍隊裡，我不能丟下他走。不能只有我一個人逃走。」

姊姊，一起去看電影吧——

「對孝史來說是回去。可是，換成我就變成逃走。我辦不到，那是不可以做的事。」

阿蕗突然發笑。那是開朗得令人吃驚的笑法。

「要是這個時代的人全部逃走也無所謂，這個時代到底會跑到哪裡呢？」

空欄的年表，想像著被風吹往虛空中的模樣，孝史跟著笑出來。於是，兩個人一起笑了一陣子。

孝史笑著，突然哽咽。

「不過，妳不怕嗎？或許會死掉，活下來的可能性很小。」

「不是所有人都會在戰爭中死掉，也有人會倖存下來吧？不能那麼輕易放棄。」阿蕗果斷地回答。

「可是……」

「我會寫信。」

阿蕗明亮的雙眼，注視著孝史：「我會寫信給你。請告訴我，該寫到哪裡才好？」

然後，她突然害羞起來：

「我還寫不好漢字，因爲學校只念了一半……可是我會學，我會學讀寫，然後寫封像樣的信給你。」

「比起信，我更想見妳。我們在哪裡見面吧。」

阿蕗睜圓雙眼。「哎呀，在孝史的時代，我都變成皺巴巴的老太婆了。才不要，好丟人。」

「阿蕗會是又小又可愛的老婆婆。沒關係啦，我們見面吧。」

沒錯，是老婆婆……和我見面時，阿蕗已變成老婆婆。此刻，雖然我們就在這麼近的地方，其實是非常非常遙遠的。

不想回去——這個想法又盪了回來，湧上心頭。

「還是我留下吧，這樣也可以。」

孝史鼓足勇氣說出這句話。不料，阿蕗的笑容像被潑了一盆冷水般消失。她直盯著孝史。

「我會在這裡工作，也會努力活過戰爭。不要緊，我覺得這個時代待起來也沒那麼……」

什麼東西撞上臉頰。觸感很輕，他一時沒發現挨打了。

阿蕗打了孝史臉頰的手，按在嘴邊。她眨著眼，睫毛在臉頰落下陰影。

「不可以說那種話。」她在指縫間呢喃。「說那種話，未免太狡猾。」

「狡猾」這個字眼，刺進孝史耳裡。或許阿蕗不是那個意思，但平田的話浮上心頭。那是僞神難以抗拒的業。

「你現在或許說得出這種話，但到了後來，或許就會後悔。你會想，來到這個什麼鬼時代，啊，爲什麼我會待在這種地方？早知道就快點回去。然後，或許你會覺得都是我害的，會討厭、憎恨起我。」

那樣我會很難過，阿蕗繼續道。

「喏，那我們在哪裡見面吧。哪裡好呢？孝史住在哪裡？」

阿蕗直盯著孝史，孝史拚命壓抑住就要發顫的嘴唇。

「我才不會恨阿蕗。」

阿蕗微笑著，手放到孝史的胳臂上，輕輕搖晃。

「爲時未晚，速歸原隊。」

「咦？」

「傳單上有寫吧？別人告訴我的。孝史和我是不同軍隊的士兵，而且是新兵。你得回去才行。」阿蕗笑道。

爲什麼眼前的女孩會說出這種話？這種女孩，在我的時代絕對找不到，連一個都找不到的。不可能再邂逅。

孝史總算擠出聲音：「要小心二十年五月二十五日的空襲。妳似乎已從貴之和黑井那裡聽說，不過，這一帶全燒光了。」

「我會小心，煙囪的洞也會修理好。」阿蕗保證。

「告訴我吧，孝史住在哪裡？」

「在北關東……妳知道高崎嗎？」
「很遠嗎？」
「沒多遠。可是，或許我會在東京。」
「那麼，我們就在東京碰面吧。約哪裡好呢？」
「阿蕗知道哪裡？」
「……雷門。」阿蕗愉快地張開雙手，「那裡有很大的燈籠吧？來到東京後，我馬上跟介紹所認識的女孩去玩。雖然只有一下子，可是很熱鬧，很快樂。」
「嗯，就約在那裡吧。在淺草，也不會搞錯。什麼時候好呢？」
「天氣變暖後。」
「那麼，四月。四月幾日？」
「二十日。」阿蕗不假思索地回答。
「爲什麼？」
「那天是我的生日。聽說，我是在二十日中午過後出生。」
向田蕗將在生日那一天，變成一個又小又可愛的老婆婆，來見尾崎孝史。
貴之要孝史不用擔心接下來的事，他們會設法度過。
「比起這裡，我更擔心你。你在這裡待得太久，回去之後，你打算怎麼解釋在火場倖存，又在哪裡做了些什麼？」

「就說我喪失記憶。」

阿璐爲孝史挑選回到現代也不會太醒目的服裝。跳躍的場所選在和平田商量過的柴房旁，孝史應該會降落在平河町第一飯店旁的大樓內。

珠子沒來送孝史。當然，她沒這個義務，但孝史還是覺得有些寂寞。孝史去打招呼時，她也沒停下刺繡的手，只說一句「多保重」，成爲離別的話。

過去三次的穿越時空，這一次最緊張。或許雖然只有一點，但多少「習慣」了，反倒恐怖；也可能是自覺這一次只有單程車票，不會再有第二次。

站在柴房旁平田設定的地點，孝史踏著結凍的雪發起抖，頭上是滿天星辰。眾星湧近孝史的頭頂上，天空看起來好近。然後，冷得皮膚幾乎發疼。

「要保重。」貴之出聲。「許多事都謝謝你。」

孝史沒辦法找到合適的回答，只能像傻瓜般點頭。站在貴之身旁的阿璐，對著孝史微笑。

「四月二十日見。」

孝史說，阿璐點點頭。

「那麼，我們走吧。」

平田抓住孝史的胳臂。

「準備好了嗎？」

在回答「好了」之前，阿璐舉起右手，做出敬禮般的動作。她的手指伸得筆直，是非常端正的敬禮。

新兵，再見了。

孝史正想回禮，已被吞入黑暗中。

腳底感覺到地面，孝史睜開眼。此時他才發現，穿越時空的期間，自己一直閉著眼。

好亮。明明應該是深夜，卻很明亮。在孝史知道的時代的東京，這才是夜晚。有路燈，有大樓的窗戶燈明。平河町這一帶與鬧區相比，亮度只有一半以下，還是亮得讓他嚇一跳。

約五十公分的前方，看得見一臺冷氣的室外機，似乎準確降落在平田所說的地方。大樓的牆壁包圍四周，沒有人的氣息。

「順利成功。」

平田放開孝史的手。

平河町第一飯店露出燒得焦黑的牆壁聳立著。窗戶幾乎全部破裂，像塑膠布的東西鬆垮地垂在扶手上。仔細一看，旅館周遭還圍著黃色的帶子。

「沒有滅火劑的臭味了呢。」平田抽動鼻子，「對了，還有這個。」

他從懷裡取出錢包，塞進孝史手中。

「這是我從旅館帶出來的唯一物品，想說抵達後就交給你，拿去用吧。」

「可是……」

「你需要錢回家吧？兩手空空的，連一通電話也打不了。反正，我也不需要了。」

「平田，你真的不後悔嗎？」

平田思索片刻。不，是裝出思索的模樣。

「我喜歡ＳＦＸ電影（註）。」他害羞地表白。「只有它讓我依依不捨。其實，要離開這裡之前，我看了兩次《侏羅紀公園》。」

孝史一笑，「我們在電影院碰過面呢。」

「去了那裡之後，就可以等《哥吉拉》上演，眞令人期待。」

平田從孝史身邊離開一步。孝史想要靠近，他便退兩步。

「要走了嗎？」

「不是走，」平田露出笑容，「是回去。」

然後，平田消失了。「那麼，再見」的餘韻留在半空中。孝史想要握手，伸出的手只抓住空無一物的暗夜。

剩下他一個人。面對旅館燒焦的墓碑，只剩下他一個人。聽不見交談聲後，周圍市街的聲音便靜靜聳立起來，包圍孝史。

車子在遠處來來往往。隔壁再隔壁的大樓三樓，有扇亮著燈的窗戶，一個人影晃過。

孝史邁出腳步，穿過大樓之間的隙縫，愼重踏上大馬路。去半藏門的車站吧，那裡是最近的車站。

遲遲碰不到路人。沒辦法，這裡是深夜的平河町。孝史走在黑暗的人行道上，仰望路燈。星星的數目遠比剛才在昭和十一年看到的天空更少，他十分驚訝。

在前往車站的道路第三個轉角，孝史發現一臺閃閃發光的自動販賣機。對了，之前也在這裡買過罐裝咖啡。

孝史握緊平田給的錢包，從裡面取出零錢，塞進投幣口。按下按鈕，一聲「喀咚」，罐子落下取出口。找錢掉了出來，十圓、二十圓、三十圓——

數到九十後，又恢復寂靜。

孝史佇立原地，掃視周圍。櫛比鱗次的大樓彷彿都背對著孝史。剛才還在爲他服務的自動販賣機，一賣完東西，彷彿就這麼背過臉不理人。孝史是這麼微不足道，沒有半個人發現他之前不在，就算回來也引不起任何人的關心。

但是，這就是東京。孝史深深吸滿一口東京的夜晚空氣。

爲時未晚，速歸原隊。

他回來了。

註：Special effects 的略稱，指特殊攝影技術。

時間會過去，但終會留下痕跡

——塔可夫斯基『犧牲』

終章
孝史

1

生死未卜的高中生回家了

本報消息，發生在上個月二十六日，造成兩名死者、八名傷者的平河町第一飯店（千代田區平河町四之六號）大火，在旅客登記簿上留有姓名，卻於火災後無法確認平安與否的群馬縣高崎市的高中三年級生，已於四日深夜返回家中。據該名高中生的父親表示，該生身上有輕微灼傷及多處擦傷，火災發生後直至回家為止的記憶全部喪失。此外，在這起火災中尚有一人生死不明。

平河町第一飯店的起火原因經事後調查，應是老舊配電盤走火，導致火勢順著纜線延燒到整棟飯店。飯店的自動灑水及緊急照明等防災設備明顯不足，而房客也證實，火災發生時，飯店員工並未做好引導逃生的疏散工作。本案因涉及業務過失傷害‧致死等罪，目前飯店相關人員正在接受千代田警署的偵訊。

——就是這麼回事，所以我才會寫信給奶奶。爸爸還在旁邊雞婆地提醒我，千萬不要寫錯字。哥哥能夠平安歸來，我們當然很高興，不過，事情還是沒弄清楚，總覺得有點詭異。在家裡只要提起這件事就會被媽媽罵，所以奶奶千萬別跟媽媽講喔！

哥哥說火災發生後的事他全忘了。他只記得自己從火場裡逃出來，從緊急逃生梯上掉下來後，就失去意識。等他醒來已是一個星期之後，而且還是在上野車站前面。三更半夜耶！雖然他身上有兩萬塊，不過，那兩萬塊卻是放在一個不知道是誰的皮夾（那皮夾超土的）裡，而身上穿的也不是自己的衣服。這實在太離奇了。不瞞您說，今天高崎警署的人和上野的刑警一起到家裡來，針對錢和衣服的事問東問西。去查看有沒有人申報失竊不就得了嗎？我相信哥哥絕不會做出像小偷的勾當，只是，哥哥的頭不知被什麼打到，傷口滿大的。雖然他本人說是從逃生梯掉下來時，不小心撞到的，但我就是覺得怪怪的。不過，到醫院照過X光後，醫生說頭部沒問題，我們也就放心了。

只是，這樣並不代表一切就沒問題了。哥哥不知怎麼，忽然變得很不愛說話，每天都呆呆地不曉得在想什麼。還有，他沒事就往圖書館跑。我那個哥哥耶，您相信嗎？我有時在想，回到家裡的該不會是一個跟哥哥長得一模一樣的機器人吧？而且，他也不再跟我拌嘴……每次我一講這樣的話，媽媽就會罵我，所以這個也請您幫我保密。

對了，差點忘記最重要的事，哥哥考上補習班了，等學校畢業後，就要一個人到東京生活。他回來的那天，通知單剛好寄來，媽媽已在準備。接下來會經常往東京跑，媽媽說如果您有空，要不要跟她一起去？她可以順道再去一趟東京的大醫院，讓您做徹底的檢查，配一副更合用的助聽器。現在這副不怎麼靈光吧？聽說在飯田橋有一個很不錯的耳鼻喉科醫生，找機會去看一下吧。然後，到時能不能帶上我？我想到澀谷逛逛。

連同這封信，媽媽會寄上味噌，說是要給多美惠阿姨的。去年也寄過一次，是紅味噌喔，我知道奶奶很喜歡。

再過一陣子，我會繼續寫信給您。哥哥去東京之前，也會先拜訪奶奶一趟。雖然哥哥不知怎麼搞的一夜長大，但他可能還是會向奶奶要零用錢，到時也別忘了我的份喔。

那麼，再見了，有空再聊。

給親愛的奶奶

尾崎惠美子

補充一點：媽媽查過哥哥身上的衣服，發現襯衫竟是彈性針織的料子，害她嚇一跳。媽媽說這種料子奶奶肯定知道，想必很古老吧？哥哥到底是從哪裡弄來那些東西的？

2

孝史以平常心度過突然回家造成的騷動和混亂。

父親的喜悅、母親的眼淚、妹妹的開懷大笑，這些當然都讓他感動。在門口與母親相擁時，他多少也有抱頭痛哭的衝動。

只是，孝史的魂魄有一半留在昭和十一年。這缺了一半的心，不管是重獲新生的感覺，或回到家人身邊的喜悅，都只能體會一半。妹妹還偷偷說，他好像是空有哥哥形體的機械人，雖然挨母親罵，孝史卻覺得十分貼切。

警方來問案，飯店社長親自上高崎家謝罪，報社和週刊的記者來採訪，一切只能用雞飛狗跳、無比混亂形容。可是，孝史就用一句「我不記得了」當擋箭牌，躲過這些人的疲勞轟炸。雖然他一貫沉默以對，但不代表他是被逼問到不知該講什麼。怎麼說也說不清的事，說了也沒人相信的事，實在太多，自然讓他成為沒聲音的人。

孝史在自己的房間睡覺，也不會作夢。身體果然非常疲倦，他經常覺得想睡，需要休息。每當睡醒睜開眼，發現是躺慣了的床，心裡總在想，會不會出現奇蹟，讓他一覺醒來又回到蒲生邸？會讓缺了一半的心眞正激動的，只有懷抱這種幻想的時候。遺留在昭和十一年的另一半，正呼喚著孝史。

隨著回到家的日子愈來愈長，原本只顧歡喜的父母，眼神逐漸添上疑惑之色。每當母親不小心與孝史四目交會，就會急忙眨眼，露出笑容。父親面對心中有太多消也消不去的疑問時，就會像跑進沙子般，以粗糙的手指拚命揉眼睛。待時間將一切沖淡前，孝史只能裝作什麼都不知道。

只有一次，他有機會和父親太平深談。其實，與其說有機會，倒不如說是碰巧。某天夜晚，他想事情想到睡不著，跑到廚房去找吃的，卻看到太平在喝酒。

「怎麼還不睡？」

「爸不也是？」

太平要兒子過來喝一杯。他喝了不少，眼皮很重，好像快睡著。雖然不喜歡聽父親囉唆，不過，既然他醉了，應該沒關係吧，孝史猶豫著在父親旁邊坐下。

太平默默替兒子倒酒，兩人小口小口喝著啤酒。就在孝史的杯子空了的時候，太平突然像在說醉話：「你……好像變了很多。」

那副模樣不像在對孝史說話，而是在對空酒瓶說話。

「我沒變。」

「不，你變了。」

「哪裡？」

太平用只有喝醉的人才可能做出的慢動作，極爲遲緩地眨一下眼，「感覺……突然長大了。」

孝史微微一笑。或許吧，畢竟我經歷過二二六事件。

「那是我從鬼門關前走過一遭的關係啦。」

「是這樣嗎？我不懂。」

太平還要繼續講下去，孝史又開口，兩人的聲音重疊在一起。

「我的腦袋不好。」

太平一臉無趣，又眨了一下眼，隨即搔起稀疏的頭髮。「幹嘛……這樣講？」

「我只是在學爸爸。」

放下杯子，孝史也對著空酒瓶講起話：「我一定會好好活著。」

「……」

「這是我住在那家飯店時得到的啓示。」

「遇到火災的關係？」

孝史只是微笑，並未回答。相反地，他卻說：「爸爸很偉大。」

太平又以極慢的動作睜大眼睛。

「幹嘛？沒事講這個。」

「我一直想講出來，我非常敬佩爸爸。」

——所以，算了吧！別再執著於過去。

「雖然沒念書，頭腦又不好，但爸爸還是很偉大。希望爸爸永遠保持現在這個樣子。」

「臭小子，你到底在說什麼？」

「我看到過去，然後終於明白，過去不可能改變，未來的事想再多、煩惱再多都沒用，該怎樣就會怎樣。正因如此，我才更想好好活下去。不需要找什麼藉口，只要活在當下，盡最大的努力就好。所以，就算爸爸沒念什麼書，只要人生每個當下都盡力就夠了。」

就這樣，晚安——丟下這句話，孝史便上樓了，太平睡眼惺忪地瞪著他的背影。等明天醒來，他就會忘記今天這番話，以爲是在作夢吧。

孝史頻繁地跑圖書館，其中一個理由是爲了躲避家人查探的目光，但眞正的原因，是爲了翻閱資料。想知道的事、想調查的事，如山一般高。孝史想瞭解幾乎是一無所知的昭和十一年——不，他想知道整個昭和史的演變。

有關二二六事件的書籍，他也讀了一大堆。在閱覽室的一角，他把這些書攤開，試著在其中找尋熟悉的事物。在雪地上行軍的起事部隊，堅守在拒馬後的步兵。在一堆黑白照片裡，孝史始終找不到去接葛城醫生時，攔住盤查自己的那名士兵的臉。

二十六日破曉的起事，一直到二十九日清早展開的鎮壓行動，其中的過程是否和自己在蒲生邸的經歷吻合，孝史逐一對照、確認著。他原本不懂，爲何起事部隊會一下就被警備部隊和戒嚴部隊鎮壓住；又爲何二十七日宣布戒嚴令後，街上的氣氛反倒變得比較祥和，慢慢地，他總算都明白了。陸軍大臣是怎樣以假情資誆騙青年將官，奉飭命令的下達又是怎樣不清不楚。關於這起政變，至今仍有許多無法解開的謎，他終於瞭解爲什麼陰謀論會甚囂塵上。

透過孝史和葛城醫生，答應派兵到蒲生邸駐守的安藤輝三上尉，是皇道派的青年將官裡，對起事最持保留意見的人，可是，一旦他決定出兵，就奮戰到底，直到最後一刻。他旗下的士兵和軍官沒有半個人叛離。另外，大家都以爲遭到暗殺的岡田首相其實還活著，他混在前來弔唁的賓客裡逃出去。昭和天皇對這起暗殺大臣的政變大爲震怒，甚至宣誓不惜親自率兵討伐叛軍。這些全是孝史以前不知道的事，現在都知道了。

在翻閱著一張張照片、一頁頁文字的空檔，他突然想起那名麵包店老闆；想起在護城河畔，那對惶惶不安的男女；想起頭戴軟呢帽、身穿褐色外套的男子們說大話的樣子；想起彷彿快要凍結、冒著白煙的皇居。士兵們踩在雪地的深刻足印歷歷在目，斷斷續續傳來的軍歌伴隨著三聲「萬歲」仍餘音在耳。

二二六事件對之後的政局產生怎樣的影響，他也多少知道了。事件結束後不久，原本廢除的陸軍大臣現役武官制（註）再度復活，而且沒有軍方的首肯，陸軍大臣無法就職，也不能組織內閣，議會宛如軍方的傀儡，任其操弄。依孝史看來，覺得文官的狼狽相既可悲又丟臉，也不禁想起葛城醫生夾雜著嘆息說出的那番話。

關於日本是如何走向戰爭的，雖然某些部分仍教人難以理解，孝史已盡量客觀地收集相關資料。同樣地，對於戰爭結束——最後如何走向戰敗的整個過程，他也想確實掌握。不過，這些工作做起來還眞是困難重重，且令人難過，就連調查戰後的糧食短缺也是如此，因爲他總想起阿蕗。

只有一件事，昭和二十年五月二十五日的那場空襲，他是親身經歷的，因此印象深刻。瞬間一片火海。貴之得到黑井的警告，知道會有這場空襲，他在心裡對自己說，阿蕗和千惠姨一定能順利逃脫。

阿蕗一定能夠平安度過戰爭與戰後時期，直到平成年間的現代，她也一定都還健康地活著。然後，在今年四月二十日的中午，來到淺草雷門與孝史相會。

只是，她與孝史之間隔著整部昭和史，那重量沉得單手都拿不起來。

畢業典禮結束，孝史馬上跟母親、妹妹，還有奶奶到東京辦理補習班的手續和尋找租屋處。果然不出所料，住的地方決定在神保町，之前表哥住過的地方。孝史很清楚對重考生而言，房租是貴了點，不過，他知道父母會擔心，打算盡量順他們的意。

至於向飯店索賠的事，他全權交給律師處理。雖然成立受害者自救會，將傷者和罹難者家屬集合起來，不過，孝史只是把拿到的資料看一看，在必要的事項上簽名、回答、交出同意書，並沒有直接參與抗爭。雙親也鼓勵他這樣做。當然，他們是考慮到孝史身心的創傷，不過，眞正藏在兩人心底沒說出口的是：他們害怕奇蹟生還的兒子，再與其他受害者有任何接觸。

因此，當母親聽到孝史說想去看飯店燒毀的遺跡時，臉色非常難看，拚命阻止他。不過，當孝史解釋，去了搞不好能想起什麼時，母親噤口不語，只是偷瞄孝史問道：「真的沒問題嗎？」

「沒問題，我想去瞧瞧。我自己去，妳不用擔心。」

於是，母親帶著祖母去訂製助聽器，孝史獨自走向平河町。他從赤坂見附車站出發。頭上的傷快好了，回來後有一陣子身體各處還是會痠痛，現在也都消失，走起路已不覺得辛苦。

太陽暖洋洋的，市區到處開滿櫻花。稍微走快一點，身體便開始流汗。

如今，這擁擠的馬路有市營電車在跑，他曾看到戰車從這裡轟隆轟隆開過。這條馬路曾遭大雪深埋，人行步道旁有一家麵包店，老闆很親切。另外，他曾在一家叫「法蘭西亭」的西餐廳前，撿起積雪浸濕的號外報紙——

平河町第一飯店，從只是飯店的墓碑，變成燒焦飯店的墓碑。四周圍著「禁止進入」的黃色布條，上面還掛著寫有「危險」二字的黃色牌子。

入口的安全門上，破掉的玻璃已撤去，只剩框架。就算站在馬路的另外一邊，也能看透整個飯店大廳。地毯燒得焦黑，沙發東倒西歪。不過，令人驚訝的是，一樓的櫃檯完好的保留下來。

孝史四下張望，想趁旁人不注意偷溜進飯店。幸好，白天這條街上沒什麼行人，他看準時機，

註：軍部大臣（陸海軍大臣）現役武官制，即國防首長的候選資格限定於現役的陸海軍將領，因此在軍事上較能做出專業合理的判斷，但弊病是容易造成軍人干政，控制中央。

穿過封鎖線，毫不猶豫地跨進大門。

到處充斥著噁心的臭味，孝史不禁掩住口鼻。他邁開腳步，打算走向電梯間，腳下的地毯踩起來黏答答。

大廳的壁紙燒得不是很嚴重，火舌似乎是往上竄。櫃檯後面的門也沒燒毀，就這麼打開著。陽光從戶外照進裡面的房間。

一樓的電梯前廳也未受到火舌的直接侵襲。一部分天花板燻得焦黑，不過應該是二樓地板傳來的熱氣造成的。孝史急忙往曾經掛著蒲生邸照片的地方走去。

什麼都沒有，連畫框都拿掉了。牆壁沒變黑，可見不是被燒掉，大概是火災後被搬走的吧。孝史失望地轉身離去。他想再看一次蒲生邸的照片，如果可以，他想擁有那張照片，不過，看來只能死心。

沿著來的路線走回去，穿過櫃檯前面時，孝史發現裡面的小房間好像有人。

瞬間，孝史的腦海浮現蒲生大將的身影。說不定他還在這裡；說不定他從過去來到現在，正憑弔著飯店燒毀後的遺跡。爲了拜訪一無所知的未來，他還特地穿上軍裝，用拐杖支撐著行動不便的身體。

孝史呆站在原地，緊盯著門後。突然間，冒出一顆人頭。

是那名櫃檯服務生。

「哎呀，眞是多災多難。」

兩人走出飯店大廳，來到馬路對面的某棟大樓矮牆旁坐下。櫃檯服務生從上衣胸前口袋掏出香菸點燃。他的指甲都是黑的，之所以幾番偷跑回來，是爲了尋找燒剩的私人物品。當然，一看就知道，他想拿回的不只是私人物品。不過，孝史並不打算追究。

「失火時，我沒值班待在家裡，才逃過一劫。」

「聽說有兩個人燒死。」

「是啊。不巧的是，兩個人都是房客。至少其中一個燒死的是飯店員工，社會上的責難也不會這麼強烈。」

櫃檯服務生笑得有點狡猾，邊拍著孝史的肩膀。

「不過你沒事，眞是太好了。」

他在飯店值班時，對客人不理不睬，出來飯店後，還是那麼惹人厭。眞想趕快結束話題。

「聽說除了我之外，還有一個人生死不明？」

「嗯，對啊。」

「叫什麼名字？」

平田是「他」在這個時代的化名。

櫃檯服務生偏著頭，「這個嘛……叫什麼名字來著？」

他似乎想不起來。感覺有些遺憾，又覺得這樣未必不好——

不，這樣最好。「平田」是「平田」，他就是他一個人。

「話說回來，你來這裡做什麼？」

「沒做什麼，只不過來看看自己差點丟了小命的地方。」

「哦，是這樣嗎？」

「請問……電梯前面原本不是掛有照片嗎？」

「照片？」

「嗯，曾經座落在此地的那幢蒲生邸的照片。」

「啊，好像有。」

「我剛剛去看卻找不到，被火燒掉了嗎？」

「是嗎？」櫃檯服務生偏著頭，「我不清楚耶。有可能，因爲所有備品都弄濕了，現場採證後要整理的東西也很多。」

櫃檯職服務生叼著菸，用讓人發怵的眼神盯著孝史。

「那張照片有什麼要緊嗎？」

「不，沒什麼要緊。只是，我覺得很漂亮，在飯店看到時就滿喜歡。」

「咦，這可稀奇了。」

櫃檯服務生把菸蒂往腳邊一丟，然後踩熄。不知他怎麼突發善心，竟然說：「那張照片是原飯店所有者捐贈的。你去找他，搞不好他手上還有幾張，加洗之類的。他原本好像是這一帶的地主，攝影是他的興趣，這幢房子的照片也是他買下時拍的。」

這麼一提，他還在照片旁留下文字，介紹蒲生大將的一生及這幢房子的盛衰。

「請問那個人叫什麼名字？」

「拍照的人是小野松吉，不過，他本人早就死了。」

孝史再度失望。

「不過，他兒子或孫子應該在經營照相館吧？我記得是在新橋的哪裡。當時，他曾送那幅照片來飯店。」

櫃檯服務生反覆利用工商電話簿和查號臺，花了兩小時才找到。在新橋、銀座地區的中心位置，有一棟古老的混凝土大樓，小野照相館就開在二樓。

現任老闆是小野松吉的孫子，年約四十出頭，體格魁梧。或許是這樣，他很會流汗；襯衫袖子整個捲起，似乎很熱的樣子。

「我爺爺是地主，也是買賣房子的，攝影是他的興趣。不過，我父親選擇攝影當本業，我又接著做下去。」對方自我介紹。

「換句話說，雖然你們失去土地，但熱愛攝影的血脈卻代代傳承下來。」

孝史直接表明來意。小野十分高興，領他到照相館裡面。那是個兩坪多的小房間，牆壁上掛的全是裱好的照片。

「這些都是爺爺和父親拍的。」

他指著一張張照片講解起來。孝史幾乎是左耳進右耳出，目光一直在梭巡蒲生邸的照片。

「在哪裡呢……」小野也張大眼睛到處找，「相片眞是太多了。」

孝史先找到了。他墊起腳尖一指，「有了，在那裡！」

照片就掛在右邊牆壁的最上排，透進窗子的光反射在玻璃上，很難看清楚。

「可以讓我看仔細一點嗎？」

「請等一下，我去拿腳凳。」

小野搬來腳凳，替他把鑲框的相片拿下來。孝史坐立難安，不停在旁邊踱步。終於把相框拿在手上時，他的手指不住發抖。

沒錯，就是這張照片，房子的全景。中央頂著小小的三角屋頂，冒出一管煙囪的舊式洋館。孝史的蒲生邸就在那裡。

但是，他發現一件奇怪的事。

二樓左邊的窗戶。其他窗戶全罩上蕾絲窗簾，只有這扇窗戶的窗簾略微打開，有人探出頭。因爲很小，不仔細看根本不會發覺——

「很舊的照片吧？我記得是在昭和二十三年（一九四八）拍的。」小野解說。「買下這幢房子，過沒多久就決定拆掉。從照片上或許看不出來，其實這幢房子曾遭到空襲，裡面全燒壞了，連磚牆都燻得變色。那戶人家是好說歹說才住下，想必相當不方便吧。有的房間根本不能用，才決定拆掉。不過，畢竟是難得一見的洋館，爺爺想說至少拍張照片，留作紀念。」

是嗎？原來是這樣。

孝史微微一笑。握著相框的手還在發抖，一笑連身體也在顫抖，那顫抖傳到相框，連照片中的蒲生邸也跟著搖晃起來，探出二樓左邊窗臺的那張臉輕輕晃動。

孝史知道那個人是誰了。貼近仔細觀看後，他當下就認出。

是平田。

當時，他從飯店二樓的緊急逃生梯憑空消失，到底去哪裡？孝史問過平田，他回答「不過是個小小的惡作劇」，還強調與蒲生邸內發生的事無關。孝史總算明白他的意思。

平田來到蒲生邸。在展開新的人生之前，他造訪即將拆毀的蒲生邸。到留下最後紀錄的蒲生邸一遊，是爲了留下自己的照片，是爲了這樣的惡作劇。

「有什麼不對勁嗎？」

小野疑惑地問，觀察孝史的表情。接著，他的目光落到孝史手中的照片，突然發出驚呼：

「咦，這張照片裡有人！」

孝史安靜地保持微笑。

小野說，那張照片無法給孝史，但可以幫忙翻拍。

「不過，你這個人也眞怪。說了你別不高興，你不是差點死在那房子改建的飯店裡嗎？雖然那飯店跟我家已沒有任何關係。」

「我是個幸運的人。」

當小野送他到門口時，他發現像是供客人等待用的角落，牆上掛著一幅很大的油畫。剛才來的時候，終於找到蒲生邸照片的興奮沖昏頭，他根本看不到其他東西，不過，如今看到這幅畫，他眞想把後知後覺的自己痛扁一頓。

那是一幅女性穿著和服的肖像畫。畫中人只有上半身，似乎是坐在椅子上。在她背後有一張小桌子，上面擺著插了玫瑰的花瓶。擔任模特兒的女性已不年輕，臉上卻掛著媲美紅玫瑰的嬌豔笑容。

是蒲生珠子。

孝史詫異地張大嘴巴，抬頭看那幅畫。

「這、這是……」

「咦，你只看一眼就知道是什麼來頭嗎？」小野似乎滿佩服的，不自覺提高音量。「眞是不簡單啊。」

「這是誰畫的？」

小野益發挺起凸出的小腹，得意地吹噓：「是平松輝樹的畫。」

平松……輝樹？

「你說的輝樹，是不是輝煌的輝，再加一個樹木的樹？」

「唔，沒錯。」

驚訝之餘，孝史繼續張著合不攏的嘴，轉頭望向小野。這下小野更高興了，用力搓著鼻子。

「有點意思吧？這是平松大師在昭和三十五年（一九六〇）的佳作。當時，平松先生不像現在這麼有名，畫也不怎麼值錢。不過，換成今天，可眞是無價之寶。」

終於把嘴巴閉上，潤潤乾澀的喉嚨後，孝史問道：「平松輝樹是那麼有名的畫家嗎？」

小野一副快昏倒的姿勢，「什麼嘛，你不是知道這幅畫嗎？你不是從畫風看出是平松先生的作品嗎？」

啊，這個畫風，獨特的運筆方式，層層堆疊的油彩——孝史並不是完全沒印象。他曾在蒲生邸看過蒲生嘉隆的畫，畫中的人是鞠惠，這幅畫則是珠子。只是，畫風非常相近，幾乎可說是一模一樣。

在蒲生家，與武人的血液一起流動的，是深厚的繪畫天賦。嘉隆有這方面的才華，憲之雖然沒有，到兒子輝樹這一代卻開花結果。

孝史曾被誤認爲是這位大人物。

「平松先生今年肯定會受動，」小野高興地說：「眞是了不起。」

「小野先生爲什麼會有這幅畫？你認識畫中的女性嗎？」

小野一個勁地點頭。「不可能不認識吧？她是原本住在蒲生邸的大小姐，名叫珠子。」

「平松輝樹先生怎麼會畫她的肖像呢？」

「這個嘛……我就不知道了。這幅畫也是我爺爺從珠子小姐那裡得來的，時間一久，價值就暴增好幾倍。聽我爺爺說，珠子小姐非常感謝他幫蒲生邸拍下值得紀念的照片。」

這幅畫被送到這裡，是在昭和的三十五年。這麼說來，在那之前，珠子和貴之已跟輝樹本人見過面。他們會以怎樣的方式相遇？又是如何達成和解——互相接受對方的呢？

「聽說珠子小姐在平松先生還未成名前，暗地裡資助他很多。」

是吧，我就說吧！孝史覺得很高興。

「這位珠子小姐現在怎麼樣了？」

「她也不是泛泛之輩。」小野回答：「大東和計程車，你有沒有聽過？那可是全日本最大的計程車公司，而她正是會長夫人。」

孝史再度露出笑容。

「看她長得這麼美，聽說腦袋也很不錯。對了，我想起來，她女兒還曾代表日本參選環球小姐。」

一邊點頭，孝史一邊笑。笑完後，他仰頭看著畫中的珠子。

「可惜的是，她去年過世，享壽七十七歲。不過，她也算不枉此生。家人爲她辦了個超級豪華的大葬禮，兒子、孫子加一加有二十幾個。」

孝史忍不住哈哈大笑。

那個珠子是一臉陰鬱地說，如果戰爭爆發就要去死的珠子嗎?是那個握著蒲生大將的手，淚濕臉頰，賴著不走的珠子嗎?沒想到，她好好活過戰爭和戰後，還以計程車公司會長夫人的身分，風風光光過世。在二十名子孫的守護下，舉辦令人瞠目結舌的豪華大葬禮。

何其幸福的人生啊!光是看這幅畫就能理解，畫中珠子的微笑說明一切。然後，儘管已屆中年，珠子依舊美麗，尤其是若有所思、靜止不動的時候。同父異母的弟弟輝樹，以畫家的眼光看出這永恆不變的美，呈現在畫布上……

歲月流逝，不代表一切也會跟著流逝——

「你眞是個怪人。」

小野一臉狐疑地目送孝史離去。直至新橋車站爲止，迎著春風的孝史，都笑容滿面地走著。

3

平成六年四月二十日，中午。

在今天到來之前，孝史盡可能不去想這天的事。雖然很困難，但他下定決心要把自己的腦袋當成壓力鍋，用力蓋上蓋子、轉緊把手，直至內部的壓力過大，爆炸爲止，他都要拚命忍耐。

他在東京展開一個人的生活。早上沒人叫他起床，光想辦法不遲到就很辛苦了，可是只有今天，他一大早就自動睜開眼睛，焦急等著遲遲不露臉的太陽，痴痴望著窗外的天空。

淺草的雷門，就算平日人也很多的觀光景點。背對著仲見世通（神社、寺院中的商店街）的喧囂人潮，孝史站在門柱前，一面對自己說：冷靜、冷靜，一面卻還是東張西望，手不得閒。他又是搔頭又是抹臉，又是查看領子有沒有翻好，又是偷瞄手表，確定秒針還在走。所有稱之爲「等待」的行爲他都做過一遍，笨得一眼就看得出他在等人。

孝史在圖書館翻過很多資料，知道不管是戰時還是戰後，凡是有人爲了躲空襲或逃難，跟親人走散、失去聯絡的，都會約定只要活著就來這裡碰面。雷門是這麼一個象徵性的場所，雖然他是誤打誤撞，不過還眞是選對了地方。

十二點一分過了、二分過了、三分過了，他一直盯著手表。四分的時候，他往仲見世的方向伸長脖子，想說會不會看到嬌小可愛的老婆婆辛苦地穿越人群。十二點五分，他把手表放到耳邊，確定還有聲音。

然後，就在這時，有人出聲喊住他。

「請問……」

孝史抬起眼，發現有個身高跟自己差不多的年輕女子趨身向前，試探地打量他。雖然她滿年輕的，還是比孝史大，應該是二十五歲吧？或是二十五到三十歲之間。她一身嫩黃色春季套裝，從領口露出飄逸的白色罩衫。

「不好意思，您是尾崎孝史先生嗎？」她終於問道。

不是阿蕗，不是嬌小可愛的老婆婆——

好痛，孝史的心揪成一團。好像什麼東西飛來貫穿他的前胸，在他的身體挖個洞，又從背後飛出去。風從那個洞冷冷灌進來。

「是的。」孝史發覺自己的話聲沙啞，「沒錯，敝姓尾崎。」

對方臉上浮現安心的表情。這時，那舒展的眉宇讓孝史清楚看到某人的影子。

她笑的時候，眼睛跟阿蕗好像。

「我叫堀井蓉子。」她行一禮，「不瞞你說，是奶奶叫我來的……她要我今天中午十二點來到這裡，跟一位叫尾崎孝史的先生見面，把信交給他。」

「妳說奶奶……」

那麼，這位堀井蓉子是阿蕗的孫女嘍。

「是嗎？」孝史點點頭，立正站好，注視著對方說：「麻煩妳特地跑一趟真不好意思，我是尾崎孝史，跟妳奶奶有約。」

「是這樣嗎？是真的嗎？」蓉子不斷打量孝史。她會感到驚訝也不是沒道理。

「那麼，容我失禮地問一句，你是在哪裡認識我奶奶的？」

站在蓉子的立場，這樣問很正常，卻讓孝史傷透腦筋。說到底，阿蕗終究沒來的打擊已讓他頭暈目眩。他心都涼了，根本沒辦法好好思考。

「那是……我是在……」

他不知該怎麼解釋，就在此時，蓉子輕輕一笑。她的眉宇又出現阿蕗的影子。

「沒關係，我媽和我做了各種猜測。尾崎孝史先生到底是怎樣的人物？他該不會是奶奶的初戀情人吧？他們約好有一天一定要來這裡碰面。真是那樣，你未免太年輕。你還是學生吧？」

感覺像有人幫忙開了一條路，孝史一邊擦汗，露出笑臉。

「不瞞妳說，我也是代替爺爺來的，尾崎孝史是我爺爺的名字。」

蓉子的臉上充滿理解、安心和喜悅之情。「哎呀，原來是這麼回事，我就說嘛！」

蓉子從掛在肩上的手提包裡掏出一封信，遞給孝史。「這就是我提到的信。」

手心又黏又濕都是汗。孝史連忙往褲子上擦了擦，雙手接過來。

信封顯得有點老舊，至少不是新買的。冷風又吹進胸前的空洞，心好痛。

「奶奶六年前過世了。」蓉子解釋：「是胃癌。一住院就馬上開刀，可是已發生轉移……」

眼皮內側一陣灼熱。孝史一度緊閉雙眼，仍用力睜開，看著蓉子。

「她死的時候很痛苦嗎？」

蓉子搖搖頭，漂亮的長髮跟著擺動。

「沒有，以這點來說算是幸運的。止痛藥滿有效的，她跟睡著一樣。心臟衰竭是主要的死因。她不是在醫院，而是在家裡過世。臨走之際，我父親和母親都守在旁邊。」

「這樣眞是太好了。」

孝史無法隱藏情緒，不禁哽咽。蓉子有點困惑地皺起眉，直盯著孝史。

「我……是爺爺偷偷叫我來的。」孝史說道。

「原來是這麼回事。」

「嗯，所以……」

「你不用解釋，我懂。」蓉子面露微笑，輕搖著手。「我這個人不會問東問西。況且，我是趁午休時間偷溜出來，再不回去就慘了。」

再一次，蓉子往包包裡胡亂翻找一陣，拿出名片。

「這是我公司的名片。有什麼事，打電話給我。」

「啊，謝謝。」

是某大汽車公司的名片，宣傳課。想必她在公司裡是既美麗又能幹吧！

「既然拜託你來，可見你爺爺的狀況也不太好？」

「嗯，非常不好。」

「是嗎？請他多保重哪。」她一副大姊姊的口吻。

「那麼，我先失陪。下次如果有機會，要跟我說你爺爺和我奶奶的羅曼史喔。」

「好，我們再聯絡。」

敏捷地一轉身，堀井蓉子、阿蕗的孫女昂首闊步往人群中走去，消失身影。

孝史把信握在手裡。

信封上，工整地寫著「尾崎孝史先生　啓」。阿蕗寫得一手娟秀的好字，她的字就像她的人品一樣。

翻到背面，署名的地方只寫著「阿蕗」。這兩個字有點暈開。

孝史輕聲呢喃——

阿蕗，生日快樂。

4

孝史先生：

現在寫這封信給您，時間是昭和六十三年（一九八八）的九月四日，我七十二歲了。

我住在埼玉縣一個叫所澤市的地方，跟大兒子夫婦住在一起。兩年多前，我都還一個人住在東京，不過，後來大兒子蓋新家，趁機把我接過去。大兒子在這裡的建築公司上班，有兩個女兒。幫我把這封信交給孝史先生的應該是他的大女兒，叫做蓉子。

我一邊過著日子，一邊期待跟孝史先生見面的那天趕快到來。我想要親自前往淺草，然而，就在上個星期，我肚子不太舒服，到醫院接受檢查，發現胃的上方有一塊陰影。聽說一定要住院，接受手術才行。

八成是胃潰瘍吧？大兒子跟他媳婦都這樣跟我說。我不確定是不是得了不治之症，不過，活到七十幾，就算眞的因爲生病、開刀出了狀況，我也沒什麼好抱怨的。所以，我才著手寫這封信。

我的字寫得不好，雖然覺得丟臉，還是決定要盡己所能寫完這封信。

站在我的立場，從昭和十一年算起，至今已過五十幾個寒暑，可是對孝史先生而言，經歷蒲生家那件事到現在，還不到兩個月。其中的差距，對我來說，眞的很難理解。到底該從哪裡寫起呢？

不瞞您說，那個時候，我對蒲生大將看到未來的日本的事，及黑井女士擁有不可思議的力量：她帶著老爺四處去，還告訴我孝史先生也來自未來國度的事，我都不是很明白。眞的有這樣的事嗎？老實說，我一直是半信半疑。

那件事發生後，約一年左右的時間，貴之少爺經常開導我，平田先生也不時找我講話。他們爲了讓我理解，曾不厭其煩地向我解釋。所以，今天我很明確地知道，阿蕗這封信是給未來的孝史先生看的。

正在看這封信的孝史先生，您好嗎？

孝史抬起頭，在心裡回答：嗯，我很好。連傷都全好了——

首先，先來寫我覺得孝史先生最關心的事吧，有關鞠惠小姐和嘉隆先生的行蹤。

孝史先生想必很替他們擔心，要相信他們私奔後就下落不明的鬼話，確實不太容易。葛城醫生的質疑就是個大問題。表面上看來，雖然沒人到家裡調查此事，可是眾人都在傳，他們該不會已不在人世？這樣的謠言滿天飛，甚至傳到我的耳朵裡。

身爲家長的貴之少爺，擔心我住在這樣的家裡不好，於是，昭和十三年（一九三八）的春天，我從蒲生家嫁了出去。當時已是大東和計程車公司少董夫人的珠子小姐替我說媒。我丈夫是大東和計程車的司機，他性格木訥，也不懂情趣，唯一的優點是做事認眞。

隔年十四年，我生下大兒子。然而，就在我生產的前後，丈夫受到徵召。他的故鄉在北海道，留下我及還在吃奶的孩子。這時，又多虧珠子小姐和貴之少爺的仁慈，讓我回到蒲生家。他們允許我帶著小孩，住在家裡幫傭。

我之所以一直寫自己的事，是有理由的。就這樣，戰爭發生時，我一直住在蒲生大將大人的家中。所以，孝史先生提醒的，發生在昭和二十年五月二十五日的那場空襲，當時我就在房子裡。

那是場非常可怕的空襲。煙囪的鐵絲網，孝史先生事先告訴我的那個洞，早已塞住，只是，燃燒彈還是劃破玻璃窗飛進來，屋子內部全燒掉了。幸運的是，貴之少爺、千惠姨還有我都沒受傷。

可是，空襲結束，竟在屋子的前庭發現兩具屍體，眞是嚇死人。不管是哪具屍體，都燒得焦黑，手腳還保持逃跑的動作，淒慘得讓我不忍直視。

屍體有一具是男的，一具是女的。我們好不容易才從燒剩的皮鞋及和服的刺繡，得知他們是誰。

是嘉隆先生和鞠惠夫人。沒錯，他們都在這場空襲裡喪生。

驚訝之餘，孝史忍不住「咦」一聲。二十年五月的空襲，爲什麼嘉隆和鞠惠會被燒死呢？

然後，他忽然有種當頭棒喝的感覺。平田曾帶著他到處「飛」，最後「降落」在二十年五月二十五日的那場空襲裡。

當時，孝史親眼目睹全身著火燒死的阿蕗。不過，在那之前，他還聽到聲音。從烈焰包圍的房子裡傳來男人的叫聲，瘋狂喊著鞠惠的名字，拖著長長尾音消失的呼喊。

那是嘉隆的聲音。他呼喊的鞠惠也在裡面，她正跟竄起的火焰搏鬥，想逃出來。或者，她已被火焰和濃煙打敗，氣絕身亡。

貴之曾問黑井，要拿這兩個人怎麼辦？黑井說，不會殺他們。運氣好的話，他們會找到活命的地方。不過，至少他們再也無法威脅老爺。

黑井把嘉隆和鞠惠帶進昭和二十年五月二十五日的空襲裡。

其實，這也解開另一個謎團。無法回到現代的平田和孝史，爲什麼會「降落」在二十年五月的空襲裡？平田當時也嚇一跳，莫名其妙就在「路」上。因爲黑井要帶嘉隆他們去，先把「路」開好了，於是孝史他們跟著「掉了」進去。

或許孝史先生已發覺，是黑井女士安排的。貴之少爺急忙屋裡屋外尋找，終於發現她全身焦黑死在樓梯口。黑井女士的遺體，貴之少爺分成小塊，埋在位於半地下的房間地板下。

剛在空襲裡死掉的那兩具屍骸，也洗刷貴之少爺該不會早在十一年二月就把他們除掉的嫌疑。只是時局愈來愈亂，也沒人在乎了。順便補充一點，葛城醫生也已歸往西方極樂。更早之前的空襲燒到小日向一帶，葛城醫生就這麼去世。

嘉隆先生祕密握有的老爺的書信，一直沒出現。貴之少爺說，照這情況看來，應該也在多次進犯東京的空襲中，神不知鬼不覺地燒掉。

長長的書信裡，阿蕗的字一絲不苟，流暢而優美。工整易懂的文章讓孝史邊讀邊想通一切。珠子在大將的喪禮結束後，馬上就嫁人。她和夫婿感情和睦，不過，對方在打仗的時候爲國捐軀了。蒲生邸的人一直到戰爭結束，都沒往鄉下避難。尤其是進入昭和十九年後，連日用品和糧食的取得都非常困難，在最艱困的年代，千惠因病去世。他們懷疑她得的是肺炎。

戰爭結束，經歷好長一段糧食荒，珠子和阿蕗一起坐上採買列車。珠子賣掉蒲生夫人生前留下的和服換米，當時她曾跟阿蕗發誓：總有一天我一定會贖回來給妳看。戰時沒從軍感到顏面無光的貴之，戰後又回到大學念書，取得教師資格後，在小學任教，爲新時代的民主教育奉獻心力。他一輩子都沒結婚，五十一歲離開人世。

是嗎？貴之平安活下來。孝史玩味著這項事實，替貴之感到高興。瞧，你不是做到了嗎？

孝史先生最想知道的應該還有一件事：平田先生後來怎麼樣了？

與美國正式開打後，戰況愈來愈不利。不過，就算在那個時候，平田先生還是跟我們住在一起。我也從平田先生身上得到許多幫助，他眞的是非常可靠的人。

然而，昭和十九年（一九四四）三月初，平田先生突然受到徵召。

以他的年紀來講，本來不應該收到點召的紅單，卻被送上戰場。這也是有原因的。

孝史先生可能不知道，當時發生所謂的「竹槍事件」。《每日新聞》有一個姓新名的記者，在解說戰況的報導裡，寫下非常不敬的文章，觸怒東條首相，新名先生因此受到徵召，派往危險的南方戰線。眞的，他寫完報導剛滿一個星期，就收到點召書。當時他已三十七歲，而且早就因近視不用服兵役，這樣的人還是被徵召了。

這叫做懲罰性徵召，本來是不應該發生的，但當時的東條首相擁有這種權利。以這一點來看，他眞是個心眼很壞的人，只因不原諒得罪自己的記者，就用這樣的手段報復。

當時，若只徵召新名先生一人，未免做的太明顯。於是，爲了讓一切合理化，不惹人詬病，同一時期，新名先生的故鄉、四國的丸龜，有兩百二十五人本來跟新名先生一樣免除兵役，都臨時受到徵召，其中包括平田先生。不，認眞說起來，應該是平田先生在這個時代冒用名字和身分的人，也在這兩百五十人裡。

這兩百五十人都被送到恐怖的南方戰場，大半爲國捐驅，平田先生也死了。戰亡的公報不是送到他借用名字的那個「平田次郎」家裡，而是寄來蒲生家。怎麼說呢？眞正的「平田次郎」自小逃離家鄉，來到東京，過著像流氓的生活。受到徵召的平田先生去丸龜連隊報到時，家鄉父老沒半個人認出他是冒牌的，也沒家人來相認。他還寫信回來說，因此鬆一口氣。

眞正的「平田次郎」，在平田先生來我們這裡之前，已橫死在街頭。平田先生說，好像是染患梅毒。那個人臨死之前，平田先生用錢買下他的身分，交換條件是，不向官方申報死亡，屍體也將偷偷掩埋掉。果然像是一向老謀深算的平田先生的做法。不過，要是受到徵召時，在丸龜有人認出平田先生不是眞正的「平田次郎」，就算只有一個也好，他就不用到南方去了吧。只能說他計算得太周到，在我看來，這是件很諷刺的事。

關於平田先生，我只說孝史先生不知道的事。至於他的眞實姓名、年齡，始終沒告訴我們。目前唯一清楚的是，他是在硫黃島戰死的。

他的骨灰沒有回來。

把信放在膝上，孝史用雙手覆住臉頰。

他讓自己置身在手掌製造出的黑暗中，試著回想平田的臉。平田說，他是爲了成爲人類才來到這個時代；他說，要以人的身分，在這個時代活下去——當時平田的臉。

——我是僞神，能做的只有細部的修正。我實在受夠了！

話說回來，如果平田試著做一下細部修正，或許就不會受到徵召，也不會死了。即使沒辦法避開戰爭，也可以想辦法不讓東條英機這種人當首相吧。只因對一個記者生氣，要將他送往戰地，便莫名牽扯上其他二百五十個人。這樣的細部修正，對身爲時光旅人的平田而言，應該在能力範圍內。

然而，平田沒那麼做，淡然接受徵召，還寫信回來說，在丸龜沒被揭穿不是「平田次郎」，讓他「鬆一口氣」。

不停跑圖書館的結果，此刻的孝史已聽過硫黃島。太平洋戰爭末期，南方戰事最激烈的地點之一，和沖繩一樣，曾展開極爲慘烈的戰鬥。

平田死在那裡，沒看到戰爭結束，沒聽到天皇在仲夏大熱天發表的戰敗宣言。

——不過，他是以人的身分去世。

捲入懲罰召集的無妄之災，讓他不是以時間旅行者的身分死去，而是以人的身分死去。他成爲人類後才死亡。

在圖書館的攝影集裡，孝史看過東條英機的照片，那是他在東京法院接受判決時拍攝的，非常有名。三分頭，戴著眼鏡，一點魄力都沒有的平凡中年歐吉桑。透過耳機，他聽著審判長宣判自己的死刑，然而，他的表情超越冷靜，應該可說是漠不關心的平靜祥和。

就算得知平田是這樣死的，孝史對東條英機這名軍人，還是不覺得憎恨。東條犯下的決策錯誤、類似懲罰召集的惡意行爲、將憲兵組織化，藉以實施思想鎮壓的毒辣手段……諸多歷史事實，他都比以前更加清楚。經歷過戰爭的人或是他們的遺族裡，至今還有人對東條抱著很深的怨念，這些在認知上他也都知道。不過，這些讓他想到的是別的事。

東條英機沒能洞燭先機。至少，他沒有預知未來的能力。他本能地活在那個時代，雖然事後證明他大錯特錯，不過，對那些只能稱之爲歷史的往事，他並沒有替自己的錯誤辯解。他只是平淡地好像在聽音樂似的，戴著耳機，聆聽自己的死刑宣判。

以這一點爲軸心，東條英機所在的位置就跟蒲生憲之完全相反。然後，當蒲生憲之知道東條英機將成爲日本未來的首相時，他喃喃自語：「那個東條啊？」還竊笑許久。不知死去的平田怎麼看待蒲生大將的這種反應？

總有一天我要去硫黃島看看，孝史下定決心。他要去那裡找平田的影子，找那個曾是僞神的男子。他一定還剩下一些什麼，一定有留下身爲人的堂堂證明。

孝史的視線移回手中的信，沒剩幾段文字，結尾是這麼寫的。

孝史先生。

雖然很遺憾，不過，我大概沒辦法去見您了。雖然大兒子和媳婦什麼都沒說，但我有不太好的預感。我會派蓉子去淺草，到時請不要太驚訝。

就算眞有個萬一，不能親眼見到孝史先生，我還是非常期待，不知您將度過怎樣的人生。請務必要幸福，做一番有益人類福祉的大事業。

阿蕗將永遠在天上守護著您。

孝史回想起，阿蕗柔軟的手摸著自己額頭的觸感。

阿蕗——他在心裡試著呼喊這個名字。蒲生邸的阿蕗，那豐滿的臉蛋，那笑起來圓滾滾的眼睛，他試著回想這一切。

阿蕗從戰爭中存活下來，戰後也還活著。丈夫似乎是不錯的人，也是個司機，阿蕗坐過丈夫開的車子嗎？

在那之後，我讀過許多昭和史的書，做了很多功課。聽說天皇的公開談話因收音機的效果不好，聽起來不是很清楚。第一次聽到昭和天皇本人的聲音時，阿蕗不知有何感想？原以爲是神的人，竟然開口講話……

搶購糧食想必很辛苦吧？有沒有碰到可怕的事？跟珠子這位嬌生慣養的大小姐一起去賣和服，

想必讓她差來喚去的很辛苦吧？我的奶奶雖然耳背得厲害，不過，她還是很喜歡講戰時、戰後的事，什麼麥克阿瑟總司令很帥之類的。眞的是這樣嗎？阿蕗，妳怎麼想？

重建一點一滴地在進行，從韓戰開始，日本的經濟呈現向上發展的趨勢，時局也變得比較平靜了吧？令弟還好吧？你們有沒有一起去看電影？

淺沼社會黨委員長（註一）遭恐怖分子殺害時，妳是不是覺得很不安，以爲黑暗時代又要來臨？

東京奧運時，妳住在哪裡？當飛機在天空以雲彩繪出五色圓輪時，妳和誰並肩仰望？妳可有登上東京鐵塔？第一次看電視是什麼時候？阿蕗是力道山（註二）的粉絲嗎？他似乎眞的很強。萬國博覽會時，妳有沒有去參觀？

然後，阿蕗，就在妳寫完這封信後不到半年，「昭和」也跟著結束了。

當天晚上，孝史打了通電話，給住在高崎那名喜愛研讀歷史的同學。對方是烏龍麵店的繼承人，接電話時那股殷勤勁頗有商人的架勢。

「我知道你一向對歷史很有興趣，方便請教你一個問題嗎？」

「幹嘛？肉麻兮兮的，該不會又想整人吧？」

「人家眞的是很佩服你啦。欸，你知道陸軍大將蒲生憲之嗎？」

「蒲生？」對方怪腔怪調地複述一遍，猛然想起似地回答。

「知道啊，他是皇道派的將軍，二二六事件爆發當天自殺。」

「只有這樣？」

「什麼只有這樣？難不成還有別的嗎？」

「不，我的意思是，他有沒有留下什麼著名的遺書？難道沒有這樣的東西？」

「應該沒有吧？否則我一定會知道，我這邊有很多跟二二六有關的資料。」

「是嗎……」

孝史雙眼微閉，道謝後掛斷電話。

至今為止，他一直避免去圖書館查證這件事。在見到阿蕗之前，只有這件事他不願先觸碰。

蒲生貴之沒公開父親留下的文書。

貴之把文章埋葬了。所以，大將在後代歷史學家的眼裡，沒有留下足以讓他們驚訝的「高明遠見和對陸軍的批判」。孝史和貴之的相遇，改變了歷史，雖然只是非常小的細節。

蒲生貴之以膽小鬼的姿態平安活過戰爭，卻在戰後活得不再像膽小鬼。

聽筒還握在手裡，孝史閉上眼睛。這下真的全都結束了，他默默想著。

註一：指發生在一九六〇年十月十二日，社會黨委員長淺沼稻次郎遇刺身亡的事。右翼團體的年輕人不滿淺沼的政治思想，趁淺沼演講時行凶。

註二：力道山（一九二四～一九六三），日本摔角之父，原為相撲選手的他，奠定日本職業摔角的基礎，擊敗金髮碧眼的美國選手，成為二次大戰後的民族大英雄，「鬥魂」豬木和「王道」馬場都是他的徒弟。

結束了——那天，看著鎮壓部隊的戰車排山倒海而來，貴之幾度呢喃著這句話。

今天，世界仍是封閉的。

蒲生邸的照片，依然掛在孝史房間的牆壁上。由於是翻拍的，細部顯得模糊，探出二樓左邊窗戶的平田的臉，不刻意去找，還眞看不出來。

然而，蒲生邸比任何地方都更清楚、實在地印在孝史的腦海裡。孝史感覺它就在身邊，彷彿隨時都能去拜訪，那幢將孝史送回這個現代的蒲生邸——

裡面有貴之憂鬱的側臉，珠子映著暖爐火光的白皙臉頰。面向桌子的蒲生大將的背又大又寬，彎著腰不停擦擦抹抹的千惠，鞠惠銀鈴般的笑聲響徹天花板，嘉隆的油畫顏料散發出刺鼻的味道。

然後，最重要的是，那裡有阿蕗。

偶爾孝史會把阿蕗的信拿出來讀，腦海總會浮現他能想像的，嬌小可愛的年老阿蕗。請保佑孝史幸福——他彷彿聽能到阿蕗老邁的聲音。老婆婆肩負著孝史無法碰觸到的歷史，用粗糙的手撫摸著他。

然而，在孝史心裡，有一個始終不變的阿蕗。二十歲的阿蕗，穿著雪白圍裙的阿蕗、擔心時的阿蕗、生氣時的阿蕗、哈哈笑的阿蕗。那冰涼的手的觸感，大雪覆蓋下的蒲生邸，這些終其一生，都將活在孝史的記憶裡。

而在那裡，如今仍下著兩人初見面的那天——昭和十一年二月十六日，落在阿蕗髮上、肩上的那場雪。

本作品是小說，蒲生憲之陸軍大將是虛構的人物，作爲其模特兒或雛形的陸軍軍官亦不存在。
有關二二六事件和相澤事件的經過，主要參考以下兩本著作：
《昭和史發掘》全十三卷　松本清張著（文春文庫）
《二二六事件「昭和維新」的思想和行動 增補改訂版》高橋正衛著（中公新書）
——倘若書中於事實經過上，有任何陳述或用語的錯誤，文責當全由作者來負。
關於二二六事件和大東亞戰爭前後的昭和史，有很多優秀的著作，從來沒有經歷過戰爭的我從中得到很大的感動和啓示，因而寫成這本書。最後，在此對戮力研究現代史的眾多學者和作家，獻上我最深的敬意。

宮部美幸

解說一　對過去一視同仁的原點

關川夏央

《蒲生邸事件》是一篇時間旅行的故事。平凡的現代青年為了逃生，從一九九四年冬天的東京，回到一九三六年的同日同時同地點，那裡正是「二二六事件」發生的現場。一九九四年被一把大火燒掉的破飯店，在一九三六年是陸軍大將的官邸。更奇的是，大將死在那棟房子裡，自殺或他殺不得而知。

我這樣寫，或許會讓您以為這部作品是科幻小說和推理小說的折衷物，就基本元素來看，是這樣沒錯，然而，卻沒有那麼簡單。不管是對未來也好，對過去也罷，無限往返於悲觀與樂觀之間，是科幻小說的典型，而描寫如何破解從憤恨、忌妒等病態心理出發的行動更是推理小說的基本情節，總結以上的論點來看，《蒲生邸事件》完全不一樣。

《蒲生邸事件》的主人翁不是少年，而是「歷史」。這部小說一邊巧妙呈現作者對歷史事件的感觸，一邊不著痕跡地問：歷史是什麼？評斷歷史又是怎麼一回事？

我們對「戰前」總會用腦海裡文明進步的概念去衡量，視為討厭的過去，潛意識想要割捨，然而，宮部美幸說：「有一種東西是貫穿時空而不改變的，也不可能改變。」一言以蔽之，這就是「不因過去成為過去而起差別心的態度。」這位作家以難得的天賦——平易近人的文筆、明白爽利的敘述，將嚴肅的主題輕快自在地鋪展開來。

宮部美幸似乎對這個時期——尤其是「二二六事件」特別有興趣。在寫《蒲生邸事件》之前，一九九六年出版的短篇小說集《人質卡濃》裡，也有類似的故事：「極其平凡、不近人情」的爺爺留下十分破舊的遺書，殘廢的孫子後來知道那些其實是在「二二六事件」發生時寫的，因而覺得自己和爺爺之間好像有了某種交集……（出自〈八月雪〉）。

《人質卡濃》裡，還有其他這樣的故事。

在電車裡撿到記事本，並得知原主失蹤的青年，在無人請託的情況下，突然很在意地拚命找起對方。最後發現並沒有出什麼事，不過，被找到的年輕女性在分手之際，跟他說：「謝謝你替我擔心。」這句話聽在青年耳裡，「並不覺得高興，只覺得無盡的悲傷」（出自〈沒有過去的記事本〉）。在深夜的便利商店遇到搶劫，一起被抓去當人質的兩名陌生人（出自〈人質卡濃〉）。原本打算自殺的女性不巧認識在學校被欺負的孩子，不得不伸出援手（出自〈生者的特權〉）……這些講的都是都會人對友情的渴求。

在現代，或許會被嫌「雞婆」，或被認爲是「過分親切」而惹人厭的小動作，宮部美幸都視爲發自內心的自然舉措、予以肯定，並從中發現價値。於是故事裡，毫不相干的陌生人在瞬間產生交集，「歡喜」、「悲傷」的人類情感擦出淡淡火花，照亮都會沉寂的夜空。

宮部美幸說：「現代人不管是誰，都只有自己一個人。」可是，她也說：「除了對孤獨的輕嘆外，夜晚還有其他聲音。」

這個想法放諸四海皆準，不管在哪個年代都適用。書中的主角就算在五十八年前的過去，還是會在意別人，需要友情。

一九三六（昭和十一）年二月下旬的東京，不是只有殺伐。青年因緣巧合在那裡停留一星期，不可思議的是（理當如此），他過著平靜充實的生活。在比現在更「重視人力」、更「有人情味」的時代，就算平凡的日子也讓人覺得踏實許多。憂鬱的時間旅人把青年從失火的飯店裡救出來，純粹是擔心一個陌生人的安危，或許「他會來這個時代，僅僅是想過簡單的生活」。

這樣的感覺，我們在時間旅行小說——將「回去的時代背景」設定在昭和初年的廣瀨正的《Minus・Zero》，或是向田邦子的《父親的道歉信》裡，早有體會，然而，跟宮部美幸不同的是，他們都有在那個時代生活的經驗。

青年從「不歧視過去」到快速適應過去，甚至對那個時代的年輕女傭抱持著近似戀情的友情，由於有這麼一顆柔軟的心，讓他來說故事再適合不過。醫生曾這麼形容回到過去的青年：「你沒念過書」、「頭腦倒是不錯，偏偏感覺又超遲鈍」。簡而言之，就是很直、很單純。在這種時候，正因無知，才不會對歷史事實做一些無謂的干涉和評論，跟頭腦很好的意思一樣，都是說故事者必備的條件。

成功塑造這種青年的功力是源自宮部美幸的何種能力呢？如果這種才能是與生俱來，就沒什麼好講的了。雖然宮部鮮少提及自己的出生背景，不過，若能仔細檢視她曾透露的隻字片語，也不難有某種程度的想像。

她出生在一九六〇年東京的深川，是他們家的第四代，可說是土生土長的下町人。十八歲之前，她從未離開墨田川以東。至今這裡仍保留許多傳統的小社區，所謂的雞犬相聞，充滿濃厚的人情味。

後來，她白天上班，晚上去夜校，取得一級速記的資格後，在法律事務所工作。她從十五歲開始閱讀書籍，集中讀推理小說是二十歲以後的事。待在法律事務所五年多的時間裡，她非常熱眞研讀《判例時報》，年輕的律師說「她比我還用功」。

她在出版社舉辦的小說教室上了兩年的寫作課程，眞正執筆寫小說是在八〇年代中期，也就是她二十五歲以後。一九八七年，她獲得小說的新人獎。這個時候，她還在其他事務所工作，八九年起她專心寫作，同一年，《魔術的耳語》獲得日本推理懸疑小說大賞，她成爲專業作家。

之後她的活躍，大家應該都知道吧？《火車》（一九九二）獲得山本周五郎賞、《蒲生邸事件》（一九九六年）獲得日本SF大賞、《理由》（一九九八年）獲得直木賞，包含佳作一回在內，她總共得過八個文學獎。文學獎這種東西是很微妙的，每個文學獎有不同的取向，不乏因不合評審的胃口就慘遭淘汰的作品，然而，只要碰到宮部的作品，誰都沒辦法反對反對。

即使這樣的看法有點以偏蓋全，她的經歷還是給予我各種啓發。

首先，宮部美幸本身就是個重視勞動的人，她不以活動身體、勞力工作爲苦。在《蒲生邸事件》中，她描寫那位年輕伶俐的女傭「不論寒暑，掃地、洗衣、煮飯就是她的人生」，我想這也是她自身的寫照吧？她也是毫不鬆懈地親手催生每一個故事。

其二，她不受「近代文學」的拘束，沒得一種叫做「以自我意識爲全宇宙中心（全宇宙都繞著我運轉）」的病。除此之外，她接觸的不是學校的同學，而是橫跨各個年齡層的人；她活動的區域有職場，甚至是夜校。這讓她生來宏觀的視野更形開闊，我不禁想到同樣獨自生活在世界的某個角落，把從中獲得的生活技能、智慧，甚至是勞動節奏直接反映在文學上的幸田文（註一）。幸田文也是跳脫近代文學的東京自由人作家。

宮部美幸在這部名為《蒲生邸事件》的虛構小說裡，合理地敘述了合理的事。那是她不以「過去就讓它過去」為理由而起差別心，對當下的歷史、當下正流逝的時間確實負起責任。因此，窺見未來的蒲生大將撰寫的「預言式遺書」終究沒有出現。相對的，她也不讓東條英機有「逃避」歷史的機會，肯定他的以死謝罪，光這一點已是極為難得。

而且，正因對過去沒有差別心，少年才會和年輕女傭相約五十八年後再見。雖然未能如願，少年還是和老婆婆微笑著背負的沉痛歷史碰面。然而，他並不為時不我予感到失望，決定不「逃避」歷史，真是值得信賴的凡人。

《蒲生邸事件》裡，在赤坂見附的交岔口，少年受到反叛軍士兵的盤查。「圓圓的臉，粗粗的眉毛，讓人肅然起敬的面容」，那名叫佐佐木二郎的一等兵，讓我想起另一名一等兵。

一九三六年二月二十六日凌晨，當時二十一歲、隸屬麻布第三連隊的小林盛夫（爾後第五代柳家小さん（註二））一等兵參加此次事件，在野中四郎上尉的指揮下，叛軍佔領警視廳。他原以為是去鎮壓暴動，沒想到卻在那天傍晚得知自己這夥人才是真正的叛軍。戒嚴令頒布後的二十七日早晨，軍隊移防鐵道大臣官舍，那晚在三宅坡下的壕溝前架起重型機關槍。翌日二十八日早晨，附近

註一：幸田文（一九〇四～一九九〇），日本的散文、小說家，作家幸田露伴的次女，女兒青木玉、孫女青木奈緒也都是作家。代表作有《黑色裙襬》、《流》、《鬥》、《弟》等。

註二：柳家小さん，卒於二〇〇二年五月十六日，乃日本當代知名的落語大師。

的人送來米和麵包給他們吃，中午過後，這支重型機關槍隊就「自主」投降了。
這個故事發生時，小さん就在現場。他和佐佐木一等兵恰恰分別站在道路兩旁，以反叛軍一員的身分看著「蒲生邸」人們通過的身影。
始終面帶微笑，抱著一貫的挑戰態度，藉由故事將正確解讀歷史的方法展現在你我面前的宮部美幸，兩年後，以「眞相只能相對存在」爲主題，寫出《理由》一書。在那部作品裡，她也運用獨特的小說寫法促使現代與歷史交鋒，成功讓一九九〇年代的日本社會躍然紙上。
透過語言的力量讓讀者得到慰藉，並鼓起勇氣徹底實現自己的想法，我認爲無過與不及的宮部美幸作品，就是所謂的正統文學。

本文作者簡介

關川夏央
文筆家。一九四九年生於日本新潟縣。本名早川哲夫，以《首爾的練習題》一書引起文壇注目。散文、報導文學式的筆觸，經常能敏銳捕捉到時代脈動及社會百態，深受讀者好評。著有《飛越海峽的全壘打》（講談社紀實文學獎）、《「少爺」的時代》（第二屆手塚治虫文化獎）、《昭和清明時》（講談社散文獎）等書。

解說二　吳叡人

作爲教養的科幻推理——讀宮部美幸《蒲生邸事件》

わたしが見た　と
ひばりが言った
私はおどろいて青い地平を見つめたが
時が何であったか
見ることはできなかった

——寺山修司、「時は過ぎゆく」（註）

1

排除任何超自然的手段，是古典偵探小說的黃金律，因爲偵探的推理行爲（reasoning／ratiocination）只能是純粹人類理性的作用，而非神諭、幻術或不可思議的科技的結果。然而當科幻小說黃金期的權威編輯John W. Campbell因此宣稱所謂「科幻推理」（sci-fi mystery）用先進科技

註：雲雀說：「我看到了。」／我驚訝地凝視著藍色的地平線／但卻看不見／時間是什麼。

替偵探解困，欺騙讀者，根本是一個「自相矛盾的名詞」時，卻激怒了天才艾西莫夫，讓他硬是寫出了《鋼穴》（*The Caves of Steel*，一九五三）——一本「不欺騙讀者的古典推理小說，但同時也是眞正的科幻故事」的經典傑作（註），一舉將當時仍被視爲難登大雅之堂的科幻推理提升爲可敬的大眾文學類型。

艾西莫夫開創的科幻推理傳統，並未推翻古典偵探小說的推理法則，而是將偵探的推理解謎行爲從傳統寫實情境的條件，轉移到科幻小說所建構的另類眞實（alternative reality）的科技、物理和社會條件下進行而已，兩個現實雖有差異，偵探在各自的現實中運用理性進行推理的過程則無二致。

2

宮部美幸這本講述時間旅行故事的《蒲生邸事件》，就是一本遵循艾西莫夫傳統的典型科幻推理小說：時間旅行的可能開啓了另一個科幻的眞實，而在這個另類眞實的條件下，意外回到過去的少年素人偵探運用常人的理性能力，對事件展開中規中矩的推理解謎。作家關川夏央在本書文庫版解說中主張，本書重點不在科幻與推理形式的折衷，而是要談歷史。這種說法似是而非，而且誤導，因爲宮部美幸在這本書中構築的科幻推理並非一種拼湊的折衷形式，而是一體成形的有機文類，而且這個文類又和她想要討論的歷史主題有著密不可分的關係。

不管是時間旅行或者逆說性歷史故事（counterfactual history），歷史（時間）本來就是科幻小說最經典的題材之一，而在這類作品中科幻要素本來也就是呈現時間變形所不可或缺的條件，因此所謂「不是寫科幻，而是寫歷史」的命題根本是不能成立的。同樣的，歷史也一直是推理小說的重要主題──不只是趣味而已，小說家透過偵探解謎過程展開的歷史詮釋或翻案本來就像極了歷史學家的工作，完美地呼應了「作爲偵探的歷史學家」（historian as detective）的史學譬喻（所以松本清張的日本現代史翻案小說眞的成就了「清張史學」的一家之言！）。

事實上，宮部美幸對本書科幻元素的運用是有高度自覺的：在許多不同的時間旅行故事類型中，她刻意選擇了一種「無法改變或修正歷史」的路徑，排除了時間旅行者干預歷史的可能，以及因此產生的時間矛盾或不一致。爲什麼她會做這種看似「不夠刺激」的選擇？因爲在這個所謂物理學的「諾維可夫首尾一致原則」（Novikov self-consistency principle）之中含蘊了她非常在意，想要表達的歷史觀點和倫理立場。借用哲學家克羅齊的說法，科幻形式完全是歷史內容的外延。

此外，藉由扭曲現實條件，科幻元素也拓展了推理的可能。儘管嚴肅的宮部美幸不准時間旅人改變歷史，但是好玩的宮部美幸卻利用時間旅行創造了一個全新的，原創的，令讀者深感意外的犯罪動機，使蒲生大將死亡事件的解謎成爲充滿古典推理趣味的過程。

註：即葉李華翻譯之《機器人四部曲》第一部。

3

《蒲生邸事件》在形式上是科幻推理，但是題材顯然是歷史，然而宮部美幸到底想在這本書中談甚麼樣的「歷史」呢？導致大正民主崩解，軍部崛起，日本走向戰爭不歸路的二二六事件嗎？而在處理這個戰後「進步知識人」眼中「諸惡的泉源」的歷史事件時，她也想藉此批判軍國主義，傳達反戰訊息嗎？

首先，《蒲生邸事件》不是二二六事件的翻案或演義小說。在前述時間一致性的原則下，二二六事件是無法改變的，所以這個重大的歷史事件在本書中只是一個背景，讓蒲生大將死亡事件得以展演發生。事實上，二二六事件甚至談不上是蒲生邸事件的舞臺，因爲蒲生大將之死並未被鑲嵌到二二六的主線，只稍微觸及到事件中的派系衝突、外圍事件以及涉入政變的中低階軍人，對這個歷史事件也沒有發生任何影響。

其次，既然無法改變大歷史，書中的幾位時間旅人對二二六事件只能旁觀，無法干預。既然大歷史只是背景，既然只能旁觀，那就無須對這個事件做太多評論，因爲不相干。他們能做的，只是在小歷史——也就是另一個事件，蒲生大將之死——之中掙扎、奮鬥。換言之，儘管作者個人的反戰立場無庸置疑，但是批評戰前日本政治，傳達進步反戰主張並不是她想在這本書傳達的主要訊息。《蒲生邸事件》不是一本政治小說。

宮部美幸想談的「歷史」，既非特定歷史事件，也不是日本左右派爭辯不休的「歷史認識」

（歷史詮釋立場），而是某種近乎歷史哲學的東西：物理學的時間一致性原則所含蘊的歷史觀——歷史大潮流無法改變或修正，以及從這個歷史觀衍生的倫理立場——不要傲慢地窺探未來，應該植根於自己所處的歷史時刻，謙遜努力地活在當下。這不是京都學派哲學家愛談的那種黑格爾式的歷史玄學。相反的，這是一種反菁英的立場，一種庶民、常民的，那些總是被統治者的野心所操控，被「大歷史」所擺布的普通人的，腳踏實地的歷史哲學，而它的母體是宮部美幸生於斯、長於斯，深深熱愛的淺草深川的下町民眾——也就是書中那個放棄時間旅行的平田所企望成為的那種「理所當然的人」（当たり前の人間）——素樸的生命觀。這確實是一種結構的決定論，因為它相信歷史是由無數人物的行動所積累而成，個人難以改變，但這不是宿命論，也不認為歷史路徑已被預先決定，而是主張對當下所處的歷史境遇的接納與積極參與，而只有這麼做，只有人人都這樣活著，那個巨大的、匿名的歷史或許才有一絲一毫被改變的可能。

4

一談到歷史，記憶過剩的日本中老年人總愛批評當代日本年輕人對歷史的無知。宮部美幸在書中也藉主人公孝史的無知觸及了這個現象，但她並沒有特別批判或嘲弄他，只將歷史失憶症作為一種客觀事實呈現。事實上，當代青年對歷史的無知在小說中成為一個必要的無知，因為作者正是利用主角的無知來進行教育——讓無知的青年回到歷史現場，經由親身經歷二二六事件，經由獨力解決蒲生大將死亡之謎的過程，體悟「與其試圖改變歷史，不如認眞活在當下」的道理。換言之，無知暗示啓蒙，而少年回到昭和十一年的奇幻推理之旅則是獲得教養，變成大人的過程。經過一層一層的閱讀，我們終於理解《蒲生邸事件》原是一冊有如夏目漱石《三四郎》一般的教養小說（*bildungsroman*）。

然而最終極的教養不是知識，不是哲學，而是愛情，一種不顧一切，縱然發生了這一切，儘管時間皺褶扭曲，歷史無名而無情，儘管眾裡尋他千百度，過盡千帆皆不是，依舊會從靈魂底層忍不住迸發的，對美悲傷的依戀與憧憬：

そこでは今も、佇むふきの髪に肩に、二人がはじめて出会ったあの日、昭和十一年二月二十六日の雪が降りつもる。

本書最後這一句，讓人不禁想起夏目漱石在《三四郎》書寫的美禰子，於是我們體會到，謙遜的下町女子宮部美幸雖與日本近代文學病態的自我中心主義無緣，但卻眞眞實實地繼承了近代文學詩的美學傳統。

（2017.1.11　清晨3:24　於草山）

本文作者簡介

吳叡人

芝加哥大學政治學博士，中央研究院臺灣史研究所副研究員，班納迪克·安德森（Benedict Anderson）《想像的共同體：民族主義的起源與散布》（*Imagined Communities: Reflections on the Origin and Spread of Nationalism*）中文版譯者，著有《受困的思想：臺灣重返世界》（衛城出版），重度推理小說閱讀者。

宮部美幸

作品集／02

Miyabe Miyuki

蒲生邸事件

國家圖書館出版品預行編目資料

蒲生邸事件／宮部美幸著；劉姿君、王華懋、婁美蓮譯. - 二版
.- 臺北市：獨步文化：家庭傳媒城邦分公司發行, 民 106.02
面；　公分. --（宮部美幸作品集；02）

譯自：蒲生邸事件

ISBN 978-986-5651-83-1（平裝）

861.57　　105022193

原著書名／蒲生邸事件・作者／宮部美幸・翻譯／劉姿君、王華懋、婁美蓮・責任編輯／戴偉傑（一版）、陳盈竹（二版）・編輯總監／劉麗眞・總經理／陳逸瑛・榮譽社長／詹宏志・發行人／涂玉雲・出版／獨步文化 城邦文化事業股份有限公司 台北市中山區104民生東路二段 141 號 5 樓 電話／(02) 2500-7696 傳眞／(02) 2500-1966; 2500-1967・發行／英屬蓋曼群島商家庭傳媒股份有限公司城邦分公司 台北市中山區民生東路二段 141 號 11 樓・讀者服務專線／(02)2500-7718; 2500-7719・服務時間／週一至週五：09：30-12：00、13：30-17：00・24小時傳眞服務／(02)2500-1990; 2500-1991・讀者服務信箱 e-mail／service@readingclub.com.tw・劃撥帳號／19863813 書虫股份有限公司・香港發行所／城邦（香港）出版集團有限公司 香港灣仔駱克道 193 號東超商業中心 1 樓／(852) 25086231 傳眞／(852) 25789337 E-mail／hkcite@biznetvigator.com 馬新發行所／城邦（馬新）出版集團 Cite (M) Sdn. Bhd. 41, Jalan Radin Anum, Bandar Baru Sri Petaling,57000 Kuala Lumpur, Malaysia. 電話／(603) 90578822 傳眞／(603) 90576622・封面設計／蕭旭芳・排版／游淑萍・印刷／中原造像股份有限公司・2006年（民84）7月初版・2017 年（民106）2月二版・定價／450 元

Printed in Taiwan　ISBN 978-986-5651-83-1

城邦讀書花園

www.cite.com.tw

獨步文化
APEX PRESS

廣	告	回	函
北區郵政管理登記證			
台北廣字第000791號			
郵資已付，免貼郵票			

104台北市民生東路二段 141 號 2 樓

英屬蓋曼群島商家庭傳媒股份有限公司

城邦分公司

請沿虛線對摺，謝謝！

獨步文化
APEX PRESS

書號：1UA002X　**書名**：蒲生邸事件　**編碼**：

請於此處用膠水黏貼

獨步文化 APEX PRESS

讀者回函卡

謝謝您購買我們出版的書籍！

請費心填寫此回函卡，我們將不定期寄上城邦集團最新的出版訊息。

姓名：________________ 性別：□男 □女

生日：西元________年________月________日

地址：________________

聯絡電話：________________ 傳真：________________

E-mail：________________

學歷：□1.小學 □2.國中 □3.高中 □4.大專 □5.研究所以上

職業：□1.學生 □2.軍公教 □3.服務 □4.金融 □5.製造 □6.資訊

□7.傳播 □8.自由業 □9.農漁牧 □10.家管 □11.退休

□12.其他 ________________

您從何種方式得知本書消息？

□1.書店 □2.網路 □3.報紙 □4.雜誌 □5.廣播 □6.電視

□7.親友推薦 □8.其他 ________________

您通常以何種方式購書？

□1.書店 □2.網路 □3.傳真訂購 □4.郵局劃撥 □5.其他

您喜歡閱讀哪些類別的書籍？

□1.財經商業 □2.自然科學 □3.歷史 □4.法律 □5.文學

□6.休閒旅遊 □7.小說 □8.人物傳記 □9.生活、勵志 □10.其他

對我們的建議：________________

____

____

為提供訂購、行銷、客戶管理或其他合於營業登記項目或章程所定業務需要之目的，家庭傳媒集團（即英屬蓋曼群島商家庭傳媒股份有限公司城邦分公司、城邦文化事業股份有限公司、書虫股份有限公司、墨刻出版股份有限公司、城邦原創股份有限公司），於本集團之營運期間及地區內，將以mail、傳真、電話、簡訊、郵寄或其他公告方式利用您提供之資料（資料類別：C001、C002、C003、C011等）。利用對象除本集團外，亦可能包括相關服務的協力機構。如您有依個資法第三條或其他需服務之處，得洽詢本公司服務信箱cite_apexpress@cite.com.tw請求協助。相關資料不提供亦不影響您的權益。

□我已詳讀權利義務之相關條款，並同意遵守。

請於此處用膠水黏貼

宮部みゆき